当代德语戏剧概览：
21世纪柏林戏剧节获奖作品研究

陆佳媛　著

吉林大学出版社

·长春·

图书在版编目（CIP）数据

当代德语戏剧概览：21 世纪柏林戏剧节获奖作品研
究 / 陆佳媛著. —长春：吉林大学出版社，2023.1
ISBN 978-7-5768-1446-0

Ⅰ.①当… Ⅱ.①陆… Ⅲ.①戏剧文学－文学研究－
德国－现代 Ⅳ.①I516.073

中国国家版本馆 CIP 数据核字（2023）第 024392 号

书　　名：当代德语戏剧概览：21 世纪柏林戏剧节获奖作品研究
　　　　　DANGDAI DEYU XIJU GAILAN：
　　　　　21 SHIJI BOLIN XIJUJIE HUOJIANG ZUOPIN YANJIU

作　　者：陆佳媛
策划编辑：黄国彬
责任编辑：周春梅
责任校对：刘　丹
装帧设计：姜　文
出版发行：吉林大学出版社
社　　址：长春市人民大街 4059 号
邮政编码：130021
发行电话：0431－89580028/29/21
网　　址：http：//www.jlup.com.cn
电子邮箱：jldxcbs@sina.com
印　　刷：天津和萱印刷有限公司
开　　本：787mm×1092mm　　1/16
印　　张：16.5
字　　数：250 千字
版　　次：2023 年 1 月第 1 版
印　　次：2023 年 1 月第 1 次
书　　号：ISBN 978-7-5768-1446-0
定　　价：88.00 元

目　录

"在戏剧方面，德语国家是绝对的冠军，或许还应该算上比利时、荷兰、卢森堡。无论如何，世界上没有任何一个国家像德语国家那样创作出那么多成熟的、艺术上有创新的戏剧作品，这些都与文化有关。"

——托马斯·奥伯伦德

绪　论

"柏林戏剧节"(Berliner Theatertreffen)为世界三大戏剧节之一，其历史虽不及阿维尼翁戏剧节及爱丁堡艺术节悠久，但不同于两者的娱乐性与狂欢性，柏林戏剧节更为看重戏剧的专业性与前瞻性。该戏剧节每年由德国联邦文化基金(Kulturstiftung des Bundes)会出资举办，七名戏剧专家组成独立的评委会，选出德语区上一演出季①中"十部最值得关注的作品"(zehn bemerkenswerte Inszenierungen)。想要获此殊荣并非易事，在整个德语区，每年上演的各形式剧目数以千计，其中约有 400 部作品会进入柏林戏剧节的甄选视野，经过层层选拔，一般一月份会确定邀请名单，被选中的十部戏剧作品于同年五月至柏林进行展演。评审从选材、剧场美学、文本内容与舞台形式、社会作用、对未来的借鉴意义等方面进行考虑，尽力撇除主观好恶，以彰显德语戏剧的多样化面貌与创新精神为最高目标，选出能代表德语戏剧某一方面卓越成果的作品。柏林戏剧节的入选作品如同一面舞台上的镜子，它映照出德语戏剧的现状以及发展趋势，不失为研究当代德语戏剧的绝佳

---

① 在德语国家，例如德国，演出季通常从每年的 9 月或 10 月初开始直至来年 6 月底或 7 月初结束。由于每一届柏林戏剧节邀请的均是上一个演出季的剧目，因此一些剧的首演年份与获邀年份存在差别。

素材。

柏林戏剧节(Berliner Theatertreffen)的诞生最早可追溯至 1963 年，彼时五部德语剧作作为试验项目于当时的"柏林演出周"(Berliner Festwochen)期间进行客座演出。1964 年，以"柏林戏剧竞赛"(Berliner Theaterwettbewerb)命名的戏剧活动已具有柏林戏剧节的基本雏形：由戏剧评论家组成的评委会评选出十部最值得关注的作品，并邀其前往柏林进行展演，这十部作品等同于柏林戏剧节的获奖作品。这一基本结构沿袭至今，未有改变。尽管如今使用的戏剧节名称"戏剧聚会"(Theatertreffen)①直到 1966 年才首次确定下来，但第一届柏林戏剧节于 1964 年举行整个德语剧坛对此并无异议。冷战时期的柏林戏剧节作为"西面的展示窗口"(Schaufenster des Westens)辐射区包括西德、瑞士德语区及奥地利，不包括东德在内。诞生于 1965 年的戏剧节国际论坛起初也是联邦德国年轻戏剧人士交流与讨论的平台，未将民主德国囊括在内。20 世纪六七十年代的柏林戏剧节致力于扶植西德剧院的新一代导演，借此机会，不少年轻导演的作品受邀参加戏剧节的展演，他们逐渐崭露头角，打开了知名度。从 1980 年起，国际论坛与歌德学院开始合作，面向世界开放。1989 年 5 月，柏林墙推倒前夕，来自民主德国的戏剧终于能够前往西柏林，参加戏剧节。两德统一之后，柏林戏剧节才得以在真正意义上反映出整个德语戏剧圈的状况。进入 21 世纪②，柏林戏剧节在秉持原有甄选标准的基础之上，以全球化视角关注国际社会发展问题，聚焦文化融合与互动，邀请非德语圈作品前往柏林进行客座演出，同时致力于提高女性地位，注重扩大女性执导作品的入选比例，在 2019 年，柏林戏剧节总监伊冯娜·比登霍策尔(Yvonne Büdenhölzer)甚至明确提出，未来两年甄选的最值得关注的作品中，每年至少应有五部出自女性导演之手。以上种种均昭示着 21 世纪柏林戏剧节力图走在时代前端，以戏剧为桥梁连接世界、启发大众，其创办理念在坚持传统的同时，并未忽视与时俱进的革新需要。

---

① 在中国，"Berliner Theatertreffen"(柏林戏剧聚会)普遍被译作"柏林戏剧节"，故笔者在后文中沿用了这一表述。

② 该专著的研究对象为 2000 年至 2020 年间参加柏林戏剧节的戏剧作品。

每年，十部最值得关注的作品甫一公布，便会引来各大媒体的争相报道，记者、剧评家等戏剧从业者围绕评选标准、美学价值、作品展现的政治倾向以及社会意义等等展开激烈的讨论，包括对其中暴露的问题进行批判、敦促反思，这对整个德语戏剧的健康发展无疑意义重大。值得一提的是，在德国拥有广泛读者和影响力的专业戏剧杂志《今日戏剧》(Theater Heute)每年均会发表系列论文介绍获选作品，并从不同角度对其进行深入剖析。但遗憾的是，这类文章多聚焦于某一年度的作品，并未有时间跨度较大的整体性观照，因此，以往研究缺乏系统性、综合性的比较与评价。

2015 年，在中国驻德国大使馆文化参赞陈平先生的牵线搭桥下，吴氏策划与柏林艺术节签署了五年的合作协议，在"柏林戏剧节在中国"项目的推动下，自 2016 年以来，先后有十余部德语先锋戏剧作品走上了中国的舞台。据报道，项目通过 32 场演出和 57 场配套活动吸引逾 3 万名观众走进剧场，更有超过 1500 万人通过媒体和社交平台参与这一戏剧盛会。五年来，"柏林戏剧节在中国"已经成为国内高品质戏剧盛会的代表，为中国观众提供了与德语戏剧文化进行深度交流的宝贵机会。① 这些作品所呈现的大胆创新形式、富于思辨的精神内核引起了国内戏剧从业者的诸多思考，例如德语戏剧行业高效运转的模式是否适用于国内戏剧行业？如何进一步推进艺术领域的跨界实验与创新？政府方面是否能够进一步提供政策上的扶植等等。在学术领域，随着戏剧节在华知名度的提高，有关研究也在逐步开展，自 2015 年起，中国知网上陆续有介绍柏林戏剧节的文章发表，但数量十分稀少，此类文章以介绍某一年戏剧节的集中展演情况为主，多以观后感的形式书写，偶有附带一些专业性的评论。总体来看，国内学者对拥有丰沛生命力的当代德语戏剧关注度并不高，有关柏林戏剧节乃至当代德语戏剧的研究亟待深入和拓展。

戏剧作为一门"鲜活"的舞台艺术，它的勃发生命力是剧作者、导演、演员、乐师、服装师、舞美师等等共同悉心"呵护"的结果。因此，柏林戏剧节在甄选作品时，更为关注演出的整体呈现，评选时将导演手稿而非戏剧文本

① 《大众中国连续五年助力"柏林戏剧节在中国"》，http：// auto. ce. cn/auto/gundong/202011/03/t20201103　35967529. shtml，访问时间：2021 年 5 月 10 日。

作为重要参考依据。德语世界剧本文学的最高奖项为"米尔海姆戏剧奖"（Mülheimer Dramatikerpreis）。该奖诞生于1976年，它视同年上演的新出德语剧本为唯一评判依据，由戏剧工作者、戏剧评论家、剧作家组成的评委会通过公开讨论商定一部最佳剧本，获奖作家会得到一定金额的资助奖励（2019年的奖励额度为1,5000欧）。尽管柏林戏剧节与米尔海姆戏剧奖的侧重点不同，但从横向比较来看，两者的获奖名单仍有小部分重合：1981年米尔海姆戏剧奖获得者彼得·格里纳（Peter Greiner，1939－2019）的代表作《红灯区》（*Kiez*）同年由导演沃尔特·博克梅耶（Walter Bockmayer，1948－2014）搬上了科隆剧院的舞台并顺利入选柏林戏剧节十大最值得关注的作品；1982年，当代德国最为成功、作品演出次数最多的作家之一博托·史特劳斯（Botho Strauß，1944- ）凭借剧作《卡尔德维，闹剧》（*Kalldewey，Farce*）获得米尔海姆戏剧奖，该部作品的舞台演出于1983年受邀参加柏林戏剧节展演；1992年，奥地利作家沃纳·施瓦布（Werner Schwab，1958—1994）的作品《人民灭绝或者我的肝脏毫无意义》（*Volksvernichtung oder Meine Leber ist sinnlos*）荣获戏剧奖殊荣，同年，慕尼黑室内剧院的演出版本被选为柏林戏剧节十大最值得关注的作品之一。

进入21世纪以来，依然有为数不多的几部作品同时获得这两项戏剧荣誉。2000年，雷纳德·格茨（Rainald Goetz，1954－ ）凭借"后戏剧"作品《杰夫·昆斯》（*Jeff Koons*）一举夺得米尔海姆戏剧奖，同年该部剧作的舞台版本入选柏林戏剧节，戏剧导演为来自瑞士的斯蒂芬·巴赫曼（Stefan Bachmann，1966－ ）；2003年，导演阿明·佩特拉斯（Armin Petras，1964－ ）以笔名弗里茨·卡特（Fritz Kater）创作的《爱的时刻，死的时刻》（*zeit zu lieben zeit zu sterben*）亦由其本人搬上舞台并受邀前往柏林戏剧节进行展演；2004年，诺贝尔文学奖获得者、奥地利女作家埃尔弗里德·耶利内克（Elfriede Jelinek，1946－ ）的作品《发电站》（*Das Werk*）、2015年奥地利青年剧作家埃瓦尔德·帕尔梅茨霍夫（Ewald Palmetshofer，1978－ ）的《未婚女人》（*die unverheiratete*）同样连中两元。

总体来看，这两个戏剧类奖项的获奖重合度并不高，可见，优秀的剧本并不一定能造就惊艳的演出。对于戏剧的最终呈现而言，剧本确实是具有分量的一个元素，但随着时代的变迁、戏剧理念的更迭，它在德语戏剧界已不再占据中心地位。20 世纪 70 年代，米尔海姆戏剧奖的诞生适逢德语戏剧进入"后戏剧"时期，这恰是剧本的中心地位最受质疑的时代。"后戏剧"概念的孕育最早可追溯至 1985 年，吉森大学应用戏剧系教授赫尔加·冯特（Helga Finter）指出，当代德语戏剧已逐渐脱偏离"奉文本为尊"这一金科玉律。戏剧专家、吉森大学应用戏剧系创建者之一安德烈·沃斯（Andrzej Wirth）随后于 1987 年明确提出了"后戏剧"这一称谓，用以概括一些当代的戏剧形式。经过数年潜心研究，汉斯-蒂斯·雷曼（Hans-Thies Lehmann）于 1999 年赋予"后戏剧剧场"（Postdramatisches Theater）[①]这一概念以理论基石并佐以具体例证，清晰而系统地描述了"后戏剧剧场"。

　　雷曼定义下的"后戏剧剧场"对戏剧领域一贯信奉的文本至上主义提出质疑，倡导各种舞台要素的平等。为此，他在《后戏剧剧场》一书的前言部分便直言不讳地指出："本书的论述将着重于剧场艺术。文本仅被视为剧场创作的一个元素、一个层面、一种'材料'，而不是剧场创作的统领者。"[②]后戏剧与传统戏剧的显著区别正在于文本所处的地位不同。20 世纪 70 年代以来，在德语戏剧圈"导演先行"的大环境下，由剧本的地位与意义触发的争论声此起彼伏。进入 21 世纪，导演占据主导地位已成为无须置疑，当然也无法撼动的事实。柏林艺术节总监托马斯·奥伯伦德（Thomas Oberender）曾言简意赅地指出，"对于德语国家来说，戏剧是一种精神，柏林戏剧节也是人们一直在维护的精神家园。近三四十年以来，我们在戏剧发展方面一直致力于尝试脱离文学本身，追求更多的创新"，通过持续不断的创新实验，在德语国家"发展出了特

---

　　① "后戏剧剧场"由德语"Postdramatisches Theater"翻译而来。对于此种翻译，国内目前争议颇多，有学者认为应翻译为"后剧本戏剧""后文学戏剧"等，争议焦点在于"剧场"二字。雷曼此部论著的中文翻译李亦男教授认为"后戏剧剧场"相较其他几种称谓在表达上更合适，并在《雷曼的后戏剧与中国的剧场》一文中对选择"剧场"而非"戏剧"的缘由作出了详细阐述。笔者认为"后戏剧剧场"无论从形式还是内容上考虑，都与德语原意更为契合，故本书将沿用"后戏剧剧场"这一表达。

　　② 汉斯-蒂斯·雷曼：《后戏剧剧场》，李亦男译，北京大学出版社，2010，第 3 页。

有的、不只依赖于文学本身的艺术语言"①。奥伯伦德的这一席话无疑点明了当代德语戏剧最为显著的特征：独立于文学，仰赖于创新。在柏林戏剧节最值得关注的作品中，立足于原创戏剧文本的舞台演出所占比例并不高，与之相比，知名作家如易卜生、契诃夫、莎士比亚、布莱希特等创作的经典作品往往更受导演们青睐，他们试图通过舞台形式的创新来挖掘经典作品的价值，以现代视角重塑经典，创造指向未来的舞台艺术。

---

① 梅生：《话柏林艺术节总监 Thomas Oberender：在戏剧方面，德语国家是冠军》，https：//www. thepaper. cn /newsDetail _ forward _ 1702616，访问日期：2021 年 5 月 16 日.

第一章　经典重塑

倘若时光流转，回到 1964 年的第一届柏林戏剧节，可以发现获邀前往柏林进行展演的剧目中仅有两部为德语原创的全新作品，它们分别是战后先锋作家彼得·魏斯（Peter Weiß，1916－1982）的《马拉/萨德》（*Marat/Sade*）以及"诗意戏剧"作家康拉德·温升（Konrad Wünsche，1928－2012）的《桀骜不驯之人》（*Der Unbelehrbare*），其余或改编自流传已久的经典德语文本如《沃伊采克》（*Woyzeck*，1879），或翻译自其他国家的热门剧目如法国荒诞戏剧先驱、超现实主义作家罗杰·维特拉克（Roger Vitrac，1899－1952）的作品《维克多或者孩子们当权》（*Victor oder die Kinder an der Macht*，1928），美国荒诞派戏剧大师爱德华·阿尔比（Edward Albee，1928－2016）的《谁害怕弗吉尼亚·伍尔芙?》（*Who's Afraid of Virginia Woolf?*）[①]，战后最重要的法语剧作家、荒诞派代表人物欧仁·尤内斯库（Eugène Ionesco，1909－1994）的《国王正在死去》（*Der König stirbt*，1962），等等。这些获邀作品清晰地反映出 20 世纪 60 年代德语戏剧圈对荒诞戏剧的推崇。该戏剧流派于 20 世纪四五十年代兴起于欧洲，大量具有国际知名度的荒诞派经典剧本诞生于法国，相较而言，在德语圈未有与之相当的代表剧作，因此，通过翻译、加工、改编将非德语的荒诞派作品搬上舞台不失为一种填补剧本缺失、展现热门戏剧潮流的有效手

---

① 荒诞派戏剧起初在美国并未受到剧院及观众的欢迎，出于这个原因，爱德华·阿尔比在戏剧创作初期的多部剧作均是在德国完成首演。1962 年，《谁害怕弗吉尼亚·伍尔芙?》在美国进行首演，剧本被翻译成德语后，于 1963 年在德国柏林的席勒剧院上演，该剧的德语版本获得了第一届柏林戏剧节的邀请。

段，此法成为许多德语导演的不二选择。不仅仅是 20 世纪 60 年代，纵观整个柏林戏剧节，改编作品所占的比例始终居高不下，进入 21 世纪更是如此。

据笔者统计，截至 2020 年，在最值得关注的作品中得到改编次数最多的原著并非来自德语国家。世界公认的著名剧作家莎士比亚在此拔得头筹，其作品共计 14 次被搬上舞台，易卜生及契诃夫紧随其后，两人均以 13 次的频率排在第二。其中改编次数最多的作品为易卜生的《约翰·盖勃吕尔·博克曼》(5 次)，其次为契诃夫的《三姐妹》(4 次)，莎士比亚的作品论单部改编次数虽不及前两位，但他共有 9 部作品得到了改编的机会，其中不乏经典大作如《哈姆雷特》《麦克白》《奥赛罗》，也有知名度稍逊一筹的《第十二夜》《无事生非》等等，其作品涵盖范围之广遥遥领先于其他剧作家。由此可见，以舞台为画布、原著为底色进行大胆的艺术创作，展现当代艺术潮流、预见未来发展方向更为导演们所关切，原作的国别、语言并不构成他们发挥创新精神、诠释自我风采的阻碍。

第一节　文献剧的改革与复兴

"首先，我们对工艺怀有极大的不信任。我们不明白，为什么戏剧应该要由精于模仿之人或是技巧娴熟之人去制作。我们认为：戏剧无需技巧……当我们开始创作时，我们不想通过技术或者仅仅通过形式去谈论现实。我们想寻找新的方法。如今，我们已将自己视为'交流设计师'。"

——斯蒂芬·凯吉（里米尼记录）

德语文学作为欧洲文学的重要组成部分也是世界文学的一块瑰宝，至今，夺得诺贝尔文学奖的德语作家已有十余位，这在某种程度上也体现了德语文学自身的价值。在百花齐放的古典音乐与哲学的滋养下，在经历长期分裂与残酷战争的洗礼后，德语文学具备了独特、浪漫的思辨魅力。尽管如此，在当代德语导演眼中这些似乎并不值得过多地夸耀，就连德语文学巨匠歌德与席勒也并不总能点燃他们的创作热情。据统计，进入 21 世纪以来，只有四部根据席勒原著改编的舞台作品受邀前往柏林戏剧节，其中包括 2005 年维也纳城堡剧院、2011 年德累斯顿国家剧院搬演的"戏剧诗"《唐·卡洛斯》（*Don Carlos*）、2006 年曼海姆国家剧院与魏玛德意志国立剧院合作搬演的悲剧《华伦斯坦》（*Wallenstein*）、2008 年汉堡塔利亚剧院搬演的悲剧《玛丽亚·斯图亚特》（*Maria Stuart*）以及 2009 年由汉堡塔利亚剧院、2017 年由慕尼黑王宫剧院搬演的《强盗》（*Die Räuber*），总计搬演次数为六次。席勒作品的改编次数虽然与莎翁等相比并不突出，但从上文统计可以看到，每隔几年仍有导演试图重新诠释其经典。在这些导演中不乏以新潮戏剧理念、突破性舞台实践闻名的先锋戏剧家，经过他们的妙手改造，诞生于两百年前的德语经典得以重新焕发生机，得益于此，席勒的戏剧并未落入被德语剧坛遗忘的境地。就这些作品本身而言，它们大多取材自真实的历史人物或历史事件，主题与社会变革息息相关，其中传递的追求自由、反抗压迫的时代精神在 21 世纪依然具有深入探讨的价值。在这些改编版本中，里米尼记录（Rimini Protokoll）根据《华伦斯坦》创作的新式文献剧《华伦斯坦——一场文献记录的演出》（*Wallenstein - Eine dokumentarische Inszenierung*）格外亮眼，该创作团队在抓住原作精神内核的基础上紧扣时代脉搏，为传承经典打开了一扇全新的大门。

　　里米尼记录①这一戏剧团体由海格德·豪格（Helgard Haug，1969—　）、斯蒂芬·凯吉（Stefan Kaegi，1972—　）和丹尼尔·韦策尔（Daniel Wetzel，1969—　）三人于 2000 年成立，三位创始成员曾共同就读于吉森大学的应用戏剧系②，该系正是"后戏剧"概念诞生的摇篮。里米尼的成员均曾在这一所倡导新兴戏剧理念的学校就读，其创作的戏剧作品自然也深深地烙上了"后戏剧"的印记。该团体从建立之初起便频繁地活跃于德语区各大戏剧舞台，作品数量颇丰。他们不仅仅致力于创作戏剧作品，也在不断尝试其他与戏剧相关的空间艺术，通过拓展戏剧手段，他们为反映现实打开了新的视角，其作品表现形式多样，基本都具有反传统的特征。里米尼将自己视为"交流设计师"

---

①　后文简称里米尼。
②　德国吉森大学是全德唯一一所设有应用戏剧系的大学。该系部于 1982 年由安德烈·沃斯与汉斯·蒂斯·雷曼共同创建，该系三十年来为德国当代舞台艺术的发展输送了大量人才。

并非只是噱头而已，在他们的许多作品中，依托现代技术实现的多形式互动占据着重要地位：例如，他们曾将戴姆勒股东的"年度股东大会"称为一部戏剧作品；他们安排印度呼叫中心的一名雇员和一名剧院访客之间进行跨越大西洋的对话；在作品《百分百城市》(100% Stadt)中，他们创建了一个语境化舞台，在此汇集了 100 名城市居民代表；在《世界气候大会》(Welt-Klimakonferenz)中，他们利用科学技术在汉堡德意志剧院中模拟各种场景以探讨环境保护的议题；在《情境空间》(Situation Rooms)中，他们开发了超现实场景，20 位观众跟随剧中人物的脚步游走于各个空间；在《乌托波利斯》(Utopolis)中，48 台便携式扬声器派上了用场，它们引导观众穿越城市，探索乌托邦的路线。

《华伦斯坦——一场文献记录的演出》①是里米尼首次以经典文本为底色进行的创作。2006 年，适逢第十三届国际席勒节，在这一盛会中，里米尼以文献剧的创作手段将席勒的历史剧搬上了舞台。他们的作品被归类为文献剧并不令人意外，团队名字中的"Protokoll"（记录）一词显然已表明其文献记录的特质。文献剧(Dokumentarisches Theater)诞生并且流行于德国，它本身并非新鲜的戏剧形式。据考证，文献剧脱胎于 20 世纪 20 年代的政治剧(Politisches Theater)，真正产生、兴起于二战过后的 20 世纪 60 年代，代表性作家有彼得·魏斯(Peter Weiss)、海涅尔·基普哈特(Heinar Kipphardt)、罗尔夫·霍赫胡特(Rolf Hochhuth)等，这些作家的代表性作品也均诞生于 20 世纪 60 年代。文献剧通常与政治息息相关，因此又常被称为政治文献剧。它作为一种"报道性的戏剧"②是需要以各种历史报道、档案、采访为初始素材进行的艺术创作，因此，文献剧中虽有根植于历史的真实材料，且原则上应在剧中不加修改地完整呈现真实，但究其本质却依旧是一种离不开虚构的艺术形式。20 世纪 60 年代的剧作家们将二战过后的热门历史素材——那些真实且具有争议的事件，例如关于奥斯维辛集中营审判的报道、美国原子能委员会的文件等等移植进作品中，他们用艺术的手段去揭露历史事件背后的政治力

---

① 后文简称《一场文献记录的演出》。
② 李昌珂：《德国文学史·第五卷》，译林出版社，2008，第 187 页。

量，将德国戏剧舞台变成一个历史的审判庭，最终目的在于启发公众，使其了解、分析并思考那些复杂、敏感的议题。随着戏剧形式的多元化发展，文献剧渐渐淡出大众关注的视野，沉寂了一段时间，直到 20 世纪 90 年代末才在德语戏剧圈迎来复兴。进入 21 世纪，文献剧大致可分为两个派别：以汉斯-沃纳·克罗辛格（Hans-Werner Kroesinger）及安德烈斯·凡尔（Andres Veiel）为代表的传统文献剧继承者；以里米尼记录为代表的文献剧革新者。

传统文献剧的代表人物克罗辛格在 2016 年曾凭借作品《绊脚石》（Stolpersteine）获得了柏林戏剧节的邀请。"绊脚石"最初是由德国艺术家冈特·德姆尼希（Gunter Demnig）发起的艺术项目，始于 20 世纪 90 年代。该项目旨在纪念那些被纳粹政府谋杀、驱逐、逼迫自杀的受难者，刻有他们姓名的绊脚石通常被铺设在他们生前住所门前的路面上，绊脚石俨然就是他们的纪念牌，而人们弯腰阅读绊脚石上文字的动作，也是对受害者们象征性的鞠躬。毫无疑问，克罗辛格的《绊脚石》与德国纳粹时期的历史密切相关：该剧试图调查纳粹时期剧院中犹太工作人员凭空消失的原因。四位演员在舞台上搜索着、回忆着，他们想要重新将这些碎片拼凑在一起，还原当时所发生的一切，一段尘封已久的剧院历史就此揭开。克罗辛格在处理文献剧时习惯将原始的历史文本，最新的文献记录以及文学或理论文本拼贴在一起，例如他在《绊脚石》中引用了大量官方信件中的原始内容，可见，历史素材在传统文献剧中的重要地位。

新式文献剧与传统文献剧的最大区别在于，它没有将历史素材作为中心进行阐述与讨论，而是直接将事件主角请上舞台，让他们表演自己的故事，这些主角通常为现实生活中某个领域的专家，因此，该类文献剧也被称作专家—戏剧（Experten-Theater）。值得注意的是，不同于纪录电影，新式文献剧的每次表演都会产生新的故事；同样，也不同于业余戏剧，尽管两者都选用了非专业的"演员"，但新式文献剧意不在于演戏，而在于对舞台艺术框架内自身以及自身故事真实性的维护，因此表演技艺是否专业在此并不重要。尤为关键的是，主角需要明确其登台的理由，清楚一个晚上可以实现的情节走向，应该选取、探讨哪些主题，哪些人物、文本、空间就此产生。

随着文献剧的再度兴起，争议也随之而来。关于戏剧是否能起到文献记录的作用或者戏剧能在多大程度上体现文献的功用成为争论焦点。对文献剧持怀疑态度的评论家认为，戏剧的机制使其无法实现文献记录的功能，舞台的美学手段与文献记录要求的真实性在根本上是无法调和的，因此文献剧无论选择何种剧本结构，都只能建立于某种无法化解的矛盾之上。[①]绝大部分文献剧并未放弃传统戏剧中的角色分配、视觉手段包括服装造型、舞台布景、灯光等等，即便是新式文献剧的代表里米尼也并未将这些传统手段束之高阁，在其作品中依然可以欣赏到舞台背景、灯光运用以及舞蹈编排。此外，历史素材即"原素材"在文献剧中不仅免不了被重新加工，甚至还被置于另一个象征性的境地，在全然陌生的环境中，词汇与情节获得了新的意义，即便是原素材中的引文也成了"戏剧语言"。[②]当然，里米尼的作品并非传统意义上的文献剧，在他们的作品中，"原人物"取代"原素材"构成创作的中心部分。所谓"原人物"即上文所提到的现实生活中的专家，他们是能够分享某一领域知识、经验、技能的专业人士。里米尼首先会定下自己感兴趣的"原人物"，再由"原人物"根据自身经验选取具有探讨价值的主题，最后由"原人物"亲自上台诠释自己的故事，这便是里米尼创作文献剧时常用的手段。在作品《一场文献记录的演出》中，德国律师、CDU 前政客、曼海姆市长候选人斯文-约阿希姆·奥托(Sven-Joachim Otto)亲自登台讲述了自己的竞选历程，由"原人物"将自身经历真实地搬上舞台并融入剧中。此手段显然不同于传统文献剧的处理手法，然而疑问仍然存在，新式文献剧的处理手段能否调解戏剧与文献之间的根本矛盾？里米尼的作品能否真实地反映现实，抑或这些原人物的亲自叙述也只是标新立异、哗众取宠的道具而已？通过深入分析《一场文献记录的演出》，或许可以一窥究竟。

通常，里米尼会按照共性、兴趣及经验将合作的专家/演出的表演者分类，根据每次演出的需要，就内容多重交叉的总体主题方案挑选出合适的专家人选组成演出团队。由于内容的交叉与重复，需借助蒙太奇的拼接才能在

---

① Barton, Brian. *Das Dokumentartheater*. Stuttgart: J. B. Metzler, 1997, p. 14.

② Malzacher, Florian. *Dramaturgien der Fürsorge und der Verunsicherung*. In: *Rimini Protokoll. Experten des Alltags. Das Theater von Rimini Protokoll*. Berlin: Alexander Verlag, 2007, p. 23.

保证各个事实元素真实性的同时，进一步将主题置于更为广阔的空间以实现升华，因此，蒙太奇技术在里米尼的作品中起到了极为重要的作用。里米尼对蒙太奇技术的驾驭能力早已十分娴熟，他们通过剪接技术将源自不同地方的事实集中到一个主题框架内，重点突出该主题的某些独特之处，并借由证明材料指出矛盾之处，揭露不实之处。他们通过让文献材料与主观经验发生碰撞、社会与个人层面发生联结，同时扩展主观感知信息，使每一个具体的人都能够以批判的视角看待普遍的政治问题，因此，里米尼的作品总是能够满足社会批判的功能，由其执导的《一场文献记录的演出》亦是如此。

　　席勒的《华伦斯坦》三部曲讲述了动乱年代大元帅华伦斯坦荡气回肠、起伏跌宕的政治、军事生涯，里米尼版本的《华伦斯坦》则着重探讨了政治动荡时期的权力游戏、忠诚与服从之间的悖论以及个人与政局变化的关系。《华伦斯坦》是席勒于1799年完成的历史悲剧三部曲，堪称席勒戏剧创作的巅峰之作。历史上的华伦斯坦出生于波希米亚的落魄贵族家庭，在三十年战争中的丹麦阶段和瑞典阶段，华伦斯坦以大元帅的身份率领天主教阵营哈布斯堡王朝-神圣罗马帝国军队与反哈布斯堡同盟作战，战绩斐然，是一位不可多得的军事人才，然而他在人生巅峰之际却被亲信暗杀于海布，结局令人唏嘘。席勒以这些基本史实为素材进行了《华伦斯坦》的剧本创作，三部曲包括《华伦斯坦的阵营》（*Wallensteins Lager*）、《皮柯乐米尼父子》（*Die Piccolomini*）和《华伦斯坦之死》（*Wallensteins Tod*）。第一部《华伦斯坦的阵营》如同战歌序曲，较另外两部相对短一些，主要讲述的对象为平民百姓（华伦斯坦营地的士兵为主）而非高官贵族，突出反映了士兵们对华伦斯坦的崇拜以及对皇帝的轻视，为两者渐生嫌隙埋下伏笔。第二部《皮柯乐米尼父子》为《华伦斯坦》三部曲的主要部分。各军队首领聚集于比尔森营地等待进一步的命令，相较于皇帝，显然他们对华伦斯坦更为信服，而华伦斯坦与皇帝之间的矛盾与冲突随着剧情的推进持续升温。为了削弱华伦斯坦的势力，皇帝命令他割让部分军队，华伦斯坦不愿接受这一要求，并正式考虑放弃对帝国军队的指挥。他秘密与皇帝的对手瑞典人进行谈判，试图迫使皇帝实现和平，同时希望保持与瑞典人结盟反对皇帝的可能性。华伦斯坦不知道其亲信奥克它佛·皮柯乐米尼①(Octavio Piccolomini)仍然忠于皇帝，并为其密谋刺探。帝国侦察兵设法在前往瑞典的路上拦截了华伦斯坦的一名谈判代表，危机一触即发。这一情况使奥克它佛的儿子麦克司·皮柯乐米尼(Max Piccolomini)和华伦斯坦的女儿特克拉(Thekla)之间的爱情充满考验。麦克司是华伦斯坦的热情支持者，他不相信其有叛变之意，也因此在支持华伦斯坦还是父亲之间备受煎熬。最后一部《华伦斯坦之死》揭开了等待华伦斯坦的最终结局。剧中，华伦斯坦得知，他派往瑞典进行秘密谈判的手下被忠于皇帝的士兵拦截，终于决意与瑞典人正式结盟。但是，此时奥克它佛已成功说服了华伦斯坦军队的几乎所有重要将领离开华伦斯坦，并且挑拨布特勒(Buttler)与其之间的关系，前者决意留下，伺机复仇。麦克司与特克拉之间的爱情也以失败告终，华伦斯坦本人则在卧室中被谋杀。

经过里米尼的蒙太奇拼接，不同身份的专家带着各自的故事被集结于主题框架中，所有的表演者都具有一个共同点，他们都曾经历过冷战时期，且分属不同意识形态阵营，所有人物的生平都可与席勒的戏剧《华伦斯坦》联系起来，形成互文。当然，表演者的特性也并未被抹杀，他们通过独白的形式向观众叙述自己的人生经历或者借助于其他专家的演技配合在表演场景中重现某些重要事件以展现每个人在微观框架中人生境遇的不同之处。表面上看，专家们只是在侃侃而谈自己某些难忘的经历、经验，实则以己及人，这些内容具有某种普遍性，他们的个人故事与社会政治的发展形成紧密联结，进而触发关于政治权利、责任义务与利益冲突之间的辩证讨论。

该部文献剧与历史剧《华伦斯坦》产生联结的地方在于原作故事中的人物与情节对舞台上表演者个人命运的借鉴意义。十位表演者虽与席勒笔下人物分属不同时空，却因某些契机产生联结，最终在舞台上产生奇妙的化学反应。作为席勒书迷的电工弗雷德曼·加斯纳(Friedemann Gassner)率先登台，他在舞台上提到席勒这部作品中的名言警句曾帮助自己度过了人生低谷，将其从

---

① 剧中人物的名字参考了郭沫若译本中的中文翻译。

自杀的边缘拽了回来；市议员、二战时期青少年预备士兵①罗伯特·赫尔费特
(Robert Helfert)亦由这部作品回忆起了当年在希特勒青年团的岁月，当时作
为预备役炮兵的赫尔费特听从命令奋力战斗，军队的命令与服从跟个人的正
义与良知彼此交战，正如《华伦斯坦》中的《骑兵之歌》(Reiterlied)所唱：

> 起来吧，弟兄们，上马，上马！
> 走上疆场去，血向自由洒！
> 在这疆场上，男儿还值价，
> 到此才知谁的胆量大。
> 真正的货色不能变作假，
> 一个人是啥呀他便是啥。
>
> ············
>
> 自由已经从世界上消亡，
> 只看见主人和奴才两样，
> 有诡诈在人的头上称王，
> 卑劣的徒辈以阴谋逞强。
> 咱们有视死如归的胆量，
> 只有咱们军人才是自由党。
>
> ············
>
> 生活的不安抛下了双肩，
> 再没什么怕惧，什么熬煎，
> 骑在马上去和运命见面，
> 活得过今天，又还有明天。
> 假使死在明天，就让今天
> 再痛饮一杯生命的醴泉。
>
> ············

---

① 预备士兵并非正式士兵身份，通常为中学生，在二战期间被征用为空军或海军助手，隶属于
希特勒青年团。

人的好运是从上天下降，

用不着酣费力气来拼挡，

世间上有那种傻瓜工匠，

想从地皮下挖掘出宝藏。

他在挖，他在掘，把命送葬，

结果是替自己挖掘墓场。

…………

骑兵与同他神速的骏马，

他们是威风赫赫的冤家，

合欢的邸中灯烛光华，

他是不速之客前来枉驾。

不消用金钱，不用多说话，

一阵冲锋，他便得到娇娃。

…………

姑娘为甚哭，为甚价悲伤？

让他去吧，让他去吧，别挡！

他在世上没一定的家乡，

要守爱的至诚，他不好讲。

迅速的运命不让他安详，

他的安详没放置的地方。

…………

来吧，弟兄们，把黑马加鞭，

让胸部在战场呼吸新鲜！

青春在发酵，生命在打漩，

振作起来！趁这精神犹健。

不把你的生命拿去冒险，

你的生命是不值一钱……①

---

① 席勒：《华伦斯坦》，郭沫若译，人民文学出版社，1955，第 68—70 页。

另一位表演者、曾是志愿兵的哈根·赖希（Hagen Reiche）讲述了自己的部队经历，那时逼真的模拟训练给其带来了至今无法克服的心理障碍，这让人联想到席勒笔下的华伦斯坦，他在手握权力之时，也不得不面对由此而来的巨大压力。警察局副局长拉尔夫·科斯滕（Ralf Kirsten）敞开心扉，上台分享了一段自己曾经的爱情故事。这场爱情几乎将他的事业毁于一旦，他的故事引发了关于事业与爱情之间如何取舍的讨论，这恰恰也能在《华伦斯坦》中找到对应，无论是现实中的副警长还是席勒戏中的麦克司·皮柯乐米尼，他们都陷入了忠于工作还是爱情的冲突之中，最终都以悲剧收场。曾从事过酒店服务工作的沃尔夫冈·布伦德尔（Wolfgang Brendel）讲述了自己与以"上帝"自居的顾客打交道的经验，与《华伦斯坦》原著一样，社会道德在这里成为探讨的主题。两名越南退伍军人则描述、证实了越南战争的残酷，同时抛出疑问：究竟服从的极限在何处，而何时又该开启反抗暴虐统治之举？两位女性表演者分别以占星学家、婚恋介绍机构运营者的身份登台，两者与《华伦斯坦》原作中的角色惹尼（Seni）及迭尔次克（Terzky）相呼应。现实生活中的法官兼政客奥托博士以"专家"身份登上舞台讲述自己跌宕起伏的参政之路，恰与华伦斯坦的军事生涯产生联结，两个人物虽来自不同时代，却都经历了从政治生涯巅峰跌入人生低谷的岁月，看尽了世态炎凉与虚情假意。

里米尼从不同角度或明显或隐晦地将其作品中的人物与原作中的角色连接起来，以古喻今、以今思故，通过古今交错将真实与虚构交织于一起。戏剧专家米里亚姆·德雷塞（Miriam Dreysse）认为里米尼以细腻、不着痕迹的虚实结合见长，他们创造的剧场绝非幻觉剧场，而是通过间离手段践行的反幻觉剧场。①他们的作品需要观众用主观意识搭建通道方可进入演出之中，表演的公开性、思辨性都需要观众在保持理性的前提下去欣赏、去判断，同时，部分作品对观众参与度的要求相当之高，观众通过技术设备的辅助，与剧中人物建立间接或直接的互动关系，从而产生自己的思考，而不是沉浸于表演

① Dreysse, Miriam. *Die Aufführung beginnt jetzt. Zum Verhältnis von Realität und Fiktion*. In: *Rimini Protokoll. Experten des Alltags. Das Theater von Rimini Protokoll*. Berlin: Alexander Verlag, 2007, p. 83.

之中，这一系列的操作与安排无疑令真实与虚构之间的界限变得十分模糊。尽管剧中的专家们矢口否认自己在台上作的自传式叙述及报道有任何不实，但观众却无法笃信他们口中的绝对真实性。对于观众而言，舞台上片段式的陈述仅仅是在表演瞬间产生的"一家"之言，它缺乏内在一致性，因此，虚构的成分隐藏其中在所难免。

除此以外，真实与虚构间模糊的界限还体现在舞台表演者的表演方式上。台上的表演者皆为非专业演员，他们尽己所能地"表现"真实性，例如，在表演时"不可避免"地出现了口误、露怯的状况，舞台上也没有动用提词器，表演者甚至可以使用带地方特色的语言表达手段，这些展现自己"非专业"的表演恰恰能与间离效果产生关联，令人不禁疑问，台上发生的事件究竟是真实的还是刻意为之的？表演者究竟是不是在演戏？对观众而言，弄懂这个问题并非易事。戏剧专家詹斯·罗瑟特（Jens Roselt）认为，每一位表演者在观众面前阐述个人自传性质的资料信息毋庸置疑是为了演出，在处理这些资料的过程中，表演这一行为本身促使害怕、害羞、吃力、愉快、沮丧等情状生成。虽然表演者的行动确实是在清晰可辨且预先确定的正式框架中进行，但他们的演绎并非仅用于实现导演的"更高"意图，由于表演的不完美，他们反而得以借此阻止导演及观众对自己的干预，为自己赢得了自由的创作表演空间。①剧作家、戏剧评论家弗洛瑞安·马尔扎赫（Florian Malzacher）认为表演上的不完美是里米尼作品的重要特征，那些不完美的时刻让观众归于现实，意识到作为真实的人存在犯错、失败的可能性。②归根结底，舞台上展现出来的都是表演者愿意让观众看到的部分，而这一选择本身就带有主观色彩。

里米尼并未采用纪录片（Dokumentarfilm）中常用的手段，例如将迥然不同、相互矛盾的见解剪接出来进行对照或将偏颇之处标记出来，而是选择让表演者自行分享个人相关经验与经历，换言之，里米尼给了表演者极大的自

---

① Dreysse, Miriam. *Die Aufführung beginnt jetzt. Zum Verhältnis von Realität und Fiktion*. In: *Rimini Protokoll. Experten des Alltags. Das Theater von Rimini Protokoll*. Berlin: Alexander Verlag, 2007, p. 63.

② Malzacher, Florian. *Dramaturgien der Fürsorge und der Verunsicherung. Die Geschichte von Rimini Protokoll*. In: *Rimini Protokoll. Experten des Alltags. Das Theater von Rimini Protokoll*. Berlin: Alexander Verlag, 2007, p. 27-28.

由，这一创作自由的赋予必然会在一定程度上降低作品的可信度与客观性。在《一场文献记录的演出》中亦是如此，它的真实性存在于表演者自愿选择公开、与观众分享的那一部分内容，报告人极有可能从自己的角度出发，审视问题、发表言论，使自身得以处在更有利的位置。例如，政客奥托在舞台上陈述了其所属党派惯用的政治手段，例如其所属党派为赢得民众支持与好感，将其包装成一名喜爱动物、热衷环保的知名人士，此外，陈述中也免不了对昔日以及当前政敌发表个人评论。那些陈述内容的"刻意"安排在某种程度上有利于证明报告人主观言论的真实性，对观众亦可产生一定说服力，但不可否认的是，哪怕陈述者在此过程中承认自己的不足、揭露自身的问题，以展现公正不阿，却仍然无法改变"一面之词"的事实，内容的客观性与全面性并不能得到保证。

真实与虚构界限模糊化的另一原因在于里米尼文本创作的随机性与灵活性。文本开始于提问与倾诉，专家们的诉说内容成为初始文本素材，之后，还需按照表演者当下的真实状况不断进行修正，再经过彩排的打磨逐渐变为承载个人表演风格的成熟剧本。尽管文本的内容来源于专家本人，但彩排磨合的过程离不开导演的把控，将经过导演安排、剪接、再进行分配的文本内容交由初始文本提供者进行叙述与表演，实际上也是一个将真实与虚构边界模糊化的过程。由于文本的可变性，在每一次演出中，表演者自述内容与舞台展示的现实能带给观众的可信度都需要戏剧团队的重新评估与协商配合。无论台上所述内容听起来有多么真实，表演者的陈述都是基于其记忆中协商安排之后的那部分"事实"，这部分事实包含着人为制造的虚构成分，蕴含虚构可能性的部分具有将一切都非现实化的巨大能量。表演者基于虚构的可能性从而对熟悉事物产生了陌生感，这使得他们在台上能同时以"证人"的身份倾听自己的陈述，与所述内容保持一定距离，保证某种程度上的客观性与真实性。里米尼将真实虚化，同时又不忘将虚构置于现实，使之获得实感，舞台上的真实与虚构、表演的真与假紧密交织于作品之中。

里米尼创造的舞台在观众与专家之间架起了一座沟通的桥梁，使他们了解对方的领域成为可能，双方的相遇与思想碰撞正是文献记录的价值所在。在《一场文献记录的演出》中，展现在观众面前的陌生世界由专家们根据自身经验描摹而成，例如奥托讲述的德国政界斗争、赫尔费特追忆在希特勒青年团时的岁月等等，正是这些带有私密性质，隶属于个人的叙述为观众打开了通往"异世界"的大门。另一方面，专家们来到舞台的经历必定也是其人生中值得回味的一页，他们以新人的姿态了解戏剧的创作与运转机制，接受作为"戏剧演员"登台演出的全新挑战。专家们作为非专业演员，在观众面前的自我表现状态在很大程度上影响其话语的真实性与可信度。戏剧因为自身的特性能够做到区别于日常生活的同时，又将社会现实融入此情此景之中，里米尼作品中的表演者结合自身经验将社会问题带上舞台、抛向观众，并促使其认真审视与思考。这是个人与集体记忆实现连通的过程，里米尼借助戏剧这一媒介打开了经验空间，在空间中架起桥梁，将事实信息的抽象认识与个人经验的探索连接起来，这些经验在表演者所处的空间被剧场观众回忆起来的瞬间亦成为表演者的新经验，从而实现了双方经验与记忆的联结。表演者与观众的思想碰撞可以发生在舞台上表演的任何一个时刻，事实上，表演者陈述事件发生的时空与观众产生的共鸣早已超脱于舞台的限制，而发生在双方某个时空中的记忆交汇处。从这个意义上来说，《一场文献记录的演出》既是一场戏剧演出，亦是演出当下的真实文献记录。

里米尼的文献剧追求的也许从来就不是绝对客观与百分百真实，主观加工与个人反思才是其作品的核心价值所在。观众在里米尼的剧作中无法直接获得关于某个主题的客观信息，得到的只是专家们站在主观立场上的个人陈述。这些陈述经过导演及编剧之手重新安排与剪接，毫无疑问，它们是主观经验的产物。尽管如此，里米尼的作品仍然具有文献记录的特质，原因在于其作品虽无法全然无误地呈现客观现实，却为观众思考现实社会的种种议题撕开了一个口子，观众透过它得以在洞察部分现实的基础上进行反思，这有助于引导社会整体对作品中涉及的主题展开讨论。里米尼的重塑经典一方面凸显了席勒作品的经典性，说明其在当代社会依然具有极大的启发性与参考价值，另一方面也用新视角、新手段在舞台上重新赋予其生命力，令经典得以继续流传，惠及后代。

第二节　经典剧的解构与颠覆

"我来自一个完全不同的时代，来自足球、摇滚乐，来自大喊大叫的不满，来自神经症的时代。在这个时代人们可以不再拘泥于固定的类别划分。"

——弗兰克·卡斯托夫

与席勒相比，在柏林戏剧节的展演舞台上歌德作品的改编频次更低，仅有三次，分别为：2007 年，扬·博斯(Jan Bosse)在柏林高尔基剧院搬演的书信体小说《少年维特之烦恼》(*Die Leiden des jungen Werthers*)；2012 年，尼古拉斯·斯蒂曼(Nicolas Stemann)于汉堡塔利亚剧院搬演的诗剧《浮士德》(*Faust*)；2018 年，柏林罗莎·卢森堡广场人民剧院经理①弗兰克·卡斯托夫(Frank Castorf)在该剧院的告别之作，原著同样也为歌德的经典之作《浮士德》。20 世纪 50 年代初期出生于东德的卡斯托夫曾亲历德国的分裂与统一，其作品风格、探索主题也因政治氛围而染上独特的色彩。青年时期的卡斯托夫曾在国家人民军②(东德)服兵役，之后就读于冷战时期被划入东德境内的柏林洪堡大学，师从德国著名戏剧专家、评论家恩斯特·舒马赫(Ernst Schumacher)、约阿希姆·菲巴赫(Joachim Fiebach)等研究戏剧学。自 1976 年起，卡斯托夫便以剧作家、导演的身份活跃于东德舞台：尽管当时德国尚未统一，但卡斯托夫在戏剧领域的卓越才能已经不受横亘于东西德之间的障碍所限。1989 年，在两德统一前夕卡斯托夫就被允许前往西德排演戏剧作品，

---

①　剧院经理(Intendant)指的是在剧院中处理艺术和管理事宜的总负责人，国内有翻译为艺术总监、剧院经理或是剧院院长。近二十年来该职位的管理功能越来越受到重视，因此，将之翻译为"剧院经理"或许更为合适。

②　冷战时期，东德的武装力量于 1956 年 3 月 1 日正式建立，命名为"国家人民军"(NVA)，由陆军、人民海军、空军及边防军所组成，全军接受德国统一社会党的领导。1990 年 10 月 3 日，东德并入西德，德国正式统一，东德的国家人民军就此被取代，而当中五万名的军人继续在联邦国防军中服役，但不久后亦离开军队，只剩下部分军官继续留在军中工作。

其中包括在慕尼黑最大的话剧剧院拜仁国家剧院执导的市民悲剧《萨拉·桑普森小姐》(*Miss Sara Sampson*)，该部作品次年即被选为柏林戏剧节十大最值得关注的作品之一。两德正式统一之后，卡斯托夫成为柏林戏剧节的常客，截至 2020 年，他共有 15 部作品获得邀请，是获此殊荣最多的导演之一，甚至缔造了连续五年受邀的佳绩。

表 1-1　卡斯托夫入选柏林戏剧节的 15 部作品

获邀年度	原作	剧作家	首演剧院
1990	萨拉·桑普森小姐	莱辛	拜仁国家剧院
1991	约翰·盖勃吕尔·博克曼	易卜生	德意志剧院
1993	李尔王	莎士比亚	柏林人民剧院
1995	休息站	耶利内克	汉堡德意志剧院
1996	潘蒂拉老爷和他的男仆马狄	布莱希特	汉堡德意志剧院
1997	魔鬼将军	卡尔·祖格迈耶	柏林人民剧院
1999	肮脏的手	萨特	柏林人民剧院
2000	群魔	陀思妥耶夫斯基	柏林人民剧院
2001	欲望号街车	田纳西·威廉斯	柏林人民剧院
2002	被侮辱与被损害的人	陀思妥耶夫斯基	柏林人民剧院
2003	大师与玛格丽特	米哈伊尔·布尔加科夫	柏林人民剧院/维也纳艺术节
2003	悲悼	尤金·奥尼尔	苏黎世剧院
2014	茫茫黑夜漫游	路易-费迪南·塞利纳	慕尼黑王宫剧院
2015	巴尔	布莱希特	慕尼黑王宫剧院
2018	浮士德	歌德	柏林人民剧院

从表 1-1 可以看出卡斯托夫的绝大部分作品均出自柏林人民剧院，他的导演生涯正是在此攀上顶峰，其卓越的领导、统筹才能亦在此展露无遗。卡斯托夫自 1992 年起担任剧院经理一职，在其领导下的人民剧院会聚了克里斯托夫·马塔勒（Christoph Marthaler）、克里斯托夫·施林根西夫（Christoph Schlingensief）、迪米特·格切夫（Dimiter Gotscheff）和勒内·波莱希（René

Pollesch)等一批当代德语剧坛的领军人物，他们在这里畅意施展才华，造就了精彩纷呈的柏林大舞台；此外，从1992年开始，另一个新剧院亦被投入使用，该表演舞台给具有"后戏剧"特质的非主流独立团体如戈伯小分队（Gob Squad）、她她波谱（She She Pop）、西格纳（SIGNA）等展现自我的机会。天下无不散之筵席，2017年，卡斯托夫在柏林人民剧院的合同到期，决意离开。回顾在此二十余年的工作生涯，他曾斩获嘉奖无数，作为剧院经理亦为柏林人民剧院赢得了大量关注，剧院在2016年、2017年连续两年被评选为"年度剧院"，卡斯托夫自然功不可没。

论及戏剧创作方式，他明显区别于传统戏剧导演。从近几年的评论来看，无论是专业戏剧杂志还是一般专栏普遍将其作品归类于后戏剧的范畴内。卡斯托夫认为，舞台能够构建一次性的现实，剧中人物的命运、问题与状态同样可以被理解为演员的命运、问题与状态，演员们借由人类普遍问题的同理性能够对在场观众施以影响力。但这并不意味着，演员与角色需要承担相同的关注点，对演员而言重要的是必须有能力"生动地"传达角色信息。至于演员应如何进行表演，卡斯托夫表示自己对斯坦尼斯拉夫斯基或布莱希特的表演方法并不感兴趣，在舞台上通过模仿还原世界纷繁复杂的状况在他看来并不可行。简单来说，卡斯托夫采用的表演方法强调"实验"二字。在排练阶段，他并不像一般导演那样严格控制排演流程，而是在保留最终决定权的前提下，给予演员高度自由，演员以实验的方式自行探索剧中人物的情绪、行为与状态，直至具有真实感的瞬间与表演状态迸发。演出时，演员通过高强度的身体运动来进入角色状态，在这一过程中，角色行为的意义以能够为观众所感知的形式自然出现。

卡斯托夫采用的表演方法具有实验性，其文本创作的方式也无处不彰显着"实验"的特质。通常，他选择的原始素材多为经典戏剧文本，这点在表1-1中已有体现，从易卜生的《约翰·盖勃吕尔·博克曼》到歌德的《浮士德》均是人们耳熟能详的剧作，这些文本的经典性毋庸置疑。此外，他并不拘泥于原素材的文学体裁，对别具一格、打破文学常规的长篇小说亦情有独钟。例如，表格中俄罗斯作家布尔加科夫的《大师与玛格丽特》堪称20世纪魔幻现实主义的代表作之一，这是一部想象力五彩斑斓的"怪诞"之作。该部作品与歌德的

《浮士德》之间有着千丝万缕的关系，布尔加科夫笔下的大师和玛格丽特分别与浮士德、格雷琴形成对照，细节部分也有诸多呼应之处。卡斯托夫也确在 2017 年将歌德的《浮士德》搬上了舞台，可见导演对魔鬼考验人类这一主题充满了好奇心与创作欲。他改编的另一部长篇小说为法国作家塞利纳的代表作《茫茫黑夜漫游》，该部作品创作于 1932 年，它反常规、跳脱节奏的叙事风格、遣词造句的极度口语化以及传递的浓厚虚无主义倾向如一声惊雷在法语文坛引起轰动。这类带有反叛性、独树一帜的文学作品与卡斯托夫本身绝不"循规蹈矩"的戏剧创作理念相当契合。卡斯托夫将文本素材搬上舞台时，常常会"肆意"添加人物相关枝节，按照个人爱好在剧中融入电影名言、其他戏剧内容、政治演讲、哲学文本或歌曲歌词，同时借助演员癫狂、粗俗、暴力的表演达到间离效果，促使观众对演员表演的驱动力产生个人独特的见解。然而，他对原文本大刀阔斧、"随心所欲"地加工与修改也给自己招来不少骂名，甚至被冠上了"剧本粉碎机"的称号。

卡斯托夫对经典文本的解构理念深受法国解构主义大师雅克·德里达（Jacques Derrida）的影响。后者是一名"有着自由主义倾向和世界主义倾向的民主社会主义者，他曾经预示，当代的全球化，包括市场经济学、技术、传媒、美国的霸权以及欧洲的统一等，将以多种方式改变世界，这些方式或好或坏地使得民主民族国家的主权变得调和折中了"[①]。德里达的话语批评主要针对前结构主义关于符号的定义，他认为西方的逻各斯中心主义和语音中心主义的一个作用在于建立绝对真理和塑造一个普遍同一的理性主体，这样就导致生命失去了个体的自由，解决办法就是用书写去颠覆语音、用"延异"（différance）去颠覆同一性。延异正是构成德里达解构思想的核心内容。顾名思义，延异具有双重含义，即延迟与差异，它一方面是由时间上的"延迟"导致差异产生的自由活动，另一方面又是"差异"的结果。差异是延异在时间的延缓中产生，延异因此亦产生不断变化的意指关系。由于书写符号的模糊性及歧义性，这种延异的活动在文本的创造性诠释中更容易发挥其作用，它是

---

① 王宁：《德里达的幽灵：走向全球人文的建构》，《探索与争鸣》，2018 年第 6 期，第 16 页。

一种绝对自由的、无底的棋盘游戏。[①]延异策略有利于促使大众思考现实的复杂性，促进论点和矛盾之间不可调和的差异性生成新的辩证关系。借由延异策略，可以避免单一的文本阐释，与此同时，文本亦被赋予了更为丰富的意指可能、更为广阔的解读背景。按照德里达的解构思想，文本不再是提供意义的中心所在，而是一个允许所有关系、元素平等存在的框架结构。

尽管德里达本人并未深入涉足戏剧领域，但这一思想却深深地影响了 20 世纪 70 年代以来的戏剧理论以及戏剧发展方向。不少先锋艺术家从德里达的解构思想中获得灵感，对以戏剧文本为基础的传统舞台作品提出质疑。在此基础上，德国逐渐发展出"后戏剧"这一概念。上文提到的冯特教授指出在这类戏剧中，剧本被置于符号系统之中，生成角色、空间、时间和连续的情节，成为解构文本组成成分的剧作。因此，后现代戏剧冲破了文本和情节戏剧的框架，即连续不断的叙述或话语。各个符号系统以及它们的相互作用可被分开呈现，并行发展，添加或是剪接，从而产生新的时间、新的空间和新的人物，指向"离心的主观性"。[②] 彼时，冯特已经认识到当代德语戏剧已逐渐偏离"奉文本为尊"的金科玉律，随着"后戏剧"理念的不断成熟与发展，受其影响的德语戏剧人士也越来越广泛。卡斯托夫的戏剧无疑诠释了"后戏剧"的思想，在他的观念中，文本只是构成其舞台创作的一个要素，而非中心所在。

卡斯托夫曾表示自己来自一个完全不同的时代，来自足球、摇滚乐，来自大喊大叫的不满，来自神经症的时代。在这个时代人们可以不再拘泥于固定的类别划分。他并不相信通过忠实于原著以及深入聆听艺术品能够实现美学上的救赎。[③] 换言之，卡斯托夫并不主张让观众产生身临其境的代入感，因为这无益于美学上的提升。作为一名先锋艺术家，他信奉的是解构主义的美学原则，通过拆解、重组原文本，再拼接现实中潜在的人际冲突关系，最终实现作品内涵升华的目的。可以想见，卡斯托夫"非主流"的戏剧作品必定不

---

① Derrida, Jacques. *Postmoderne und Dekonstruktion*. Stuttgart：Reclam，1990，p. 21.

② Finter, Helga. *Das Kameraauge des postmodernen Theaters*. In：*Studien zur Ästhetik des Gegenwartstheaters*. Heidelberg，1985，p. 47.

③ Castorf, Frank. *Für eine andere Vitalität auf der Bühne*. In：*Süddeutsche Zeitung*. 30. 12. 1992.

会被戏剧观念保守的观众所接受，遭到批评和指责已是意料之中。虽然失去了传统戏剧爱好者的支持，但塞翁失马焉知非福，卡斯托夫孤傲、张扬的戏剧态度吸引了大批年轻观众为拥趸。他通过大量使用摄像机拍摄和银幕投影营造出充满新鲜感的影像氛围，同时将流行文化融入其中，从而赢得了大批年轻观众的心，柏林人民剧院也因此成为他们的朝圣之地，剧院上演的作品成为他们眼中的狂欢派对，甚至是生活中不可或缺的调剂品。

从卡斯托夫担任柏林人民剧院经理开始，其戏剧作品诠释了兼具严肃性与潮流指引性的实验美学，示范性地推动了整个德国的戏剧发展趋势，为政治剧的美学走向奠定了基调。尽管近年来卡斯托夫的作品被质疑欠缺新意，但他于2017年执导的谢幕之作《浮士德》有力地回击了这一质疑。该部于柏林人民剧院首演的戏剧长达六小时五十分钟，卡斯托夫一贯特立独行的风格却让这场马拉松式的超长演出始终保持着新鲜感。他并没有辜负"剧本粉碎机"的称号，歌德的《浮士德》在其手中被拆开，拼接上陌生文本、电影甚至歌曲中冗长而复杂的文字，重组之后几乎已变得"面目全非"。原著《浮士德》中蓄存的磅礴气势在卡斯托夫的解构下化为一场自我批判式的演出，充满活力和幽默。

原作中由浮士德与魔鬼梅非斯特签订协议而构成的戏剧冲突在改编版本中被淡化；在原著尾声中，天使与梅非斯特之间的善恶之争意蕴丰富，但卡斯托夫对这段极具象征意义的文本段落亦未给出自己的判断。事实上，他创作的戏剧通常都不会有一个明确的结局，他曾强调，对自己而言，戏剧的结尾应保持无政府状态，这是否定的瞬间，亦是问题的提出。他认为，至关重要的是先立论再将其推翻，之后无须得出综合结论而是留下开放式结局。[①] 在改编《浮士德》的过程中，可以明确的是，相较歌德高超的文字驾驭能力以及故事叙述能力，更加吸引卡斯托夫的是其作品中涉及的知识、文化和历史观念。在《浮士德》诗剧的第二卷中，浮士德醉心于征服和开疆扩土：

> 铁锹的声音使我多么愉快！

---

① Dietze, Antje. *Ambivalenzen des Übergangs: Die Volksbühne am Rosa-Luxemburg-Platz in Berlin in den neunziger Jahren*. Göttigen: Vandehoeck & Rupprecht, 2014, p. 159.

那是为我服役的民夫，

将围垦地跟陆地连在一处，

给波涛划出它的疆界，

筑一带坚堤围住海洋。

…………

你要想一切法子，

前去招募大批民夫，

用酒饭和严规加以鼓舞，

出钱、诱骗或者压制！

你要每天前来向我汇报，

进行开掘的渠道挖了多少。①

　　卡斯托夫在原著中发现了诸如此类居高临下、彰显统治者权威的话语，从中萃取出了他想要探讨的核心：殖民。改编版本立足于广泛的背景资料调查，他以全球史视角追溯并反思了欧洲对外殖民的历史，特别是法国对阿尔及利亚的殖民占领及 100 年后的阿尔及利亚独立战争，其中融入了大量马克思主义与后殖民主义思想。卡斯托夫通过拼贴法国著名非殖民化先驱弗朗兹·法农（Frantz Fanon）在《垂死的殖民主义：阿尔及利亚革命的第五年》（1959）中关于法国殖民者与阿尔及利亚被殖民者之间不平等关系的书写从而将舞台上的"浮士德"以"殖民者立场"所发表的言论进行解构，浮士德也因此成为以自我为中心，理应被推翻的"欧洲文明"的产物。

　　法农是 20 世纪关注非洲研究的重要思想家，同时也是为第三世界国家解放与独立呼号奔走的斗士，从他的一系列作品来看，欧洲文明是其猛烈批判的对象。法农并非在暴力与非暴力之间游移不定、表述模棱两可的政治"投机者"，对于欧洲帝国主义的殖民统治，他斩钉截铁地提出必须实行暴力反抗，因为殖民主义是"自然状态下的暴力，它只有在一个更加强大的暴力面前才能屈服"②，相较于欧洲殖民者以施舍的态度主动承认殖民地的自由与独立，被

① 歌德：《浮士德》，钱春绮译，译文出版社，2007，第 451—452 页。
② 法农：《全世界受苦的人》，万冰译，译林出版社，2005，第 23 页。

殖民者通过暴力手段争取自由才能为自己赢得真正的尊严与价值，从而震醒高傲自大的殖民者，使其深刻体悟到被殖民者作为人同样具有不容侵犯的尊严。萨特无疑是法农的支持者，他在为法农《全世界受苦的人》所作序言中指出："杀死一个欧洲人，这是一举两得，即同时清除一个压迫者和受压迫者，剩下一个自由人和死人；幸存者第一次感到他脚下植物下面的国土"[①]，显然萨特对殖民地暴力革命持肯定的态度。当然，值得注意的是，萨特与法农虽同是法国人，却依然有着身份上的差异，萨特是生于巴黎的欧洲白人，而法农则是在法国殖民地马提尼克岛上诞生的黑人。法农站在"被殖民者"的立场上，认为应将推翻殖民统治诉诸暴力革命，尚且算是顺理成章之事，那么对于萨特——一个土生土长的欧洲白人来说，其立场则变得更为复杂，萨特对第三世界受苦的人民怀有悲悯之心这一点无须怀疑；不容忽视的是，萨特在序言中同时也提道："你们要拿出勇气读这本书：因为这第一个理由，此书使你们感到羞愧，而这种羞愧正如马克思所说的是一种革命感情。你们明白，我也不能使自己摆脱主观的幻想。我告诉你们：'一切完了，除非……'欧洲人，我从一个敌人那儿偷了一本书，我把此书变成一种医治欧洲的方法。你们要利用这本书。"[②]可见萨特对欧洲文明衰落满怀忧虑与警醒，颇有恨铁不成钢之意。无论是上文提到的德里达还是此处的萨特，可以看到卡斯托夫的世界观、历史观与邻国法国的左派知识分子产生了诸多共鸣，他们的思想与创作是卡斯托夫重要的灵感来源。出于相似的政见，如上述表格所示，卡斯托夫曾在柏林人民剧院执导过萨特编写的政治剧《肮脏的手》，该剧地点设在一个虚构的国家伊利里亚，讲述了一个年轻人在第二次世界大战尾声的1943至1945年期间刺杀一名政治领袖的故事。年轻人身怀任务刺杀该政治领袖未能成功，最终却因为他的个人恩怨"偶然"杀死了那名领袖，该剧的核心矛盾在于该刺杀任务的意义以及共产主义的思想分歧。

回到《浮士德》这出戏上，卡斯托夫眼中的梅非斯特是"那种力的一部分，常想作恶，反而常将好事作成"[③]的矛盾混合体，善与恶对立统一，好与坏轮

---

① 法农：《全世界受苦的人》，万冰译，译林出版社，2005，第23页。
② 法农：《全世界受苦的人》，万冰译，译林出版社，2005，第17—18页。
③ 歌德：《浮士德》，钱春绮译，译文出版社，2007，第40页。

流转换，倘若放之于后殖民范畴，对外殖民与自我殖民何尝不是相生相伴。萨特指出，欧洲殖民者不只在殖民地上奴役被殖民者，也在自己的国家用殖民主义传播文明的虚假人道主义口号欺骗人民，奴役人民使他们沦为殖民主义的同谋。面对殖民地的反抗运动，每一个有良知的欧洲人，即便只是为了自己的自由，也应该和那些殖民地的受难者联合起来，共同反抗殖民者。导演卡斯托夫作为一名"有良知的欧洲人"显然在思想上与萨特不谋而合，才能在剧中借"浮士德"之口说出萨特曾写下的文字："我们过去是历史的主体，现在我们是历史的客体"①，言辞之间体现出导演对"殖民"这一主题的深刻反思与自我批判。

此外，卡斯托夫还在原作中看到了浮士德鄙视懒惰、严格勤勉的"工作狂"特质：

> 浮士德　黑夜逼来，好像越来越深沉，
>
> 可是心中却有光明在照耀；
>
> 我所想的，要赶快将它完成，
>
> 只有主人的话才算重要。
>
> 你们起床吧，臣仆们！全体出发！
>
> 好好实现我的大胆的计划。
>
> 拿起工具，挥起铁铲铁锹！
>
> 规定的事项必须立刻办好。
>
> 严守秩序，快速勤劳，
>
> 就能获得最好的报酬；
>
> 千手的运用存乎一心，
>
> 最大的事业足能完成。②

浮士德无疑是痴迷于工作之人，他发号施令，动员部下，严格督促，期待高效的工作方式。通过"浮士德"这一人物形象的重构，卡斯托夫将资本主

---

① 法农：《全世界受苦的人》，万冰译，译林出版社，2005，第28页。
② 歌德：《浮士德》，钱春绮译，译文出版社，2007，第449页。

义社会推崇的"男性原则"，强调利益与自我、片面追求效率的社会氛围化为批判对象。在资本主义初期，积极生活、注重效率的"男性原则"看似极其合理且充满希望，但随着历史进程的推进，这一原则的缺陷逐渐暴露，它的虚幻性与盲目性必将导致失败的结局，正如原著中浮士德苦心建造的"人间乐园"却是埋葬自己的"坟墓"一般。从20世纪70年代以来，在国际经济政策中扮演重要角色的"新自由主义"从根本上来说，与资本主义初期的"男性原则"并无二致，它不断寻求性能的增强和新的销售市场，一味强调扩张，处处透出贪婪的特性。随着右翼民族主义势力的抬头和市场"无形之手"自我调控能力的消失，资本主义在柏林人民剧院的舞台上进入了卡斯托夫所预测的野蛮阶段。原著中浮士德不论是作为博古通今却最终陷入绝望的学者，还是重获新生后手握权力、却不知自始至终的努力都是在"自掘坟墓"的领导者，可以说"失败"二字贯穿了他的前世今生。因此，舞台上由"浮士德"诠释的"男性原则"似乎也预示了资本主义经济的最终走向。

除了"男性原则"的短暂性，女性魅力的永恒性亦是卡斯托夫作品重点讨论的部分。对于一场长达七小时之久的戏剧演出来说，少了爱情的主题不免乏味。卡斯托夫从原著中浮士德与格蕾琴之间并不完全平等的两性关系中获得灵感，在作品中加入了埃米尔·佐拉(Émile Zola)所著小说《娜娜》(Nana)中的场景，以此将19世纪巴黎卖淫世界中充斥着的自大和暴力融入其中。此外，犹太诗人保罗·策兰(Paul Celan)的代表性长诗《死亡赋格》(Todesfuge)亦被融入其中，策兰的诗词本身就具有极强的音乐性和节奏感，卡斯托夫在剧中安排说唱歌手阿卜杜勒·卡德·特拉奥雷(Abdoul Kader Traoré)在舞台上诠释这首控诉德国纳粹凶残、描述犹太囚犯悲惨命运的诗歌，两者的结合可谓天衣无缝。除了文本的拼接，卡斯托夫在舞台上还采用了一些电影镜头，其中包括意大利电影人吉洛·庞特科沃(Gillo Pontecorvo)最为著名的电影《阿尔及尔之战》(1966)。

舞台布景设计师亚历山大·丹尼克(Aleksandar Denić)曾与卡斯托夫合作多次，此次，他为《浮士德》搭建了一个令人惊艳的嵌套式旋转舞台，让人如同置身于一个"狂热的梦"。演出开始之际，可以看见一列幽灵火车的入口，红色字母拼写的"L'Enfer"(地狱)赫然在目；而幽灵火车的后端则布满各种影射法国殖民统治的引言。舞台上的内部空间多装饰着 1940 年代和 1950 年代的恐怖电影海报，它们传达着关于法国在阿尔及利亚进驻军事部队等背景信息。巴黎地铁的一个车站——斯大林格勒战站也是布景的一部分，该车站位于巴黎 10 区和巴黎 19 区的交界处，车站的名称正是取自第二次世界大战中德国及其盟国为争夺苏联南部城市斯大林格勒而进行的战役。舞台布景无一不透露着欧洲对外掠夺与殖民的野心。

剧中场景与场景之间的联系是松散的，无法顺着时间顺序缓缓展开。卡斯托夫擅长通过摄像机和银幕投影的使用来展现故事的多面性，观众可以从不同视角出发有选择地聚焦舞台上发生的事件，而不是被动接受按照时间线完整叙述的故事。在卡斯托夫的作品中，许多动作甚至都发生在观众的视线之外，此时，需要借助巡回摄像机捕获画面，再由视频编辑师即刻剪接，最后投影至舞台上的屏幕方能供观众欣赏。这一系列的操作需一气呵成，对技术的要求相当之高，但这也正是卡斯托夫戏剧的一大特点：实验性地大量使用技术设备以探索各种可能性。

纵观卡斯托多年的创作经历，不难找到一些共性：他通常会选择经典的文学文本作为创作底色，之后再从文本背后蕴含的社会学、人类学等高深知识相交织的复杂维度中抽出一根根单独脉络，通过抽丝剥茧、重组拼接的实验性舞台手段，"简化"到能为大众所接受和理解的层面，进而寻求能够触动观众思考的方式，以传达更为宏大、深刻的思想。虽然《浮士德》的演出更像是一场疯狂的告别派对，中间穿插着嘈杂、喧闹的配乐，包括歌剧、奇幻电影中的插曲；雅克·布雷尔的摇滚乐、汤姆·威茨的前卫音乐、血泪汗合唱团的融合爵士乐等等，但是观众在喧嚣和狂躁之后得到的瞬间宁静却是极其宝贵的、进入圣域的时刻——静止的时间赐予了观众最为纯粹、透彻的思考机会。卡斯托夫娴熟地使用蒙太奇拼接各个场景，使整场演出取得了戏剧性的电影效果，同时，在结合现实的基础上，打乱歌德原作《浮士德》第一部与第二部的前后顺序，将两部内容"肆意"翻转、糅合在一起，截然不同的两个部分因而被巧妙地交融在一起，少了时间上先后顺序的牵制，故事情节的发展更似一个无休止的循环。卡斯托夫秉持着自己的独特风格，用别具一格的戏剧手段为歌德的经典诗剧提供了新的注解，尽管有媒体批评卡斯托夫桀骜、乖张的个性以及作品中对女性过于粗俗的描述，但不可否认的是，《浮士德》为其在柏林人民剧院25年的工作生涯画上了一个近乎完美的句号。

第三节　布莱希特的当代演绎

"许多人认为，搬演政治剧意味着承认某些事情。但那是政治，而不是戏剧。戏剧总是辩证而矛盾的。"

——塞巴斯蒂安·鲍姆加滕

　　回顾源远流长的德语戏剧史，无论是早期带有宗教祭祀性质的表演、启蒙运动时期以莱辛为代表的市民戏剧还是如今正热的"后戏剧剧场"，这其中布莱希特携其富含思辨意义的戏剧作品活跃于舞台的岁月无疑是德语戏剧最为璀璨的时期。布莱希特将德语戏剧推上世界舞台的高度，使之熠熠生辉。然而，自20世纪70年代以来，走向戏剧的表现形式越来越多元、越来越新潮，德语戏剧逐渐走向"后戏剧"，即"后布莱希特"时代①，似乎布莱希特这位曾经的戏剧界先锋已经不得不退出舞台，给时下正热的实验戏剧让位。再者，随着柏林墙倒塌，东西德意识形态逐渐统一，布莱希特创作的那些抨击资产阶级的戏剧作品愈发显得不合时宜。进入21世纪以来，欧洲右翼势力逐渐崛起，右翼政党除了在经济上不断扩大影响力，其触角也在不断地伸向文化领域。可想而知，布莱希特的冷遇与德语戏剧持续"向右转"的政治倾向不无关系。据统计，2000年至2009年无任何基于布莱希特剧本改编而成的作品获邀前往柏林戏剧节参加展演，2010年至2019年间也仅有四部与布莱希特相关的作品出现，其中三部根据其话剧作品改编，并且沿用了原著标题，它们分别是：2013年，塞巴斯蒂安·鲍姆加滕（Sebastian Baumgarten）于苏黎世剧院执导的《屠宰场的圣约翰娜》；2015年，卡斯托夫于柏林人民剧院执导的《巴尔》；2018年，克里斯托夫·吕平（Christopher Rüping）于慕尼黑室内剧院执导的

---

① 汉斯-蒂斯·雷曼：《后戏剧剧场》，李亦男译，北京大学出版社，2010，第26页。

《夜半鼓声》；还有一部是勒内·波莱希（René Pollesch）于 2012 年以布莱希特的未完成剧作《法泽》（*Fatzer*）为灵感进行的全新创作《杀死你的宝贝！贝拉德菲亚街道》（*Kill your Darlings！Streets of Berladelphia*）。

在这几位导演中，除上文提到的卡斯托夫出生、成长于东德外，另一位导演塞巴斯蒂安·鲍姆加滕也曾在东德度过了童年以及青少年时期。鲍姆加滕于 1969 年出生在东柏林的一个艺术世家，其母为歌唱家，祖父汉斯·皮施纳（Hans Pischner）曾担任柏林国家歌剧院①经理多年。鲍姆加滕继承了祖父的衣钵，从 1989 年开始，在欧洲著名音乐学府汉斯·埃斯勒音乐大学学习歌剧导演。学成之后，他曾在著名编舞师、戏剧导演露丝·伯格豪斯（Ruth Berghaus，1927－1996）以及身兼剧作家、导演、舞台设计师、作家、摄影师和演员等多重身份的全能型艺术家埃纳尔·施勒夫（Einar Schleef，1944－2001）身边担任助手一职。伯格豪斯学舞蹈出身，后师从沃尔夫冈·兰霍夫（Wolfgang Langhoff，1901－1966）走上戏剧导演之路，然而兰霍夫的戏剧美学并未给伯格豪斯带来艺术上的共鸣与灵感，反倒是布莱希特对其产生了极为深远的影响，双方在思想上碰撞出了精彩的火花。出于对布莱希特的崇敬，当然，也是因为二人对戏剧艺术有着共同的看法，自 1970 年起，伯格豪斯在由布莱希特一手创办的柏林剧团中担任剧院经理海伦·韦格尔（Helene Weigel，1900－1971）②的副手。韦格尔去世后，伯格豪斯继任剧团经理直至 1977 年辞去这一职务。在这段时间里，伯格豪将布莱希特那些鲜为人知的小众作品搬上了舞台。伯格豪斯力图带领柏林剧团冲破意识形态的限制，帮助它适应新的社会发展之所需，上文所提到的另一位艺术全才施勒夫正是与其并肩作战的同侪之一。早在青少年时期施勒夫就对布莱希特的戏剧产生了浓厚的兴趣，他曾跟随著名舞台布景设计师卡尔·冯·阿彭（Karl von Appen，1900－1981）学习戏剧相关专业，而冯·阿彭与布莱希特又关系匪浅，前者自 1954 年以来便一直担任柏林剧团的首席舞台设计师。毋庸置疑，布莱希特的

---

① 柏林国家歌剧院的德语全称为"Staatsoper Unter den Linden"，是一座位于德国柏林市中心菩提树下大街的歌剧院，这里也是柏林国家歌剧院管弦乐团的所在地。剧院从 1949 年至 1990 年间隶属于东德。

② 柏林剧团（缩写为 BE）是德意志民主共和国演出团体，以其创始人布莱希特的作品表演而闻名。

戏剧理念对伯格豪斯与施勒夫的影响颇深，鲍姆加滕在两位前辈身边的工作经历则揭开了他与布莱希特之间渊源的序章。

据统计，鲍姆加滕至少搬演了四部由布莱希特创作的戏剧作品，其中包括1998年于哈勒塔利亚剧院搬演的《说是的人》(*Der Jasager*)，2011年于莱比锡剧院搬演的《四川好人》(*Der gute Mensch von Sezuan*)，2012年于苏黎世剧院搬演的《屠宰场的圣约翰娜》(*Die heilige Johanna der Schlachthöfe*)以及2014年于斯图加特剧院搬演的《三分钱歌剧》(*Die Dreigroschenoper*)。自1996年开始，鲍姆加滕的工作重心逐渐从歌剧导演转向话剧导演，不过，鲍姆加滕在选择作品之际显然并未忘记自己的老本行，以上几部作品多为带有歌剧性质的戏剧。其中，2013年获得柏林戏剧节邀请的作品《屠宰场的圣约翰娜》是布莱希特于1929年至1931年间适逢世界经济危机之际携手伊丽莎白·豪普特曼(Elisabeth Hauptmann，1897－1973)与埃米尔·伯里(Emil Burri，1902－1966)共同创作的一部史诗剧(Episches Theaterstück)。故事讲述了"黑草帽"救世军少尉约翰娜·达克(Johanna Dark)出于对工人处境的同情，设法说服芝加哥肉业大亨毛勒(Mauler)重新运转肉类工厂以帮助失业工人改变悲惨命运，但她却陷入了资本家精心炮制的阴谋之中，最终只能绝望地看着工人罢工的失败。戏剧尾声，垂死的约翰娜意识到自己寄希望于上帝的"拯救"跟资本家的"善心"实在过于天真，而她想帮助的工人则依然深陷在痛苦与贫困的泥潭之中。

从故事的基本情节来看，布莱希特试图通过这部作品批判资本主义的剥削制度。此外，他还对宗教的功用提出了质疑。美国文学评论家、哲学家和马克思主义政治理论家弗雷德里克·詹姆逊(Fredric Jameson)指出，在布莱希特的作品中，存在着巴尔扎克式的特征，他的作品用细致深刻的诗句揭示了阶级冲突的过程、金钱的微妙作用、股票交易的机制、法西斯主义修辞的欺骗、对社会造成的乞丐遍地现象的分析等等，各种各样的商业秘密。[①] 布莱希特探讨的这些社会问题并不是凭空捏造而成，剧中关于资本主义以及救世

---

① 参见 Jameson，Fredric. *Brecht and Method*. London and NewYork：Verso，1998，p. 13，154-155.

军的描写均立足于经年累月搜集的历史资料和细致的实地考察之上。布莱希特在 20 世纪金融危机时期系统研究了有关资本主义经济的文献，包括马克思的《资本论》、揭露资本"原罪"的《美国豪门巨富史》等等。自 1926 年起，布莱希特和豪普特曼翻阅了大量与救世军①相关的资料文献，以弄清该组织的内部结构及运作方式等相关细节。在创作《屠宰场的圣约翰娜》之前，布莱希特已在一些戏剧片段中初步构思了救世军少尉约翰娜这一人物的基本特征，甚至已经预言了其最终结局："救世军其职能：他将所有人带入沼泽。凭着他们的理想主义。"②可见，布莱希特创作的史诗剧之所以能够抓准社会的运转规律，并成功将之转化为经得起时间检验的戏剧形式，离不开这些巨细靡遗的前期准备。

这部作品在 1931 年完成创作后，却迟迟未被搬上舞台，经过删减后，它于次年以广播剧的形式呈现给了听众。遗憾的是，删减过后的版本无法完整地将布莱希特作品中围绕资本主义循环危机展开的繁荣、生产过剩、失业、萧条和再积累的机制传达出来。尽管布莱希特极力想要在 1933 年促成该剧首演，但由于当时特殊的政治时局，这一想法并没有实现；而原本已计划于黑森地方剧院进行的演出也由于纳粹的激烈阻挠只能作罢。③ 推崇神学主义、反对共产的纳粹分子对布莱希特的这部剧作极为忌惮，甚至以取消经费补贴威胁打算搬演该部作品的剧院，可想而知，在希特勒当权期间，此剧想要获得上演的机会更是难上加难，一直到布莱希特去世三年后的 1959 年 4 月 30 日，该剧才终于在汉堡德意志剧院迎来首次亮相，它的首演可谓一波三折。古斯塔夫·格吕德根斯(Gustaf Gründgens)担任导演，布莱希特的女儿则亲自扮演了主人翁约翰娜。值得注意的是，该剧首演并非发生在民主德国而是在联邦德国，20 世纪 50 年代末正是联邦德国创造经济奇迹的时期，因此剧中涉及的工人失业现象对于当时的联邦德国观众而言似乎是十分遥远的，反而剧中关于宗教的思考、人物之间的冲突成为他们关注的焦点。

---

① 救世军是基督教徒的自由教会。它始于 1865 年的伦敦，从 19 世纪 80 年代开始逐渐传播到世界各地。自 2018 年以来，它已在 131 个国家/地区拥有代表处。

② Brecht, Bertolt. *Große kommentierte Berliner und Frankfurter Ausgabe*. Band 10. 1, Stücke 10, Suhrkamp Verlag, 2000, p. 592.

③ Knopf, Jan. *Brecht-Handbuch. Theate*. Stuttgart: J. B. Metzler Verlag, 1995, p. 114.

鲍姆加滕在苏黎世剧院执导的《屠宰场的圣约翰娜》距离 1959 年的首演已经悄然过去半个多世纪，在 21 世纪的欧洲，尽管不曾出现 1929 年时的经济大萧条，但工人沦为企业家竞争的牺牲品却时有发生，失业率令人忧心；小投机者被大投机者压垮的窘境依旧时常见诸报端。由此可见，布莱希特在该剧中对资本主义的描述与判断是具有预见性的，其叙述的有效性显然已经超越了时间的限制，在当今的欧洲社会仍然适用。想必鲍姆加滕也看到了这部剧作的价值所在，然而选择将这部作品搬上德语舞台是否同时也意味着选择在资本主义社会中进行一次"反资本主义"的舞台冒险？对于诸如此类的疑问，鲍姆加滕用华丽的舞台、雄辩的话语给出了不同的解读可能，直白和确定的答案向来不会出现在他的舞台作品中，但倘若结合导演曾于东德出生、成长的背景来思考，或许仍能够对以上问题猜测一二。在一次访谈[①]中，鲍姆加滕吐露了自己对政治与戏剧之间关系的看法。

记者：鲍姆加滕先生，路易吉·诺诺（Luigi Nono）无疑是一名活跃的共产党员，而您在东柏林长大，您又是如何体验真正的共产主义的？

鲍姆加滕：柏林墙倒塌之前，东德财务状况不佳，渴望建立能够抵御资本主义经济体制的梦想已被彻底践踏。头号敌人弗朗兹·约瑟夫·施特劳斯（Franz Josef Strauss）[②]必须向东部发放数十亿美元的贷款，才能保证它可以继续运转下去。

记者：柏林墙倒塌时，您只有 20 岁。对您而言，这是一种解放吗？

鲍姆加滕：对我来说，这是一件非常矛盾的事。我的祖父是国家歌剧院导演，母亲是柏林广播合唱团的歌手。他们俩都经常去西德出差，一些艺术家可以带上家人一起，因此我并不觉得自己完全被隔离在西部以外。

记者：您当时觉得西德如何？

鲍姆加滕：能够看到两个世界对我来说是极其重要的经历。我甚至曾与

---

① Balzer, Mathias. *Sebastian Baumgarten inszeniert Revolutions-Oper in Basel*：《*Das Stück ist eine Geisterbeschwörung*》. https：// www. bzbasel. ch/basel/basel-stadt/sebastian-baumgarten-inszeniert-revolutions-oper-in-basel-das-stueck-ist-eine-geisterbeschwoerung-135574005，2020/07/20.

② 弗朗兹·约瑟夫·施特劳斯(1915—1988)为西德右翼政治家，拜仁基督教社会联盟重要成员。

祖父一起前往美国进行音乐会巡回演出。那趟行程令人印象深刻，同时也令人胆怯。那个铺天盖地满是广告的消费社会以及我在那里看到的不公正之处使我不知所措。坦率地说，当六周演出结束可以回去时，我并没有不开心。

记者： 在家更好吗？

鲍姆加滕： 并不是。我们每个人都没那么好。在这方面，柏林墙的倒塌是一种矛盾的经历。像许多知识分子一样，我也设想过应从哪种体系中获取哪些东西。路易吉·诺诺是我的老师露丝·伯格豪斯（Ruth Berghaus）的朋友，他曾说过一句令人难忘的话："他们现在都相信东边会像西边一样，但实际上却相反。"我看了一下当今生活所有领域的官僚化情况，觉得他说的或许是对的。

记者： 现在，您搬演了路易吉·诺诺的作品，但像巴黎公社、俄国革命、古巴、智利——这些不都已是明日黄花了吗？

鲍姆加滕： 不算是明日黄花，但这些肯定属于过去的世界。按照马克思的定义，工人阶级和农民是所有阶级中最强的。现在，他们的工作已逐渐由机器接管。当今的平民时代可能具有革命性的潜力。但是，与工人阶级不同，这些人没有能力使机器停顿下来。

记者： 正义社会的乌托邦是否也随之消失了？

鲍姆加滕： 只要控制社会的决定性手段是金钱，而不是以人民为中心，那么基本上就不会有什么大的改变。尽管如此，现在仍有许多新运动正进行着，去不断探究马克思思想。通过与我的学生交流，我才真正了解这些新马克思主义。

记者： 马克思的作品不是早就已经从书架上消失了吗？

鲍姆加滕： 他的分析还是不错的。我认为，对他的那些原始资料做进一步思考是更好的选择，而不是习惯性地认为没有其他比当前占据统治地位的体系更好。否则，我们将看不到乌托邦。

记者： 那您自己是阶级斗士吗？

鲍姆加滕： 这类戏剧作品探讨的问题是，我们如今应该如何处理革命主题。我对明确消息的传递并不感兴趣。

记者： 这是什么意思？

鲍姆加滕：这个有趣的革命思想世界比乍看之下要复杂得多。许多人认为，搬演政治剧意味着承认某些事情。但那是政治，而不是戏剧。戏剧总是辩证而矛盾的。

从以上内容可以看出，鲍姆加滕面对记者直白的提问并没有正面、清晰地回答自己是否是一名阶级斗士，反而"矛盾"二字多次出现在其话语之中。于他而言，经历两个截然不同的世界无论是对当时年幼、懵懂的自己还是对已经走上戏剧之路的自己，意义都非比寻常，这几乎注定了辩证与"矛盾"将贯穿其戏剧生涯。无论如何，鲍姆加滕指出不应笃信一种体制的绝对优越性，并且敦促观众去思考其他可能性这一点与卡斯托夫、萨特敦促欧洲人进行自我反思一样，必然需要立足于广阔的国际视野与辩证的思考方式。至于鲍姆加滕在作品中是如何表现"戏剧总是辩证而矛盾的"，通过近距离观察其搬演的《屠宰场的圣约翰娜》或许能够找到蛛丝马迹。

鲍姆加滕版本的《屠宰场的圣约翰娜》于2012年在瑞士苏黎世剧院首演，整个演出时长为2小时40分钟。此次演出距离德国知名导演尼古拉斯·斯蒂曼在柏林德意志剧院执导的版本不到三年，两者免不了被摆在台面上进行一番比较。2009年，斯特曼将展示板置于舞台后方，观众可以清楚地看到，在表演期间世界上有多少儿童死于饥饿。斯特曼试图让观众意识到，当他们舒适地在剧院观赏剧作，批判剧中的投机行为时，正有不计其数无辜者的生命在陨落，而这正是观演之人置身事外所付出的代价。鲍姆加滕版本的批判之刃显然更为锋利，正在享乐的所有人都无法幸免，因为资本主义体系正在榨干、毒化、摧毁每一个人。

歌剧导演出身的鲍姆加滕对音乐的选用格外重视，他似乎对单纯的音乐或是歌曲的更新换代并不感兴趣，如何使音乐与剧本严丝合缝才是其关注的重点。因此，他在演出中启用了瑞士著名爵士钢琴家让·保罗·布罗德贝克（Jean-Paul Brodbeck）进行伴奏。布罗德贝克弹奏着出自20世纪20年代的爵士乐，乐曲因布鲁斯元素的加入而迅速变化，俏皮的演奏又让人联想到美国著名爵士钢琴演奏家凯斯·杰瑞（Keith Jarrett），由此，布罗德贝克的钢琴伴奏轻而易举地便将观众带入了经济危机时期的芝加哥。此外，鲍姆加滕还选用了著名工业重金属乐队德国战车于 2010 年发行的单曲《鲨鱼》(*Haifisch*)，歌曲中"鲨鱼有眼泪，眼泪从脸上留下/但鲨鱼生活在水中，眼泪人们看不见"与布莱希特在《三毛钱歌剧》中所写的《尖刀麦基之歌》(*Die Moritat von Mackie Messer*)："鲨鱼有尖牙，戴在它脸上/麦基有把刀，但总是暗藏"巧妙地形成互文。这曲《鲨鱼》的演绎让人意犹未尽，混杂着工业和电子成分的新德意志酷派摇滚或许能让观众与布莱希特构建的旧世界保持清醒的距离，这在某种程度上起到了间离的作用。

人物的着装也是整场演出的一大亮点，台上的演员们如同正在举办服装派对，那些大胆的设计令人眼花缭乱，而隐藏在这背后的意义却值得反复去咀嚼。剧中，几乎每个人都穿上了紧身连体服，颜色由蓝、红、白三色构成，这正是美国国旗的颜色，暗示故事发生的地点所在。舞台上，蓝色象征资本家或肉类制造商，红色代表共产党员或工人，白色则是救世军成员。在这里，救世军没用采用原著中的德语名称"黑草帽"(Die Schwarzen Strohhüte)，而是直接使用了英文"The Black Straw Hats"，这些带有巨型帽檐的黑色帽子看起来十分滑稽，它们"恰如其分"地出现在了"黑草帽"成员的头上。资本家毛勒(Mauler)的装扮看起来像是来自得克萨斯州的牛仔，另一位商人科瑞德(Cridle)则身穿苏格兰格纹套装。演员的服装造型相当丰富，随着剧情的发展也在发生着相应的变化，例如当毛勒谈论到亚当时，其造型也如同亚当一般，遮盖关键部分的树叶在剧中变成了肥皂泡沫。总体来看，服装造型师贾娜·芬德克莉(Jana Findeklee)和乔基·特威斯(Joki Tewes)没有按照刻板印象为剧中人物设计符合其身份的着装，而是大胆地发挥想象力，将人物造型夸张化处理，让人不由联想到魏玛时期的政治漫画。牛仔打扮的肉类大亨或是以缓慢的动作弯腰，或是在舞台上匆忙地来回乱窜，夸张的一举一动如同从漫画中走出，由此可见，人物造型与演员的表演极为契合。演员们的表演无疑是布莱希特式的，他们在与角色保持距离的条件下思考角色，从外部、以第三人称方式来对角色加以叙述，因此他们的表演常常有意识地打断剧情发展，使观众无法完全沉浸于剧中，能够与台上的演出保持清醒的距离。例如演员们表演时故意放慢动作，摆出剧中人物典型的姿势，夸张的表情时常凝固于脸上。科瑞德的扮演者扬·布拉瑟德(Jan Bluthardt)说话时总是结结巴巴；马库斯·舒曼(Markus Scheumann)扮演的毛勒展现自己的"仁慈"之时，夸张地将一个一个字从喉咙挤出的说话方式生动地展现了他内心的情绪波动；约翰娜的扮演者伊冯·约翰逊(Yvon Jansen)则淡化了原著中人物的关键词"Heilig"(神圣)，她表现得时而像一个沮丧的小伙，时而极其神经质，因此，当人物"悲情"地向他人呼吁、求助之时，显得格外具有讽刺性。当然，这些漫画式的表演离不开千变万化的舞台布景支持。

蒂洛·鲁特(Thilo Reuther)的舞台设计没有遵循布莱希特所喜爱的质朴原则，但他保留了"布莱希特幕"(Brecht-Gardine)以突出布莱希特强调的"间离"(Verfremdung)效果。这个处处彰显美国元素的舞台可用华丽、繁复来形容，当幕帘拉开之后，在台上可以看到模仿北美西部惊险片中格局布置的酒馆、背景墙上牛仔女郎的影像、房屋外墙以及肉罐头货柜等构成的工作、生活场所。舞台设计满足了大量场景快速变化以及情节推进的需要，例如货柜借助投影的作用可以变成房屋街区或是厨房，经纪人斯里福特(Slift)在这里为毛勒煎牛排。除此之外，北美大平原上美国原住民使用的梯皮①也出现在舞台上，在灯光作用下，锥形帐篷表面映出演员或俏丽或怪诞的剪影。

鲍姆加滕在音乐、服装、舞台风格上给观众带来了耳目一新的感觉，不仅如此，原文本的内容也做了一定的调整。原著中，1929年经济危机之际想让道德堕落的芝加哥重返正道的善良救世军少尉约翰娜是毫无疑问的中心人物，肉类大亨毛勒则是约翰娜想要救赎却反被利用的狡诈投机分子的典型，他是代表着剥削阶级的大反派。当罢工失败后，经济重新恢复运行，毛勒的结论是：员工越少，生肉价格就越高，只有采取极端措施，才能使体制维持稳定，失业的工人心中的怒气、他们的悲惨命运于毛勒而言无关紧要，重要的是他们最终会陷入无底的降落、陷入资本家的无尽剥削之中：

> 把网撒开，他们一定会来！
> 他们刚刚离开最后的居所！
> 上帝在他们身上播寒洒雨！

---

① 梯皮是一种圆锥体状的帐篷，由桦树皮或兽皮制成，流行于北美大平原上的美国原住民中。

他们不得不进来！把网撒开！

欢迎！欢迎！欢迎！欢迎下到我们这里来！

…………

我们在此！他们下来了！

看哪，苦人把他们像牲口一样赶来了！

看哪，他们一定会下来！

看哪，他们下来了！

下面不是避难所：因为有我辈在此！

欢迎！欢迎！欢迎！欢迎下到我们这里来！①

这样的人物设定在苏黎世上演的版本中发生了一些变化，毛勒在这次创作中不再是彻头彻尾的坏人，正如鲍姆加滕所说，"戏剧总是辩证而矛盾的"，那么戏剧中的人物也是如此，准确来说，观众可以在这一版本中看到毛勒些许的"正面特性"，这表现在他试图去了解穷人的怒气。毛勒认为，这是一种能将所有人都刮走、让人惧怕的怒气。此外，毛勒这一人物亦正亦邪的双面性源自剧中的另一处改动，原著中跟毛勒沆瀣一气的经纪人沙利文·斯里福特（Sullivan Slift）在改编版本中同时也是其妻子，名为萨曼莎·斯里福特（Samantha Slift）。通过将工作关系私人化，毛勒在面对资本主义诱惑与慈善时的矛盾表现显得更为人性化，其"恶行"与"善举"也因而无法仅从资本主义剥削者的角度解读。不止如此，剧中的毛勒视在座观众为其"伙伴"，带着哀伤的眼神向他们承认道："压迫别人并没有我想象的那般有趣"②，还无不忧虑地表示："苦难的人太多，哀鸣遍野；一旦他们抓到我们，就会将我们打倒在地，像烂鱼一样。在这里的所有人，我们都将无法寿终正寝。"毛勒口中的"在这里的所有人"显然包含了在场观众，直白抛去这一句"我们都将无法寿终正寝"似乎是在提醒处在资本主义社会的观众不应以"旁观者"，而是应该以"当事者"的身份来反思资本主义经济体制的问题。尽管对于欧洲观众而言，他们

① 贝托尔特·布莱希特：《屠宰场的圣约翰娜》，史行果译，收录于《布莱希特戏剧集》（第一卷），安徽文艺出版社，2001，第374—375页。

② 该剧涉及的台词内容均摘自演出的视频资料，中文翻译由笔者完成。

所处的时代并未陷入经济危机的泥潭，但身处高速发展的资本主义社会中辩证地看待它的制度仍然具有现实意义，正如鲍姆加滕所说，理所当然地认为所处体制的绝对优越性并非益事。鲍姆加滕认为戏剧应具有历史分量，这并不是只要让演员们穿上适当的服装，声称舞台上的演出符合时代背景就能实现的。① 为此，鲍姆加滕在背景左半部分放映了老式的股票交易所场景，右边则是列宁在群众面前发言的场面，此外，布莱希特对场景的总结性语言也被投射在舞台的左右两侧。

进入 21 世纪，世界的发展迈入了新的阶段，以西方为主导的攫取型全球化发展模式日渐步入困境，在此背景下，鲍姆加滕将这个在当今资本主义国家无法直白诉说的故事重新进行了改造，他在赋予这部史诗剧厚重历史感的同时，也给了在场观众机会，对当今资本主义经济体制进行反思。令人意外的是，该剧的演出却陷入了种族主义的争议之中，原因在于导演安排女演员将脸涂成黑色，头顶非洲黑人发型扮演工人卢克恩德尔的妻子（Frau Lukkerniddle）；救世军士兵玛莎在剧中说着一口西班牙语；另一名戴着皮帽子的工人说话时带有俄罗斯口音，这些"国际化"的舞台安排引发了丑化其他民族的种族主义嫌疑，招来不少批评之声。随着全球化的进一步深入，各国间的交流与合作不断加深，不同语言、文化出现在同一个舞台已经越来越常见，鲍姆加滕或许也想在舞台上呈现文化的多样性，以国际视野探讨剧中问题，使之获得普遍意义，对于种族主义的指责与提出的修改要求，鲍姆加滕团队并未接受，且坚持认为舞台上的呈现、服装造型的设计纯粹出于美学角度考虑，完全基于客观、中立的角度。且不论鲍姆加滕此举的初衷究竟如何，不可否认的是，该部作品确实传达了布莱希特的政治信念与美学主张——以间离的手段、以反幻觉的舞台让观众打破惯性思维，主动思考现存资本主义经济体制的弊端与其他可能性的存在。布莱希特曾在 20 世纪 30 年代的作品《例外与常规》（*Die Ausnahme und die Regel*）中写道：

我们马上向诸位报告，

---

① Heilig, Barbara Villiger. *Hackfleisch mit Partysauce*. https：// www. nzz. ch/feuilleton/ buehne/Hackfleisch-mit-Partysauce-1. 17655660，2019/12/20.

一个剥削者和两个被剥削者

所作的一次旅行的故事。

请准确地对这些人的关系加以审察：

不陌生的事情要另眼相待，

习以为常的要当作难以解释，

即使是常规也要视之为不明不白。

就是那些细微的举动，

看来似乎简单，但也要怀疑置之！

对司空见惯的事情，

要特别问问这是否需要！①

　　在这一点上，鲍姆加滕在采访中表达了与布莱希特一致的看法，认为不应习惯性地认为没有其他比当前占据统治地位的体系更好。当然，或许是考虑到作品的受众依然是欧洲观众，鲍姆加滕在采访中无法正面回答自己究竟是否为一名阶级斗士，实际上，这在某种程度上也反映了近些年来德语剧坛向"右"发展的倾向，尤其是在 AfD（德国另类选择）②——德国右翼民粹主义政党成立以后，其影响力正在不断扩大。右派不仅活跃在政治舞台上，亦在逐渐染指文化领域，例如以各种手段给大量文化机构施加压力，在戏剧中利用某些策略普及自身的观点。

　　有戏剧评论家认为 2018—2019 年的演出季无疑是右派的大胜之季，针对此现象，德国舞台协会③在召开年会时特意将"右派民粹主义潮流"设定为待讨论的重要议题。在右派民粹试图逐渐占领戏剧领域之时，呼吁"艺术自由"的艺术家们显得格外手足无措，2019 年柏林戏剧节的入选作品在很大程度上恰恰反映了这一现象，不少作品透射出戏剧的右派倾向。面对右派在戏剧领域

---

　　① 布莱希特：《例外与常规》，长流译，收录于《西方现代戏剧流派作品选：叙事体戏剧》，中国戏剧出版社，2005，第 203 页。

　　② 2013 年 2 月 6 日，德国另类选择（Alternative für Deutschland，缩写为 AfD）由经济学家贝恩德·卢克（Bernd Lucke）成立于柏林。该党派怀疑欧洲一体化，并反对欧盟单一货币政策。

　　③ 德国舞台协会是一个代表德国 430 家剧院、歌剧院、戏剧、芭蕾舞和歌剧公司以及交响乐团的组织。它关注与其成员有关的艺术、法律、组织和政治问题，并发布年度报告。

的强劲攻占，拥有左派传统的三大柏林剧院——柏林人民剧院、布莱希特创办的柏林剧团以及柏林邵宾纳剧院的表现却差强人意。如果剧院不了解自身与社会环境的关系，那么它必然也无法在时代洪流中认清自身立场，因此，在当今的德语剧坛，面对右派民粹主义的风头正劲，大部分持异见的艺术作品只"敢"依靠讽刺的方法予以反击并不令人感到意外。德语知名左翼戏剧评论家赫伯特·伊林（Herbert Ihering，1888－1977）早在20世纪30年代便指出，当右派的爱国主义空话成为力量的替代品之时，左派的讽刺之声便悬于空中，成为精神的替代品。① 换言之，相较于不痛不痒、缺乏立场的讽刺之声，让更具说服力的左派思想直接与右派思想碰撞才是更好的选择。当然，希望并非全然不存，自文化参议员公布2021年的柏林人民剧院经理为勒内·波莱希（René Pollesch）时，这座有着左派传统的剧院再度被寄予厚望，或许原因在于，波莱希是一位被媒体定位为反资本主义、反种族主义、支持女权主义的艺术家。

波莱希于1962年出生在黑森州的一座小城，从1983年到1989年期间在同样位于黑森的吉森大学应用戏剧专业就读，学习期间曾参与海纳·穆勒（Heiner Müller，1929－1995）、乔治·塔博里（George Tabori，1914－2007）、罗伯特·威尔逊（Robert Wilson，1941－　）等客座教授的多个项目，积累了丰富的舞台创作经验。学成之后，波莱希在经历了最初几年不得志的失业生涯后开始活跃于各大德语舞台，包括法兰克福城市剧院TAT、瑞士卢塞恩剧院以及位于汉堡的德国剧院。从2001年起，波莱希开始在柏林人民剧院工作，直到2007年为止，他主要负责领导该剧院位于普拉特的小剧场。波莱希不仅是一位出色的剧院导演，还是一位才华横溢、作品颇丰的剧作家，在柏林人民剧院小剧场工作期间，两部由他创作的剧本均获得了德语剧本文学的最高奖项——米尔海姆戏剧奖，它们分别是《网络贫民窟》（*www-slums*）和《小红帽》（*Cappuccetto Rosso*）②；此外，波莱希因创作《普拉特三部曲》（*Prater-Trilogie*）——《城市作为战利品/家的承包. 垃圾旅馆中的人们/性》

---

① Hayner, Jakob; Zielke, Erik. *Nieder mit der Ironie*. In: *Die Tageszeitung junge Welt*，12. 08. 2019.

② 附录2中含有这两部作品的基本介绍。

(*Stadt als Beute / Insourcing des Zuhause. Menschen in Scheiss-Hotels / Sex*)被德国专业戏剧杂志《今日戏剧》①(*Theater Heute*)评选为 2002 年度"最佳德语剧作家"。2000 年以来，他共执导了两部得到柏林戏剧节邀请的作品，分别是《普拉特三部曲》(2002 年柏林戏剧节)以及《杀死你的宝贝！贝拉德菲亚街道》(2012 年柏林戏剧节)，二者均由其亲自操刀剧本创作并在柏林人民剧院迎来了首演。

近年来，由波莱希担任编剧和导演的作品不仅在最重要的德语剧院取得了轰动性的成功，而且也引起了广泛的国际关注，就连向来尖刻的德国媒体对其作品的评价也是以正面为主，例如《明镜周刊》(*Der Spiegel*)对其在戏剧领域的表现赞誉有加，认为波莱希振兴了政治戏剧……他的作品探讨了全球化时代的剥削现象以及双向经济的失误，所谓的或实际的个体缺失。《南德意志报》(*Süddeutsche Zeitung*)指出，波莱希的戏剧在社会诊断方面具备已经长久不曾见过的趣味性以及准确性。② 这样积极、正面的评价首先需要归功于波莱希本人对戏剧的独到见解，在一次采访中，波莱希介绍了自己进行戏剧创作的基本方式："当我引用哲学来诠释自己的行为时，需要大家摆脱把这些东西视作高深莫测、精英话语的偏见。我引用的哲学是触及当下事件的哲学，而不是已经消亡了几个世纪的枯燥理想主义。我并未停滞于浪漫主义之处，而是试图与自己的所思所想形成联结……我坚信，如果大家看到我们如何运用理论来探讨日常生活，那么大家会发现，这是值得的。"③

除此之外，波莱希的成功也和其本人善于寻找"热点"题材的灵敏嗅觉与独特、"随意"的创作方式密不可分。实际上，他的作品只在有限的程度上立足于个人的独创思想和诗意的自我表现，绝大部分内容均源自其阅读他人作品时的所思、所感以及在排练中的灵光乍现。换言之，舞台上呈现的内容其

---

① 《今日戏剧》是每月出版的德国戏剧杂志，1960 年，它由埃哈德·弗里德里希(Erhard Friedrich)和亨宁·里施比特(Henning Rischbieter)在西德创办发行，该刊物与东德于 1946 年创建的戏剧期刊《时代戏剧》(*Theater der Zeit*)形成对比。尽管《今日戏剧》在德语地区是所有权威戏剧类杂志中最年轻的一个，但其发展十分迅猛，如今已成为德语戏剧界最具影响力且拥有广泛读者群体的专业杂志。

② 摘自相关作品的书评介绍。

③ Raddatz, Frank-Michael. *Brecht frißt Brecht*. Leipzig, 2007, p. 200.

实是各种政治、哲学类书籍、资料的选读呈现。对于如何寻找素材，波莱希曾表示，自己与记者不同，无须关注热门话题或是事件的时效性，他并不在乎当下在空中或是在街上发生的事件，只有那些真正触动自己的主题，才会让其产生创作的冲动。由此可见，波莱希的创作动机与方式具有随机性与灵活性。在演员的表演方面，波莱希则更看重"真实"二字，普通演员在舞台上讨论着世界范围内或是他们个人生活中的重大问题，而不是像一般戏剧演出那样需要体验并进入设定好的那个"角色"。

如今，波莱希不再只是小剧场的灵魂人物，而是接手整个柏林人民剧院的管理以及发展事宜，他肩负着带领这座历史悠久的剧院继续前行的重大责任。在其领导下，全称为罗莎·卢森堡广场人民剧院（Volksbühne am Rosa-Luxemburg-Platz）的柏林人民剧院——一座以德国共产党创始人之一、马克思主义政治家命名的剧院，或许能够一扫右派之风，重展左派戏剧美学的魅力。这样的期待源于波莱希曾在该剧院成功地将布莱希特的编剧技法与当代舞台表演手段融合在一起，缔造了政治剧《杀死你的宝贝！贝拉德菲亚街道》精妙绝伦的演出场面。

这部作品演延续了波莱希一贯的创作方式，即通过阅读他人著作获得灵感，由法国社会学家卢克·博尔坦斯基（Luc Boltanski）和伊芙·奇亚佩洛（Ève Chiapello）撰写的《资本主义新精神》（Le nouvel Ésprit du Capitalisme）是其灵感之一。该部著作中描述的"新精神"具有以下特征："自治性、自发性、流动性、可用性、创造力、多元能力以及形成网络的能力"[1]。"形成网络的能力"正是波莱希此次创作的核心内容。"网络"是一个相当宽泛的概念，它遍布于生活的各个领域，无论是在电气工程，计算机网络还是在医学中的神经系统集成，不同的网络取决于不同元素的关系连接。[2]波莱希探讨的"网络"指的是人与人之间构建社会关系的"社交网络"。据其介绍，在创作过程中，他和主演亨里奇逐字逐句地研读了《资本主义新精神》一书并试图参透书中的每一

---

① Boltanski, Luc; Chiapello, Ève. *Der neue Geist des Kapitalismus*. Konstanz: UVK, 2003, p. 142-143.

② Fangerau, Heiner; Halling, Thorsten. *Netzwerke - Eine allgemeine Theorie oder die Anwendung einer Universalmetapher in den Wissenschaften?* In: *Netzwerke*. Bielefeld, 2009, p. 267.

个句子，此外，他们还融入了个人在社交网络"脸书"（Facebook）上的交友体验。以此方式创作而成的剧本，题目由两部分组成且使用的是英语：主标题"Kill your Darlings! "以及副标题"Streets of Berladelphia"。前半部分似在宣泄情感，炙热、感性，后半部分则是客观存在的地点，冰冷、理性，由看似不搭边的两个部分构成的戏剧标题究竟只是为了吸引观众眼球还是背后另有深意？演出甫一开始，主演亨里奇便拿着话筒为观众解惑：

今晚，您将看不到最棒的舞台场景，因为它或许将让我们无法承受。所以今晚叫作：杀死您的宝贝。今晚，我们不展示最棒的舞台场景，因为它或许将让我们无法承受。我也无法，或许我再也无法出演戏剧，而您则永远也无法前去观赏戏剧，因为：您已经见过最棒的了，也永远不会再有此种经历，所以我们将顶尖切去，因为它们无法存在。①

通过亨里奇的这段陈述，"Kill your Darlings! "的必要性呼之欲出：为了能够体验更棒的存在，最精彩的部分应该被删去，换言之，需要"杀死您的宝贝"，在这里"Darling"指的是"物"。从另一层面上看，"Darling"一词也可以指"人"，这是波莱希善用的爱情语言，用来表达亲昵的私人关系。当亨里奇在舞台上质问"你为什么不打电话？你明明有我的电话，知道吗？我在家闲坐着消磨时间，而你却不在我身边"时，他并没有一个具体的交谈对象，可见，该剧不落窠臼，从一开始就避免了俗套爱情故事的可能，若在此语境下去理解"Darling"，可将其解读为私人关系的抽象化与一般化。

除此以外，"Kill your Darlings! "也暗含着对资本主义经济制度的批判。演出中，主演亨里奇不断地演绎着与标题相呼应的诘问与质疑，进而发起对资本主义社会中剩余价值问题的探讨："不！请停下！此刻实在是太美了。在这儿有什么地方不对劲。这快乐实在是太多了，糟糕！我们不能这样生活！这些我们无法承受/卡特娅，我们本来想要将这些/剪掉！为什么这些现在/在里面了？"波莱希曾说过："越是多彩，越是灰暗"②，正因如此，最好的、最棒

① 该剧涉及的台词内容均摘自演出的视频资料，中文系笔者自译。

② Pollesch，René. *Kill Your Darlings*. Rowohlt TB，Reinbek bei Hamburg，2014，p299.

的应该被删去，否则迎来的结局必然只会是每况愈下，波莱希一如既往充满悖论的话语在剧中得到淋漓展现。假如将这些话语置于资本主义社会的运转机制中去理解，那么追求最好、最棒实际上亦是在影射一味追求剩余价值积累的行为。赚取剩余价值和维护人道主义之间的矛盾显然在资本主义社会更为突出，波莱希在剧中要求删去最棒的部分，实则是在隐晦地向无节制地追求资本累积的贪婪行为做出警示。

标题的第二部分"Streets of Berladelphia"指向美国摇滚歌手布鲁斯·斯普林斯汀（Bruce Springsteen）于 1993 年为著名电影《费城故事》（*Philadelphia*）创作的歌曲《费城街道》（*Street of Philadelphia*）。这首曲子中节奏感极强的鼓机节拍被波莱希放入戏剧开场的几分钟，伴随曲子轻快的节奏，亨里奇向观众诉说着：

我沿着这条街走过去，经过排屋，我很想告诉你：在这些灯火通明的窗户间，我不想进入其中任何一户，与里面的人交谈，在世界的任何地方都不想，甚至在贝拉德菲亚街道也是如此。

不不不

不不不

不不不。

短短几句台词，勾勒了整个文本探讨的主要框架：个人与公众的关系，台词中的"窗户"代表了个人与公众领域间的界限，主人公不想进入其中任何一户，暗含其个人对涉足私人领域的态度。人们不愿在现实生活中踏入私人领域，自然也无法建立起真实的亲密关系。在虚拟的互联网世界，人们得到的只能是虚幻的慰藉，与此同时，深入骨髓的孤独与对爱的渴望却在不断滋长。

主演亨里奇不断问自己为什么要在这样一个柔软的世界里过着艰难的生活，在这个世界里，一切都遵循着"关系剧本"和老套的电影情节，热烈的情感却始终缺失。资本主义世界虚幻的美好在亨里奇的质疑声中变得脆弱不堪。他大声控诉道："我们不能生活，我们不能爱，我们不能死，为什么不再有人为了爱情而自杀了呢?"亨里奇如同一名惊慌失措的流浪者，但他始终没有放弃找寻爱情。波莱希利用宏大的舞蹈场面和情意绵绵的感官错觉制造的美妙幻象在某种程度上或许可以解读为一种暂时摆脱残酷现实的安慰。演出最后，出现的语言一如既往的冷酷，狠狠地打破了短暂的幻象，让观众不得不被拽回现实："请你们不要觉得，这是我们为你们做的。我们做这些只是为了我们自己。只是为了我们自己。"在波莱希用舞台打造的资本主义世界中，热情与爱情或许终究只是短暂而美妙的幻象。

该部作品的演出适逢柏林人民剧院举办"布莱希特节"，因此，演出中加入了不少致敬布莱希特的细节。例如，舞台上出现了布莱希特知名剧作《大胆妈妈和她的孩子们》中的标志性道具——带篷马车。马车伴随大胆妈妈横跨三十年的战争岁月，而在波莱希的作品中，主演法比安·亨里奇(Fabian Hinrichs)穿越的不再是尸横遍野的战场，而是活着的"个体"构成的风景线。除了道具、舞台布景方面的借鉴，波莱希亦从布莱希特的原作《法泽》(Fatzer)中汲取了思想精华。《法泽》是创作于 1926 年至 1930 年之间的戏剧片段集合，它并非一部完整的戏剧作品，在内容上主要讲述了第一次世界大战中四名逃兵的故事：在 1917/1918 冬季，逃兵们躲在地窖里，等待着革命，梦想着新社会，然而他们并没有推动革命的前进，反而彼此间矛盾激化，最终走向了极端。

虽然这部作品的知名度并不高，但布莱希特本人却认为这部作品中的实验性戏剧片段在技术上代表了自己的最高水准。20 世纪下半期最为重要的德语剧作家海纳·穆勒将这部作品称为"世纪文本"(Jahrhunderttext)，并于 1978 年将其凝练为适合舞台的版本，命名为《自我主义者约翰·法泽的垮台》(Der Untergang des Egoisten Johann Fatzer)。波莱希从布莱希特的原著中提取要素，将之与当代社会现实结合，经过内容的重新编排，试图重新解读在现代条件下"个体"与"集体"之间极易相互影响的关系。柏林戏剧节评委会认为波莱希以简洁的表达手段富有层次性地唤醒了布莱希特戏剧在当代舞台表演中的活力：首先，他将布莱希特的工人合唱团和阶级斗争的修辞术引入了当代戏剧，为观众理解复杂的演出内容提供了参考；第二层，从视觉上讲，经典场景的引用构成对戏剧重现和革命努力的一系列回顾；第三层，波莱希的创作版本中人物对爱情的独特渴望牢牢抓住了观众的心；第四层，绝对主角亨里奇从波莱希的声音中汲取了全新音调的出色表现令人惊艳。①

波莱希的舞台遵循了布莱希特提倡的质朴原则，并没有过多地装饰，道具也极其简单，因此，当演员们在台上拉出白底黑字写着"Fatzer"字样的横幅时，显得格外引人注目。醒目的"Fatzer"大字勾起观众关于布莱希特原作记忆的同时，也暗示着此次演出的主题涉及个体与集体之间关系的探讨。当然，波莱希的创作背景早已不是原作所处的革命年代，而是 21 世纪的互联网时代，为此，他特意借主演亨里奇之口在舞台上点明了时代背景：

我们见过工人们的合唱队/我们见过无产阶级/和共产主义同志/的合唱队/但我们还没有见过代表资产阶级的合唱队/但我们却身处其中/处在网络之中！！！

这一段独白同时也点出了波莱希近年来热衷探讨的戏剧主题，即在互联网时代探究个体与周遭世界（集体或是公众）的关系。在个人被网络裹挟的背景下，资本主义生产方式侵入个体自我认知，隐私、私人所有物因而以结构化的商品形式出现，成为公众的副产品。同时，在互联网时代，网络成为个体堆叠的总和，"个体"面对的不再是布莱希特时代的"集体"（布莱希特时代，常以革命合唱队的形式代表同类意愿的统一），而是不同个体意愿的总和。正如波莱希作品中经常援引的哲学家让-吕克·南希（Jean-Luc Nancy）所言，当今世界，人们可以成为单数的复数。剧中，当亨里奇说完"但我们却身处其中/处在网络之中！！！"，随即将代表网络"集体"的体操队（杂技团队）领上舞台。十四名体操队员代表主人公在社群网站上的好友，他们在独特的连续镜头中共同发出呼声，形成合唱效果："我是相当松散的一堆。""我"和"一堆"、声音的"统一"和声称的"松散"这些自相矛盾之处不仅体现了波莱希戏剧创作中充满悖论的措辞特色，同时也反映出个体与集体之间难以调和的矛盾关系。

作为愤怒"辩论剧"（Diskurstheater）的发明者与佼佼者，波莱希安排剧中

___

① *Kill your Darlings*! *Streets of Berladelphia*. https：// www. berlinerfestspiele. de/de/
berliner-festspiele/programm/bfs-gesamtprogramm/programmdetail _ 37237. html，2020/08/02.

代表"个体"的中心人物亨里奇将个体网络身份面临的困窘诉诸狂暴的语言与激烈的动作：他用拳头捶击地面，吼出"个体/个体/个体/……什么都不要跟我说，我需要一些更大的东西(Größeres)。显然，此处的"个体"与"更大的东西"相对而立，后者可以解读为超越个体，适用于集体的秩序，在网络世界中，"个体"的出格行为逾越集体准则的事件屡见不鲜，因此，在网络大行其道、个性化成为潮流之时，亨里奇呼吁应有"更大的东西"出现，暗示网络需要"规则"的制约。波莱希在资本主义社会的背景之下反思社群网络的弊端，认为资本主义经济市场需要计划与规则的潜台词呼之欲出。当然，亨里奇口中的"更大的东西"是一种极其抽象的表达，其解读可以延伸出不同的可能。

　　亨里奇在剧中一再强调的"如今资本主义以网络的形式出现"以及"还缺点什么，这些对于我们来说还不够"，随着情节的推进，悬念叠加的同时，谜底也在不断被揭开，亨里奇称："这还只是资本主义的代表。没有人询问我们的意见，就将网络施加于我们。我需要更大的东西。我需要现实的世界。"此处"还缺点什么""还不够"，因而需要"更大的东西"体现了个体对于熟悉的、亲密的现实世界的需求。这一需求归根结底源于"自我"在社群网络中总是以"个体"的身份发表意见，却忽视了"更大的东西"这一现象。个体在表达自我之时，实际上常常深陷自我意识状态，得到的也只是想象中的自我"提升"。网络中的自我和真实的自我之间充满矛盾，"自我"为此甚至会陷入迷失与痛苦。当亨里奇在舞台上追着体操运动员们喊道："你的社群网络声称，你能够建立人际关系。但是你其实根本做不到"之时，人际关系在社交网络与实际生活中的不对等已经昭然若揭。波莱希在剧中点明这一点，也是在提醒观众应正视现实，勿为网络中的虚像所惑、所缚。

　　波莱希极具个人特色的创作方式为其赢得赞誉无数，他通过融合现代媒体技术打造的愤怒"辩论剧"让政治剧在当今德语舞台重获新生。然而，跟众多高产的艺术家一样，波莱希也不得不一再面对江郎才尽的质疑，其作品最受争议之处在于总是强调讨论的过程，不断地向观众提出问题，拼贴各种引文、政治口号与标语，却吝于给出一个明确的结果。但凡事皆有两面性，也正是得益于此，波莱希的作品才能够给观众更大的思考空间，让他们自己去寻找答案，正如《杀死你的宝贝》中所说："我们做这个只是为了我们自己。只是为了我们自己。请你们也自己去做吧，为你们自己。"一如布莱希特的史诗剧，波莱希的作品在演出过程中在不断地刺激着观众的大脑神经，启发观众思考，观赏其作品，观众能够获得作出改变的意识。此外，我们也应该看到，在当代德语剧坛，波莱希是为数不多敢于亮出自身"反资本主义"立场的导演，他在《杀死你的宝贝》中直截了当地指出"这还只是资本主义的代表。没有人询问我们的意见，就将网络施加于我们"，大声疾呼"需要更大的东西"。可以说，波莱希在不遗余力地践行剧评家伊林所期，努力让更具说服力的左派思想直接与右派思想进行碰撞。2021 年起，由波莱希领导的柏林人民剧院也因此更加令人期待。

第二章　全能导演

　　在上一章中，笔者从德语文坛巨擘歌德、席勒以及戏剧大师布莱希特的作品演绎入手力图揭开当代德语戏剧神秘面纱的一角。那些流传许久的德语经典之作对不少人而言或许早已耳熟能详，但那些让经典文本复苏，重新焕发生命力的"功臣"——戏剧导演也不应被忽视，这其中，最负盛名的或许要数"剧本粉碎机"卡斯托夫，他早已是叱咤欧洲剧坛的风云人物，但也因为他率性而为地"翻手为云覆手为雨"，经典文本到其手中大多经历了相同的命运：解构与颠覆。此种文本处理方式并非个例，而是普遍存在的现象。在德语戏剧中，导演早已获得了不容撼动的绝对权力。这一现象曾引起瑞士导演米洛·劳（Milo Rau）的注意，他在戏剧作品《五首简易乐曲》（*Five Easy Pieces*）中借儿童的模仿表演来反思"导演暴力"的问题，该部作品将在本章第四节中得到进一步探讨。

　　这类以导演为中心的戏剧被称为"导演戏剧"（Regietheater），该概念早在20世纪之初便已出现，主要用来形容马克斯·莱因哈特（Max Reinhardt，1873－1943）导演的戏剧作品。该概念的核心在于将解构经典戏剧与"后戏剧"相融合或者直接摒弃经典戏剧文本。二战过后，尤其是六七十年代至90年代期间，柏林戏剧节的常客，为德语戏剧带来新风貌的那一代导演彼得·查德克（Peter Zadek，1926－2009）、彼得·斯泰因（Peter Stein，1937－　　）、克劳斯·佩曼（Claus Peymann，1937－　　）进一步将"导演戏剧"发扬光大，他们似乎早已厌倦了经典作品的传统解读方式，而更倾向于展现自己与之决裂的态度。此后，以卡斯托夫为代表的先锋导演采取了更为激进、挑衅的手段来诠释"导演戏剧"，进入 21 世纪，以导演为中心的各类戏剧形式可谓百花齐放、争奇斗艳。

无论如何，导演想要"大权独揽"，这背后必然离不开他们全方位卓越艺术才能的支撑。瓦格纳早在 19 世纪就呼吁将各类艺术融合到一起共同服务于戏剧，他在系列歌剧《尼伯龙根的指环》中倾泻而出的多艺术驾驭能力与协调能力令人赞叹，他的成功源于他看到了各种艺术碰撞在一起能够创造的巨大火花，因此，他大力推崇"整体艺术"这一理念。想要贯彻该理念并非易事，它需要导演们具备超凡的能力素养，他们要对不同艺术分支了如指掌，并且拥有卓越的理解力、鉴赏力、创造力与整合能力，一位有实力践行"整体艺术"的导演几乎可与全知全能的造物主相媲美。在德语区乃至整个欧洲，该理念产生了相当深远的影响，甚至可以说是"整体艺术"催生了之后的"导演戏剧"。

第一节　整体艺术的践行

"如果一切局限都依照这样一种方式归于消失，那么不论是各个艺术品种，也不论是些什么局限，都统统不再存在，而是只有艺术，共有的、不受限制的艺术本身。"

——理查德·瓦格纳

顾名思义，"整体艺术"（Gesamtkunstwerk）旨在将各种艺术，包括音乐、诗歌、舞蹈、哑剧、建筑及绘画结合于一体，不同艺术的整合并非任意为之，各组成部分必须相互补充，它具有"消除美学结构与现实之间界限的倾向"。[1]这一概念产生于德国浪漫主义时期——一个正当化个人艺术想象力、空前强调艺术家创造力的时期。德国唯心主义哲学家弗里德里希·谢林（Friedrich

---

[1]　Marquard，Odo. *Gesamtkunstwerk und Identitätssystem Überlegungen im Anschluss an Hegels Schellingkritik*. In：*Der Hang zum Gesamtkunstwerk*. Frankfurt am Main：Sauerländer Verlag，1983，p. 40.

Schelling)的同一哲学深受德国浪漫派们的推崇，其哲学思想为个人的无限潜能提供了理论基础，使艺术家的创造力得以与造物主大自然相提并论。德国浪漫主义代表人物诺瓦利斯（Novalis）认为，创造美的是艺术家自己，而非大自然。[1]浪漫派的另一位代表弗里德里希·施勒格尔（Friedrich Schlegel）与诺瓦利斯持相同观点，他们进一步发展了艺术家创造力的概念，在诗学以及美学史上留下了浓墨重彩的一笔。

浪漫主义在德国艺术史上占据着极其重要的位置，它不同于那些只是昙花一现或者只在单一领域产生影响的思潮，浪漫主义的触角不仅出现在文学、视觉艺术、音乐领域，甚至伸向了历史、神学、哲学、自然科学，不仅如此，它在时间跨度上从 18 世纪末绵延至 19 世纪，在音乐领域直到 20 世纪初期依然可觅踪迹，可见其影响力之大与辐射力之广。艺术上的不同分支在浪漫主义时期齐头并进的发展态势催生了相应的艺术理念，整体艺术的出现似乎是水到渠成之事。据考证，德国哲学家、作家特拉恩多夫（Eusebius Trahndorff）极有可能是第一位使用"整体艺术"这一术语的人，"Gesamtkunstwerk"一词在其于1827 年发表的作品《世界观与艺术的美学或学说》（*Ästhetik oder Lehre von Weltanschauung und Kunst*）中首次出现。遗憾的是，特拉恩多夫的这一"创造"仅仅停留在文本层面，真正将"整体艺术"这一理念发展且付诸实践的浪漫主义艺术家是"后来居上"的理查德·瓦格纳（Richard Wagner）。

瓦格纳不仅是一位卓越的作曲家，同时也是一位出色的剧作家。他擅长以复杂的织体谱写旋律，还热衷于编写与之相匹配的剧本。对于瓦格纳而言，想要完美且完整地贯彻自己的美学意图、实践自己的艺术蓝图，首先需要占据统领全局之位，其次，打破横亘于不同艺术领域之间的阻碍势在必行。当1849 年，"整体艺术"作为一个创造性的"新词"[2]出现在瓦格纳为艺术呐喊的论著《艺术与革命》（*Die Kunst und die Revolution*，1849）中时，其整合各个艺术门类的意图已然呼之欲出。在书中，瓦格纳哀叹各类艺术的分崩离析，

---

[1]　Vietta，Silvio. *Die Frühromantik*. In：*Romantik. Epoche，Autoren，Werke*. Darmstadt 2010，p. 13.

[2]　根据现有资料尚不能确认，瓦格纳提出的"整体艺术"是否曾参考过特拉恩多夫的作品《世界观与艺术的美学或学说》。

指出艺术由分到合的必要性，在他看来，古希腊的经典悲剧正是"整体艺术"的完美诠释。在《艺术与革命》之后，瓦格纳紧接着撰写了《未来的艺术》(*Das Kunstwerk der Zukunft*，1849)，在该部作品中，"整体艺术"这一概念得到了进一步拓展。不久之后，他在其代表性理论著作《歌剧与戏剧》(*Opera and Drama*，1852)中，巨细靡遗地描述了"整体艺术"这一理念。从社会角度而言，瓦格纳认为戏剧分工的过度细化和利己主义造成的孤立现象弊端显著，而整体艺术的实践可以有效地解决这些问题，因为它是一种涵盖、融合各种不同艺术，强调整体性、全面性的艺术，这些集合在一起的"姐妹艺术"可共同服务于戏剧。[1] 为了实践"整体艺术"以及其他具有革命性突破的艺术理念，瓦格纳耗时二十余年创作了系列歌剧《尼伯龙根的指环》(*Der Ring des Nibelungen*)[2]，他还为之建造了充满新颖设计的拜罗伊特节日剧院，诗歌、视觉艺术、歌剧及戏剧终于得以融为一体。瓦格纳在提出该概念的初期曾指出，伟大的整体艺术作品并非个人可能做出的任意行为，而极有可能是未来人们的共同作品。[3] 他似乎早已预见人类在机器轰鸣不息的时代或将义无反顾地走向异化之路，所以想要用"整体艺术"留住艺术之光以照亮人的精神。他的艺术理想是带有乌托邦色彩的，尽管如此，其"整体艺术"的愿景依旧充满了吸引力。在其之后，"整体艺术"依然保持着丰沛的生命力，尤其在欧洲，该理念始终影响着求新求变的艺术家们，其中不乏先锋艺术家将之视为"圣典"，并从中获得大量灵感。

德国著名作家、达达主义的代表人物雨果·巴尔(Hugo Ball，1886—1927)对"整体艺术"相当着迷，他认为："当一切艺术媒介和动力结合为一体时，社会就将坠入无常。"[4]巴尔极度想要将整体艺术的概念贯彻到戏剧创作中，然而彼时的德国正处在第一次世界大战的风暴之中，巴尔对当时的德国

---

① Kuhnle，Till R. *Anmerkungen zum Begriff 'Gesamtkunstwerk'-die Politisierung einer ästhetischen Kategorie?* In：*Germanica*，1992(10)：35—50.

② 《尼伯龙根的指环》由四部歌剧共同组成，瓦格纳的创作始于1848年，直到1874年才最终完成，历时共26年。

③ 参见 Wagner，Richard. Das Kunstwerk der Zukunft，in：Ders. Gesammelte Werke VI，Frankfurt/M.：Insel，1983，S. 28.

④ 罗斯莉·格特伯格：《行为表演艺术：从未来主义至当下》，张冲、张涵露译，浙江摄影出版社，2018，第69页。

社会大失所望，认为这里的社会道德和公众自由危在旦夕，无人观看的戏剧如同遭到了断头的厄运，已经彻底被战争所击垮。[①] 原本踌躇满志的巴尔带着革新戏剧的宏伟计划来到柏林，但在这里他却没能一展拳脚，最终只能心灰意冷地离开德国。此后，他在苏黎世另觅良机，与志同道合的年轻艺术家们提出并发展了"达达"这一艺术理念，巴尔召集了众多艺术家共同参与创作，在他们活动的大本营伏尔泰酒馆，诗歌、行为表演、音乐、舞蹈被拼凑到了一起，在某种意义上，这亦是"整体艺术"的一种实践。尽管达达在艺术圈子引起的热度很快就被"超现实主义"所取代，但它在艺术界的影响力却不容小觑。在戏剧领域，达达代表人物曾参与到新兴导演欧文·皮斯卡托（Erwin Piscator，1893—1966）、莱因哈特的作品创作之中，他们标新立异的才华推动了剧院技术革新，催生了许多划时代的崭新表现手段。

　　几乎同一时期在德国魏玛设立的包豪斯（Bauhaus）[②] 虽不像达达主义者那般挑衅、反叛，但却同样注重不同艺术的协作与融合，其创办者——德国建筑师和建筑教育家瓦尔特·格罗皮乌斯（Walter Gropius）在"包豪斯宣言"中号召打破不同艺术形式之间的壁垒："让我们努力，构想和创造未来的新建筑，它将把所有学科、建筑、雕塑和绘画结合在一起，并有一天将在数百万手工艺人的手中熠熠生辉，这是新信念即将到来的明确标志。"[③] 1919 年，包豪斯创立之时，德国正处在战后分裂的颓废状态，格罗皮乌斯的这一席话无疑为千疮百孔的德国带来了重新振作的希望。在包豪斯创立之初，格罗皮乌斯试图推广的是一种融合各种艺术与技术的新建筑理念，随着时间的推移，这一想法逐渐被运用到舞台空间的设计中，舞台表演成为诠释包豪斯精神的

---

　　① 罗斯莉·格特伯格：《行为表演艺术：从未来主义至当下》，张冲、张涵露译，浙江摄影出版社，2018，第 70 页。

　　② 包豪斯（Bauhaus）是一所德国的艺术和建筑学校，讲授并发展设计教育。"Bauhaus"由德文"Bau"和"Haus"组成（"Bau"为"建筑"，"Haus"为名词，"房屋"之意），它由建筑师瓦尔特·格罗皮乌斯（Walter Gropius）在 1919 年时创立于德国魏玛，1933 年在纳粹政权的压迫下，包豪斯宣布关闭。包豪斯学校对现代建筑学的影响十分深远，今日的包豪斯早已不单是指学校，而是其倡导的建筑流派或风格的统称，注重建筑造型与实用机能的合二为一。除了建筑领域以外，包豪斯对工业设计、平面设计、室内设计、现代戏剧、现代美术等领域的发展均产生了显著的影响。

　　③ *Program of the Staatliche Bauhaus in Weimar Walter Gropius*，1919. https：//bauhausmanifesto.com/，2020/09/10.

重要领地，成为拓展包豪斯"所有艺术作品"原则的一种手段，在那些精心设计的舞蹈动作和作品中，美学和艺术理念被直接转化为生活艺术和真实空间。在包豪斯学校任教的匈牙利画家和摄影大师拉兹洛·莫霍利-纳吉（László Moholy-Nagy）竭力倡导将技术和工业融入艺术中去，在他定义下的"整体戏剧"中，已经"没有什么可以阻挡使用复杂的设备，如胶片、汽车、电梯、飞机以及其他机械设备，光学仪器、反光器材等也同样"，"现在到了诞生出一种舞台活动的时候，它将不再让群众是沉默的观众，而是让他们和舞台表演融合在一起"①，可见，其推崇的舞台作品既需要艺术感性的一面，同时也呼吁技术理性的一面，两者应构成缺一不可的整体。

包豪斯在德国开展得如火如荼之际，超现实主义亦在法国酝酿着别开生面的开场，身兼作家、导演、画家等不同身份的艺术家让·谷克多（Jean Cocteau）在《埃菲尔铁塔上的婚礼》（*Les mariés de la tour Eiffel*）中率先跨越不同艺术媒介的边界，为法国表演艺术创造出一种全新的多媒体形式。古克多写道："这场革命把门砰一下推开了，新一代得以继续实验，结合奇幻、舞蹈、杂技、哑剧、戏剧、嘲讽剧、音乐和演讲。"②随着时序变迁，科技的发展促使新媒介不断产生，整体艺术的概念逐渐与"跨媒介"（Intermedialität）一词有所重叠。激浪派（Fluxus）艺术家狄克·希金斯（Dick Higgins）在 20 世纪 60 年代中期提出了"跨媒介"这一术语③，用于描述 20 世纪 60 年代在各个流派之间发生的各种跨学科艺术活动。此后，"整体艺术"获得了更为自由、宽泛的当代演绎，那些调动不同感官知觉、采用多媒体或混合媒体的艺术作品都可以被解读为"整体艺术"的实践或是"整体艺术"的变体。

回到最初，瓦格纳播下的那颗"整体艺术"的种子，经过数代艺术家们的精心浇灌已逐渐成长为艺术领域的一棵参天大树。从"整体艺术"的发展脉络来看，追随它的始终是那些致力于革新与探索的全能型艺术先锋，无论是瓦格纳、巴尔还是古克多，他们无疑都是超前于时代的艺术多面手。在创作中

---

① 罗斯莉·格特伯格：《行为表演艺术：从未来主义至当下》，张冲、张涵露译，浙江摄影出版社，2018，第 143 页。

② 同上，第 102 页。

③ 参见唐静菡：《20 世纪 60 年代"跨媒介"语境下的艺术研究——以新现实主义和激浪派为例》，载于《美术学报》，2021 年第 3 期，第 89 页。

强调"整体性"和"连贯性"的整体艺术能够最大限度地反映艺术家想要表达的东西，它展现了作品主导者的全面才能。

在戏剧作品中，导演可谓当仁不让的主导者，如今，不在少数的德语戏剧导演始终坚持将"整体艺术"理念贯彻到自己的作品中，他们在融合各种艺术的基础上不断寻求新的突破。上文提到的鲍姆加滕正是一位追求"整体艺术"美感的导演，他执导的《屠宰场的圣约翰娜》不仅有音乐剧的质感，同时也是一部经典电影的缩影：当演出结尾约翰娜躺在地上奄奄一息时，其他人纷纷围站在她的身边，他们穿着由轻薄面料制成的红色、蓝色和白色连身服，此时迎风飞扬着的星条旗投射在舞台背景上，与服装完美地融为一体，演员们适时唱起德国战车的《鲨鱼》，将自己的声音赋予背景图像以及逝去者的亡魂以生命力，灯光渐次交替，让人想起布莱希特《三分钱歌剧》中的《尖刀麦基之歌》，剧尾字幕滚动介绍演职人员，与电影片尾的剪辑如出一辙。除了鲍姆加滕以外，当代德语剧坛中最值得一提的代表性人物或许还有如今仍活跃在各大舞台的克里斯托弗·马塔勒(Christoph Marthaler)以及赫伯特·弗里奇(Herbert Fritsch)。

马塔勒的"全能"突出体现在其导演身份与音乐家身份的紧密结合，由其执导的戏剧作品常常在一种合唱、滑稽和激进的形式中展开，而琴——钢琴或是电子琴则是马塔勒舞台上不可或缺的道具。马塔勒(1951—　)出生于瑞士，起初他致力于音乐学习，主修竖笛和双簧管，他的剧院生涯也理所当然始于为戏剧作品配乐和作曲。从 1988 年至 1993 年，马塔勒一直在巴塞尔剧院工作，期间他开始排演自己的戏剧作品，或许将之称作场景化的音乐作品更为契合其艺术特征。之后，马塔勒离开瑞士，前往德国探索属于自己的戏剧之路。1993 年，他在柏林人民剧院执导的《弄死欧洲人！弄死他！弄死他！弄死他！弄死他！》(*Murx den Europäer! Murx ihn! Murx ihn! Murx ihn! Murx ihn ab!*)[①]横空出世，一时声名大振，该剧至 2007 年一直是人民剧院的固定剧目。2000 年，马塔勒回到瑞士，接手苏黎世剧院经理一职，领导剧院

---

① 该标题源自德国作家保罗·施希巴特(Paul Scheerbart，1863—1915)所作短诗《印第安人之歌》(*Indianerlied*)。

期间，他数度成为柏林戏剧节的座上宾，获邀作品包括改编自莎士比亚《第十二夜》（又名《随心所欲》）、舒伯特《美丽的磨坊女》、毕希纳《丹东之死》的同名剧作。2004年离开剧院之后，马塔勒一直以自由导演的身份活跃于欧洲（德语区为主）各大舞台，其间亦创作了不少脍炙人口的佳作（包括歌剧作品）。他擅长从舒伯特、达达、荒诞派的作品中寻找戏剧灵感，探索同时代人的困惑与恐惧，他的演出通常采取与音乐乐谱一样精确的复音分区形式，以便从多个角度细致入微地刻画人性。马塔勒在音乐领域的经验与造诣使之在创作作品时惯于使用整体性把控思维，以便驾驭恢宏复杂的演出调度，从作品演出效果与反馈评论来看，他的尝试与探索无疑是极为成功的。

2008年推出的《维尔德豪斯酒店的戏剧》（*Das Theater mit dem Waldhaus*）是一次令人耳目一新且不可复制的戏剧实践。2009年，该剧获得柏林戏剧节的邀请，但导演马塔勒却因其"不可复制"拒绝了将演出搬到柏林上演的要求。如标题所示，这出戏发生在维尔德豪斯——一座真实存在的城堡酒店。酒店或者旅馆总是能将形形色色的人物汇聚在一起从而描绘出一幅切合时代主题的众生相，公共和私人空间的同时存在让陌生人偶然邂逅的火花、熟人隐秘相会背后的纠葛一览无余，因此，不少戏剧作品都选择了旅馆作为故事发生地点，例如2019年入选柏林戏剧节的作品《斯特林堡旅店》（*Hotel Strindberg*）讲述的便是一家旅馆中发生的悲欢离合，导演西蒙·斯通（Simon Stone）从斯特林堡的多部作品中获得灵感，结合自身真实经历将宿在"斯特林堡旅店"中的各个角色或以怪诞、或以悲剧的方式交织在一起。在这些作品中，旅馆通常是虚构的，它只能通过搭建于剧场内舞台上的布景呈现。《维尔德豪斯酒店的戏剧》的独特之处在于它进一步拓展了舞台艺术的空间维度，它将真实存在于瑞士的五星级酒店当作灵感来源和演出场所。导演马塔勒率性地走出剧场意味着打破演出场地的局限性，将演出空间的选择亦纳入艺术项目的整体构思。

维尔德豪斯酒店（Waldhaus）历史悠久、风景如画，在恩加丁的锡尔斯湖之上已傲然挺立了一个世纪。宛如梦幻城堡的维尔德豪斯一直由迪特里希和基恩伯格家族（Familles Dietrich & Kienberger）运营，在他们的悉心维护下，酒店古典而传统的身姿依然优雅，立于崇山峻岭间极具遗世独立的风采。

2018 年，正值酒店开业一百周年之际，导演马塔勒接受了家族成员之一，同时也是其好友兼同事、音乐家尤根·基恩伯格(Jürg Kienberger)的提议，为该酒店专门"定制"一部戏剧以庆祝它的百年诞辰，为此，整出戏的构思、排练以及上演都在酒店(营业淡季)进行。当然，撇除这一层私人关系，维尔德豪斯酒店本身便是充满故事的历史性建筑，在此度假休养、寻找灵感的欧洲文艺界大师不计其数，理查德·施特劳斯、托马斯·伯尔尼哈德、托马斯·曼、赫尔曼·黑塞也仅是该酒店华丽住客名单上的一隅。此次戏剧创作可以看作是一次以维尔德豪斯为圆点，以一个世纪的时间跨度为半径描画的一个圆，圆圈内是此间过客留下的影像、痕迹与故事，通过音乐、歌唱与戏剧表演的拼贴处理开启的一次欧洲文化史缅怀之旅，这亦是彰显人文精神的一种方式。在马塔勒的创作中，维尔德豪斯被赋予了生命，它有血有肉化为剧中的一个角色，它(她)"有些许衰老，但还不至枯萎，有时有点古怪，但绝不神经过敏"[①]。

为了迎接演出，酒店作了一番"打扮"：从天花板上长出来的仙人掌，代替房间号的奇怪标记，停车场前神秘的木板棚屋都给人一种陌生之感。整体氛围带来的疏离感似乎早已暗示马塔勒安排的缅怀之旅并非简单地寻迹古老酒店的光辉过往。当混迹于酒店客人之中的表演者开始歌唱时，观众才恍然意识到演出的开始，演出中既无线性叙事也无紧凑的故事情节，有的只是通过音乐、歌唱、朗读和行为表演恣意穿插而成的松散拼贴——典型的马塔勒式舞台作品。表演者们在酒店宽敞明亮的大厅中坐于全景窗前——这也是马塔勒惯用的安排，每个人物有属于自己的位置，一张桌子或是一张椅子足矣——演唱着诸如"我如此喜欢对你说你，我的心只为你跳动"等歌曲。安静之时，姿态各异的人物搭配上全景窗外得天独厚的美景犹如一幅美妙的油画作品，视觉艺术与表演艺术交融而成的整体美感令人印象深刻。同时，让人无法忽视的还有与"美"结伴而来的"凄凉"之感，哪怕欢声笑语也无法遮盖的忧伤深不见底，它溢出"画框"的边缘，越过时间的高山，侵入人心。由思乡、

---

① Andreas Klaeui: *In den Gebirgsregionen der Existenz*. https：// www. nachtkritik. de/index. php? option－com _ content&view=article&id=1487&Itemid=100190，2021/10/09.

分离带来的忧郁以及潜藏在每位酒店客人、员工内心的苦痛织成的密网让观者无处可逃，只能深陷其中。

从整体来看，此次演出一如马塔勒之前的作品：通过广泛地运用音乐和歌唱营造时间的静止与流动，渲染悲世悯己的氛围，舞台上的角色时而保持着孤单、等待与凝视，时而与其他人组成群体，创造滑稽可笑的场景。此剧较先前最大的不同之处——也是这次演出饱受诟病之处——在于，以五星级酒店为中心搭建的"舞台"附带的精美食物和高雅娱乐似乎都是专门为名流雅士而设，剧中的伤感未免有"为赋新词强说愁"之嫌，不仅如此，酒店作为私人产业以盈利为目而进行运作，在此开展的艺术活动"沦为"商业化行为也受到不少质疑和批评。毕竟，马塔勒以往的作品几乎都与普通人或多数劳苦大众的生活息息相关，咖啡厅、车站等等场景平实而朴素，比如《弄死欧洲人！弄死他！弄死他！弄死他！弄死他！》《丹东之死》这些作品都是蕴含人道主义精神的上乘之作，可以说马塔勒的舞台所呈现的内容与风格都更偏向左派戏剧美学。2018 年，由他带来的作品《位置紧缺》(*Platz Mangel*)同样收到了柏林戏剧节的邀请，这是一出在苏黎世著名音乐场所和文化中心"Rote Fabrik"（红色工厂）上演的戏。"红色工厂"由红色砖头砌成，前身是一家工厂，左翼政党曾参与将此处变成文化中心的运动，故"红"这一字含有双重含义。

二战之后，瑞士勤于戏剧创作的知名文人如弗里德里希·迪伦马特（Friedrich Dürrenmatt，1921－1990）、马克斯·弗里施（Max Frisch，1911－1991）的作品也多具有显著的荒诞色彩与深刻的政治寓意，反讽与反思贯穿其中。二战时期，瑞士虽是中立国，但德语区却大面积沦为支援德国同胞的帮凶，一部分人虽没有直接助纣为虐却也受制于"中立国"的身份无法"名正言顺"地伸张正义，那种只能袖手旁观的无力感刻进了那个时代的纹理，在不居的岁月中逐渐化为共同的民族记忆。或许正是因为如此，观赏马塔勒的戏剧作品时，常会被一种深深的无力感侵袭，剧中人物似乎被困在过去的某个时间点，缓慢的节奏与忧伤的氛围让人不禁怀疑时间是否已经凝结，不再流逝。马塔勒于战后出生在瑞士德语区，在某种程度上，他在继承两位亲历战争的文坛前辈对人性与世界辩证思考的基础上探索出了一条独特的道路：将看似完全不搭的荒诞、滑稽表演与高雅、古典的音乐进行拼贴，进而对社会现实进行审慎的批判。

除了马塔勒以外，出生于德国的瑞士人迪特·罗特(Dieter Roth，1930—1998)同样也是一位全能型艺术家，他的身份包括作家、图形设计师、物体造型艺术家、行为艺术家等等，他的作品既有达达颠覆传统的影子，也吸收了激浪派的一些新艺术主张。迪特曾说："当我还年轻的时候，我想成为一名真正的艺术家。然后，我开始做一些不算真正是艺术的事情，通过这些我成了一个知名的艺术家。"[①]罗特是具象诗(Konkrete Poesie)的代表人物，他擅于将文学创作与造型艺术相结合。"具象诗"又称图案有形诗，顾名思义此类诗歌的文字排版具备图像化的呈现方式，以表达诗的意境。罗特于1974年创作的剧本《喃喃自语》(Murmel)正是这样一部"具象"的作品，在176页印刷的页面中，仅含有"Murmel"这一个单词，该词在不同的排版下不断地重复出现。这样一部独特的"戏剧作品"(Theaterstück)较传统的戏剧文本可谓南辕北辙，或许称之为"文学艺术品"更加合适，也正是因为其形式过于前卫，该剧迟迟没有得到搬上舞台的机会。当然，另一个重要的原因在于罗特本人的执拗与不妥协。作为激浪派的重要代表，罗特身体力行地贯彻"反艺术"与"反商业"自不在话下，照罗特自己的说法，他希望《喃喃自语》不要去迎合大众的口味，而应该作为一部最无聊的戏剧呈现。值得庆幸的是，罗特生前终于等到了一位与自己有着相同想法，认为"制作一部尽可能无聊的戏剧是有趣想法"的德国人赫伯特·弗里奇(Herbert Fritsch)。

弗里奇(1951—　)出生在德国南部城市奥格斯堡，早期曾在慕尼黑接受系统的表演训练，之后便以演员身份活跃于欧洲各大舞台，从20世纪90年代初起，弗里奇成为柏林人民剧院卡斯托夫演员团队中的一员，其演员生涯无疑是成功的，弗里奇不仅在戏剧舞台上，同时也在电影中塑造了多个经典角色。与此同时，他还在不同领域得心应手地诠释着不同的"角色"：导演(戏剧、艺术电影)、编剧、媒体艺术家。为了驾驭好这些角色，他甚至可以化身为发明家，例如他曾成功研发了一种用于三维模拟失真的摄影技术并获得专利，并且曾多次在德国与瑞士展出利用该技术拍摄的照片以及动画作品。从

---

① Roth，Dieter. Quoted in the *New York Times Obituary*，10. 06. 1998.

弗里奇主导制作的一系列电影以及戏剧作品来看，不同艺术与媒体的交织呈现出越来越紧密的趋势，其中极具代表性的跨媒介作品有 2000 年开始运作的长期艺术项目《哈姆雷特 _ X》(hamlet _ X)。弗里奇将莎士比亚的《哈姆雷特》分为 111 个部分，每个部分均是一部独立的短剧，他通过艺术短片的拍摄实现各个部分的叙事，非线性地重建了整个文本材料，该项目的产出形式十分丰富包括书籍、电影、舞台表演以及装置设置（Installationen）。毫无疑问，弗里奇是一位不折不扣的全能艺术家，他的多重身份前所未有地汇聚在这个项目中，在这里他既是演员、导演、作家，也是摄影师、绘图师甚至还会有更多的身份。同为全能型先锋艺术家的罗特与弗里奇在 20 世纪 80 年代初期相识，两人在艺术上的所见多有相似，也正是基于此，当罗特向弗里奇展示《喃喃自语》时，后者难掩喜爱之情与想要搬演的愿望。罗特作为前辈曾语重心长地告诫他"不要做别人想要你做的东西"，彼时志向高远的青年艺术家弗里奇也向前辈许下"一定要将这部作品搬上舞台"的诺言。[1] 2012 年，弗里奇终于兑现诺言，成功地将罗特的剧作《喃喃自语》搬上了柏林人民剧院的舞台。

弗里奇执导的戏剧作品是极具辨识度的，他善于激发演员们即兴创作的能力，舞台上怪异而滑稽的身体动作，表现力十足的面孔和重复循环的声音趣味性十足。在他的戏剧作品中，对话与语言显得微不足道，从这点来看，其作品显然具有"后戏剧"的特征。或许正是因为不用受制于语言的束缚，弗里奇才有信心将通篇只有一个单词"Murmel"的剧本搬上舞台。尽管如此，要将毫无逻辑、情节的"剧本"付诸舞台实践也绝非易事，从最初的构思到最终顺利的上演中间已隔了十余年。无论如何，弗里奇执导《喃喃自语》的舞台灵感仍是来源于罗特的艺术作品，尤其是其推出的"艺术家书籍"（Künstlerbuch）[2]，其中最为引人瞩目的要数 1961 至 1970 年间出版的《文学香肠》(Literaturwurst) 系列作品，该形式的书籍一举颠覆了人们对出版物的固有认知。罗特采用传统食谱来制作香肠，但香肠却并非"原汁原味"，他用碎书或杂志代替了食谱中要求使用的碎猪肉、小牛肉或牛肉。罗特将磨碎的

---

① *Herbert Fritsch-Dieter Roth and Murmel Murmel*. http：// coffeetablenotes. blogspot. com/2015/08/herbert-fritsch-dieter-roth-and-murmel. html，2020/10/12.

② 艺术家书籍（书籍艺术品）指的是书籍形式的艺术品。

文字与脂肪、明胶、水和香料混合，然后塞入香肠肠衣中，这些文字来自罗特敬仰或鄙视的作家和期刊：从低调的插图小报到备受赞誉的当代德国小说，再到有着广泛影响力的哲学家马克思和黑格尔的作品等等。弗里奇正是从罗特创作的书籍艺术品中汲取养分，并试图唤醒那些沉睡在书籍中的灵魂。在采访中，弗里奇指出："当一个房间里有书架时，您可以看到书架上琳琅满目的书籍，这时您会想要知道，当您不读书时它们会发生什么。它们内部正在喃喃自语，您会想到这点，并尝试找到一种搬演的方法。"①尽管导演胸有成竹，剧本还是给演员带来了巨大的挑战。当十一位表演者面对由六列中间有断点的单词组成的剧本时，最初感到的是一头雾水。弗里奇指出了他们焦躁沮丧的原因所在，即演员们始终想要取悦观众，而这点完全违背了罗特与弗里奇的初衷，他们从头至尾想要在舞台上呈现的都是"无聊"二字，这无疑是不走寻常路的"反戏剧"。弗里奇认为，既然创作者们不知道观众会喜欢什么，那么就索性笃定观众不会喜欢它，但是，表演者一定要确保自己喜欢它，这样才能精神饱满、充满热情地表演下去。

只有"Murmel"一个词的剧本自然没有任何情节可言，这意味着此次舞台演出必定完全颠覆了传统的戏剧叙事，没有剧情框架的限制一方面有利于扩大整出戏的发挥空间，另一方面却也是极其冒险的，稍有不慎，演出极有可能走偏，变成一出彻彻底底的傻子剧。好在事实证明，弗里奇对《喃喃自语》的解读是经得起考验的，他秉持着意义自由的理念以更为丰富的形式将原作中"Murmel"的图形变体转移到了舞台上。在 90 分钟的演出中，弗里奇没有耗费时间讲述故事，而是不停地穿插滑稽的闹剧片段，这出融合了音乐、表演、舞蹈等艺术的"大杂烩"延续了达达的虚无主义，追求无意、偶然和随兴的境界，同时也进一步拓展了"后戏剧"的可能。弗里奇执导的演出看似混乱实则合理有序，表演始终遵循着剧本图形以及演员们内心的节奏。

在演出中，可以看到 11 位表演者按照各种韵律踩着不同节拍发出"Murmel""Murmel"的声音。弗里奇选择 11 名演员参与此次演出并非随意之

① *Herbert Fritsch - Dieter Roth and Murmel Murmel*．http：// coffeetablenotes. blogspot. com/ 2015/08/herbert-fritsch-dieter-roth-and-murmel. html，2020/10/13.

举，而是刻意的安排，数字于他 向有着独特的意义，在弗里奇眼中，十一是难以掌控的疯狂数字，它靠两只手根本抓不住，用十根手指完全数不出，这也在某种程度上指出了该剧的疯狂与荒诞。舞台由色彩饱和度极高、颜色各异的可移动墙面制成，几秒钟内就可以形成新的表演空间，它在氤氲的灯光下如梦似幻；键盘、电脑、马林巴制造出各异的声音持续灌进观众双耳，搭配上演员们惯用的弗里奇式夸张表情：龇牙咧嘴、挤眉弄眼，滑稽的动作与怪异的姿势让人应接不暇，着实引人发笑。全剧最为核心也是唯一的台词"Murmel"——这个单调无比的词却得到了完全不重样的演绎，它被唱出来，被吞下去，被口哨吹出来，被声嘶力竭地大喊出来，被抑扬顿挫地朗诵出来，随口水被一起吐出来，被一个一个字母地拼出来，被舞蹈诠释出来……"整体艺术"的魅力在"Murmel"一词的演绎上体现得淋漓尽致，形式上的色彩纷呈动人心魄，相较而言，这出戏在情节、内容上的输出则显得乏善可陈。尽管如此，《喃喃自语》凭借导演十足的想象力和演员们精湛的表现力依旧征服了大批观众与戏剧评论家，获得了不少嘉奖与荣誉。例如，《每日镜报》（*Der Tagesspiegel*）上刊载的评论指出，人们必然无法指责赫伯特·弗里奇的作品缺乏前后一致性，因为他之前的作品《西班牙蝇》[①]（*Die spanische Fliege*）已成功地从"诸如意义、含义甚至深度之类令人烦躁的艺术樊笼"中解放出来。迪特·罗特的《喃喃自语》则使弗里奇以及他的演员团队终于摆脱了作品必须具备意义的义务。[②]

21世纪，跨学科、跨媒介势不可挡地发展使得"整体艺术"理念正潜移默化地渗透每一个艺术空间，在这其中，本身就将视觉艺术与表演艺术囊括在内的戏剧更是如此，哪怕作品没有打上"整体艺术"的标签，观众也依然能够在作品中或多或少地找到融合不同艺术形式的蛛丝马迹。然而不容忽视的是，在践行"整体艺术"时，常常会出现作品过于强调艺术的"形式"而忽略"内容"的情况，2018年入选柏林戏剧节的作品《被侮辱与被损害的人》（*Erniedrigte*

---

① 该部作品改编自弗朗兹·阿诺德（Franz Arnold）和恩斯特·巴赫（Ernst Bach）于1913年创作的同名滑稽戏。

② Wahl，Christine. *Schluss mit dem Gelaber*. https：// www. tagesspiegel. de/kultur/schluss-mit-dem-gelaber/6454476. html，2020/10/26.

und Beleidigte）便是一个典型的例子。该剧导演塞巴斯蒂安·哈特曼（Sebastian Hartmann，1968—　）与弗里奇一样也是演员出身，演而优则导。他曾在柏林人民剧院担任常驻导演，之后较长一段时间主要以自由导演的身份在德语区多个知名剧院执导作品，有评论认为，哈特曼在担任自由导演期间，尤其热衷于一次又一次地尝试在作品中跨越与观众的距离。在哈特曼眼中，观众是作品创作的重要组成部分，这一观点无疑反映出他的创作手段与戏剧风格更为符合行为艺术的特征即注重交流性与瞬间性，观众不仅仅只是旁观者，也是剧场艺术的参与者、合作者。[①] 哈特曼并不打算通过作品向观众讲述某件事情，他更为注重借作品启发观众一起进行反思，因为反思是不会随着表演结束而停止的，它持续而长久地发挥着作用，具备能够真正影响生活与认识的力量。

出生于 20 世纪 60 年代末的哈特曼在德语戏剧界是一位备受争议，不走寻常路的艺术家，尚未到而立之年时已在剧坛掀起了轩然大波。早在 1997 年，其执导的英国新生代剧作家莎拉·凯恩（Sarah Kane，1971—1999）的反战作品《摧毁》（*Zerbombt*）一度被指责未按作者的意图上演，因而被版权持有人禁止演出。2006 年，他在法兰克福搬演尤内斯库的《屠杀游戏》（*Das große Massakerspiel*）时，将观众纳入了戏剧演出的一部分，演员托马斯·劳因基（Thomas Lawinky）在前来观看首演的戏剧评论家格哈德·斯塔德迈尔（Gerhard Stadelmaier）手中抢走了笔记本，翻阅时说道"让我们看看这家伙在写什么！"，随后又对其进行了言语侮辱，此举引起了斯塔德迈尔的强烈不满，该事件后续发酵为一出戏剧界的丑闻。从这两个事件可以看出，哈特曼在面对经典之作时是无所畏惧的，他总是试图通过几乎全新的重塑让观众惘然若失、心慌意乱。他认为，戏剧作品本就应该要让人困惑、愤怒，当然也要能够帮助观众以不同于以往的方式去审视问题。[②] 为了实现此目的，哈特曼对待戏剧文本可以说毫不手软，在拥有"剧本粉碎机"之称的卡斯托夫面前或许也不遑多让。可以预见，其执导的改编剧《被侮辱与被损害的人》必然也与原著

---

① 汉斯-蒂斯·雷曼：《后戏剧剧场》，李亦男译，北京大学出版社，2010，第 174 页。

② *Hartmann*，*Sebastian im Munzinger-Archiv*. https：// www. munzinger. de/search/go/document. jsp？id＝00000026158，2020/11/02.

相去甚远，事实上，哈特曼版本的《被侮辱与被损害的人》已经完全颠覆了戏剧叙事的传统，更类似于一场大型的行为艺术展演。美国行为艺术史学家、评论家和策展人罗斯莉·格特伯格（RoseLee Goldberg）曾指出："行为表演的本质是无政府主义的，它藐视任何精确或者轻易地定义，只需宣称是艺术家创作出的现场艺术，足矣。任何严格一点的定义都会立即从本质上推翻它。它可以潇洒自如地从任何一个领域和任何一种材料上吸取灵感：文学、诗歌、戏剧、音乐、舞蹈、建筑、绘画，或者是视频、电影、幻灯片或小故事，它能以任何一种混搭形式来调配和部署这些材料"①，哈特曼的舞台演绎十分契合行为艺术的本质特征，同时也符合"整体艺术"的美学概念。

原著的情节在哈特曼大刀阔斧地改造下，几乎已无法辨认，这一版本的主题围绕"艺术家身份的失败"展开，探讨了社交障碍者的社会功能。导演无意于遵从原著跌宕起伏的情节，讲述一个完整且具有可信度的故事，而是通过解构情节线、原著意义以及戏剧传统，选择以联想的路径进入此部作品，观众在观演时势必面临的是烟雾缭绕的情节与迷宫一般的故事结构。这样的设置与导演哈特曼的戏剧创作理念息息相关，从他执导的多部改编作品可以看出，他总是试图用几乎全新的作品有意将观众置于思绪混乱的境地，以期最终能够帮助他们站在不同于以往的层面重新审视作品主题。

此次舞台以黑白两色为基调，一面大型空白画布被推上舞台后方，戏剧演出与作画同时进行，表演段落由演员随机选择，因此前后情节并不连贯，每一场演出都可看作是一次全新的创作。对于观众而言，剧情的零散与不连贯无疑是一个巨大的挑战，伴随着各种困惑观众要如何理解作品演出？为了在某种程度上减少观众理解作品的难度，此次改编版本结合了当代青年剧作家沃尔夫拉姆·洛兹（Wolfram Lotz，1981—　　）于2017年发表的一篇关于戏剧创作的文章。演出中，演员特意表演了癫痫病发作时的状态，而原著小说的作者陀思妥耶夫斯基正是一位癫痫病患者，尤其是在其被流放于西伯利亚之际，癫痫症的发作也愈发频繁，《被侮辱与被损害的人》正是其历经苦难回

---

① 罗斯莉·格特伯格：《行为表演艺术：从未来主义至当下》，张冲、张涵露译，浙江摄影出版社，2018，第14—15页。

到圣彼得堡后发表的第一部长篇小说,具有特殊的意义。19 世纪的俄罗斯作家与 21 世纪的德国作家相对照,过去与现在在舞台上相交织,尽管戏剧情节断裂、演员表演并不追求自然与真实,但观众通过联想与思考想要拨开云雾见青天似乎并不困难。以即兴表演展现经解构的原著文本,同时结合剧作家洛兹带有理论与诗意性质的反思段落,此种处理方式运用于小说的舞台改编不失为一种聪明的做法,但舞台上营造的巨大悲伤氛围极大地消解了戏剧情节,同时,戏剧冲突的缺失在某种程度上令该剧的一些弊端突显出来,例如作品的深度挖掘不够,产生流于表面之感。在哈特曼的艺术空间,文学显然并非打造戏剧舞台的基础,它充其量只是启发导演进行艺术创作的一种源泉,无论是弗里奇还是哈特曼,他们的作品重在艺术的整体性呈现,文学则被挤到了最为边缘的位置,这暴露了当代德语剧坛最为突出的问题之一,即过度重视形式而忽视了内容,这在第三章第三节"内容与形式的纷争"中将得到进一步探讨。

第二节　舞蹈与戏剧的调和

"从一开始,我就在尝试让舞蹈与戏剧表演靠近,我始终在思考如何能够将某些主题恰如其分地诉诸'语言'。我发现,手段的选择是开放的。即使在今天,我的作品也一样产生于开放之中:最佳表达手段可以是一首歌曲,一个句子或一个场景——没关系。一切皆有可能。"

——皮娜·鲍什

仔细看柏林戏剧节的获邀作品名单,可以发现一个有趣的现象:自 20 世纪 80 年代以来,编舞(Choreographie)"代替"导演(Regie)、舞者"代替"演员,"占领"德语舞台的方寸之地,为观众带来艺术与美的享受机会显著增多。或许有人会提出疑问,"柏林戏剧节"理所当然应该挑选值得关注的"戏剧"作品,为何"舞蹈"表演也能获此殊荣?实际上,这里所谓的"舞蹈"早已不再是用身体来完成各种优雅或高难度动作以展现美感、表达情感的传统意义上的舞蹈艺术，而是兼顾舞蹈动作编排与戏剧性效果的剧场演出，在德语国家，它被称作"Tanztheater"（舞蹈剧场），该艺术形式既可以被视为引人入胜、扣人心弦的戏剧，也可以被当作是一种将本能、即兴、古典动作戏剧化的舞蹈。纵观20世纪以来的表演艺术发展史，可以清晰地看到，舞蹈早已摆脱了古典形式与刻板姿势的枷锁，成为诠释前卫艺术的重要介质，同时也获得了能够灵活而自由地展现戏剧元素的生命力。

舞蹈剧场在德国的发展并非一帆风顺，它经历了一系列的波折与考验才得到大众的认可，获得了重新在艺术中定义自己的机会。早期，由于古典芭蕾在欧洲舞台的绝对主导地位，舞蹈艺术逐渐走向僵化，甚至停滞。为了抗议此现象，1900年掀起了一股"表现主义舞蹈"（Ausdruckstanz）的浪潮，该"新式舞蹈"崇尚自由、自然的表现形式，指向一种融合所有艺术的舞蹈发展方向。在达达盛行的年代，舞蹈的地位越来越受到重视，达达代表人物巴尔视舞蹈为最直接、最亲密的艺术形式，因为："它很像文身艺术以及那些意在人格化的原始行为；舞蹈经常与这些原始活动不分彼此。"[①]德国舞蹈家、编舞家玛丽·威格曼（Mary Wigman）进一步发展了表现主义舞蹈，在此基础上创造出了一种新式德国舞蹈（New German Dance），为了突出自由之于舞蹈的崇高意义，威格曼尝试改变舞蹈对音乐的依赖性与附属性，为此，她极少为某段音乐起舞，而是常常仅在锣或鼓的伴奏下跳舞，有时翩翩起舞甚至根本无须音乐搭配，最终，威格曼造就了无数经典的自由舞蹈场景。

这一新式的舞蹈潮流无疑也影响了巴尔的艺术创作，在其领导下，达达艺术家们一系列行为表演活动的重心逐渐向舞蹈倾斜；几乎同一时间的巴黎，在超现实主义大行其道之前，让"新精神"率先弥漫在大都市空气中的无独有偶亦是舞蹈——由四位不同艺术领域的大师：巴勃罗·毕加索（绘画、舞台及服装设计）、埃里克·萨蒂（作曲）、让·谷克多（剧作家、导演）和莱奥尼德·马赛因（编舞）联袂创作的芭蕾舞作品《游行》（Parade）让人们看到了舞蹈艺术发展的新方向。回到德国，魏玛共和国时期的包豪斯大师奥斯卡·施勒默

---

① 罗斯莉·格特伯格：《行为表演艺术：从未来主义至当下》，张冲、张涵露译，浙江摄影出版社，2018，第82页。

(Oskar Schlemmer，1888—1943)在绘画、雕塑、设计和编舞等方面均有极高的艺术造诣，他认为不同艺术类别之间并无不可逾越的鸿沟。舞蹈对于施勒默而言是非理性的，因其起源于酒神奥尼索斯①，但舞蹈却是承载美学精神、诠释戏剧性的重要物质，这恰与强调理论研究、承载哲学精神的绘画艺术形成互补。在施勒默留下的大量作品中，舞蹈成为阐释艰深哲学思想的重要形式，在其包豪斯时期最为著名的作品《三元芭蕾》(*Triadisches Ballett*)中，人体成为一种新的艺术媒介，他们被服装改造，在空间中移动，服装、音乐与舞蹈相互调和，他将身着戏服的演员转变成人体几何，并称之为形式和色彩的派对。在这部作品中，艺术与技术、观念与风格得到统一，抽象概念与情感冲动也达到了近乎完美的平衡，作品的成功演出与巨大反响让施勒默走出德国，扬名国际。这些20世纪上半期在艺术领域喷薄而出的前卫思潮无疑为之后舞蹈剧场在德国的诞生奠定了坚实的基础。

在德国，舞蹈剧场(Tanztheater)于严格意义上指的是20世纪下半期以来(尤指七八十年代)形成的舞蹈艺术形式，它与上文提到的"表现主义舞蹈"或是"新式德国舞蹈"可谓一脉相承，舞蹈剧场同样注重采用实验性动作元素，并试图在所有类型的舞蹈中探索新的可能，不同之处在于这种指向当代的舞蹈艺术更为强调戏剧元素的运用，舞蹈和戏剧两者的调和显得尤为重要。戏剧专家雷曼指出，舞蹈剧场由节奏、音乐与性感的身体所承载，却用话语的语义学来进行创作，并将之定义为"后戏剧剧场的一个变体"②。换言之，舞蹈剧场亦是后戏剧剧场中一道独特的风景线，它"揭示了隐蔽的身体性，提升、迁移并创造了动作性的冲力、身体性的姿势，并提示人们那些潜在的、被遗忘的、受到约束的身体语言的可能性"③。雷曼认为，舞蹈剧场实现的变革甚至要领先于话剧剧场(Sprechtheater)。④ 舞蹈剧场实现的突破在很大程度上要归功于舞蹈家皮娜·鲍什(Pina Bausch)以及她于1973年组建的舞蹈团体——皮娜·鲍什乌珀塔尔舞蹈剧场(Tanztheater Wuppertal Pina Bausch)。

---

① 罗斯莉·格特伯格：《行为表演艺术：从未来主义至当下》，张冲、张涵露译，浙江摄影出版社，2018，第129页。

② 汉斯-蒂斯·雷曼：《后戏剧剧场》，李亦男译，北京大学出版社，2010，第116页。

③ 同上。

④ 参见②。

　　舞蹈剧场的诞生不啻为一场德国舞蹈界为自由与平等揭竿而起的"革命"运动，而亟待推翻的"大山"正是五六十年代大行其道的古典芭蕾。这与 20 世纪之初，中国新式话剧(就代表传统戏曲的"旧剧"而言)的诞生之路几乎如出一辙。在德国，彼时舞台上虚幻的芭蕾舞表演与社会现实的差异日益突出，这激起不少年轻编舞家的愤懑与不满，他们试图寻找新的主题和表达形式来改造"老派""生硬"的古典芭蕾，而此时从美国留学归来的鲍什正是其中的佼佼者。鲍什(1940－2009)出生在德国索林根，自幼学习芭蕾，舞蹈功底深厚，十四岁时师从德国著名舞蹈家、编舞家库尔特·乔斯(Kurt Jooss)打磨舞蹈技艺，在其熏陶下，鲍什接触到大量新式、前卫的舞蹈理念。乔斯是德国舞蹈界不得不提的重要人物，他不仅参与创建了颇负盛名的福克旺艺术学校(Folkwang Universität der Künste)，同时还一手创办了以"实验""创新"闻名的福克旺舞蹈工作室(Folkwang Tanzstudio)，此处不仅孵化出了前卫的表现主义舞蹈艺术理念，同时也培育出一批极具潜力与创新精神的舞蹈人才，这对德国舞蹈剧场的诞生与发展而言无疑是弥足珍贵的贡献。战后于 1949 年回到德国的乔斯在福克旺艺术学校重拾教鞭，令人遗憾的是，归来的乔斯在舞蹈艺术上的超前理念与二战之后德国(尚未统一时，这里指联邦德国)剧院的主流审美并不一致，古典芭蕾舞在当时舞蹈表演中的霸主地位难以撼动，因此乔斯极难为自己的实验性舞台作品申请到当地政府的资金补助。为了走出困境，乔斯决意吸收新的血液，故邀请鲍什前来合作①，乔斯的慧眼识珠与知人善任也为德国舞蹈艺术的革新带来了希望。

　　鲍什结束了三年(1959 年至 1962 年)的留学生涯，带着新潮的舞蹈理念与丰富的舞台经验从美国归来，她先以助手和独舞的身份在乔斯身边工作，1969 年，她接下福克旺舞蹈工作室的艺术总监一职，此后更为专注于编排自己的舞蹈作品。这一时期，鲍什日益摆脱传统舞蹈动作的束缚，逐渐形成自己的风格。在创作内容上，鲍什早期的作品明显受到六八运动的启发与影响，布莱希特作品中的政治譬喻也是她重要的灵感来源。1970 年 1 月，其作品《在零之后》(Nachnull)被搬上舞台，演出引起了大量关注，评论家和观众普遍认

---

　　① 　鲍什曾在 1955 年至 1958 年间就读于福克旺艺术学校。

为舞台上呈现的是一种奇特的新式动作戏剧。该部"讲述"二次世界大战以及战后最初岁月的作品在舞蹈编排上打破了传统动作美学的"桎梏"，不再遵循现代舞的传统，力图通过自由的舞蹈营造一种时间终结的末日氛围。尽管在六七十年代，德国戏剧和歌剧界严格的等级制工作方法依然盛行，但鲍什坚持不断地打破常规与传统，采取更为自由、即兴，注重平等的工作手段，例如她曾将布莱希特创作的文学文本与库尔特·魏尔（Kurt Julian Weill，1900—1950）为之谱写的音乐作为编舞素材，鲍什将那些经典段落以松散的结构拼贴在一起，并通过"说""唱""跳（舞）"的形式诠释文本内容。然而，在评论界，这些大胆的尝试依然时常招致口诛笔伐，直到20世纪80年代初期，鲍什的作品才开始得到越来越多的认可，特别是其作品中蕴含的社会批判意识备受赞誉。20世纪80年代，在鲍什以及格哈德·伯纳（Gerhard Bohner）[1]、约翰·克雷斯尼克（Johann Kresnik）[2]和莱因希尔德·霍夫曼（Reinhild Hoffmann）[3]等先锋编舞家的共同努力之下，舞蹈剧场逐渐被确立为艺术界的一种新流派。1980年，柏林戏剧节首次将舞蹈表演作品纳入了最值得关注的作品之列，获此殊荣的是鲍什编导的作品《咏叹调》（Arien），此后（截至2020年）又有二十部彰显舞蹈艺术之美的作品受邀参加柏林戏剧节，详见表2-1。

表 2-1　入选柏林戏剧节的 20 部舞蹈表演作品

柏林戏剧节年份	剧院	剧名	编导、创意、表演
1980	乌珀塔尔舞台	咏叹调（Arien）	皮娜·鲍什（场景化/编舞）
1981	乌珀塔尔舞台	班德琴（Bandoneon）	皮娜·鲍什（场景化/编舞）

---

①　德国舞蹈家、编舞家格哈德·伯纳（1936—1992）为德国舞蹈剧场的先锋之一，他于1972年从遵循传统的柏林歌剧院来到达姆施塔特（Darmstadt），在此召集了一批出色的独舞者并组建了一支名为"舞蹈剧场"的表演团队，该团队摒弃了陈旧、僵化的剧团层级划分，尝试遵循共同商讨与决定的平等原则。

②　约翰·克雷斯尼克（1939—2019）来自奥地利，他以舞蹈剧场的政治风格而闻名。

③　德国舞蹈家、编舞家莱因希尔德·霍夫曼（1943— ）同样也是德国舞蹈剧场的先锋之一，1978年开始与格哈德·伯纳一起活跃于不莱梅舞蹈剧场（Bremer Tanztheater）。她将在剧院工作的想法理解为试图使表演和舞蹈紧密结合。

续表

柏林戏剧节年份	剧院	剧名	编导、创意、表演
1983	不莱梅剧院	国王和王后（*Könige und Königinnen*）	莱因希尔德·霍夫曼（编舞）
1984	不莱梅剧院	卡拉斯（*Callas*）	莱因希尔德·霍夫曼（编舞）
1985	乌珀塔尔舞台	山野中有人听到呼喊（*Auf dem Gebirge hat man ein Geschrei gehört*）	皮娜·鲍什（场景化/编舞）
1986	不莱梅剧院	热风（*Föhn*）	莱因希尔德·霍夫曼（编舞）
1988	海德堡城市剧院	麦克白（*Macbeth*）	约翰·克雷斯尼克（场景化/编舞）
1990	不莱梅剧院	乌尔丽克·迈因霍夫（*Ulrike Meinhof*）	约翰·克雷斯尼克（编舞戏剧）
1992	不莱梅剧院	弗里达·卡罗（*Frida Kahlo*）	约翰·克雷斯尼克（编舞戏剧）
1993	不莱梅剧院	转怒（*Wendewut*）	约翰·克雷斯尼克（编舞戏剧）
1997	索菲恩剧场	宇航员大道（*Allee der Kosmonauten*）	萨莎·瓦尔兹（导演/编舞）
2000	巴塞尔剧院	爱之战（*La guerra d'Amore*）	阿希姆·施洛默（编舞/导演）
2000	柏林邵宾纳剧院	身体（*Körper*）	萨莎·瓦尔兹（导演/编舞）
2002	苏黎世剧院	托辞（*Alibi*）	梅格·斯图尔特（创意/导演）
2004	鲁尔区三年展/比利时当代芭蕾舞团/国立巴黎歌剧团	狼（*Wolf*）	阿兰·普拉特尔（创意/导演）
2006	福赛斯舞蹈团	三种大气研究（*Three Atmospheric Studie*）	威廉·福赛斯（编舞/导演）

续表

柏林戏剧节年份	剧院	剧名	编导、创意、表演
2013	瑞士荷拉剧院①，柏林岸边海贝尔剧院	残疾人戏剧（Disabled Theater）	耶罗姆·贝尔（创意）
2014	慕尼黑室内剧院/比利时当代芭蕾舞团	陶伯巴赫（Tauberbach）	阿兰·普拉特尔（导演）
2020	维也纳舞蹈中心	舞蹈.特技表演的空灵梦幻之地（Tanz. Eine sylphidische Träumerei in Stunts）	弗洛伦蒂娜·霍尔青格（创意/行为艺术/编舞）

从表 2-1 可以看到，20 世纪八九十年代的舞蹈剧场由皮娜·鲍什、莱因希尔德·霍夫曼和约翰·克雷斯尼克三分天下，鲍什所在的乌珀塔尔剧院与后两位所在的不莱梅剧院成为主要实践场所。倘若仔细观察此表，可以发现尽管三位编舞家都是舞蹈剧场的代表性人物，但三人对于自己身份的定位依然有着细微的不同，鲍什将自己负责的"角色"定义为"Inszenierung"和"Choreographie"，意为"场景化"和"编舞"；莱因希尔德·霍夫曼仅选择了"Choreographie"（编舞）标注自己的身份；约翰·克雷斯尼克前期与鲍什一样使用"场景化"和"编舞"，从 1990 年起，开始使用"Choreographisches Theater"（编舞戏剧）这一专属名词。由此不难看出他们各自的舞台艺术审美取向，显然三人之中，最看重戏剧元素的是克雷斯尼克，他试图通过舞蹈编排、身体展示来"讲述"富有冲突与张力的故事。克雷斯尼克选择以舞蹈的形式将莎士比亚的著名悲剧作品《麦克白》搬上舞台，可见其深信舞蹈这一艺术介质的表现力与叙述力足以诠释恢宏磅礴的经典之作，原作中描写的欲望与渲染的血腥在克雷斯尼克的舞台上化作扭曲的肢体、难辨哭笑的嘶喊与黑白空间中刺目的红。在这之后诞生的两部作品《乌尔丽克·迈因霍夫》及《弗里达·卡罗》均是克雷斯尼克以真实存在的历史人物为原型进行的创作，特别是

① 瑞士荷拉剧院成立于 1993 年，它的独特之处在于让认知障碍者参与到各类艺术项目之中，他们与舞蹈演员构成了一支专业的演出团队，能够常年与知名艺术家、国际艺术团体合作，作品不局限于戏剧，还包括舞蹈、音乐项目、时装秀等等。

乌尔丽克·迈因霍夫(1934－1976)，她是战后德国政治历史上的知名人物，在 20 世纪 50 年代至 70 年代，迈因霍夫频繁活跃于德国政治舞台，曾建立左翼恐怖组织，她最终被捕入狱，自杀而亡。作为一名记者和德国极左势力的代表，其短暂而激进的一生曾是许多德语作家的灵感来源，例如迈因霍夫在正式投身红军派的恐怖活动之前曾将自己资产阶级的家砸得稀烂，这一女性打破传统桎梏、解放自己的行为启发了知名剧作家海纳·穆勒，他在《哈姆雷特机器》中安排角色奥菲利亚砸烂了监禁她的椅子桌子床铺；毁掉了过去称为"家"的战场；拆了大门让风进来，让世界的哭嚎进来。① 克雷斯尼克选择迈因霍夫这一人物作为创作素材足见其"编舞戏剧"亦在试图探讨政治议题，其倡导的舞蹈剧场带有明显的政治风格。

1996 年，萨莎·瓦尔兹(Sasha Waltz，1963－　　)凭借《宇航员大道》的绝佳口碑被褒奖为"皮娜·鲍什以来最令人惊艳的舞蹈剧场革新者"②，该部极为成功的舞台作品亦成为第三十四届(1997 年)柏林戏剧节的邀请对象。"宇航员大道"(Allee der Kosmonauten)是一条真实存在于首都柏林的交通要道，它建于 20 世纪 70 年代，连通了利希滕贝格和马察恩等区域。以该街道命名的作品《宇航员大道》主要讲述的是一处住宅区内暗淡无光的日常生活，为此瓦尔兹曾特地前往柏林-马察恩区，访问当地居民，实地考察并搜集资料。瓦尔兹的这一工作方式与当代戏剧导演，尤其是文献剧导演的产出手段极为相似，她向观众证明舞蹈并不总是抽象、晦涩、"曲高和寡"，它同样能够走近观众与他们的生活，串起日常琐碎，探讨日常生活主题。该剧的舞台布置和人物着装十分生活化，公寓客厅的沙发是整场演出的中心地点，三代人的情绪、冲动均堆积于此，古典舞蹈艺术的优雅在该部作品中已无迹可寻，取而代之的是滑稽可笑的动作与看似笨拙的扭动，舞台上的表演者内部好似都装上了弹簧，每一次充满戏剧性地弹跳与跃动都让人深刻地体会到感情的迸发，瓦尔兹的细致安排让作品的精妙体现在了每一个细微之处。该部作品极为典型

---

① 参见海纳·米勒：《哈姆雷特机器》，《戏剧(中央戏剧学院学报)》，张晴滟译，2010 年第 2 期，第 149 页。

② *Sasha Waltz*. In: *Munzinger-Archiv*, 39/2008. Munzinger-Biographie：https：// www. munzinger. de/search/portrait/Sasha＋Waltz/0/22749. html.

地反映了舞蹈剧场的中心功能之一是在社交环境中处理日常主题。

2000 年，瓦尔茨又一部备受好评的舞蹈作品——《身体》(Körper) 被邀请前往柏林戏剧节，该部旨在横跨不同艺术门类的作品于柏林雷尼纳广场剧院首演，一举打破该剧院自 20 世纪 70 年代以来所秉持的话剧剧场风格，为剧院进入 21 世纪后的多元化发展做出了一定贡献。如上文所提，雷曼认为舞蹈剧场揭示了隐蔽的身体性，并指出后戏剧剧场"背离了传统的精神、思维（概念）结构，并不断努力去彰显强烈的身体性"①，毫无疑问，在此类剧场中，身体成了至关重要的元素。瓦尔茨的此次作品无论在主题上还是在舞蹈编排上，均将剧场中"身体性"的揭示做到了极致。作品中的"身体"宛如哲学研究的对象，瓦尔茨试图将其分成两个部分来阐释，它不仅是自然而生的"身体本身"，也由存在于社会之中物质化了的"身体外衣"来体现，而成为"身体外衣"的这一过程在无形之中却强加给了"身体本身"压力与分裂之感。瓦尔茨以身体为中心，探究根植于文化中的刻板身体动作，贪欢之时的原始身体力量以及追求竞技卓越、外形完美时的身体形态等等。作品试图将身体的纯粹最大限度地展现于观众面前，为此演员们几乎不着一物立于舞台，时而沉静时而富有激情地展现身体本身，瓦尔茨撕掉了一切贴在"身体"这一称谓上的标签，同时也一并扯掉用来遮盖它本来面目的物品，在她的编舞中，舞者们纯粹的身体缠绕着、旋转着，他们以怪异的姿势、扭曲的堆叠表现那些在生活中"隐形"的身体状态，瓦尔茨的编舞始终在挖掘着那些被人们忽视的身体可能性。

当然，作品带来的并非只是表面化的惊奇感，其探讨的内核值得每一位在场观众反思。舞台上的表演让人们惊觉，身体似乎一直以来都被当作某种资源，遭到肆意掠夺与榨取，挣开一层层强硬的社会束缚，如何为早已遍体鳞伤的身体创造一个属于它自己的空间？这正是瓦尔茨想要在作品中探讨的本质问题，围绕这一问题进行的舞台表演充满了新奇与震撼人心之处，尤其是当十四位几乎裸体的舞者爬行到巨大的玻璃盒子中，他们的肢体相互交织、相互挤压直至被压扁在玻璃上时，他们如同玻璃容器中的爬行动物，这一刻人类的身体似乎回到了最原始的状态。整部作品中令人惊艳的场景不胜枚举，

---

① 汉斯-蒂斯·雷曼：《后戏剧剧场》，李亦男译，北京大学出版社，2010，第117页。

《柏林报》(*Berliner Zeitung*)将之形容为"施了魔法般的场景"，诠释了"令人耳目一新的美感"①。

2000年，柏林戏剧节不仅邀请了《身体》这一部舞蹈剧作，另一部由阿希姆·施洛默(Joachim Schlömer)担任编舞及导演的作品《爱之战》(*La guerra d'Amore*)亦是"座上宾"。该部作品与以往的舞蹈剧作颇为不同，它更为强调古典音乐与舞蹈的融合。文艺复兴时期的著名作曲家克劳迪奥·蒙特维第(Claudio Monteverdi)创作的牧歌是串联整部作品的红线，歌剧与舞蹈成为导演诠释"爱"与"战"的主要艺术形式。与鲍什不同，曾在福克旺就读，并于20世纪90年代陆续担任多家舞蹈剧场总监的施洛默却并非"舞蹈剧场"的忠实拥护者，反而费尽心力想要撕掉这一标签，在施洛默看来，"舞蹈剧场"这一类别所涵盖的艺术范围稍显狭窄。20世纪80年代末，施洛默在布鲁塞尔期间深受美国舞蹈家、舞蹈编剧和歌剧导演马克·莫里斯(Mark Morris)的影响与启发，他决定将古典音乐与新式舞蹈结合起来，但其舞蹈模式却与莫里斯有着较大的不同。施洛默的舞蹈更为混乱且更少地受到单个音符的影响，但这并不意味着他的舞蹈模式与音乐之间的关系不够紧密，事实上他只是换了一种表达音乐的手段，自90年代末期以来，施洛默一直在寻求不同艺术相互作用产生的协同效果，《爱之战》正是践行这一思想的作品，它将古典歌剧与当代舞蹈融合在一起，为"舞蹈剧场"之后舞台艺术的发展指明了一种新的可能。

施洛默运用有关爱情与战争的身体意象重新诠释了声乐模式、诗歌隐喻和复杂的韵律结构。在《爱之战》的舞台上，九位歌剧演唱者和十九位舞者在著名指挥家勒内·雅各布布斯(René Jacobs)的指挥下联袂呈现了一场别开生面的演出。施洛默希望让观众置身于他们所熟悉的环境中，为此设置的舞台场景极度生活化。这场关于爱的战争在威尼斯的一个广场上拉开序幕，那里人来人往，充满生活气息，温柔甜蜜却又冲突敌对的恋人在此相遇。演出开始时，演唱者们穿着普通的现代服装，分散在代表广场的椭圆形周围，他们逆时针缓慢移动，面向观众，舞者们则从舞台左侧踮着脚尖、小心翼翼地上场，其中一些人的鞋子悬在手中，他们穿过一圈又一圈的不断移动着的歌唱

---

① Widmann, Arno. *Körper*. In: *Berliner Zeitung*, 26. 07. 2000.

者们，这样的场景虽然简单，但却不失优雅性与趣味性。从舞蹈编排来看，施洛默融合了多个舞种，精雕细琢地为蒙特维第的古典音乐编制了相应的动作，其动作风格深受德国表现主义舞蹈的影响，此外，源自英国的吉格舞、棱角分明的现代舞和充满建筑智慧的抒情芭蕾双人舞均在其作品中有所体现。

音乐的价值于编舞家而言显然要重于一般的话剧导演，而古典音乐在舞蹈世界中的兴起最早可追溯至 20 世纪 80 年代中期，它不仅能够恰如其分地歌颂爱，同时也能化身传递绝望与死亡的黑色信使，其黑暗、沉闷的音调和广泛综合的形式足以描述当今现实世界复杂的精神面貌，当古典音乐与舞蹈艺术融合之时，便是两者超脱于自我实现升华的至高时刻。作为西方古典音乐传统的一部分，带有戏剧元素的歌剧成为编舞家们进一步拓展舞蹈剧场的重要选项，无论是瓦尔兹还是施洛默，两者在中后期均致力于将歌剧与舞蹈进行结合的试验。2005 年，瓦尔兹提出了"编舞歌剧"（Choreografische Oper）这一理念，其核心在于平等地运用不同艺术，赋予歌剧中常见的静态事件以动态的美感。瓦尔兹此后创作的作品大多围绕着这一理念展开，她不遗余力地将歌唱家、合唱团、音乐家和舞者融入自己的舞台作品中，这实际上亦是在践行"整体艺术"的思想。2006 年，由常居德国的美国舞蹈和编舞家威廉·福赛斯（William Forsythe，1949— ）执导的作品《三种大气研究》（*Three Atmospheric Studie*）受邀参加柏林戏剧节，该部作品亦融合了不同的艺术之所长。福赛斯将编舞视为一种组织实践，在其作品中，芭蕾舞和视觉艺术被结合起来，不仅展现了艺术的抽象性，同时也释放了强烈的戏剧性。

随着舞蹈剧场艺术的不断发展，一些规则与理念亦在不断革新与拓展，当然其中也有一些已然化为历史的尘埃，被风吹至角落，再难觅踪迹。在以上列表中，始终坚守"舞蹈剧场"精神并继承其精髓的艺术家非阿兰·普拉特尔（Alain Platel，1956— ）[1]莫属，这位来自比利时的编舞家及戏剧导演认为鲍什是自己最为重要的灵感来源之一，甚至称自己为"鲍什的孩子"[2]。鲍什曾

---

① 1984 年，普拉特尔创立的"les ballets C de la B"被认为是"世界上最具影响力的舞蹈剧院团体之一"，该舞蹈团体致力当代舞蹈的剧场演绎。"les ballets C de la B"这一团名是"les ballets Contemporans de la Belgique"（比利时当代芭蕾舞团）的简化形式。

② Rawal，Tejas. *Interview：Alain Platel discusses the challenges of grappling with Mahler*. Londondance. com，2020/06/02.

在采访中表示，于自己而言，音乐极为重要，它与自己的作品不可分割，最终，所有一切(艺术)定能聚集在一起，成为不可分解的整体。[①] 普拉特尔无疑继承了这一理念，他的作品融合了舞蹈、戏剧、现场音乐、马戏团以及行为艺术等表演风格，它们常常以混乱、松散的形式被组合在一起。2004年，普拉特尔的作品《狼》(Wolf)获邀参加柏林戏剧节，该部作品将莫扎特的古典音乐与非洲舞相结合，围绕着古典音乐的当代影响展开。与莫扎特一样，普拉特尔亦是一位具有博爱胸襟的人道主义者[②]，此次作品他将目光投向了处于社会边缘的生物，其中不仅有人类(残障人士)，还包括动物(剧中使用了宠物狗)。风格迥异的舞蹈(例如鲍什的手势舞、法国先锋舞、非洲舞)、歌剧演唱、打击乐表演穿插其中，令人眼花缭乱，但完全不同气氛的切换却并不突兀，从传统到现代的过渡亦极为自然。普拉特尔想要最大限度地在剧场中彰显身体性的意图不言而喻，音乐家、舞者、狗、观众、甚至并不在现场的作曲家似乎都在同一个剧场空间，热情而幽默地互相打着招呼，在某些时刻，听觉内容已转化为视觉图像，因此，哪怕听力障碍者也能通过身体语言来享受这场演出，普拉特尔试图告诉观众，音乐亦具有独特的身体性。

普拉特尔并非唯一一位将艺术与人道关怀相结合的编舞家，2013年受邀参加柏林戏剧节的《残疾人戏剧》(Disabled Theater)同样也是一部将社会弱势群体——残障人士放在美学和政治讨论中心的舞蹈戏剧作品。瑞士荷拉剧院(Theater HORA)、耶罗姆·贝尔(Jérôme Bel)、柏林岸边海贝尔剧院以及多个艺术节共同促成了此次合作演出[③]。法国人耶罗姆·贝尔担任整个项目的创意总监，其编舞风格独树一帜，遵循所谓的"非舞蹈"(non-dance)原则，其作品深受行为表演艺术的影响，常常不按常理出牌，带有明显的挑衅和娱乐性质。《残疾人戏剧》邀请了十一位有认知障碍的演员合作，作品试图探讨认知

---

① 参见"Der Anfang bin ich". https：// www. welt. de/print-welt/article512846/Der-Anfang-bin-ich. html，2020/12/10.

② 普拉特尔的人道主义精神首先体现在其挑选演员时的一视同仁，他不把传统舞蹈艺术中的形体完美性与动作专业性视为唯一标准，而是根据角色需要，大胆选用业余演员、儿童、老年人，甚至残障人士；其次，普拉特尔的舞蹈动作设计将听觉障碍者的需要考虑在内，让他们也能与常人一样品味演出；不仅如此，生活中的普拉特尔于一家残疾儿童医院中担任特殊教育者，为有智力或身体障碍的人提供帮助；最后，构成其作品内核的"治愈"二字也反映了普拉特尔的博爱与仁慈。

③ 《残疾人戏剧》于2012年5月10日在布鲁塞尔首演，三个多月之后于德国首次亮相。

障碍者在戏剧、舞蹈以及整个社会中的作用等重要问题，以阐明社会上或明或暗存在的排斥动态，这种动态导致那些被认为不适生产的人被边缘化。残疾表演者们在舞台上挥洒汗水，热力四射地随着节奏舞动身体，这让人不禁思考，舞台能否在真正意义上为残疾人提供身体与精神解放的自由空间？残疾表演者又能在多大程度上挑战和颠覆社会规则？问题的答案或许正是整部作品想要揭示的核心所在，贝尔由此将纯粹的舞蹈艺术提升到了社会批判的高度。

普拉特尔与贝尔青睐的舞蹈艺术表现手段迥异，但两者均极为注重作品的社会批判性，且普拉特尔尤为擅长将西方社会的现实问题转化为戏剧表达，其作品饱含精准透彻、细致入微的社会观察，具有强烈的社会批判意识。普拉特尔所选题材常常与日常生活、社会问题密切相关，例如社会裂痕、暴力问题、情感状态、个体归属感与文化差异等等，他总是能出人意料地将舞台上看似没有明显联系的事物融合在一起，不同风格的奇特混合缔造的场景屡屡震撼欧洲戏剧界。2014 年，普拉特尔凭借作品《陶伯巴赫》(*Tauberbach*) 再度收到柏林戏剧节的邀请，该部根据巴西精神疾病患者艾斯塔米拉 (Estamira)①真实故事改编的舞剧不仅在主题上，同时也在风格上实现了疯狂与清醒、混乱与整齐的矛盾混合。现实生活中的艾斯塔米拉生活在里约的一个垃圾场，她坚信自己的使命是将基本的道德原则带给生活在垃圾场之外的人们，对她而言，真正的垃圾是社会生活的失败价值观。艾斯塔米拉执着地对生活、上帝、工作以及自己和人类社会的生存进行反思，发表了许多富有深刻哲理的言论，这些均佐证了艾斯塔米拉混含清醒与疯狂的精神状态。

现代人的精神状态一直是普拉特尔热衷探讨的话题之一，用舞蹈与音乐叙述故事、展现内在情绪的波动更是其专长所在。普拉特尔极其逼真地还原了艾斯塔米拉生活过的垃圾场，舞台上遍布旧衣物、杂乱不堪，吊取垃圾所用的机械手臂赫然在立，搭配上似乎环绕于四周的苍蝇、蚊虫嗡嗡声，观众仿佛置身于真实的垃圾场。演员用英语陈述并不多的台词，艾斯塔米拉的扮

---

① 导演马科斯·普拉多(Marcos Prado)于 2004 年将艾斯塔米拉的生活拍摄为纪录片，并于 2005 年发行。

演者在舞台上大声地说道："I know everybody here and everybody knows me"①，之后便是紧锣密鼓的表演，歌唱、舞蹈的快速切换令人应接不暇，音乐与舞蹈动作的紧密结合将音符旋律拓展至视觉维度，令人叹为观止。垃圾场是丢弃物的集合地，但这并不代表这些弃物皆已失去使用价值，舞台上一小群拾荒者"涉水"而过，他们在此挑选、穿上、更换衣物。人们选择"丢弃"或"重拾"来对待衣物，那么对待人生何尝不是如此，我们总是有足够的理由想离开这个世界，但也有更充分的理由想要留下来，这种对立的矛盾情感在整部作品中互相缠斗、意蕴悠长。或许这正是普拉特尔创作的真正精髓所在，他的作品看似充斥着奇特且荒谬的混合物，但内容主旨始终没有逃避生命的意义，形式上的标新立异并未掩盖作品内核散发的人道主义光芒。正如普拉特尔自己所言，他从不想用作品震慑观众，而是想要打动观众，因此，他的作品总能温柔地触动那根隐藏在人们内心最深处的弦，让观众获得倾听自己、反思自己的宝贵机会。

　　皮娜·鲍什在生命的最后阶段曾精辟地描述了"舞蹈剧场"的特质，她认为，舞蹈必须具有除习惯与技巧以外的其他理由，它必须得为人类的恐惧感和无力感找到一种语言，它涉及一种我们都拥有的知识，这是一种只在动作、声音、图像中可见的特殊所在，是一种诠释生活的新语言。② 总体来看，上文所提及的舞蹈剧场奠基人与革新者普遍遵循的美学原则有以下几点。第一，形式风格上，拒绝传统芭蕾舞美学以及古老的芭蕾舞等级制度，认可舞蹈不是唯一的表达方式，亦可使用语言、歌唱或是哑剧表演；动作的程序化程度不同，经常使用日常生活中惯用的手势，可以使用各种形式的舞蹈和动作来诠释肢体语言。第二，内容上，讲述的事件常常缺乏连贯性，场景以蒙太奇的方式拼接为主，经典文学作品和神话中的场景片段常被纳入新的行动过程并得到重新诠释。探讨主题广泛，常以幽默、讽刺的手段展开，探讨内容对观众具有启发性。第三，表演上，舞者的即兴发挥、个人经验对于整个作品的创作至关重要，他们是具有个性和特质的舞台人物，形体上无须完美，但

---

① 此处台词摘自演出的视频资料。

② Worthmann-Von Rode, Waltraut. *Mit "Nachnull" etabliert Pina Bausch ihr Tanztheater*, SWR2 Zeitwort，2015/01/08.

将内部情感外化的表现力和爆发力不可或缺。

雷曼将舞蹈剧场称作后戏剧剧场的一种变体，一方面肯定了舞蹈与戏剧艺术之间存在的紧密联系，另一方面也揭示了舞蹈艺术的局限性：就戏剧意义方面，舞蹈剧场仍然无法与话剧剧场相媲美。后者可以完美地将前者涵盖其中，而前者在表达后者时却常常显得捉襟见肘。值得注意的是，进入 21 世纪之后，在延续这些美学准则之余，可以观察到舞台上艺术之间的界限变得越来越模糊，"Choreographie"（编舞）这一词逐渐被淡化、隐去甚至常常被其他词汇，例如"Konzeption/Konzept"（构思/创意）所取代。雷曼指出了问题关键所在，他在《后戏剧剧场》一书中写道："即便本没有舞蹈呈示，话剧剧场导演也经常会在剧场创作时采用大量的、甚至贯穿始终的动作编舞……反之，所谓的'舞蹈'概念因为涵盖面过广，也已失去了标示某种艺术种类的意义。"[①]举例来说，多次得到柏林戏剧节邀请的安德烈亚斯·克里根堡（Andreas Kriegenburg）[②]虽是话剧导演，却在作品中融入了各种舞蹈动作的编排。他对各种形式的闹剧艺术了如指掌，尤其注重在肢体语言上的表达，总能匠心独运地设计编舞、杂技、舞蹈动作等等。德国戏剧导演、剧作家福克·里希特（Falk Richter）则常常邀请舞蹈领域的专家共同合作，他与荷兰编舞家阿努克·凡·戴克（Anouk van Dijk）携手创作的《没什么伤害》（*Nothing Hurts*，2000 年柏林戏剧节获邀作品）将戏剧表演与舞蹈相结合，不同于编舞家主导的作品重在彰显舞蹈的魅力，里希特始终秉持着公正的态度，坚持让两种艺术平等地在剧场中绽放。戏剧、舞蹈、行为艺术之间界限的不明朗与地位的平等化已成为当代舞台艺术的重要特征。如今，在柏林戏剧节的官方网站上，这几个艺术分支已归于同一个类别中。由奥地利青年编舞家、行为艺术家弗洛伦蒂娜·霍尔青格（Florentina Holzinger）搬上舞台的《舞蹈. 特技表演的空

---

① 汉斯-蒂斯·雷曼：《后戏剧剧场》，李亦男译，北京大学出版社，2010，第 117 页。

② 克里根堡不同于绝大部分德语剧坛的知名导演，他从未接受过系统的学校教育以掌握导演技艺。在校期间，克里根堡学习的是木匠工艺，因此，其职业生涯是以舞台工人和木匠为开端。在家乡城市马格德堡的高尔基剧院工作期间，克里根堡对戏剧制作产生了极大兴趣，在这里，他依靠实践积累了大量与戏剧舞台相关的经验，经过坚持不懈的努力，最终得以执导属于自己的戏剧作品。其作品充满了非凡而原始的影像，作品洋溢着柔情蜜意、幽默戏谑，也蕴含着诗意的伤感，幸福和痛苦并存的矛盾与张力震撼人心，彰显与众不同的魅力。

灵（西尔芙）梦幻之地（*Tanz. Eine sylphidische Träumerei in Stunts*）正是一部将戏剧、行为艺术与舞蹈融合的大胆作品，该部作品在 2020 年的柏林戏剧节被选为最值得关注的作品之一。

霍尔青格出生于 1986 年，其第一部编舞作品诞生于 2011 年，此后十年，这位奥地利艺术家不断用超乎想象的舞台表演打破不同艺术类型之间的界限，"暴力""血腥"地拆解传统的舞蹈规则以及戏剧叙事模式。首演于 2019 年的《舞蹈. 特技表演的空灵梦幻之地》是一部让人不得不去"关注"的作品，因为其中遍布夺人眼球的元素，高难度的杂技、赤裸的女性身体、血流如注的骇人场面、武术搏击等等构成极为强烈的视觉冲击，由于尺度过大，剧院不得不禁止青少年观看此剧，在出售的门票上也善意地提醒此剧可能引起不适，可见该部作品的惊骇程度之巨。此种风格让人不得不想起用身体挑战禁忌的维也纳行动派（兴起、活跃于 20 世纪六七十年代），他们同样将身体当做激进表达的试验场，常以鲜血、分泌物、肉体和内脏作为创作素材，制造一幕又一幕极端扭曲、可怖，甚至令人作呕的景象，当然其目的并非哗众取宠、标新立异，行动派作品崇高的精神内核正隐藏在那看似不堪的外衣之下。他们试图用多维的感官和心理现实，来引导人们直面那些悲惨的、难以忍受的和禁忌的社会现实，用艺术的表达方式强化人们对此的反应。[①]维也纳行动派主要透过凌虐身体的激进行为艺术来表达他们的社会理想与艺术理念，而霍尔青格则更多地试图通过舞蹈这一介质来展现身体的方方面面，它的训练有素、优美、潜力、脆弱以及扭曲。在两个小时的演出中，身体作为一种可以控制和发挥潜力的工具被物尽其用，霍尔青格为了最大限度地挖掘身体的可能性在作品中融入了高难度的特技表演。空气精灵西尔芙们赤身裸体地悬浮于空中，宛如置身于童话森林，来到地面时，她们跳起优美的古典芭蕾，随着时间的推移，氛围逐渐由浪漫转变为恐怖，受虐的女性身体被残酷地展现在观众面前，血流如注的场景此起彼伏，在现场录像的放大特写中清晰可见酷刑的细节，这无疑加强了视觉冲击与恐怖氛围。

---

① 参见 Dreher, Thomas. *Performance Art nach 1945. Aktionstheater und Intermedia.* München: Wilhelm Fink, 2001, p. 163-281.

　　这样一部充满"奇观"的作品却在评论界和特定观众圈收获了不少好评，也许原因首先在于霍尔青格敢于大声地嘲讽关于性别的陈词滥调，勇于不留情面地摧毁女性美的古典理想。当年近八十的芭蕾舞者比阿特丽斯·科杜瓦（Beatrice Cordua）不着一缕地在舞台上展示古典芭蕾时，她那几乎没有一丝赘肉的健美身体毫无疑问是古典女性美的绝佳范本，但这同时也是古典芭蕾舞严苛训练的结果。霍尔青格曾在一次采访中指出："在古典芭蕾技巧中，舞者的身体和动作都有严格规范，身体必须符合某种理想的形态，舞者无法按照自己的想法去进行实践；当他们不能完成规定形式时，他们就失败了。"[①]古典芭蕾界对于身形完美的极端追求割裂了身体与心灵的依存关系，而无视身心和谐发展势必带来消极的后果。也是2019年，维也纳芭蕾舞学院爆出了震惊世人的虐待和性侵丑闻，该学院被控诉以19世纪的方法教导学生，令人发指的行为如建议学生吸烟以保持苗条的身材，教师点名时顺带喊出他们的衣服尺寸等，这导致部分学生的身心受到严重伤害。霍尔青格的作品辗转各地不断上演，舞台上，演员们的头发被拉扯着吊至半空中，钩子刺穿她们的皮肤，顿时血流如注；舞台下，芭蕾舞学院的丑闻也在不断发酵，学生们遭到殴打、被拉扯头发、抓到流血的事实被逐一揭开，舞台与现实形成了奇妙的"互文"，引人深思。霍尔青格残暴地破坏了完美的身体，让血肉之躯被刺穿、切开，让观众身临其境地感受各种"切肤"之痛，不仅如此，她还在作品中加入了流行、娱乐元素，演员们怪异地模仿着恐怖电影的经典桥段，挑衅地表演着香艳而刺激的色情画面，造就一幕又一幕可怕又可笑的奇观，从而形成讽喻式的社会批判。

　　尽管该部作品由于尺度问题，受众群体有所限制，未能形成大规模的讨论热度，但它在专业领域仍获得了较高的评价。在这之后，霍尔青格透露自己将设计一场真正的、纯粹的特技表演，其中既没有舞蹈，也没有其他任何艺术。[②]霍尔青格的这一计划让人不禁想起二战过后，现代艺术曾指向的另一

----

① *FLORENTINA HOLZINGER*："*THE DANCER'S BODY BEING EXHIBITED IS ALWAYS A SEXUAL OBJECT*" Interview by Victoria Dejaco. https：// spikeartmagazine. com/ articles/florentina-holzinger-dancers-body-being-exhibited-always-sexual-object，2018/03/20.

② 参见Pesl，Martin Thomas. *Arabesken des Grauens*. https：// www. nachtkritik. de/index. php? option＝com _ content ＆ view＝article＆id＝17197＆Itemid＝100079，2020/12/30.

条路：艺术，是为了离开艺术（Kunst，um die Kunst zu verlassen），或许新一轮关于艺术的挑战即将拉开帷幕。2021年，由波莱希接管的柏林人民剧院已向霍尔青格发出合作邀请，相信这颗冉冉升起的舞蹈界新星将为欧洲乃至世界舞台带来更多的震撼。

第三节　电影与戏剧的互动

"电影院和戏院之间只有一个很有趣的不同。电影荧幕上闪现的都是过去的形象。由于这是头脑本身所反映全部来自生活的东西，因此电影似乎是亲切而真实的。当然，它又全然不是那回事——它只是日常所感受到的虚构世界的令人满意而欢快的延伸。而戏剧却总是用现在来表现自己。这就是能使戏剧比一般意识流更真实的东西，也是能使之那么牵动人心的东西。"

——彼得·布鲁克

古希腊悲剧被普遍认为是照亮西方戏剧的第一道曙光，戏剧艺术的历史源远流长，距今已有千年之久，而电影艺术是依托于技术革新而诞生的现代艺术，其历史不过一百余年，同属表演艺术（Darstellende Kunst）的电影与戏剧却有着某种天然的敌对关系。作为后来者的电影在发展初期多有借鉴戏剧的表演手段与叙事技巧，但随着电影的飞速发展与极速扩张的市场份额，戏剧行业一度被其逼至角落，陷入萎缩与凋敝的境地。但或许也正是由于前者的"步步紧逼"，后者反而在夹缝中抓住了反思与革新的机会，可以说，戏剧的涅槃重生与电影的强势发展不无关系。进入21世纪，科技的发展日新月异，网络作为新兴势力逐渐后来居上，戏剧的生存空间似乎正面临着进一步的压缩。令人欣慰的是，在德语剧场，这种危机感更多地转变成了敦促其前进的动力，戏剧在借鉴、运用电影和新媒体技术的同时，也在不断发掘着自己的不可替代性。2013 年，多特蒙德剧院在"道格玛 95"①——电影领域的激进发声回响 18 年之际，率先在戏剧界提出"Dogma 20 _ 13"（道格玛 20 _ 13）②，又称"Dortmunder Manifest"（多特蒙德宣言）。剧院制作团队与艺术总监凯·沃格斯（Kay Voges）大声呼吁将戏剧世界与电影世界紧密地连接起来，鼓励在剧院中制作实时的现场电影——所谓的"Bühnen-Film"（舞台电影）。多特蒙德宣言指出："电影正处在生死关头。在数字媒体与电视的冰冷夹击下，它的咽喉被紧紧扼住……今天，电影在剧院中重获新生。曾经，电影的大行其道让其他艺术作品的光芒被夺走，而现在电影在此时此地的剧院中方能重获光芒。在未来，真实的电影和真实的戏剧是一体的！"③

　　从 20 世纪 20 年代皮斯卡托首次尝试在剧院使用电影手段开始，在这百年间，电影技术早已成为剧院不可或缺的重要表现手段。20 世纪中后期，电影剪辑、实况录像等与时俱进的技术均被引入到剧场中来，先锋导演们由此打开了时间和空间中的不同视角，进而打破了传统的"从一而终"式的戏剧演出，上文提到的卡斯托夫与波莱希便是在戏剧中广泛运用电影技术的典型，他们的作品常常将现场演出与多部摄像机捕捉到的影像相混合。进入 21 世纪，电影技术频繁出现在戏剧演出中早已不再是异卉奇花，对于观众而言，这是某种类型导演的标志性特征，他们精于利用不同的先进技术处理影像，创造一幕幕视觉盛宴。

　　近年来，不同媒体之间"互通有无"的现象也越来越引人关注，电影作品

---

　　①　道格玛宣言最早是由丹麦导演拉斯·冯·提尔（Lars von Trier）、汤玛斯·凡提博格（Thomas Vinterberg）等人在电影领域提出，因提出时间在 1995 年，故称之为"道格玛 95"，它宣扬激进的电影创作方式，主张电影回归原始、朴素的风格，而非着重在技术使用上，强调电影构成的纯粹性，聚焦真实的故事和演员的表演本身。遵循道格玛 95 规则拍摄而成的电影通常不会出现过度的人工痕迹，观众因而能够更加关心故事本身的情节和发展。

　　②　"道格玛 95"的发起人为了实现电影创作纯粹化的目标，制定了十条被称作"Keuschheitsgelübde"（纯洁誓言）的规则，"道格玛 20 _ 13"以此为参考，同样制定了所谓的"纯洁誓言"，包括只有在观众在场的情况下才能进行拍摄工作；不使用预先制作的图像，所有图像产生于此时此刻；不使用剪辑，演员们重新获取对图像的控制权；摄像机不能由人操作；舞台布景只能由演员移动，不可制造出自然主义的印象；配音需在现场进行；不得使用日光；绝不能忘记导演的名字等 12 条规则。

　　③　*Dogma 20 _ 13. Das Dortmunder Manifest*. https: // www. theaterdo. de/fileadmin/ Dokumente/ Abschluss buch _ SchauspielDo _ 2010-2020. pdf, p. 61.

或戏剧作品以对方为基础进行改编，两者互相转化的情况时有出现。无论是从大银幕走上舞台，还是从剧院走向影院，这些作品都展现出了各自独一无二的表现手段与魅力，同一个故事可以借由不同媒体灵活地演绎，这充分说明媒体之间的隔阂正在逐渐消失，正如美国媒体专家亨利·詹金斯（Henry Jenkins）所言："多样化的媒体系统共存，媒体内容横跨这些媒体系统顺畅地传播流动。在这里，融合被理解为一种不同媒体系统之间正在进行的过程或是一系列交汇的发生，它不是一种固定的联系"①，不同媒介的融合与互动已是大势所趋，跨媒介现象也逐渐成为国内外学界关注的焦点。2020年，国内学者何成洲简明地介绍了国外有关跨媒介模式的论述：

> 瑞典学者布鲁恩提出跨媒介的两种主要模式：一、从一种媒介转换到另外一种媒介；二、一个作品内部不同媒介的共存与互动。奥地利学者沃尔夫提出跨媒介可以分为两大类、四小类。两个大类是作品外的跨媒介性与作品内的跨媒介性。前者又划分为超媒介性与跨媒介的转移：所谓超媒介性指不同媒介都具有的一些特性，比如叙事性；跨媒介的转移是指从一种媒介转换到另一种媒介，比如小说到电影的改编。作品内的跨媒介性是相对狭义的界定，也包含两种主要的类型：一、作品内部不同媒介的共存，比如戏剧中的音乐、舞蹈等；二、一种媒介对于另一种媒介的指涉和利用，比如小说的音乐性。②

结合国内外相关理论，电影与戏剧的跨媒介模式大致可分为三种情况：第一，电影作品珠玉在前，通过改编被搬上戏剧舞台；第二，戏剧作品（舞台演出、戏剧文本）珠玉在前，之后被翻拍为电影；第三，作品内戏剧与电影的共存、融合（例如上文提及的"舞台电影"）③或一种媒介对另一种媒介的指涉、利用。本节将聚焦第一大类的跨媒介现象，从出现频率来看，改编自电影的

---

① 亨利·詹金斯：《融合文化：新媒体和旧媒体的冲突地带》，杜永明译，商务印书馆，2015，第409页。

② 何成洲：《跨媒介视野下的"戏剧 — 小说"研究》，《南京师范大学文学院学报》，2020年第4期，第35页。

③ 在"整体艺术"理念的熏陶之下，作品内德语戏剧与电影的共存与融合已十分普遍，且在上文多有涉及，在此不作赘述。

戏剧作品并不算稀少，自 2000 年以来，柏林戏剧节的舞台上共有七部作品改编自不同国家的优秀电影作品(见表 2-2)。

表 2-2　入选柏林戏剧节的 7 部电影作品

柏林戏剧节年份	原著电影名(国家 上映年份)	电影导演	剧名	戏剧导演
2001	家宴①(丹麦 1998)	托马斯·温特伯格(Thomas Vinterberg)	家宴	迈克尔·塔尔海默
2008	玛利亚·布朗的婚姻(德国 1979)	宁那·华纳·法斯宾德(Rainer W. Fassbinder)	玛利亚·布朗的婚姻	托马斯·奥斯特迈尔
2010	丑陋的罗马人(意大利 1976)	埃托尔·斯科拉(Ettore Scola)	丑陋的罗马人	卡琳·贝尔
2011	裙角飞扬的日子(法国 2008)	让-保罗·利利安菲尔德(Jean-Paul Lilienfeld)	疯狂的血液②	努尔坎·埃普拉特
2015	R 先生为何滥杀无辜?(德国 1970)	法斯宾德/麦可·范格勒(Michael Fengler)③	R 先生为何滥杀无辜?	苏珊·肯尼迪
2016	扬帆(意大利 1983)	费德里柯·费里尼(Federico Fellini)	扬帆	卡琳·贝尔
2019	假面(瑞典 1966)	英格玛·伯格曼(Ingmar Bergman)	假面	安娜·博格曼

　　① 第一部道格玛电影是汤玛斯·凡提博格于 1998 年摄制的《家宴》，该电影也被称为道格玛 1号，该部影片赢得了评论界的一片喝彩并夺得戛纳电影节评审团大奖。在此之后，该电影被多家剧院成功改编为戏剧版本搬上各大舞台，如今，《家宴》已成为一部现代经典剧。

　　② 电影《裙角飞扬的日子》的拍摄始于 2008 年 5 月，拍摄地点为圣但尼(法国中北部城市)的费德里科·加西亚·洛卡学院，电影于 9 月 18 日在拉罗谢尔的小说电视节上首映，2009 年 2 月 6 日，它在柏林电影节得到放映。努尔坎·埃普拉特(Nurkan Erpulat)和延斯·希尔耶(Jens Hillje)将该电影改编为剧作《疯狂的血液》，并将故事地点搬到了位于柏林的克罗伊茨贝格(Berlin-Kreuzberg)。该剧在 2011年被《今日戏剧》评选为"年度德语戏剧"，埃普拉特被评为"年度最佳青年导演"。

　　③ 这部电影由法斯宾德和好友麦可·范格勒联合执导，法斯宾德勾勒了场景的轮廓，范格勒和演员们即兴创作了台词。法斯宾德认为，这部作品的导演应是范格勒，而非自己。尽管如此，在 1971年的德国电影奖竞赛中，导演奖仍然颁给了这两位导演，且《R 先生为何会滥杀无辜?》一直被认为是法斯宾德的代表作之一。

从表 2-2 可以看到，这些被选中的电影作品均来自欧洲地区，可见戏剧导演在挑选改编时更偏向选择文化上具有同源性或相似性的作品，其中改编自德国本土的两部作品《玛利亚·布朗的婚姻》（*Die Ehe der Maria Braun*）和《R 先生为何滥杀无辜？》（*Warum läuft Herr R. Amok?*）在处理上可不必考虑空间上的跨文化移植，但原作均出自 20 世纪 70 年代，时代背景上的较大差异仍为改编带来了不小的困难。"德国新电影"（Neuer Deutscher Film）的关键人物法斯宾德（1945－1982）担任了这两部电影的主要编导工作。该电影流派于 20 世纪六七十年代在联邦德国掀起巨浪，其风格深受邻国法国"新浪潮"（La Nouvelle Vague）以及六八运动的影响，视社会政治批评为电影核心。德国新电影的另一大特色在于导演的全面主导地位，简言之，导演需同时负责编剧、执导、制作等相关工作，因此这些电影有着强烈的个人风格，诠释着导演独到的社会认知与批判意识。强调作品的社会意义与教育功用并非德国新电影人士的创见，早在 20 世纪二三十年代，布莱希特便已提出戏剧作品应重教育价值而非娱乐价值，他在戏剧领域积累的宝贵经验无疑对新电影的发展帮助颇大。娱乐大众显然并非该类型电影的目标，它的真正初衷在于引导观众聚焦现实世界以及社会问题，启发人们思考，将反思与现实密切地结合在一起。德国新电影的价值取向与布莱希特的史诗剧如出一辙，两者均反对为观众制造幻象，助其逃避现实，而是倡导戳破幻觉的泡沫，助其直面现实。为了达到这一目的，布莱希特运用间离手段打破舞台上的幻象；在电影中，导演则常常运用创新剪辑、快速切换场景镜头等手法，制造叙事不连贯的效果，"刻意"避免让观众深陷剧情之中，进而丧失自主思考的能力。无论手段如何，本质上剧院与影院都在强调制造"距离"（Distanz）的必要性，以防观众忘我地与剧中人物产生共情，他们应当客观地审视、思考舞台或荧幕上发生的一切。法斯宾德认为："观众需要理解影片呈现的内容，并且明白，这些内容与自己息息相关，与此同时，承载内容的形式却应该与观众保持一定距离，以便其反思自己所看到的那些内容。通过风格化的手段确实有可能为这类电影创造必要的距离。"[1]1970 年上映的《R 先生为何滥杀无辜?》是德国新电影的代表性作品之一,曾入围第二十届柏林国际电影节,也是法斯宾德和老搭档麦可·范格勒联合指导的一部影片,整部电影的拍摄仅用了十三天,剧中台词均由演员即兴发挥。法斯宾德曾在采访中明确指出,在该部电影中,正是通过色调上的大胆运用来制造怪异感与疏离感。[2]

《R 先生为何滥杀无辜?》讲述的故事十分贴近普通人的真实生活:主人公 R 先生于一家小型建筑公司任职,每日按部就班地做着枯燥乏味的工作,时不时还要忍受上司的批评,升职遥遥无期。他和妻子的相处在看似和谐的表象下实则矛盾丛生,妻子将其视为赚钱"机器",在家庭生活中,R 先生似乎是一个可有可无的存在。琐碎的日常生活无时无刻不在消磨着 R 先生作为一个"人"的心智,R 先生变得越来越格格不入,也越来越麻木,精神世界的空虚最终造成了个体人格的"异化"。当这些看似不痛不痒的问题积攒到临界点时,或许悲剧早已注定:R 先生看着电视,妻子与女邻居大声的闲聊却让其无法专心,她们对 R 先生的逐客暗示置若罔闻,此刻的 R 先生再一次深刻地体会到了自己"局外人"的可悲处境,他突然抓起了一盏烛台,砸死了邻居,最后杀妻灭子,自缢于卫生间。

该部影片描述的是小人物的悲剧命运,小人物之"小"首先体现在他的无名无姓,占据大量篇幅、贯穿整个故事却也仅用首字母 R 来标示的主人公是芸芸众生中渺小的个体,他的"普通"普遍存在于现实生活之中;其次,"小"也指向主人公所处的社会地位,作为一个小市民(Kleinbürger),他在工业国家代表的是中产阶级的下层——一个夹在无产阶级与资产阶级缝隙中,政治与经济价值取向无法准确界定的社会群体。他们既没有呼风唤雨的社会地位与经济实力,也时常缺少激进反叛的精神勇气,正是这样一个不鲜明、无特色的群体,在 20 世纪六七十年代,战后联邦德国经济腾飞的黄金年代备受考验。面对废墟之上大兴土木的"盛景",科技设备的日新月异与经济数字的节

① Donner, Wolf. *Der Boß und sein Team* in DIE ZEIT vom 31. Juli 1970. https: //www. zeit. de/1970/31/der-boss-und-sein-team/komplettansicht, 2020/12/31.

② Donner, Wolf. *Der Boß und sein Team* in DIE ZEIT vom 31. Juli 1970. https: //www. zeit. de/1970/31/der-boss-und-sein-team/komplettansicht, 2020/12/31.

节高升，以工具崇拜和技术主义为生存目标的价值观如大潮般裹挟着小市民群体向前奔流。在国家超乎寻常的高速发展、高楼拔地而起的"阴影"之下，小人物们无所适从，却也不得不疲于奔命，在这一过程中，人们显然忽视了工具理性背后那令人"无法忍受"的精神空虚与生活空洞。人生的意义究竟何在？或许人生本来就是没有意义的。在戏剧领域，20世纪40年代至20世纪60年代兴起的荒诞派戏剧家们以各种"离经叛道"的方式演绎着这个答案，他们的作品聚焦人与人之间的无法交流，深入骨髓的孤独感，对未知未来的恐惧感以及由之而来的精神苦闷。显然，这些攸关人类精神层面的问题也在《R先生为何滥杀无辜？》中有所呈现，影片中喋喋不休、废话连篇的日常对话，充斥着陈词滥调的对白内容，主人公身处的无望境地似乎都在印证着人生的毫无意义。

"无法忍受"不仅体现在作品内容上，影片导演还运用了风格化的表现手段试图在美学上恰如其分地诠释这四个字，例如影片中过度曝光的画面、变调的声音以及变形的人物等等均给人以视觉及听觉上的强烈冲击，以至于有评论直接指出："演员们即兴创作的对话是如此平淡无奇，以至于聆听都是痛苦的。这部电影让人无法忍受的程度已经没有尽头，这其中枯竭的色彩也是原因之一。影片清楚地表明，这种看似正常的资产阶级生活在不断发展的过程中实际上是多么的不正常……将电影变得如此无望的原因不仅仅在内容上，还在于导演使用的美学方法……如果世上还存在一部自然主义电影的话，这一部无疑就是。它既没有添加用来美化的乌托邦元素，也未刻意描绘一幅合乎人类尊严的生活图景。"[①]"无法忍受"恰恰成了戏剧版本《R先生为何滥杀无辜？》的切入点，导演苏珊·肯尼迪（Susanne Kennedy，1977—　　）巨细靡遗的极端化处理将这四个字推向了极致。

肯尼迪于2014年将《R先生为何滥杀无辜？》搬上了慕尼黑室内剧院的舞台，演出凭借极端而独特的实验方式得到柏林戏剧节评委会的垂青，顺利入选2015年度十大最值得关注的作品行列。导演在保证原片内容信息量几乎不

---

① Roth, Wilhelm. *Kommentierte Filmographie*. In: *Rainer Werner Fassbinder. Reihe Film 2*. München: Carl Hanser Verlag, 1983, p. 130.

变的前提下将片长约一个半小时的电影转化为两小时十分钟的舞台演出，这其中很大一部分功夫都花在了形式的突破上。内容上，肯尼迪的作品与法斯宾德的电影一样旨在探讨"R 先生为何滥杀无辜"这一问题，两者均未直接给出答案，而是悉心编织了多个可能的原因、动机供观众自行思考选择。肯尼迪沿用了原作的人物关系与主要故事情节，围绕着 R 先生的日常生活展开的"故事"悉数登场：他因挣钱不够而遭妻子薄情相待，因工作不佳而受老板公开斥责，因儿子学习糟糕而遇老师"好心"教导，面对家庭与职场生活的双重夹击，R 先生波澜不惊的外表之下早已波涛汹涌。那些在电影中肤浅又敷衍的即兴创作场景在戏剧版本中也得到了或多或少的保留，可见，肯尼迪没有选择对原"文本"进行颠覆性地解构。两者在内容上最大的不同之处在于，法斯宾德电影中呈现的社会环境是对现实的高度模仿与还原，在这种环境中，R 先生中产阶级下层的小市民身份以及单调乏味的生活是造成其心理产生微妙变化的重要因素，这也是他将愤懑诉诸暴力的诱因，然而这一点在肯尼迪的戏剧版本中却被彻底剔除，换言之，故事的发生抽离了特定的社会环境，舞台空间的设计遵循法国人类学家马克·奥格（Marc Augé）提出的"Non-place"概念，创造了一个让个体保持匿名和孤独的空间。舞台上的一切似乎是在一个超脱于世的虚拟环境中进行，显然，社会因素已不再是导演的首要考虑与批判对象。舞台上充斥着奇特的人工合成品给人以虚假之感，例如静态的人造物体景观、形似桑拿房的木质壁板起居室、塑料盆栽等等，这些极具巧思的设计无一不在暗示构成 R 先生经验核心的单调与空虚，R 先生的太太不断给塑料盆栽浇水的动作更是强化了日复一日机械生活的绝望感，整个空间的设计安排让人不禁相信 R 先生一家已然被封装在这个异度空间，他们的生活乏味至极却又无从摆脱。

戏剧版本的《R 先生为何滥杀无辜？》可称为导演精心策划用以检视人与人之间情感距离的科学与美学双重实验，它采用的方式冷酷而精准，选取的角度客观而纯粹，营造的氛围诡异而扭曲。肯尼迪在制造"距离"的过程中如同科学家一般追求精确，她谨慎而巧妙地设置参数，"费尽心机"地不让观众靠近角色，以防止他们沉湎其中。总体来看，肯尼迪细心地操控着双重距离，即观众与角色之间、演员与角色之间的距离。当大幕拉开时，观众丝毫不会产生身临其境之感，他们看到的是业余演员们如何搬来道具、擦拭雕像、布置空间，R先生所处的世界是在观众注视之下架构而成，横亘在观众与角色之间的距离从一开始便显而易见。其次，肯尼迪通过人物造型的大胆异化来增强距离感。她特意让演员们的脸部隐藏在极为贴合的不透明硅胶面具之下，他们的脸似乎凝固在一种无表情的死亡凝视中，不仅如此，演员们头上戴着假发，身着干净利落的新衣，一个个如同橱窗内的服装模特。这些人造"模型"带来的异样感与陌生感顺理成章地将观众与角色之间的距离远远拉开。再者，通过操控声音制造出的不连贯性进一步强化陌生感，从而拉开演员与角色之间的距离。演员们在台前表演，但他们的声音却并非自己发出，而是出自他人之口。演出时，导演利用舞台两侧安装的扬声器同步播放业余戏剧爱好者根据电影版本中的台词提前录制的声音，舞台上的这些"机器人"需配合声音及时地表演动作，在艺术形式上颇有几分类似中国的双簧表演。导演通过移置和调解的技术刻意将动作与声音割裂，从而让演员意识到自己与角色之间的距离，获得观察自己的空间与时间。表演者像陌生人一样审视自己和这一工作，反思自己的表演行为，酝酿出人意料的表演效果。肯尼迪的上述处理方式无疑继承并且发展了布莱希特的"间离手段"。此外，这些录制的声音清晰而缓慢，语调几乎一成不变，这种完全不同于日常生活中用于交流的说话方式着实令人"无法忍受"，导演毫不留情地将交流的本体移开，将其孤置于实体之外，也正因为此，每一次的舞台互动都潜藏着令人心惊的冷酷，在纯粹的"他者性"中，遍布异样与惊悚的超现实画面。由于戴着硅胶面具，在一些场景中，导演安排演员们交换角色扮演，因此，同一个演员既可以是你，也可以是他，作为一个活生生的人，他的独特性正在消失。此举亦打破了演员要对某一特定角色"从一而终"的固有做法，演员需灵活地跳出某个角色再进入另一个角色，在这过程中，演员保有与角色之间的距离感显得尤为重要，倘若表演者沉浸于自己所扮演的角色，则难以做到迅速地转换角色。不止于此，同一角色让不同演员诠释的巧妙设置破坏了观众对事物的固有感觉，异样感与陌生感随着时间的推移逐渐累积，角色异化层层叠加，最终造成观众与角色之间无法弥合的裂痕。

　　20世纪六七十年代的小市民在工具理性浪潮的拍打之下已经深感麻木乃

至绝望，那么在科技日新月异、人工智能飞速发展的 21 世纪，人的不可替代性更是面临着前所未见的挑战。肯尼迪采用极端的戏剧表演形式揭露了这一悲哀的事实，在 R 先生被一桩桩小事压抑至极点时，破坏性的爆炸时刻依然没有来临，R 先生慢条斯理且毫无情绪起伏地进行着屠杀，仿佛这只是日常生活中稀松平常的一件小事，然而这带给观众的却是最刺骨的寒意，R 先生在这个世界已经彻底异化成了怪物，他变成了一个既没有辨别能力也没有感情的杀人机器，杀害至亲似乎也只是机械化操作中的一个"常规"环节。所幸肯尼迪终究并未像法斯宾德一般冷酷到底，在结尾处，她并没有吝于添加一抹人文关怀的暖色。一位头发已经灰白的女士登上了舞台，她张开双臂，随着飞扬的旋律翩然起舞，她的动作并不专业，但却表现得勇敢而又活泼，她的无所畏惧缔造了一个奇异的瞬间让观众在短暂恍惚中看到了一个幸福的结局，人文精神在那个瞬间似乎战胜了工具理性，熠熠生辉。总体而言，肯尼迪版本的《R 先生为何滥杀无辜?》具有明显的"反戏剧""反情感""反角色"乃至"反表演"特征，导演将绝大部分注意力放在了形式的突破与创新上，这也是全剧的精华与匠心之处，相较而言，内容上略显单薄。

除了这部作品，由安娜·博格曼（Anna Bergmann）于 2018 年[①]搬上德国、瑞典两国舞台的《假面》（*Persona*）亦是一部极为注重形式与视觉冲击的戏剧作品，且该作在主题上与《R 先生为何滥杀无辜?》多有相似之处。事实上，两部戏剧作品的原作电影也有许多相同的地方，例如影片中絮絮叨叨的对白、缓慢推进的剧情、突然爆发的冲突等等，这些都在挑战着观众理解力与容忍度的极限。两者相似的原因或许在于《假面》的导演英格玛·伯格曼（Ingmar Bergman）是此种电影风格的开山鼻祖，它与《R 先生为何滥杀无辜?》在艺术审美以及主题处理上存在着源与流的关系。伯格曼是瑞典的大师级导演，一位对法国新浪潮、德国新电影乃至整个欧洲艺术电影有着巨大影响的伟大艺术家，他尤为擅长用电影展现梦的特质，他认为自己的电影从来无意写实，它们更像是镜子，是现实的片段，几乎跟梦一样。从伯格曼的这段论述不难推断，瑞典现代文学奠基人、现代戏剧之父斯特林堡对其有着不容忽视的影响。

---

① 该剧首演于 2018 年，入选柏林戏剧节于 2019 年。

伯格曼对斯特林堡的戏剧作品情有独钟，更将他的代表剧作《一场梦的戏剧》视为自己一生的灵感来源。在《一场梦的戏剧》中，精神崩溃的斯特林堡循着梦境的跳脱轨迹，超越了时空限制，在变幻莫测的场景中让语言恣意流动、情感畅意爆发。此种意识流的表现手法亦为伯格曼所用，成为其电影的一大特色。不仅如此，斯特林堡对人生与人性的认识也极为深刻地影响着伯格曼，借《一场梦的戏剧》中女儿之口，身处精神炼狱的斯特林堡倾诉着人生的痛苦：

> 噢，此时我感到生存的痛苦，
>
> 那就是做人——
>
> 我对我不喜欢的东西也怀念，
>
> 我对我没有破坏的东西也懊悔……
>
> 我要走，我又想留……
>
> 心被扯到不同的方向，
>
> 感情像群马分尸，
>
> 被对立、犹豫与不和谐拉扯……[1]

伯格曼深谙人性的矛盾，在对人类心理状态的种种探索中，他冷酷地处理着痛苦、疯狂与绝望，其对人性的超然认识以及透彻的自我剖析与反省令作品充满哲思，意指丰富、余韵悠长，观赏他的作品犹如摸索在黑暗、幽深的墓穴地道，找寻出口的过程实际上亦是自我审视、自我救赎的过程。伯格曼在艺术上的浑然天成得益于他在戏剧以及电影实践中的双重淬炼，斯特林堡的戏剧为其带来灵感与启发，而剧场也切切实实是其"电影艺术的思想原动力和方法实践场"[2]：早期寂寂无闻时，伯格曼辗转于瑞典多家剧院担任导演，在剧院积累的丰富经验成为其之后进行电影创作的宝贵财富；在电影圈声名鹊起之后，却因逃税丑闻陷入了人生的低谷，此时收容他破碎心灵的依然是

---

① 斯特林堡：《斯特林堡小说戏剧选》，李之义译，人民文学出版社，2020，第490页。

② 徐江：《伯格曼电影表达和戏剧经验的关系探研电影文学》，《电影文学》，2016年第2期，第66页。

剧场①。伯格曼曾称戏剧是自己忠诚的妻子，而电影则是其骄奢的情人。不难看出，在伯格曼心中，戏剧至高无上的地位是不容撼动的。

德国女导演安娜·博格曼②选择搬演的作品《假面》是伯格曼极负盛誉的代表性作品之一。1965 年，伯格曼因肺炎住院时，构思了这部故事片的剧本，他以实验性的手段、前卫的风格将个人经历、真实情感以及内心矛盾融刻进了此次创作之中。伯格曼坦言，此部影片是一首关于个人处境的诗歌③，它像是一首哀悼自己才思枯竭的挽歌。尽管伯格曼为自己的江郎才尽痛苦不已，该部电影在 1966 年上映之后依然好评如潮，堪称一件不可多得的艺术品。《假面》的电影剧本探究了两个女人的相遇：伊丽莎白·福格勒是一名成功的演员，同时也是一位妻子与母亲，在一次演出时突然失语并从此不愿说话，阿尔玛则是负责照看她的护士，在疗养过程中，一段不同寻常的故事就此展开。

伯格曼在电影中娴熟地运用光影、蒙太奇剪辑等技术展现真实与虚假的界限，同时又不断模糊两者的边界，从而揭示个体在身份质疑背后的精神危机，当然，这其中也隐含导演本人对电影本质的思考。影片中，伊丽莎白与阿尔玛在相互帮助、质疑、缠斗的过程中，逐渐融为一体，难分彼此，这充分反映了人在构建自我身份时的困惑、矛盾与焦虑，伊丽莎白与阿尔玛可谓人的一体两面特质的具象化。此外，两位主角的扮演者丽芙·乌曼（Liv Ullmann）和毕比·安德森（Bibi Andersson）与导演伯格曼均有着并不一般的私人关系，或许也正因为此，在荧幕上，她们完美地诠释了彼此间亦敌亦友的矛盾关系。毋庸置疑，原作从导演到演员，从构思到呈现均显示出艺术电影的超高水准，这是一部几乎无可挑剔的经典之作。伯格曼在电影中运用了大量的符号以及丰富的隐喻使得影片复杂而又晦涩，但这同时也打开了解读的多重可能，为再度改编创作留下了广阔的空间。

---

① 伯格曼因为逃税事件离开瑞典之后，从 1977 年至 1985 年期间成为德国慕尼黑王宫剧院（Münchner Residenztheater）的导演。

② 由于安娜·博格曼的姓氏与英格玛·伯格曼极为相似，为避免混淆，后文将直接使用其名"安娜"，而非姓氏"博格曼"。

③ *Persona von Ingmar Bergman*. https：// www. deutschestheater. de/programm/a-z/ persona/，2021/01/02.

　　1978年出生于德国的戏剧导演安娜有着与瑞典电影大师伯格曼相似的姓氏，或许冥冥之中也注定了两人在艺术领域将延续一段跨世代的缘分。《假面》并非安娜首次改编来自瑞典的文艺作品，早在2015年，她就曾将斯特林堡的代表剧作《朱莉小姐》成功地搬上了奥地利的舞台，演出大放异彩，她也因此获得了奥地利内斯特罗伊戏剧奖的最佳导演提名。2018年，时值伯格曼诞辰100周年，安娜与瑞典马尔默市立剧院合作搬演伯格曼的著名电影作品《假面》可谓意义重大。20世纪50年代，伯格曼在马尔默担任剧院经理期间曾将大量戏剧经典重新搬上舞台，使之重获新生，毫无疑问，是伯格曼让这座默默无闻的瑞典剧院沐浴辉煌，同一时期，在马尔默积累的戏剧经验与大胆实践让其在投身影片《第七封印》(1957)、《野草莓》(1957)拍摄时获益良多，助其赢得了国际声誉，可以说，马尔默剧院与伯格曼互相成就了彼此。回到2018年，马尔默剧院静候多时，终于迎来故人作品的"重现"，这既是一次缅怀昔日光辉的纪念，也是一场跨越时空的对话。此次搬演《假面》的导演安娜·博格曼是德语剧坛为数不多具有惊人爆发力的女性导演，其戏剧作品带有浓郁的个人风格，本次演出是安娜从女性视角出发以浪漫而激烈的方式对瑞典艺术经典进行的一次个人解读，剧中不乏向伯格曼致敬的巧思之处。

　　安娜的戏剧版本在情节设置与人物设定上基本忠实于电影原作，但其中仍不乏独出机杼之处。在情节设置上，她抓住了原作中伊丽莎白和阿尔玛最后融为一体的精妙，给出了独特的阐释方式：两位女演员在马尔默和柏林的演出中分别扮演对方的角色，通过角色互换将原作中"我可以是你，你也可以是我"的辩证哲思拓展至"我可以扮演你，你也可以扮演我"影剧之外的真实表演维度。"Persona"一词源于拉丁语，最初指代的便是戏剧面具，演员一人千面，戴上"假面"即是角色。在戏剧版本中，扮演两位女主人公的演员分别为瑞典马尔默剧院的卡琳·利特曼(Karin Lithman)和德国的实力派戏骨科琳娜·哈富奇(Corinna Harfouch)，互换角色的设定意味着两位演员需同时深入理解、深刻剖析两个角色，无疑增加了表演难度，但也正是因为这一安排两个角色在剧中的水乳交融浑然天成，两位女演员的精湛表演在电影版的珠玉之前也毫不失色。伯格曼认为演员是舞台上唯一重要的因素，道具和场景不宜喧宾夺主，而应质朴、明了。在《假面》的戏剧版本中，安娜显然遵循了伯格曼的美学理念，化繁为简四字贯穿整个剧情设置和舞台安排。

首先，安娜对原作中的人物进行了删减，最终走上戏剧舞台的仅有伊丽莎白、阿尔玛、女医生和伊丽莎白丈夫四个角色，两位女主角作为中心人物挑起了整场演出的大梁，与原作一样，伊丽莎白用沉默这一面具抵抗着外界，而阿尔玛作为诉说者，她从一开始的强硬、粗暴最终崩溃软化，性格转变较原作改动颇大，女医生和丈夫的登台均十分短暂，其中女医生更似一位旁观者，作为旁白负责介绍人物、串起剧情。其次，导演为《假面》打造的舞台十分简约：舞台上的道具极少，只有一台老旧的电视机，隐秘的氛围让人联想到伯格曼电影中伊丽莎白在海边居住的房间；舞台后方挂着薄薄的纸帘，这同时也是一整片投影区，在这里可以看到演员们躺在地上时的细微面部表情，面部特写也是伯格曼在拍摄电影时惯用的手法之一，此法有助于带领观众窥视人物的隐秘心理；投影区不时放映着辅助剧情推进的录像视频，例如伊丽莎白作为女明星曾拥有的看似光鲜的生活，她与儿子之间的关系互动等等。随着剧情展开，舞台化为超现实的梦幻之地，巨大的银白色金属贝壳作为背景出现在观众眼前，两位女主角的影像被反射在其中，破碎而扭曲，一如她们的身心状态。贝壳这一匠心独运的设计让人不由联想到斯特林堡在《一出梦的戏剧》中的所写场景：

你看不见这个岩洞的造型像个贝壳吗？哦，你会看见的。你不知道你的耳朵长得像个贝壳吗？你肯定知道，不过你过去没有想过罢了。(她从岸上拾起一个贝壳)你小时候没有把贝壳放在耳朵上听过吗？……没有听过你心里的血液循环声？没有听过你的思想在脑子里翻腾声？没有听过你的体内成千根磨坏的细小神经纤维的断裂声？……这一切你在一个小小的贝壳里都能听见，想一想你在这个大贝壳里能听见什么！……[1]

安娜用最直观的方式呈现出了"在这个大贝壳里能听见什么"。舞台上的"大贝壳"既是一面巨大的镜子，折射出人物内心最细腻的情感，也是一架功能强大的扩音器，它让头脑中最轻微的翻滚声清晰可闻。两位女主人公身着

---

[1]　斯特林堡：《斯特林堡小说戏剧选》，李之义译，人民文学出版社，2020，第466页。

如蚕蛹一般的贴身长裙站在贝壳背景之前，伊丽莎白用颜料为自己和对方画上"假面"，两人以宗教仪式感极强的舞姿将隐秘的情感与内心的矛盾展现于人前。与电影版本相比，戏剧版本更为大胆地展现了女主人公之间的亲密关系：两人在水中，相互纠缠在一起，翻滚缠斗。在演出最后阶段，伊丽莎白终于开口说话："我将成为你的镜子，反射出你所不知道的你自己。"[①]剧末，阿尔玛孤身一人带着乞求的目光立于空旷的舞台之上，而伊丽莎白则坐在了观众席，冷眼旁观着舞台上的一切。这一安排恰恰呼应了电影原作中，伯格曼本人对于电影本质的思考，两个人物之间的关系亦是观众和电影关系的一种隐喻：一直在叙述的阿尔玛是电影本身，而沉默不语、作壁上观的伊丽莎白则暗喻着观众。从电影剧情来看，伯格曼似乎在告诉大家，只有当生活之梦的电影与观众产生矛盾关系、逐渐重合时，才有可能迸发出新的生命力。安娜在戏剧结尾的这一点睛之笔从侧面启发观众，不应被动地观看演出、深陷其中，而应主动、辩证地思考与剧中人物的关系，才能借由演出产生新的认识，这也正是观赏戏剧的意义所在。

值得注意的是，《假面》的演出在赢得赞誉的同时，也招来不少原作电影拥趸的批评之声。部分观众认为，原作电影中两位女主人公之间的纠葛实际上亦是所有关系的一个总结和缩影，具有强烈的普适性，但安娜似乎并未悟透原作的深意，演出中许多地方的处理显得过于直白；不仅如此，演出中大量使用的水舞台也被批评过于俗套，有媚俗之嫌。可见，将经典电影搬上舞台并非易事，此举更易招致比较与非议。

从上述表格不难看出，女性导演似乎更热衷于将热门电影搬上戏剧舞台，且题材基本都围绕着中产阶级的生活展开，重点刻画了他们的焦虑、痛苦与绝望。中产阶级在西方社会的重要性不容小觑，自马克思、恩格斯以来，西方社会结构出现的一个重大变化就是中产阶级的增长。二战后，西方国家经济和科技的发展，使中产阶级的发育成长经历了一段黄金岁月，享受了"丰裕社会"带来的繁荣；20世纪70年代以后，随着经济衰退以及经济危机、金融

---

① 此处台词摘自演出的视频资料，中文翻译由笔者完成。

危机接踵而至，中产阶级的发展出现分化与萎缩。① 由此可见，战后，西方社会中，受经济影响最大的族群毋庸置疑是中产阶级，而他们在经济上经历的巨大变动与危机自然也波及了他们的精神世界。相较于男性导演，女性戏剧导演显得更为关注"人"的身心状态，也更能细致入微地观察当下，她们细腻的感受力使之能够直击当代人的精神空洞之处，这也正是女性导演的优势与魅力所在。

电影与戏剧的互动并不仅仅局限于此，如上文所提，也有不少电影作品取材或是改编自戏剧作品，当然数量与前者相比有所不及。例如，2006 年，得到柏林戏剧节垂青的作品《一脚》(Der Kick) 不仅在舞台上直击德国历史的痛点，同时也在银幕上大放异彩，两者共同将战后对纳粹暴行的反思推向高潮。导演安德烈斯·凡尔 (Andres Veiel) 同时也参与了剧本的创作，他几乎一人揽下了从编至导、从舞台走向荧幕的主要工作。凡尔于 1959 年出生在德国南部城市斯图加特，大学期间曾学习心理学并且接受了导演及编剧的专业培训，自 20 世纪 90 年代起，他开始不断推出由自己编写、执导的纪录片与文献剧，其作品常常聚焦纳粹暴行及其产生的后续影响力，其风格深受布莱希特教育剧和彼得·魏斯文献剧的影响。在收集素材阶段，凡尔显示出了不亚于科学研究者的严谨态度，每一部作品的诞生都离不开他细致、密集的采访，耐心、全面的资料查阅等工作，有时光是调查研究就要耗费数年的时间，因此，凡尔的作品数量虽不算多，但却无一不散发着真实与思辨的力量。

《一脚》可谓传统文献剧的典型，其内容取材自真实事件：2002 年夏天，在勃兰登堡的村庄波茨劳 (Potzlow) 年仅 16 岁的少年马里努斯·舍伯尔 (Marinus Schöberl) 被三名极右翼青少年（其中两人是兄弟）——新纳粹②的狂热支持者残忍杀害。谋杀者将舍伯尔金色的头发以及说话时口吃视为"下等人"(Untermensch)③的标志，就此"判决"他不配活着。在杀害他之前，三人

① 参见林梅：《全球化视野下的中产阶级之辨》，《中共石家庄市委党校学报》，2014 年第 16 卷第 11 期，第 35 页。

② "新纳粹主义"(Neonazismus) 意指在第二次世界大战/纳粹独裁统治之后德语国家的国家社会主义思想的复萌和传播。"新纳粹主义"的支持者被称作"新纳粹"(Neonazis)。

③ "Untermensch"，被译作"下等人"，"次等人类"或"低等人"，因纳粹德国使用其形容非雅利安之低下种族而成为贬义。

对其进行了数小时的残酷折磨。至少三名波茨劳村民知晓此事，然而他们却选择了视若无睹、袖手旁观。最后，三个施暴者将受害者带到了猪圈，他们要求舍伯尔咬住石制饲料槽的边缘，两兄弟中的一人模仿美国电影《美国 X 档案》(*American History X*)①中主演的施暴方式，跳起踢向受害者头部，之后，两人又连续两次将石头砸向奄奄一息的舍伯尔，随后将他遗弃在粪坑中，尸体残骸直到数月之后才被发现。

天网恢恢疏而不漏，事件真相在警方的调查下逐渐浮出水面。审判过程中暴露的细节令人心惊，案犯无异于冷酷无情的怪物，他们既没有悔恨也没有反思，更令人发指的是，全村人或许都参与了掩盖罪行。2003 年，法院做出判决，犯罪嫌疑人得到了应有的惩罚。这一骇人听闻的案件就此了结，但它带给德国社会的巨大冲击却并未结束，此次案件让人们不得不正视这样一个现实：尽管第二次世界大战已经过去了半个多世纪，但纳粹令人发指的暴行却并未随着战争的结束而彻底消失，尤其是在原东德地区，冰冻三尺非一日之寒。1990 年两德统一后，东西德之间政治、经济乃至文化上的隔阂并未在一夕之间消失不见，在统一初期，"祥和"的背后却是暗流涌动，许多时候，它们依然是泾渭分明的东德与西德。东德成千上万人变为"失业大军"的一员，他们对外国移民的敌视与日俱增，许多人认为是移民抢走了他们的工作机会，同时他们也把失业原因归结到了西德的政策上，认为其引进外籍劳工是为了"同化"他们以实现融合，因此，不少东德人极为反感西德倡导的多元文化主义，为了表示反抗，他们发动多起暴力事件攻击外国人，特别是来自土耳其的穆斯林移民，因此，新纳粹组织的追随者在很大数量上都是居住在原东德地区的青年。2002 年，发生在德国东部波茨劳的案件如同警钟一般，提醒并敦促德国社会的每一个人重新去思考：面对新纳粹的暴力，人们究竟可以做什么，又可以改变什么？这也是凡尔的《一脚》想要探讨的核心问题。

凡尔在一次访问中提到自己选择这一题材的原因有两个："第一，这起案

---

① 该影片为 1998 年首映的美国剧情片，由东尼·凯(Tony Kaye)执导，爱德华·诺顿(Edward Harrison Norton)等主演。故事描述一名白人青年德里克(Derek)在父亲被黑人毒贩杀害后，变成新纳粹主义者，最后改变立场放弃种族主义的经历。在该部电影中，德里克让一名黑人张开嘴，用牙咬紧马路牙子，然后用力在其后脑部位踩了一脚，该举动为此次案件的模仿源头。

件是如此的可怕和不可思议，以至于我想知道它背后究竟隐藏着什么。案件中不仅有三名罪犯，还有三名目击者，但他们在案发时却没有干预或者报警。后来，一名罪犯自己向别人讲述了这起谋杀，但却依然没有人有所回应。第二，我有兴趣了解媒体构建的罪犯形象背后的情况。我想把两兄弟从怪物的笼子里弄出来，给他们作一份个人传记。得要把罪犯设想为人。这才是真正的挑战"。①面对记者犀利的问题："您十分近距离地接触了罪犯。您是否想要减轻他们的罪责?"凡尔回应道："对于我们而言，重要的从来不是让人们谅解这一暴行，而是要让他们去理解、弄明白它。理解和谅解是两个完全不同的角度。"②

凡尔试图从不同角度尽可能全面、彻底地进行案件"复盘"，为此，他与另一名编剧葛新娜·施密特(Gesine Schmidt)进行了为期七个月的调查、走访、资料研究。调查并非一帆风顺，尤其是在走访初期，凡尔和施密特遇到了不少阻挠和困难，闭门羹如同家常便饭。村庄牧师甚至直截了当地对他们说："我们不希望你们在这儿!"③两位创作者没有轻易放弃，他们坚定不移地开展工作并且逐渐赢得了村民们的信任。他们与案犯本人、村民、受害者和案犯的亲戚、朋友、师长交谈，查阅审讯记录、起诉书、诉状和法院判决等相关档案，最终形成了多达1500页的谈话记录，这些翔实的资料构成了戏剧/电影文本创作的基础。凡尔和编剧施密特通过拼贴这些采访和庭审记录内容重述了这起谋杀案的状况和细节，他们试图以文献记录的形式从多个视角重新审视这一暴行以及与之相关的事件，与此同时，社会、政治和历史背景均被考虑在其中。

与20世纪60年代的文献剧相比，这部作品既没有涉及手握权力、影响

---

① "*Den einen Grund gibt es nicht*" Interview mit Andres Veiel zu seinem neuen Film "DER KICK" https：// web. archive. org/web/20071214211937/http：// www. boell. de/de/04 _ thema/4549. html，2021/06/20.

② "*Den einen Grund gibt es nicht*" Interview mit Andres Veiel zu seinem neuen Film "DER KICK" https：// web. archive. org/web/20071214211937/http：// www. boell. de/de/04 _ thema/4549. html，2021/06/20.

③ "*Den einen Grund gibt es nicht*" Interview mit Andres Veiel zu seinem neuen Film "DER KICK" https：// web. archive. org/web/20071214211937/http：// www. boell. de/de/04 _ thema/4549. html，2021/06/20.

力深远的大人物，也没有宏大的叙事，有的是对当今社会警醒的认识以及足以刺痛人们麻木神经的尖锐。凡尔赋予不同人物的心理以不同的声音，他们的叙述之声不再仅仅指向真实存在的波茨劳，同时还暗喻着那些容纳德国黑暗历史残余不断滋长的地方。凡尔指出："在德国东面成为右翼极端主义暴力受害者的风险是西面的四倍。尽管如此，西面也并非安全无虞，在那里也有类似的案件。就算是在失业率只有 3.5% 的瑞士，我们也在右翼环境中遇到过一起残酷的谋杀案。"[1]或许正是看到了在战后德语区极右势力的火苗似有愈演愈烈之势，凡尔试图将波茨劳案件作为典型，借助不同的媒介手段让更多的民众能够睁大双眼看清这一切。

2005 年，《一脚》在柏林高尔基剧院迎来首演；2006 年，电影版本制作完成，开始在各大电影院上映。在凡尔执导的戏剧版本中，所有的叙述与表演均由两名角色完成，这意味着女演员苏珊娜-玛丽·弗朗格（Susanne-Marie Wrage）和男演员马库斯·勒尔希（Markus Lerch）需要扮演剧中出现的 20 名角色。电影版本所采用的文本与戏剧版本无异，且同样选用了这两名演员扮演影片中的所有角色，两个版本的时长都在 90 分钟左右。换言之，凡尔几乎原封不动地将戏剧版本移植到了电影之中。在采访中，凡尔指出了此举的必要性："在进行戏剧彩排的时候，我意识到演出的一些细微精妙之处消失了在巨大的舞台空间中。三十米的距离会让脸部的某些特征不再清晰可见，一些抽搐也是如此。电影似乎讲述了同样的故事，但却是完全不同的效果。"电影遵循极简主义的表现风格，荧幕上展现的是高度浓缩之后含有丰富暗示意味的表演，因此，影片中几乎没有任何多余的东西可以分散观众的注意力。电影并没有采用凡尔擅长的纪录片形式，在采访中，他表示这一选择是有意为之，因为："我不想一个接一个地描述这些事件，我想通过戏剧和电影这两个媒介创造一种距离。我不想让一个光头男人在镜头前结结巴巴说着话，没人会去听的。选用演员，我就能减少观众内心的抗拒。这部电影翻转、解构了轰动事件，是对根深蒂固的观点的瓦解。它展示了一幅截然不同的画面，会造成

---

① *"Den einen Grund gibt es nicht"* Interview mit Andres Veiel zu seinem neuen Film "DER KICK" https:// web. archive. org/web/20071214211937/http: // www. boell. de/de/04 _ thema/4549. html, 2021/06/20.

干扰和刺激。电影给观众留下了疑问，也许还有无助的感觉。"①

在凡尔这里，同样的素材可借由不同的媒介达到全然不同的效果，通过舞台传播与电影传播的结合，他有效地扩大了观众覆盖面。在这之后，凡尔还出版了名为《一脚. 一出关于暴力的教育剧》(*Der Kick. Ein Lehrstück über Gewalt*，2007)的纸质书，他以文字的方式让喜欢阅读的人获得了安静地审视这起案件的机会，三重媒介的共同传播无疑能够促使更多人去关注并且反思纳粹暴行。除了《一脚》以外，相似的例子还包括 2006 年 12 月 2 日在苏黎世剧院首演的黑色喜剧作品《杀戮之神》(*Der Gott des Gemetzels*，2007 年入选柏林戏剧节)，它由法籍女剧作家雅丝曼娜·雷莎(Yasmina Reza)创作，同样是从剧院走向影院的经典范例。该部作品的法文原著相当受读者欢迎，剧本讲述了两对父母原以文明的方式讨论孩子打斗弄伤的事情，后来两对父母表现得越来越幼稚，最后演变成一发不可收拾的骂战。原著故事因精彩的情节、幽默搞笑的对话取得了不俗的成功，英文翻译之作同样广受好评，戏剧演出更是跨出了欧美戏剧圈，进入亚洲，近年于上海、香港、韩国及新加坡等多地举行公演。2011 年，著名电影导演罗曼·波兰斯基慧眼识珠，将剧本搬上了大银幕。

此外，2020 年入选柏林戏剧节最值得关注的作品《神曲. 但丁＜＞帕索里尼》(*Eine göttliche Komödie. Dante ＜ ＞ Pasolini*)则体现了电影与戏剧跨媒介关系的另一种可能：指涉和利用，即在戏剧作品中出现了电影中的人物、情节、场景、艺术特色等等。意大利戏剧导演安东尼奥·拉泰拉(Antonio Latella)从另一个维度将诗歌、电影与戏剧结合了起来，创造性地实现了古典与现代的融合。导演借由欧洲文艺复兴的开拓者但丁·阿利吉耶里(Dante Alighieri)的代表作《神曲》②这一古典作品将意大利毁誉参半的电影导演皮埃尔·保罗·帕索里尼(Pier Paolo Pasolini)的争议人生搬上了戏剧舞台供大众

① "*Den einen Grund gibt es nicht*" Interview mit Andres Veiel zu seinem neuen Film "DER KICK" https：// web. archive. org/web/20071214211937/http：// www. boell. de/de/04 _ thema/4549. html，2021/06/20.

② 《神曲》阐述了新旧交替时代，个体历经苦难、迷惘、歧途等考验，最终抵达真理和至善境界的故事，整部作品闪耀着文艺复兴时代人文主义思想的光芒。

评判，演出形式独特，观众与评论界反响热烈。

帕索里尼于 1922 年出生在意大利的一个小资产阶级家庭，但他本人却是无产阶级的坚定拥护者，数度直言不讳地表达出资产阶级的憎恶。帕索里尼曾加入意大利共产党，其创作的多部文学作品如《生活的年轻人》《激动的生活》着重刻画了意大利底层人名的贫苦生活，同时，他也曾为左翼报纸连续撰写专栏。帕索里尼曾在采访中情真意切地说道："我亲身感受和目睹了那种令人难忘的场景，一方是农民们举着红旗，脖子上围着红色的方巾，肩并肩、紧密地团结在一起，而另一方则是农场主们……而正是从那时起，可以说，我的马克思主义生涯真正地开始了，那是具体的、富有诗意的、身体力行的马克思主义。"[①]作为一名无产阶级革命者，他用文字或是影像毫不留情地揭露社会的黑暗面，大胆地使用暴力美学以鞭挞人性的丑恶。1975 年，帕索里尼完成了他电影生涯中最为惊世骇俗的一部作品《索多玛 120 天》(*Die 120 Tage von Sodom*)。该部电影的情节改编自法国色情作家萨德侯爵的同名小说，帕索里尼将小说中的背景从 18 世纪的法国转移到二战结束时的意大利法西斯傀儡政权——意大利社会共和国[②]。影片一经上映便震惊整个影坛，它充斥着暴力与色情，尺度之大前所未有，几乎所有国家都将之列为禁片。最令人唏嘘的是，帕索里尼本人在电影上映前夕便惨遭毒手，该部影片因而成为其人生绝唱。

回顾其短暂却不平凡的一生，不得不说帕索里尼"高调"了一世，他的同性恋身份、旗帜鲜明的政治倾向以及黑暗至极的电影风格，每一样都足以激起巨大的舆论漩涡，甚至就连他的死亡也轰动一时、争议不断。1975 年 11 月 2 日，帕索里尼的尸体在一个荒凉的海滩上被发现。官方给出的调查结果是 17 岁的男妓佩罗西(Pelosi)为拒绝帕索里尼提出的性要求而施以暴力，他用木棒将其击打致死，并且还开着帕索里尼的车对尸体碾压了数次。最后，佩罗西作为唯一的嫌犯被判处 9 年零 2 个月徒刑。尽管官方定论已出，但关于这

① 皮耶尔·保罗·帕索里尼：《异端的影像 帕索里尼访谈录》，艾敏等译，商务印书馆，2018，第 17 页。

② 意大利社会共和国按照其政府所在地的名称又被叫作萨洛共和国或萨罗共和国(Republic of Salò)；它是贝尼托·墨索里尼在第二次世界大战末期依靠阿道夫·希特勒的扶植于意大利建立的法西斯傀儡政权，正式成立于 1943 年 9 月 23 日，灭亡于 1945 年 4 月 25 日。

场谋杀案的真相却仍有无数种版本在流传。帕索里尼的友人并不相信他的死亡只是一起简单的"桃色事件"，这分明是一起"政治暗杀"，原因在于帕索里尼在去世前一周就曾宣称自己将要被黑手党谋杀。此外，现场诸多证据表明，仅凭佩罗西一己之力，不可能使帕索里尼受伤如此严重。事实上，2005 年，佩罗西曾翻供，他否认了自己的谋杀行为，但由于缺乏证据，罗马检察署并没有重启调查。

无论如何，案件的迷雾重重为帕索里尼之死增添了一抹神秘的色彩，也为艺术家们以此为灵感进行创作留下了空间。拉泰拉正是这些艺术家之一，他试图在舞台上融入但丁的《神曲》以呈现这位伟大电影导演的死亡之旅，讴歌生命与艺术的力量。剧中，处于生死之间的帕索里尼进入了但丁想象中的世界——地狱、炼狱以及天堂，进入了那些每一个罪恶似乎都有机会得到忏悔的地方，《神曲》中的诗句如同他前行的路标。在这过程中，形形色色的人物一一浮现，他们或是来自帕索里尼的现实生活或是来源于他的电影作品，这些人物共同勾勒出帕索里尼的生命图景。

整出戏始于帕索里尼死亡的瞬间，紧接着四个死亡版本逐一上演。在第一个版本中，佩罗西与帕索里尼发生肢体冲突，前者以极其粗暴的方式杀死后者，这一过程戛然而止，一切又回到原点。除了帕索里尼与佩洛西之外，另一个人——一个新法西斯分子（Neofaschist）从车里出来，粗暴的打斗再次开始；第二、三个版本同样由开始至结束复又回到原点接着再展开：在第四个版本中，出现了两位警察，他们放置好证据，在确认帕索里尼一息尚存之后，完成了这起案件。这一系列的重复再重复不可避免地带来了无聊、乏味之感，但从另一个角度而言，如此高频率的重复表明，在所谓的同性恋谋杀背后必定隐藏着强烈的政治动机。回到帕索里尼其人其作，政治隐喻是帕索里尼的电影中十分重要的一个部分，无论是用性隐喻政治的《索多玛 120 天》还是用动物进行隐喻的《大鸟和小鸟》（Große Vögel，kleine Vögel，1966）。这两部电影中的艺术特色、政治思考均在拉泰拉执导的戏剧演出中得到诠释，同时又与但丁的《神曲》精妙地交织在一起，体现了戏剧对电影以及文学的指涉和利用。

在电影《索多玛 120 天》中，导演帕索里尼采用了但丁《神曲》的叙事结构，由"地狱之门"最终进入"血的地狱"，层层递进揭示人性之恶与政治之恶。在人物关系的构思上，帕索里尼运用了马克思关于人类具体化的思想，即通过剥削使躯体物化。他在采访中指出自己想要"在影片中拿性作比喻，用一种虚幻的方式，象征剥削者和被剥削者之间的关系。在性施虐和强权政治中，人类变成了物体"①。为了展现最阴暗的一面，帕索里尼用写实的手法拍摄了大量色情、暴力、虐待的画面，那些逼真的镜头让人难辨真假，也因而让人难以忍受、恐惧至极。拉泰拉在戏剧版本中同样展现了许多暴力、赤裸的画面，主角帕索里尼被殴打、虐待的场面极度真实，让不少观众产生了较大的心理不适。拉泰拉在戏剧舞台上最大限度地彰显了身体的存现，裸露的肢体、暴力的打斗看似是对观众的一种挑衅，实际上这却是与帕索里尼产生联结的重要一环，后者曾因电影作品中的"挑衅"镜头而遭到多次控告。帕索里尼曾在采访中说道："现在，我拍摄的电影越来越让人难以理解了，它提出的问题也越来越尖锐、越来越复杂，同时也越来越具有挑衅性，也许目的正是使其尽可能地不被当作消费品使用，这如同戏剧一样，它不能成为大众化的东西，因此剧本文本就能被保留下来。"②无论是拉泰拉还是帕索里尼，或许对他们而言，这些大尺度暴露的表演并不是为了哗众取宠、夺人眼球，"挑衅"只是一种抵抗商业化、消费主义的艺术手段而已，而真正的挑衅恰恰来自生活本身。

《大鸟和小鸟》诞生于20世纪60年代的意大利，电影可谓帕索里尼精心编织的一则寓言故事，用以探讨二战期间的抵抗运动③以及50年代马克思主义信仰危机。影片中，一对小资产阶级父子在路上行走，一只会说话的乌鸦加入了他俩的行列，伴随两位前行，它自我介绍道："我来自远方。我的祖国叫作意识形态。我住在首都，未来之城，卡尔·马克思街70×7号。"一路上，

---

① 皮耶尔·保罗·帕索里尼：《异端的影像 帕索里尼访谈录》，艾敏等译，商务印书馆，2018年，第219页。

② 皮耶尔·保罗·帕索里尼：《异端的影像 帕索里尼访谈录》，艾敏等译，商务印书馆，2018年，第69页。

③ 欧战爆发初期，处于地下状态的意大利共产党人，尽一切可能联合社会党人、共和主义者左翼与无政府主义者等国内所有幸存的反法西斯力量，共同反抗法西斯制度，争取国家不参加战争。在意共的动员下，1939年，都灵、米兰、热那亚和其他城市的工人、妇女和失业人员纷纷举行示威游行。1940年6月，意大利军队入侵法国后，进一步暴露了墨索里尼政权的侵略面目，从此意大利国内的抵抗斗争从未中断。

这只乌鸦试图向他们解释生活中的各种矛盾，向他们指出令人不快的事实，例如世界上仍然存在的饥荒，另外还向他们讲述了一个具有隐喻意义的古老故事：亚西西的方济各（Franz von Assisi）①曾指示两个像这对父子一样的人向动物们传福音，直到它们停止互相残杀。乌鸦的"奇谈怪论"起初还能逗乐父子二人，但当它渐渐地将话题引到两人身上时，他们便厌倦了乌鸦的喋喋不休，最后扭断了它的脖子，吃掉了它。帕索里尼曾在影片的相关资料中指出："在我写剧本的时候，眼前出现的是一只共产主义的乌鸦。"②不难猜测，电影中那只传授理论的拟人化乌鸦实际上就是意大利共产党领袖帕尔米罗·陶里亚蒂（Palmiro Togliatti）③。熟悉意大利文学的人或许会觉得帕索里尼塑造的这只乌鸦似曾相识，它让人联想起《神曲》中的引路者——古罗马诗人维吉尔（Vergil）④，他的灵魂在但丁遇险呼救时适时出现，为其出谋划策，带其披荆斩棘，与其一同走过地狱与炼狱。拉泰拉导演巧妙地将这些元素拼贴到了戏剧当中。舞台上，当帕索里尼在生与死之间徘徊，从一种状态过渡到另一种状态之际，一只黑色的"乌鸦"（由脖子上戴着黑色羽毛装饰的男演员扮演）/维吉尔在不断诉说着那些关于政治、生命与艺术的段落。尽管剧场中充斥着大量的暴力行为表演，但这些吟诵的时刻依然让人感受到了至高无上的神圣，诗意之光笼罩着整个剧场，短暂地驱散了暴力的阴霾。意大利另一位电影大师费德里科·费里尼曾这样评价帕索里尼："（他）拥有一种受创的温柔：他身上那种迷离而隐秘的力量——就像我心目中的卡夫卡一样。"拉泰拉无疑将这种"不常见"的温柔融入了进来，他让帕索里尼因矛盾的内在情感而常常无法被辨识清楚的面庞变得清晰起来。

---

① 简称方济各、方济，又译为圣法兰西斯，他是动物、天主教运动、美国旧金山以及自然环境的守护圣人，也是方济各会的创办者，知名的苦行僧。

② Residenztheater. Programmheft: *Eine göttliche Komödie. Dante ＜ ＞ Pasolini*，2019，p. 29.

③ 陶里亚蒂（1893—1964）意大利共产党创始人之一，前意共总书记，意大利工人运动和国际共产主义运动活动家。在其领导下，意大利共产党一直是意大利议会的第二大党，同时也是资本主义国家中最强大的共产党。

④ 维吉尔（公元前 70 年 10 月 15 日—公元前 19 年 9 月 21 日）是奥古斯都时代的古罗马诗人，被广泛认为是古罗马最伟大的诗人之一，也因在《牧歌集》中预言耶稣诞生被基督教奉为圣人。其《埃涅阿斯纪》影响了包括贺拉斯、但丁和莎士比亚等许多诗人与作家。在但丁的《神曲》中，维吉尔也曾作为但丁的保护者和领路人出现。

总体来看，进入 21 世纪，电影与戏剧的关系可谓愈加密切，两者互通有无、互相借鉴的跨媒介现象已极为普遍。经典电影经过当代戏剧导演之手得以在舞台上重获新生；戏剧作品亦可改编为电影，借助其强大的传播力以扩大影响，两者互相成就；此外，在一部作品内，戏剧与电影的共存与融合、指涉与利用不仅为这两种艺术的发展提供了新的思路，也为观众带来了别样的美学体验。

第四节　真实与真相的探索

"在一首宗教歌曲中，有一句叫作天堂的窗户敞开着，由此我想到，戏剧或许可以将这些窗户推开一条缝。哪怕窗户马上又被关上：人们至少已稍微看到了天堂的模样。"

—— 米洛·劳

21 世纪以来，真实生活踏足戏剧领域的程度正在不断加深，放眼世界，强调"真实"而非模仿的舞台呈现在许多国家已成为先锋戏剧的重要构成部分。这其中，以先锋实验为主流的当代德语戏剧舞台尤为引人关注，驰骋于此的导演似乎从未掩饰过自己对于"真实"二字的坚持，为此，他们或从创作素材入手，或从演员的表演出发，或从观众的体验与接受起首，发起对真实的不懈追求。

剧作家或是导演的创作素材取自真实生活已是司空见惯之事，社会热门事件被搬上舞台并不少见，例如奥地利女作家耶利内克尤为擅长将现实生活中掀起轩然大波的政治事件或社会事件搬上舞台加以批判，2000 年奥地利登山缆车大火造成的惨剧、2019 年爆出的奥地利版本"通俄门"等在现实生活中真实发生的事件都是其笔下的素材。除了耶利内克以外，2011 年，由城堡剧院推出的《参与者》（Die Beteiligten）同样取材自社会关注度极高的热门事件——娜塔莎·坎普希（Natascha Kampusch）的绑架失踪案。娜塔莎·坎普希出生于奥地利首都维也纳，在 1998 年 3 月 2 日早上，年仅 10 岁的坎普希在上学途中遭到 36 岁的沃夫冈·普里克洛普尔（Wolfgang Přiklopil）绑架，被拘禁长达 8 年之久。2006 年 8 月 23 日，她趁机逃出，失踪多年的坎普希再度现身，旋即引起了全世界媒体的争相报道，施暴者沃夫冈则畏罪自杀。时隔两年，坎普希开始在奥地利一家私营电视台中担任谈话节目主持人并于 2010 年出版自传《3096 天》（3096 Tage），就在坎普希介绍完个人自传几周之后，根据该事件创作的戏剧作品《参与者》在城堡剧院学术厅揭开帷幕。

该剧作者凯瑟琳·罗格格拉（Kathrin Röggla）1971 年出生在奥地利，从 20 世纪 90 年代初起，她便创作了大量散文、广播剧以及戏剧作品，其中不乏脍炙人口的佳作，作为新一代的奥地利作家，罗格格拉延续了奥地利戏剧文学酷爱的荒诞与讽刺风格，同时通过实验性的探索为作品注入新鲜血液。罗格格拉笔耕不辍十余年，目前已斩获奥地利境内不少含金量颇高的文学奖项例如内斯特罗伊戏剧奖等等，可以说，她在德语文坛已经占据了一席之地。作为 20 世纪 70 年代出生的作家，罗格格拉对全球化与科技进步带来的生产生活方式的巨大变化有着极为深刻的个人体会，她密切关注着不同媒介间的交互影响，总是能够准确地抓住时代脉搏。

罗格格拉习惯采用文献记录的工作方式，她从多个方位搜集资料，又从多个视角探寻问题以求在纷繁复杂的信息时代找到真相，从而触发读者与观众的思考。在《参与者》中，罗格格拉延续了一贯的创作思路与手法，她没有从头至尾地叙述娜塔莎·坎普希遭遇绑架、拘禁的缘由与过程，而是将焦点放在了对"娜塔莎事件"倾注过多好奇与揣测的人们，他们通过媒体平台肆无忌惮地发表着个人看法企图窥伺事件"真相"，一步一步将案件受害者推向舆论受害者的境地，他们正是让坎普希再度消失的"参与者"，在这里施暴者不再是沃尔夫冈，而是这群"参与者"。罗格格拉构思的巧妙之处在于作品中没有出现有名有姓的具体人物，而是用"某种程度上的朋友"（der quasifreund），"想要知道的记者"（der möchtegern-journalist），"伪心理学家"（die pseudopsychologin），"不知怎么的邻居"（die irgendwie-nachbarin）等角色称谓指代不同群体，他们在舞台上用虚拟式复述自己曾经说过的话，而这样的说话方式恰恰符合媒体横行的信息时代人们追求"真相"过程中信息传递出现的偏差，这背后潜藏的旺盛偷窥欲与传媒功利化的推波助澜则不可避免地给当事人带来了创伤，《参与者》正是一部批判当下媒体文化现象，极具现实意义的剧作。

一般而言，作品根植于现实的作家作品产出往往十分丰富，现实世界中五花八门的新闻事件为他们的创作提供了源源不断的灵感。上文提及的耶利内克、罗格格拉均是出色的文字工作者，但两者并未过多地参与由文字走向舞台演出的过程，她们笔下的"真实"在舞台上能呈现出多少在很大程度上仍然取决于导演的态度。与之相比，一手把控"编"与"导"的全能型导演追逐真相与展现真实的手段往往更为彻底与激进，多部作品入选柏林戏剧节的年轻一代瑞士导演、编剧米洛·劳（Milo Rau，1977—　　）正是这样一位人物。米洛·劳①出生于瑞士伯尔尼，求学期间辗转于巴黎、柏林、苏黎世等地学习社会学、日耳曼语言文学，1997 年，他以记者的身份开启了前往恰帕斯州和古巴的旅行，自 2001 年起，他开始为瑞士历史最为悠久的报纸之一《新苏黎世报》（Neue Zürcher Zeitung）执笔撰写文章，之后，米洛·劳主要以作家和导演的身份活跃于瑞士、法国以及德国的舞台，他逐渐成为欧洲各大艺术节的常客并且斩获了多项戏剧大奖，其中包括 2014 年的瑞士剧院奖，如今，他被誉为欧洲剧院中最重要和最有影响力的人物之一。

米洛·劳选择的素材多来源于重大政治事件，例如，《齐奥塞斯库最后的日子》（Die letzten Tage der Ceausescus）描绘了罗马尼亚共产党领导人尼古拉·齐奥塞斯库（Nicolae Ceaușescu）和其妻埃列娜·齐奥塞斯库（Elena Ceaușescu）被定罪、处决的最后时刻，为了协调这部作品，米洛·劳专门成立了一家名为"国际政治谋杀学会"（IIPM）的戏剧电影制作公司，该公司后续一直以使用多媒体处理历史和社会政治冲突为目标运转着，自成立以来，IIPM已经完成了 50 余部戏剧作品、电影、书籍、展览和政治活动。2012 年入选柏林戏剧节的作品《仇恨电台》（Hate Radio）则与卢旺达广播电台及其在卢旺达

---

① 由于米洛·劳的姓氏"劳"只有一个字，为避免与文中句子混在一起引发歧义，故后文中使用其完整姓名。

种族灭绝①中的作用有关。2015 年，在文献剧/纪录片《刚果法庭》(*Das Kongo Tribunal*)中，他将第二次刚果战争的 60 名相关者包括受害者、作案者、证人和分析家召集到一起，选取了三个代表性案件进行剖析并试图以此揭开此次战争的隐秘真相。《时代周报》(*Die Zeit*)将之评为："一个疯狂的项目"并指出"在政治失败的情况下，只有艺术才能提供帮助。"②米洛·劳一直在寻找个体和国家的创伤性、悲剧性时刻，因为这也是人们受到影响和变化最大的时刻，从以上作品不难看出，米洛·劳是一位具有强烈历史责任感的艺术家，不过，其作品在备受赞誉的同时也常因敏感的题材和"离经叛道"的表演形式招致非议。例如，在 2017 年入选柏林戏剧节的作品《五首简易乐曲》(*Five Easy Pieces*)③中，米洛·劳大胆地选择了儿童演员来重现臭名昭著的儿童谋杀犯马克·杜特鲁(Marc Dutroux)④的罪行。

与米洛·劳的其他戏剧作品一样，该部作品亦是构建于相关案件证词和事实的基础之上，但其目的并非客观地还原案件，轰动一时的"杜特鲁事件"只是一出现代悲剧的起点，在《五首简易乐曲》中，米洛·劳还收集了与比利时相关的重要历史事件，如刚果殖民地的丧失、煤矿工业的关闭等等，而这些事件背后指向的是整个西方殖民体系的崩溃和工业力量的衰落。"杜特鲁事件"让看似完美的社会体系破了一道渗血的口子，它的触目惊心终让人们意识到政府的无能以及自己与政治体系之间的严重脱节。在该部作品中，杜特鲁充当了比利时的集体象征，他如同一个黑洞，透过他，米洛·劳得以探讨"一

---

①　历史上，这场浩劫从 1994 年 4 月 6 日持续到 7 月中旬，这期间胡图族人血洗图西族人导致近百万人的丧生，在这场惨剧中，媒体起到了推波助澜的作用。在大屠杀前的三年里，由国家控制的媒体尤其是广播电台将图西族人渲染为国家的敌人，大肆煽动胡图族人对图西族人的仇恨。一项研究发现，卢旺达种族灭绝期间发生的全部暴力事件中有一部分是受到电台的鼓动。

②　Kümmel, Peter. *Das Kongo-Tribunal. Das Theater geht an die Front*. https：//www. zeit. de/2015/27/ kongo-tribunal-milo-rau-theater，2020/09/20.

③　作品名《五首简易乐曲》取自音乐家伊戈尔·斯特拉文斯基(Igor Stravinsky)于 1917 年谱写的一系列练习曲，其目的是教孩子们弹钢琴，这些曲子也被称为"五首简易乐曲"。

④　马克·保罗·阿兰·杜特鲁克斯(Marc Paul Alain Dutroux)是比利时臭名昭著的犯罪分子，其施暴对象主要是儿童与青少年。杜特鲁克斯于 1989 年因绑架和强奸五个年轻女孩被判入狱，三年后，获得假释。1996 年，杜特鲁克斯涉嫌绑架、折磨和性虐待 6 名年龄在 8 至 19 岁之间的女孩并导致其中 4 人死亡而再度被捕，2004 年，杜特鲁克斯所犯案件被公开审判，其所有罪名均被判成立，最终被处以无期徒刑。据悉，杜特鲁克斯案声名狼藉，1996 年至 1998 年间，三分之一以上姓"Dutroux"的比利时人申请改姓。

个国家的衰落、民族的偏执以及犯罪引发的愤怒"①。

在题材上，《五首简易乐曲》无疑是一部具有反思意义的作品，但米洛·劳让儿童演员们在剧中模仿案件相关的表演却饱受质疑。剧中的每一个场景均由一段短片的放映开始，在短片中，由成年人拉开每个场景的"序幕"，然后，孩子们接手并开始进行现场表演，舞台上唯一的一名成人演员充当了导演的角色，他教导、拍摄、鼓励着儿童们在舞台上进行表演。现实中的导演米洛·劳在采访中说道："我们在许多不同的国家和领域工作过，合作对象既有业余演员，也有著名的专业演员，既有滥杀无辜者，也有高度敏感的表演者，演出地既有战区的临时地点，也有政府资助的剧院。我们改编过经典作品，创作过叙事戏剧，组织过流行试验，但我们从未与儿童合作过。我认为，归根结底，就像我们所有的项目一样，是挑战带给我们的刺激让我们赢得了胜利；我们想尝试一些全新的东西。"②米洛·劳表示自己携团队曾做了一些前期研究，并注意到儿童戏剧作品总是遵循同样的模式，它们讲述着离奇的人生故事，配上排练过的音乐，演绎着纯真，但这并不是他想要的，他想要的是展示一些人们不想在孩子身上看到的东西，为此，米洛·劳打定主意要制作出冒险的、前所未有且几乎不可能的儿童戏剧表演。他借杜特鲁事件探索"儿童所知、所感、所为"的极限，同时试探观众可以接受的底线。正如剧名《五首简易乐曲》指向的是一个系统的学习过程，该剧亦在探讨孩子们如何理解叙事、移情、失落、屈从、失望、对社会的愤怒和反叛的意义，不仅如此，通过让孩子们进行角色扮演、模仿成人的言行举止还引出了关于导演暴力的基本问题。模仿是剧中导演贯彻自己权力意志的要求与结果，当观众（成人）看到儿童通过模仿重现谋杀犯曾加诸他们身上的创伤时，这样的体验想必是极度不适的，此种模仿是值得质疑与批判的，在某种程度上，导演米洛·劳借模仿实践了自己"反模仿"的想法，这离"真实"无疑又近了一步。

---

① Bläske, Stefan. *Milo Rau about the background of Five Easy Pieces*. https：// web. archive. org/web/20180217103 824/https：// www. campo. nu/en/news/64/milo-rau-over-de-achtergrond-van-five-easy-pieces，2020/09/21.

② Bläske, Stefan. *Milo Rau about the background of Five Easy Pieces*. https：// web. archive. org/web/20180217103 824/https：// www. campo. nu/en/news/64/milo-rau-over-de-achtergrond-van-five-easy-pieces，2020/09/21.

选用儿童演员来为成年观众表演，米洛·劳并不是第一个，当然也不是唯一一个，早在 2012 年的柏林戏剧节展演剧目中，就已经出现了儿童为成年人献上的表演，该部作品正是实验团体"戈伯小分队"①（Gob Squad）执导的《在你眼前》（*Before Your Very Eyes*），它是专门为成人观众制作的坎波（CAMPO）②儿童戏剧三部曲中的最后一部。剧中，七名处于青春期边缘的孩子向观众展示了七种生活。他们在一个玻璃容器里接受采访，两年前的一些想法被记录了下来，当时对他们而言很重要的东西，比如可爱的北极熊毛绒玩具如今已无人问津，而曾经难以想象的事情比如吸烟，已经成为现实，孩子们的生活如同按下了快进键，他们飞速地成长，让观众不得不意识到生活可以改变得多快。"戈伯小分队"利用服装转换和跳接（Jump cut）技术③将孩子们的"未来"描绘出来，他们经历了年轻的哥特时期，熬过了中年危机，参加了退休人员锻炼班，最后等待他们的是死亡。童年时期的潜在可能："我能做到这一点，这一点……"，变为成年后的懊恼遗憾："我本可以做到这一点，或那一点……"。孩子们穿梭在时空隧道中，他们看到了自己成年后的未来，又回到了自己离自己最近的过去，然后彻底地把童年抛在了脑后。

该部作品颠覆了关于年龄和天真的固有观念，成年观众作为见证者，他们跟随这些儿童成长、成熟以及衰老的足迹重新领略了一番人生，这无疑给了他们机会去反思社会上大量存在的痴迷年轻、抵触衰老的现象。由于情节所需，年龄为 8 至 14 岁的儿童需要在剧中诠释一个成人的世界，他们扮演的角色年龄跨度非常大，对孩子们而言，这样的表演想必难度不小，对导演而言，这样的安排无疑是种冒险，与之相比，米洛·劳的《五首简易乐曲》中的儿童表演似乎更为符合儿童的心理和天性。米洛·劳曾在采访中指出："随着

---

①　"戈伯小分队"正式成立于 1994 年，团队起初由来自德国吉森大学和英国诺丁汉特伦特大学的学生组成，他们经常在城市空间、剧院、画廊创作和展示作品，力图利用流行文化来探索日常生活的复杂性。"戈伯小分队"的作品极具实验性、互动性、实时性和创造性，例如他们在项目中将观众互动与实时视频编辑相结合。该团体拥有七名核心成员，也经常邀请其他艺术家、表演者和技术人员就特定项目进行合作。自 2000 年开始，路人与观众在其作品中发挥着越来越重要的作用，除戏剧表演外，小分队也创作广播剧、互联网表演、电影和视频。

②　CAMPO 是位于比利时根特的艺术中心，该中心致力于提供各种与艺术相关的项目。

③　跳接是一种影片艺术剪辑方法。不同于传统剪辑中场景的连续性，跳接以一定的逻辑性将不同时空的场景接在一起。

这种儿童戏剧的出现，后现代主义对媒介批评的偏好又回到了最初的目标。于是，媒介批评再次变为对现实的批评。与孩子们一起制作戏剧意味着你必须质疑那些已经存在的概念，比如'人物''现实主义''幻觉'，当然还有'力量'。"①显然，儿童由于理解力和阅历有限无法像成人那样塑造角色，他们无法看透一些潜在的问题和表象背后的真实意图，因此，在他们的表演中有多少模仿、又有多少真实是难以判断与界定的，正如米洛·劳所说："在舞台上成为'别人'意味着什么？'模仿''移情'和'联系'是什么意思？你如何应付被人盯着看？你怎么解释，怎么做？就这一点而言，对戏剧的基本质疑并不是一个理智的决定：对于成年演员来说极其显而易见的事情，在道德上和技术上对孩子们来说都是不可能的。你可以摆脱所有那些狭隘的斯坦尼斯拉夫斯基技巧，这是表演传统的全部神话。"②

真实事件与素材经过作家、导演之手后会以何种方式呈于舞台之上，以上这些例子或许在某种程度上能予以解惑。除此之外，在剧场艺术中，另一个至关重要的问题在于文字转化为表演时如何诠释表演的"真实"，绝大部分导演对此都有着自己的一套处理模式。对于编舞家而言，素材的真实与表演的真实实际上相辅相成、缺一不可，例如瓦尔兹在创作《宇航员大道》时不仅访问当地居民，实地考察并搜集资料，同时，她还会针对每次的创作主题与团队舞者进行讨论，将他们的真实感受与经验融入舞蹈编排中，也正是依靠这样的模式，舞者在表演时的"真实"是回溯到其自身的真实，而非斯坦尼斯拉夫斯基所主张的演员通过沉浸在角色的情感之中达到没有表演痕迹的"真实"。同样在上文提到的法国编舞家耶罗姆·贝尔试图用舞蹈作品"超越再现"，其执导的《残疾人戏剧》因选用认知存在障碍的表演者故而完全摒弃了的传统戏剧表演中普遍存在的模仿，表演者在台上就是他们本身，他们真实地向观众介绍自己、展示他们的生活与舞蹈才艺。多部作品入选柏林戏剧节的

---

① Bläske，Stefan. *Milo Rau about the background of Five Easy Pieces*. https：// web. archive. org/web/20180217103 824/https：// www. campo. nu/en/news/64/milo-rau-over-de-achtergrond-van-five-easy-pieces，2020/09/21.

② Bläske，Stefan. *Milo Rau about the background of Five Easy Pieces*. https：// web. archive. org/web/20180217103 824/https：// www. campo. nu/en/news/64/milo-rau-over-de-achtergrond-van-five-easy-pieces，2020/09/21.

导演托马斯·奥斯特迈尔(Thomas Ostermeier)在改良斯坦尼斯劳夫斯基表演方法的基础上，开创了一种"讲故事"(Storytelling)的方法。他要求演员在拿到安排的角色后根据自己的经验或经历去处理舞台材料中的某个主题。

在这些孜孜不倦耕耘着舞台艺术的创作者中，不得不提新式文献剧的代表"里米尼记录"，他们堪称将创作素材真实性与表演真实性完美融合的典范。里米尼成立二十年来创作的各类作品数量丰富、形式多样，他们不拘一格的戏剧探索在德语区乃至整个世界都取得了不俗的反响，如今，里米尼已是德语剧坛最为知名的先锋团体。如第一章中所提，三位成员善于从真实的生活素材着手，通过"层层选拔"挑选现实生活中的专家登上舞台分享个人经验，也正是因为表演素材来自人物的真实生活而非已经设定好的剧本情节，里米尼的作品呈现了截然不同的非模仿表演。除了上文提到的新式文献剧《华伦斯坦——一场文献记录的演出》外，2020 年柏林戏剧节获奖作品《毛丝鼠混蛋，什么什么》(Chinchilla Arschloch，waswas)同样也是一部追求真实的作品，它的构思、文本、导演均由成员海格德·豪格一手包办，在这部作品中，里米尼挑选的"专家"均来自患有抽动秽语综合征的群体，其中有克里斯蒂安·汉佩(Christian Hempel)[①]、政治家比扬·卡芬伯格(Bijan Kaffenberger)等，他们分享自身经历并与音乐家芭芭拉·摩根斯坦(Barbara Morgenstern)的弹唱表演配合，共同发起对戏剧艺术的质问。诚然，人物的表演少了艺术技巧的加持可能会导致趣味性与精彩度的降低，但从模仿的牢笼中释放出来的纯粹与真实恰恰符合雷曼所提出的后戏剧解放表演之所需。在某种意义上，新式文献剧具备了行为艺术的一些特征，它强调的真实基于人的存现，而不再与角色扮演相关。

如果说新式文献剧追求的是真实，那么传统文献剧则重在追求真相，上文提到的传统文献剧《绊脚石》《一脚》是德语导演们为了让尘封已久的真相重见天日，经过调查再以艺术的形式加工而成的戏剧作品。近年来，新式文献剧与传统文献剧之间的界限也变得不再那么清晰，两者逐渐有了汇合的趋势，

---

① 克里斯蒂安·亨佩尔(Christian Hempel)患抽动秽语综合征已逾二十年，此病让他无法控制自己的咆哮、粗言秽语和抽搐。多年来，他一直作为抽动秽语综合征专家接受媒体的公开访问。

例如，2014 年参加柏林戏剧节的作品《最后的见证者》(*Die letzten Zeugen*)正是一部将两种文献剧的表现手段融为一体，借助真实人物的存现追求真相、反思历史的作品。

该剧由维也纳城堡剧院制作，以色列-奥地利作家、历史学家和散文家多伦·拉比诺维奇(Doron Rabinovici)与剧院经理马蒂亚斯·哈特曼(Matthias Hartmann)联合策划了这一反思二战的重大项目。该部作品的首演定于 2013 年 10 月 20 日，正值犹太人遭到大屠杀 75 周年之际。75 年前，即 1938 年 11 月 9 日至 10 日凌晨，纳粹党员与党卫队袭击德国全境的犹太人，此次袭击被认为是对犹太人进行有组织屠杀的开端。《最后的见证者》邀请了六名大屠杀幸存者来到现场，七张椅子一字排开，六位证人端坐于舞台前方，他们都已是耄耋老人，中间有一个位置是空着的，它原本属于第七位证人塞娅·斯托卡(Ceija Stojka)，遗憾的是，斯托卡没有等到首演便已去世，不过，她的故事依然得到了保留，在舞台上鲜活地呈现了出来。随着时间的流逝，证人终将一个一个离开，但那些记忆与故事不应随着他们一起消逝，因此，他们向在座观众提出了最为殷切的期盼与要求："请不要忘记我们，把故事继续说下去"①。

六位历史的见证者，他们的故事各不相同：露西娅·海尔曼(Lucia Heilmann)将自己的故事献给赖因霍尔德·杜斯卡(Reinhold Duschka)，是他在纳粹时代一直冒着生命危险将海尔曼藏在自己的工作室中；维尔玛·诺伊维斯(Vilma Neuwirth)讲述了自己的真实经历，他在维也纳第二区的小资产阶级-无产阶级环境的中长大，目睹并经历了反犹太主义如何悄然滋长，团结的邻里又是如何变成仇人；苏珊·露西妮·拉比诺维奇(Suzanne-Lucienne Rabinovici)讲述了在藏身之处一位父亲如何掐死自己的孩子，以免他的尖叫声引来党卫军的注意，此外，他还描述了自己死里逃生的经历；马克·费因戈德(Marko Feingold)于 1913 年出生在属于奥匈帝国的"Neusohl"(如今的班斯卡-比斯特里察，现属于斯洛伐克)，他在奥斯威辛集中营中幸存下来，如今成为萨尔茨堡犹太社区的负责人；鲁道夫·格尔巴德(Rudolf Gelbard)经历

---

① 该剧涉及台词内容均摘自演出的视频资料，中文翻译由笔者完成。

了特雷西恩施塔特(Theresienstadt)集中营的解放,但是当他回到维也纳之后,他意识到奥地利的国家社会主义思想并未在一夜之间消失;阿里·拉斯(Ari Rath)在维也纳长大,1938年大屠杀之前几天移居至巴勒斯坦。1948年,他第一次回到自己出生、成长的地方,但却无法与它和解,拉斯说:"我在西火车站下车,就像降落在墓地一样。整个欧洲都是一座墓地。"未能前来的第七位见证者斯托卡为观众留下了纳粹统治期间罗姆人被迫害的故事。残酷的历史真相借由他们饱含血泪的真实故事一点一点浮出水面。

舞台正前方靠近观众席的一边坐着六位见证者,舞台右侧则坐着城堡剧院的四名演员,在他们身旁立着一个放有话筒的简易讲台,舞台布景以黑白两色为主,显得格外肃穆与庄重。演出开始,六位见证者的影像被投射到舞台后方的白幕上,四名演员依此上场负责叙述他们提供的故事。导演哈特曼让演员以做报告的形式叙述,他们站上讲台以第一人称讲述那个特殊年代的个人经历,同时搭配投影上见证者们提供的照片、相关资料等等,中间也穿插着幸存者们提前录制好的一些声音。叙述过程中,见证者们的影像也会时不时地出现在幕布上,有那么几个瞬间他们少年、青年时期的样子与现在的模样同时出现在观众眼前,过去与现在顿时形成鲜明的对照,由此,观众能够更加深刻地体会时间在这些幸存者身上留下的痕迹。在演出过程中,舞台中央出现了一位记录员,她在奋笔疾书,长长的白纸铺散在地上,仿佛那些罪恶早已罄竹难书。叙述者在讲台前有条不紊地叙述着,作为专业演员里面或多或少掺杂着表演的成分,他们的演讲抑扬顿挫、声情并茂,却怎么也比不上亲历者踏上舞台讲述自己心声时给观众带来的触动。

演出进行到一大半时,见证者接手叙述者的工作,他们成为自己故事的叙述者,此时,真实的人物开始分享真实的故事,只见一位年长的女性身着正装,缓慢地走上舞台,她站到了舞台中央,亲自向观众分享自己的故事:"我坐在窗边思考着,希望这一天快点过去,害怕这一晚会带来什么……我坐着,等待着,在远处看到一个人从街角向我走来,他径直走向我,告诉我,我们犹太人的苦难开始了……"她的父亲随即因为犹太人的身份被带走,她接着说道:"他什么时候会回来,之后会发生什么,你应该已经猜到了。慢慢地你会知道,在痛苦和贫困中,你的父亲走向了他的死亡,而把他从你身边带走的是一个穿着德国制服的人。我一个字也没有回答，或许你们会理解吧，我只是开始了哭泣。"其中"或许你们会理解吧"这一句显然是在与现场观众进行交流，这种面对面的直接交流带来的巨大冲击力是一般的戏剧"表演"无法比拟的。其余几位老人也上台或分享自己的故事或向那些帮助过自己人致谢，有的虽只是发表了寥寥数语，却也赢得了阵阵掌声。对于他们而言，站上舞台意味着要向大众再次揭开生命中那道最深的伤疤，直面过去最惨痛的记忆，但他们依然鼓起勇气站上了舞台，支撑他们走上舞台的力量正来自源于一种责任感，正如其中一位见证者所言："幸存是一项附带着责任的特权。我反复诘问自己，作为幸存者我能为遇难者做些什么呢？我找到的回答是：我要成为他们的语言，我要牢牢记住与他们相关的回忆，这样他们才能继续存在着。但是，我们幸存者并不只对遇难者负有责任，我们还有责任让子孙后代们直视过去、铭记历史，我们要将自己的经历叙述给他们听，这样他们才能吸取教训，从中学习。"他不会忘记，在最为艰难的岁月，他的犹太同胞曾对他说过的话："请永远不要忘记你在这里看到的，如果能活着，你一定要努力做点什么，不要让这样的事情再度发生。"

事实上，不仅仅是这一个项目，当然也不仅仅是在奥地利，反思与批判极端民族主义、尊重与保护文化多样性一直是战后整个德语区的重要课题。德意志民族对黑暗历史彻底地追根溯源以及群体性地反思带来了文献剧在当代德语剧坛的繁荣。《最后的见证者》一剧既有演员充当叙述者，将根植于历史的真实材料汇报出来，同时，历史事件中的真实人物也登上舞台发表了讲话，可见，导演哈特曼将传统文献剧与新式文献剧的表现手段恰如其分地融合在了一起。考虑到见证者们年事已高，或许无法亲自上台分享个人经历，创作团队也作了贴心的安排以保证真实的观感不受影响，他们将幸存者们提前录制好的声音插入到演员们叙述的间隙，特别是当演出接近尾声时，由于第七位见证者已离世，无法上台完成个人演讲，用来填补这一遗憾的是舞台上适时响起的一首由逝者生前录制好的民谣，伴随着婉转动人的歌声演出迎来了最后的谢幕。

从创作者（包括剧本创作者、导演、演员等）的角度来看，德语文献剧几乎已将非模仿的"真实"二字发挥到了极致，倘若从接受者的角度出发，那么不得不提到强调观众真实体验的新型戏剧模式——近年来兴起的"沉浸式戏剧"(Immersives Theater)。通常，沉浸式戏剧作品需要使用特定装置来完成，因此，在德语戏剧圈人们更倾向于使用"表演装置"(Performance-Installation)一词而非"沉浸式戏剧"来指代该类型戏剧。此种戏剧允许观众与演员交谈、与周围环境进行互动，从而打破第四堵墙，它与传统戏剧的最大区别在于演员与观众之间权利关系的颠覆，观众的影响力、参与度、社会结构和角色成为戏剧演出的关键，演员们的绝对控制地位面临着前所未有的挑战，因为他们在演出中常常无法预料观众的举动，这种不可控的随机性在某种意义上反而真正地解放了表演，成为诠释"后戏剧"的典范。例如，2008 年，入选柏林戏剧节的"表演装置"作品《玛莎·鲁宾的幻影》(*Die Erscheinungen der Martha Rubin*)便留给了观众广阔的自由参与空间，为此，"西格诺"(SIGNA)剧团专门为观众搭建了一个可供探索的缤纷世界。

西格诺表演剧团由丹麦的表演装置艺术家西格娜·科斯特勒(Signa Köstler)于 2001 年创立，从 2004 年起，奥地利媒体表演艺术家亚瑟·科斯特勒(Arthur Köstler)也加入其中，2005 年，托马斯·博·尼尔森(Thomas Bo Nilsson)[①]紧随其后成为团体成员。西格诺携手来自不同国家的演员，在空旷的建筑物或休憩处进行表演活动，它通过激进的游戏风格重新定义了"特定地点的戏剧"(Site-specific Theater)一词，西格诺已是戏剧业界公认的沉浸式戏剧先驱。剧团的核心成员西格娜·科斯特勒最初使用装置进行艺术实践时，主要通过让自己成为装置的一部分来探索亲近和亲密之间的界限。随着团体的不断壮大，他们关注的社会、个人问题也越来越宽泛，因此，其作品探讨的主题也有了更为多样的选择，包括权力结构、依存关系、剥削与被剥削等等。二十年来，西格诺始终坚持推陈出新，用一个又一个令人惊艳且表演形式激进的实验性作品持续拓展着自己的道路，如今，该剧团已成为欧洲最具创新力的表演团体之一，甚至在国际上也获得了一定知名度。

西格诺并没有满足于自己取得的成功，而是在持续地进行着各种挑战，他们使用的装置越来越大，表演的时间越来越长，涉及的人物也越来越多，

---

① 托马斯·博·尼尔森已于 2013 年离开团体。

这一点在《玛莎·鲁宾的幻影》中得到了充分的体现。西格诺为了这部作品特地在科隆的一处集装箱内精心打造了一个小镇并且为之划定了"边界"，这个被称作鲁宾镇①（Ruby Town）的地方可谓浑然天成的"异"世界，它的每一个细节之处似乎都在暗示着小镇的独一无二，但却仍旧传递着似曾相识的感觉，引起观众想要一探究竟的好奇心。小镇拥有二十二间房子，里面住着四十名演员，他们总共需要待在这里九天，教堂、糖果店、美容院、酒吧、餐厅等场所一应俱全。西格诺为演员们设定了共同的民族和宗教背景，具体故事情节则不得而知，这需要由观众亲自去探索、解密。小镇由军队监管，男女警卫员的打扮让人仿佛回到了东德，他们使用英语或是德语给观众必要的指示。在踏入小镇的第一刻，观众就会被要求提供指纹以获得黄色签证，之后将被带到一间屋子内观看配有英文字幕的德语"小镇须知"，结束之后方可在镇上"闲逛"，但必须要遵循身穿制服者给出的指令，严格遵守小镇的规章制度。逗留期间，观众会遇到四散巡逻的警卫，每位观众都可以根据自己的意愿去探访自己感兴趣的地方，当然前提是镇上的居民允许且不违反规则，因此每一位观众都会获得独一无二的个人体验。有的女性观众进来不一会儿就被拉去发型屋做了一个新造型，有的男性观众则对性感的舞蹈表演或者按摩更感兴趣，有的观众会被狂热而神秘的宗教能量所吸引，有的观众带着孩子一起来体验小镇生活，居民们在他们面前竟虔诚地跪拜，原来小镇因受到辐射污染导致居民已经无法再拥有自己的孩子了……这些答案是真实还是虚构需由观众自行辨别，得要注意的是，那些带有服务性质的行为都需要使用真实的货币额外支付费用。

观众通过与当地居民聊天，或是在大篷车中听取长老理事会的发言以了解小镇的历史与传说，当然获得的信息量取决于每一位观众的参与度，但不管最初吸引自己的东西是什么，观众始终都会前往寻找该剧的标题人物"玛莎·鲁宾"，他们无一不想解开的谜团仍是关于玛莎·鲁宾，她究竟是谁，她到底怎么了？在玛莎·鲁宾的住处（小教堂）可以看到一位年轻美貌的女子安

---

① 该剧的英译名为"Ruby Town Oracle"，中文译为《红宝石镇的谶言》，因此"Ruby Town"又被译为红宝石镇。

躺在床上，观众被告知，这位女子就是玛莎·鲁宾，床上躺着的正是她的幻影。这位 1913 年便已消失的女子用自己的名字为小镇命名，她在这里受到近乎狂热的崇拜，据介绍，如今镇上的居民都是她的孙子或是曾孙。六个月前，鲁宾再次出现在小镇上，但却显得十分虚弱，也因此，她绝大部分时间都不得不躺在床上，观众能够轻易地获得这些基本信息，但是关于鲁宾更多的故事与隐秘则需要他们通过深入互动与交流方可获得，没有人能准确预知，此时在小教堂的一个动作会触发哪些事件，又能引发哪些思考。整场装置表演即将结束时，观众能看到一个垃圾袋被搬过来，里面装着些什么，此外，伴随着低沉的哀歌，还能看见由糖果做成的花环。突然，小镇进入了紧急状态：军方要对辐射进行测量，观众被勒令离开，他们显然并不知道接下来会发生什么，但还能在监视器上瞥见一名妇女被粗鲁地推进医务室。据观众反映，尽管此时已经回到现实生活中，但许多人一时仍无法从小镇生活中抽身，甚至觉得现实生活中的人们比小镇居民更加虚幻。显然，经过数十小时在小镇内的体验，与当地居民一起喝酒跳舞，享受按摩或观看表演，观众已经全身心地融入了这个陌生的世界，艺术与生活、现实与虚构、谎言与真相，它们之间的界限已被模糊，这也正是西格诺装置作品的艺术魅力所在。

西格诺的高明或者说成功之处在于他们的装置与基本框架设定都在尽可能地保证观众参与体验的自由度，观众的体验基本掌握在自己手中，他们可以像民俗学家一般研究当地居民的背景与信仰，也可以只是作为观察者或游客满足自己的好奇心，他们能够十分自由地运用小镇提供的素材去建立他们的经历，这些碎片式的信息如同拼图的各个部分，最终观众将通过自己的努力拼出那张属于自己的图，它或许关于权力、或许关于亲密与背叛又或许关于环境污染，而这些主题无一不指向现实生活，形成参考与对照。不得不承认，《玛莎·鲁宾的幻影》在颠覆传统文本、演员与观众权利关系方面确实走在了时代前列，在该部作品中，文本不再起主导作用，许多非专业演员的"表演"或许也根本不是表演。事实上，观众已经很难区分小镇人们的表现究竟是建立于模仿之上的炫技表演还是建立于与观众交流之上纯粹而真实的反映，例如，那位被邀请换造型的女观众就向记者表示，为她服务的理发师技艺纯熟，她们两人之间进行的谈话也很自然，因此她无法确定理发师究竟是否由演员扮演，可见，《玛莎·鲁宾的幻影》为观众带来了难以置信的强大干扰性，这也是观众在离开装置之后，依然觉得无法抽身的重要原因。德国作家、记者彼得·米哈尔齐克（Peter Michalzik）认为该作品是一项"压抑性的社会实验，一旦参与其中，就无法轻易退出"①。斯蒂芬·凯姆（Stefan Keim）也在德国《世界报》（*Die Welt*）上发表了相似的看法，他指出该部作品："不仅仅是一部观众参与其中的戏剧作品，也不仅仅只是一个使用真实躯体的电脑游戏。SIGNA 的表演是带有迷惑性的，让人真假难辨，它将戏剧中的现实主义发挥到了极致。"②凭借该部作品，西格诺利用巨大装置打造的虚拟世界打破了传统剧院对于表演物理空间的限制，促成了演员与观众之间最直接的交流，观众不再只是被动的接收者，他们被赋予了主动探究真实与真相的权利，或许在虚实之间，他们最终都能寻找到属于自己的答案。

---

① Michalzik，Peter. *Frankfurter Rundschau*，Datum 17. 10. 2007. Ausschnitt aus：https：// signa. dk/projects _ pid＝53980. html，2020/11/02.

② Keim，Stefan. Ausschnitt aus：https：// signa. dk/projects _ pid＝53980. html，2020/11/02.

第三章　叛逆作家

与英美剧坛不同，那里重视传统与经典的戏剧观念始终占据着一席重要之地，德语剧坛却是先锋派们的天下，导演自不必说，不论是年轻一代的剧坛新星安塔·海伦娜·雷克（Anta Helena Recke）、尔桑·蒙塔格（Ersan Montag）还是上文提到的老一辈剧院掌舵者弗朗克·卡斯托夫、埃纳尔·施勒夫，他们都在身体力行地通过各种实验手段，探索舞台呈现的多样可能，但德国的先锋派绝非仅限于导演，那些具有"反叛"特质的作家们亦在用书写探索语言在舞台上的极致可能。在当代德语文坛不乏以"实验探索"见长的另类作家，在他们眼中，"戏剧"与"后戏剧"绝非剑拔弩张的对立关系。在这其中，奥地利著名作家埃尔弗里德·耶利内克（Elfriede Jelinek）以"非凡的充满激情的语言揭示了社会上的陈腐现象及其禁锢力的荒诞不经，小说和戏剧具有音乐般的韵律"，彼得·汉德克（Peter Handke）则以"独创性的语言探索人类经验的广度和特性"分别夺得了 2004 年以及 2019 年度诺贝尔文学奖，他们对语言危机的深刻认识，对语言本身的反思与批判以及在创作中对新语言的不断探索缔造了奥地利文学史上的璀璨篇章。

第一节　静物描摹者汉德克

"我的灵魂是诗歌，我的整个机制都来自诗歌。从根本上来讲，我在探讨或是戏剧创作时，是偏向诗歌的，我是一个偏向抒情方面的诗人。我的戏剧性的东西更多来自我灵魂深处的多声部。从机制上来讲，我是一个诗人，或者是史诗作家，有的时候我是一个戏剧家，有的时候我写首歌也可以，但是我没有吉他。人们读我的散文创作，可以当作一首歌去欣赏，那是一首没有乐器伴奏的歌。语言就是我唯一的乐器，对我来说，这就是文学，也就是语言。"

——彼得·汉德克

彼得·汉德克(Peter Handke)1942年出生于奥地利，母亲为斯洛文尼亚族人，生父与继父均为德国士兵，其原生家庭成员间的关系并不和睦。在带有自传体性质的小说《无欲的悲歌》(*Wunschloses Unglück*，1972)中，汉德克吐露了自己与母亲忽近忽远、至亲至疏的关系，亲情的纽带若有似无却终让人无法割舍。在作品中，他同时也揭露了自己与母亲在继父酗酒、不务正业的阴影笼罩下生活的辛酸与压抑。这样的成长环境成为汉德克叛逆个性的一大诱因，对于母亲而言，情感与经济上的双重折磨更是致命，在对生活的渴望被消耗殆尽之际，她毅然选择了结束自己的生命。毫无疑问，母亲的离世对汉德克的文学创作风格产生了巨大影响。20世纪60年代，汉德克以别具一格的语言实验剧作《骂观众》(*Publikumsbeschimpfung*)和《卡斯帕》(*Kaspar*)一夕之间震动整个德语文坛，但其文风在70年代却发生了剧烈的变化，他在《无欲的悲歌》以及同时期因与妻子渐行渐远有感而作的《短信长别》(*Der kurze Brief zum langen Abschied*，1972)中一改往日的"高调"与"桀骜"，他试图用充满真情实感的诗意语言来重新审视、描述自我与世界的关系。正如国内学者所说，"真实在早期作品那里还是一个形式化的范畴，还只是存在于语言之中的现实的对立面"，在这两部作品之后"它具有了现实的道德范畴。他前期那种批判式的语言试验被彻底克服，主体与个人经验的历史维度最终与被陌生力量所左右的世界之间达到了最佳的平衡。"[①]从70年代开始，汉德克转变了早期锋芒毕露、极具批判性的语言实验风格，在其文字中能明显感

---

① 梁锡江：《彼得·汉德克：捍卫文学与语言的纯净》，《社会科学报》，2019年11月21日(第006版)，第3页。

受到作者敛去锋芒，用心感受自我与世界之后"真实"与"沉静"的力量，这在其后续作品中——无论散文还是戏剧作品——持续产生着影响。

汉德克的文学创作所涉文体类型丰富，且每一种类型都有颇多建树，但这其中最初让其声名鹊起、时至今日依旧让其不断耕耘的领域始终是戏剧。汉德克用独创性的"说话剧"（Sprechstück）将自己于60年代创作的五部剧作概括在内。《骂观众》作为"说话剧"的典型常被视作对传统戏剧的公然挑战，这点从该部作品的名字亦可窥探一二。观众，乃构成戏剧活动发生的必要条件，理应是接受剧作家戏剧美学的对象，在商业戏剧中，将观众尊为"被取悦"的对象亦不为过，但在汉德克这里却成了被"漫骂"的对象。没有情节、没有布景、没有具体人物，观众就这样"莫名其妙"被四个说话者慷慨激昂、歇斯底里地"骂"着，"洗耳恭听"他们对传统戏剧的"嗤之以鼻"："你们将不会看到一出戏。你们的观看乐趣将不会得到满足。你们将不会看到演出。这里并没有演出。你们将会看到一出没有情景的戏剧……不会有任何假在你们面前制造……你们没有任何幻觉。"[①]其余四部说话剧与《骂观众》一脉相承，具有异曲同工之妙。

尽管说话剧的形式与传统戏剧迥然不同，但汉德克本人却极度抗拒被贴上"后现代""反戏剧"的标签。从汉德克的访谈中可以明显感受到他对营销以及炒作的反感态度，为此，汉德克"不惜"将自己定义为"传统"作家来洗去这些标签：

《骂观众》是一系列亚里士多德式的戏剧的开始。我当时还是一个奥地利的大学生，听了很多披头士或者滚石的音乐，对我来说它意味着一种解放。我听到披头士那首 *I want to hold your hand*，我一直想复制这个类型的感情或者精神，所以我的《骂观众》其实就是戏剧形式的 *I want to hold your hand*。戏剧的幻象其实是人无法破坏的。我们生命当中唯一要坚持的反而恰恰是这种幻象。《骂观众》这部作品是取笑这个幻象，其实也在另外一种程度上制造幻象。我之后写的一些剧也可以理解为是一些幻象的戏剧，从这个角度来讲，

---

① 彼得·汉德克：《骂观众》，梁锡江译，上海人民出版社，2019，第37-41页。

我其实是一个传统作家，我是一个经典式的传统作家。①

汉德克用这一席话阐明了自己对"幻觉"剧场的看法，此外，他也曾明确指出："说话剧是无图像演出……它指向世界，但不是以图像的形式，而是以词语的形式，而且说话剧的词语所指向的世界，并不是超越词语之外的某个世界，而是词语自身之内的那个世界。组成说话剧的词语不提供任何关于世界的图像，而是关于世界的概念。"②从上述话中不难看出，"指向世界"的说话剧是丰富且多元的，由于图像的缺失，观众想要洞悉隐藏在"姿势"与"语言符号"所筑幻象背后的意义必然需要调动自己的联想力与思考力。因此，尽管汉德克依然在戏剧中制造着"幻觉"，但此种幻觉并不会让人失去批判与思考能力。

雷曼认为，"人发出声音的现象最直接地昭示了意义中感官的自身存现，显示了这种存现居于主导地位的可能，同时也显示了剧场情境的一个中心环节：活的表演者的共同存现所引发的情感"，正是这种足以引发情感的力量构成了产生幻象的基石，"按照一种对于欧洲文化而言至关重要的幻觉，人的声音似乎直接是发自'灵魂'的。作为'人'几乎没有过滤过的一种灵魂精神放射，声音被听者感觉着……这种声音呼唤着观众的一种责任、一种回答，而并没有期待任何阐释。观众被置于说话者'无意义'的在场之中。声音是对他们自己，对他们作为身体性质的目光提出问题"③。雷曼此番关于剧场"声音"的解读，在某种意义上证明了汉德克在戏剧方面的超前与敏锐，他早在60年代便已洞悉戏剧语言与形式创新的必要性，并且成功做到了让戏剧在制造幻象的同时，创造联想空间，进而起到发人深省的作用，就这点而言，汉德克无愧为"后戏剧"时代的先行者。

20世纪60年代的汉德克年轻气盛，从不掩饰想要扬名立万的雄心壮志，

---

① 《诺贝尔文学奖得主彼得·汉德克：在这个无所适从的世界中的"另类"》，https：// www. gcores. com/articles/115888，访问时间：2021年2月12日。

② Handke, Peter. *Bemerkung zu meinen Sprechstücken*. In: *Dramentheorie. Texte von Barock bis zur Gegenwart*，Stuttgart：Reclam，2011，p. 509-510. 翻译参考：李明明：《词语的姿势——对汉德克两部说话剧的解读》，《外国文学》，2019年第6期，第4页。

③ 汉斯-蒂斯·雷曼：《后戏剧剧场》，李亦男译，北京大学出版社，2010，第191页。

因此，在戏剧创作上，他选择以语言宣泄情感、极具震撼力的"说话剧"来打开知名度并不让人意外。在前面五部"说话剧"为其赢得极大关注之后，事实上，在 60 年代末，他已经迫不及待地开始了戏剧领域新的尝试，说话形成"极致的吵"与图像营造的"极致的静"成为他在戏剧杠杆中探索的两端。他在 1969 年创作的戏剧《被监护人想要成为监护人》(*Das Mündel will Vormund sein*)——也是其第一部"默剧"(Stummes Stück)，便是由"吵"至"静"的过渡之作，然而，陡然的转型在当时并未一鸣惊人，再创《骂观众》一般的辉煌。尽管在评论界这部作品得到了较为正面的评价，但随着 70 年代初《守门员面对罚点球时的焦虑》(*Die Angst des Tormanns beim Elfmeter*，1970)、《无欲的悲歌》《短信长别》三部小说的相继问世，它们的获赞无数与巨大光环将《被监护人想要成为监护人》映衬得越发暗淡无光，在汉德克的一众大作面前，这部剧作略显微不足道。

从 70 年代到 80 年代期间，汉德克总共创作了《集腋曲》(*Quodlibet*)、《骑士越过博登湖》(*Der Ritt über den Bodensee*)、《不理性的人终将消亡》(*Die Unvernünftigen sterben aus*)、《关于乡村》(*Über die Dörfer*)、《提问之戏或前往洪亮国度的旅行》(*Das Spiel vom Fragen oder die Reise zum Sonoren Land*)五部戏剧作品。《集腋曲》是一部极短的剧作，该短剧于 1970 年首演，但并未引起太多关注。汉德克本人将之称为"练习曲"，是其大作《骑士越过博登湖》(1971)的"序幕"。[①]他在构思《骑士越过博登湖》时，选取了古斯塔夫·施瓦布(Gustav Schwab)于 1826 年创作的叙事诗《骑士和博登湖》(*Der Reiter und der Bodensee*)作为素材，原作中骑士身下的真实薄冰在汉德克的笔下成了语言行为之下的"薄冰"。汉德克将该部剧作视为《卡斯帕》的延续，他在作品中进一步运用"语言游戏"探讨语言与人之间的关系。1971 年，该剧于柏林邵宾纳剧院[②]首演，但剧院内部的政治分歧、意识形态以及导演克劳斯·佩曼引发的争议却大大超过了人们对戏剧本身的关注。在这之后出版的剧作《不理

---

① 参见 Kastberger, Klaus; Pektor, Katharina (Hg.). *Die Arbeit des Zuschauers. Peter Handke und das Theater*. Salzburg/Wien：Jung und Jung，2012，p. 111.

② 柏林邵宾纳剧院(Schaubühne am Halleschen Ufer)于 20 世纪 70 年代在著名导演彼得·斯坦(Peter Stein)的领导下一度成为当时德国最著名的剧院之一，同时该剧院也被认为是六八运动最重要的制度和艺术产物。

性的人终将消亡》(1973)是一部两幕话剧，汉德克将此次创作视为"寻求幸福的最终尝试"①，该剧一反其往常的"叛逆"姿态，而是选择回归传统戏剧模式，采用了传统幻觉剧场的表现手段，这次尝试与之前的实验性剧作相比可谓大相径庭，与汉德克一贯的创作风格似乎相悖。汉德克在 70 年代创作的三部戏剧无论在思想上还是风格上均并未有较大突破，其戏剧创作上的"乏力"或许要归因于他将绝大部分时间与精力都投入到了小说创作上。70 年代初期是汉德克小说创作的丰收时期，在 1973 年，他一举夺得了德语文坛最为重要的奖项——毕希纳奖。

　　70 年代的汉德克在文学创作上历经瓶颈期，曾一度陷入写作危机，但他最终克服了困难，成功地实现了转型。期间，他对写作风格与方式的探索主要体现在小说创作上，当然这些转变都建立在此时他对作家写作使命的全新认识，即"让风景变得永恒"。② 在小说《缓慢的归乡》(*Langsame Heimkehr*，1979)《圣山启示录》(*Die Lehre der Sainte-Victoire*，1980)中，汉德克将自己的"作家"身份搁置一旁，而是试图以"画家"的视角去描摹风景，此时，构成风景的静态物体成为其主要描述的对象，这一转变亦出现在其戏剧创作中。汉德克以戏剧诗歌的形式创作了《关于乡村》(*Über die Dörfer*，1981)③，并由此展开了新一轮的戏剧探索。他在该部剧作中融合了多种戏剧形式的表现手段来呈现村庄的"风景"，例如借鉴古典悲剧的结构，剧中的戏剧冲突未在行为驱动的对话中实现，而是如同古典戏剧一般通过探究、追问的形式，在诗意抒情却不失新意的"说话"中实现。"古"与"今"相结合，"传统"与"实验"的碰撞擦出火花，形成别具一格的效果。与汉德克合作多年的出版商齐格弗里德·乌塞尔德认为该部作品拥有无可比拟的全新形式。七八十年代，汉德克

---

　　① 彼得·汉德克：《形同陌路的时刻》，韩瑞祥编，上海人民出版社，2019，第 6 页。
　　② 梁锡江：《彼得·汉德克：捍卫文学与语言的纯净》，《社会科学报》，2019 年 11 月 21 日（第 006 版），第 4 页。
　　③ 《缓慢的归乡》四部曲，包括《缓慢的归乡》《圣山启示录》《孩子的故事》《关于乡村》四部作品。

的多部作品经搬演后均得到了柏林戏剧节的邀请，其至出现同一年①两部作品入选的盛况，在当时看来，汉德克自"说话剧"打开名声后在德语剧坛占据的位置已经越来越稳固。

完成《关于乡村》后，汉德克在戏剧领域的热情似乎暂时冷却，再度推出全新剧作已是八年之后。1989 年出版的《提问之戏或前往洪亮国度的旅行》被认为是汉德克最难懂的戏剧作品之一，评论界甚至称之为一部无法上演的"阅读戏剧"（Lesedrama）。这一评论从侧面反映出汉德克在戏剧上所追求的平面化，用双眼安静地"看"意味着需要将舞台表演的三维立体转化为二维平面。在该部剧中，汉德克尚未极致地表现那些平面的"风景"，但是他对静物描述的热情显然已被唤起。《提问之戏或前往洪亮国度的旅行》围绕"提问"二字展开，作品以现场报道的方式叙述了寻找新的戏剧形式的过程。可以说，这是一部承前启后之作，汉德克将先前作品里的人物、主题、理论、哲学与其他作家、国家的典型作品风格（包括契诃夫、易卜生、日本能剧）杂糅在一起，因此，这部戏已无法用某种戏剧类型来框定，它最终呈现出的已是一幅包罗万象的"画卷"，是雷曼"后戏剧"概念中场景整体诗歌的体现。汉德克试图通过这部汇集迥异风格的作品寻找一种新的戏剧形式，这亦与该部剧作的主题遥相呼应。在他寻求戏剧形式突破的探索中，"让风景变得永恒"这一作家信念无疑镌刻在了之后的创作丰碑上。

1992 年，由欧洲著名精品文学出版社苏尔坎普（Suhrkamp）出版的《形同陌路的时刻》（*Die Stunde，da wir nichts voneinander wußten*）可谓汉德克在经历小说创作辉煌之后潜心打磨的戏剧佳作。该部作品因独特的表现形式在戏剧界产生了十分广泛的影响，甚至引起了国内德语文学专家的注意，成为汉德克为数不多被翻译为中文的戏剧作品之一。中国德语文学专家韩瑞祥教授指出："到了 90 年代，汉德克又推出了几部各有千秋且影响广泛的剧作。

---

① 1969 年的柏林戏剧节邀请了汉德克的《被监护人想要成为监护人》《卡斯帕》两部作品，均由克劳斯·佩曼导演；1971 年，戏剧节再度同时邀请其两部作品，分别为汉斯·彼得·菲茨（Hans Peter Fitzi）导演的《被监护人想要成为监护人》以及克劳斯·佩曼携沃尔夫冈·维恩斯（Wolfgang Wiens）导演的《骑士越过博登湖》。然而，90 年代以来，出于一些政治上的原因，汉德克饱受西方媒体指责甚至封杀，进入 21 世纪，其作品仅有一部走上了柏林戏剧节的舞台，即后文提到的《形同陌路的时刻》。

首屈一指的是《形同陌路的时刻》。从形式上看，他似乎是作者 60 年代末所开创的实验戏剧的延续。汉德克在这里又一反所有的传统规则，让读者和观众领受到一出没有言语别出心裁的剧，一出只有'叙事者'在叙事的剧。"①

　　这部作品的构思最早可追溯至 20 世纪 60 年代。1968 年夏，汉德克在与文学评论家汉斯·贝特拉姆·博克（Hans Bertram Bock）进行的一次谈话中表示自己刚刚完成的默剧《被监护人想要成为监护人》是之后要创作的一部伟大剧作的序幕，但是关于这部作品更多的信息还不能透露，或许还需再等待两三年的时间。汉德克口中的"大作"正是千呼万唤始出来的《形同陌路的时刻》，尽管距首部默剧演出、出版已逾二十年，但事实上，他早在 1975 年便开始着手续写《被监护人想要成为监护人》，为此汉德克构思良多，例如将无声剧与民间戏剧的形式相结合，但写作过程却并不顺利。他在 1985 年的一次访谈中曾提道："我想写一部完全沉默的作品。一部没有说话的作品，它由人们的存在、出现、离开、某些行动构成，但却并非哑剧的形式。我拥有重新发现戏剧并将人性概括其中的雄心壮志。"②遗憾的是，在随后几年依旧未见这样一部默剧发表。直到 1991 年，汉德克在访问中仍在强调创作的决心："以后肯定会再尝试写一篇完全没有说话的剧作，长篇幅的"，只是"仍然不知道该怎么做"③。汉德克的这般言辞让人不禁感叹这部作品的完成似乎依旧遥遥无期，但实际上他此时已经投入到作品的前期准备中。按照其手稿上标注的日期，《形同陌路的时刻》的第一稿是在 1991 年 7 月 24 日至 8 月 6 日间一气呵成写就，此次的"重拾旧梦"也充分说明汉德克自始至终从未放弃对"默剧"这一戏剧形式的探索。

　　虽然汉德克将二十年前创作的首部默剧称为此次作品的序幕，但两者除了在"沉默、无声"这一形式上一脉相承以外，究其内容、主题以及表现手段，仍然有着较大差异，这实际上也反映出作者二十年间阅历的积累以及心境的

---

　　① 彼得·汉德克：《形同陌路的时刻》，韩瑞祥编，上海人民出版社，2019，第 7 页。

　　② Kathrein, Karin. *Ich erkenne mich lieber im edlen Umriß. Peter Handke zum Schreiben und zur Kunst*. In: *Die Presse*, 5./6. 1. 1985.

　　③ Kurtz, Ulrich; Espenlaub, Brigitte. *Im Rhythmus von Ruhe zu Ruhe. Aus einem Gespräch mit Peter Handke*. In: *Das Goetheanum. Wochenschrift für Anthroposophie* 40/1991, Literatur-Beilage, p. 4.

转变。1969 年出版的《被监护人想要成为监护人》是一部具有强烈象征意义的作品，写就该部作品时，汉德克还不到三十岁，彼时其原生家庭、成长经历在其文学创作中尚占据着举足轻重的地位。剧中隐含的压迫、反抗、权力关系的更迭充分体现了汉德克在成长过程中受到的父权压迫以及对此产生的排斥与反叛心理。因此，该部作品尽管采用了"无声"这一"安静"的表现形式，却在表达着作者波涛汹涌的情感与最强烈的控诉，无声胜有声。到了 90 年代，汉德克在经历了一系列人生变故以及文学事业上的高低潮之后，已然进入了新的境界。

在 1992 年的一次采访中，汉德克向奥地利著名文学评论家、杂志撰稿人西格丽德·洛夫勒（Sigrid Löffler）吐露了该剧的灵感来源：

> 那是很多年前的一个下午。那时，我在穆贾的一个小广场上，里雅斯特（意大利）附近，度过了这天。我坐在咖啡厅露台上，看着生活如何展开。我真的进入了观看的状态，也许是在红酒的帮助之下。所有一切都变成了符号性质的，但却没有象征意义。最小的事件过程开始成为符号，好像它们在诠释着世界一样——我并不知道这个世界是哪个世界。三四个小时后，一辆灵车驶至房屋前面，人们进去，然后抬着一口棺材出来，围观者聚集于此，随后又四散开来，灵车驶离。熙熙攘攘持续着——游客们、当地人以及工匠们。后来的人不知道之前发生过什么。但是对于我，一个看到了这些的人来说，之后的一切都发生了微妙的变化。行人彼此之间形同陌路——这就是剧名的由来。在我们观者眼中，路人如同雕塑一般，他们彼此又使对方成为雕塑，后者给了前者轮廓，前者留给后者塑像。①

此时的汉德克对世事展现出了一种"超脱"的姿态，他通过描摹与雕刻试图展现纷繁复杂的世界，正如国内学者所言"汉德克厌倦了表达'不和平的虚无'，他转而投向了外界大自然的怀抱，像画家一样观察起那些'尘世之物'，他要用作家自己的方式去让这些'物体'得以'实现'，而作家的方式就是'叙

---

① Handke, Peter; Löffler, Sigrid. *Durchs Reden zugrunde gerichtet*. In: *profil*，4. 5. 1992，p. 96.

述'……他专注地'叙述'那些不起眼的事情，或者是单纯的'静物'。"①美国著名剧作家、普利策奖得主桑顿·怀尔德（Thornton Wilder）曾说过："一个神话不是一个应该从左到右、从头到尾读的故事，而是自始至终都应完全保持在人们视野之内的一种东西。"②《形同陌路的时刻》正是这样一部描摹静物，"让风景变得永恒"的登峰造极之作。

在谈论该部作品时，汉德克特意加上的副标题"Ein Schaupiel"——指向该剧表现形式的关键词常常被忽略。在杜登字典中，"Schauspiel"一词有两大释义范畴：一为戏剧范畴之中的"Schauspiel"，可指戏剧（舞台剧）、正剧、剧院等；二为戏剧范畴之外，指向某种令人印象深刻的"场面、景观、景象"。汉德克笔下的"Schauspiel"显然已将两大范畴融为一体，《形同陌路的时刻》是一部不折不扣的"景观剧"。此外，作品开头引用的箴言"别吐露你所看见的东西；就让它留在图像里吧"③表明这又是一次将图像与说话进行切割的尝试，只是这一次合上的是嘴，打开的是双眼以及无边的想象力。

汉德克将描述的行人称作"雕塑"，在该部剧作的结尾处亦写道："随着时间的推移，人人都不再是纯粹的行走者，走在路上，摆动双臂，扮演着这样那样的行走姿态……片刻间，看样子，仿佛所有行走者同时都在被车拉着行驶一样。"④一如毕希纳所言："我们不过是被一个不可知的力量用线牵动的一具具木偶而已；我们自己什么也不是，什么也不是！"⑤无论是雕塑还是木偶，他们都具有"静止"的特征，外力施以作用，才能使其产生动势与能量。那么汉德克借助的外力是什么呢？他在1992年的访谈中提道："去年夏天整整两周时间我全身心投入到写作之中，正是因为这样，我确实能够比人们在一般状况下看到的更多。要知道看得时间越长，可以获得的幻觉越多，所以我确

---

① 参见梁锡江：《彼得·汉德克：捍卫文学与语言的纯净》，《社会科学报》，2019年11月21日（第006版），第4页。

② 汉斯-蒂斯·雷曼：《后戏剧剧场》，李亦男译，北京大学出版社，2010，第68页。

③ 彼得·汉德克：《形同陌路的时刻》，韩瑞祥编，上海人民出版社，2019，第112页。

④ 同上，第156页。

⑤ 格奥尔格·毕希纳：《毕希纳全集》，李士勋、傅惟慈译，人民文学出版社，2008，第81页。

实有能力创作神话故事。"①结合汉德克先前陈述自己创作动机时的话，不难发现其反复强调的"sehen/zuschauen"（看）正是"外力"所在，"看"这一关键字既点明了自己居于高处的"观看者"身份，同时也将观众的视角考虑在内：观众将要观看作者本人所观看过的内容，换言之，作者俯瞰过的风景还将交由观众去欣赏，在某种程度上，这亦是在鼓励俯瞰风景的能力，从而实现戏剧形式的革新。德国当代哲学家、现象学代表人物伯尔尼哈德·沃尔登费尔斯（Bernhard Waldenfels）认为当重复观看的蟹行被另一种观看打断，这种观看在观看的认知方式中打转，不断使它脱离习惯轨道②，该过程中产生的离心力导致了变形的发生，从而瓦解了情节的理念基础。汉德克此次的创作正是一出没有场次、没有情节、没有主要人物的变形之戏，"变形"将"异质性的真实联系在了一起，创造出丰富的层面与能量流"③。在《形同陌路的时刻》中，他断片式地描述了人来人往的场景，它的结构不遵循冲突产生、解决的线索，而是一种多重空间关系。那些汉德克口中带有符号性质的事件过程，它们的变形势必将观众带入一个如真似幻的国度，从这个意义上来说，这亦与他所说的"幻象的戏剧"相吻合。

在戏剧领域，"让风景变得永恒"这一想法并非汉德克首创，德国著名剧作家海纳·穆勒同样曾将"风景最终会压制住它的破坏者人类"④之念表露无遗。事实上，法国哲学家米歇尔·福柯（Michel Foucault）早已在《词与物》（1966）一书中对人的主体性的消亡有所预示，他指出："人将被抹去，如同大海边沙滩上的一张脸"⑤。在浩如烟海的历史面前，动物、植物和人并无三六九等之分。对于思想超前的文艺界先锋而言，作品中的主人公自然无须被限制在"人"这一个选择上。戏剧开始，汉德克笔下最先展现在观众眼前的即是本剧的"主人公"——一块空旷场地：

---

① Handke, Peter; Löffler, Sigrid. *Durchs Reden zugrunde gerichtet*. In: *profil*, 4. 5. 1992, p. 61.

② 汉斯-蒂斯·雷曼：《后戏剧剧场》，李亦男译，北京大学出版社，2010，第90—91页。

③ 同上，第90页。

④ Lehmann, Hans-Thies; Primavesi, Patrick. *Heiner Müller-Handbuch: Leben-Werk-Wirkung*, J. B. Metzler Verlag, 2003, p. 113.

⑤ 米歇尔·福柯：《词与物》，莫伟民译，上海三联书店，2016，第392页。

舞台是耀眼灯光下的一块空旷场地。

一个人飞快地跑过场地，表演开始。

又有一个人从另一个方向同样跑过场地。

接着两人呈对角同样跑过场地，各自身后都跟着一个人，彼此保持很近和同等的距离。[①]

"场地"成为汉德克作为"画家"想要描摹的静物，起初它"空旷"而"纯粹"，随着人们的到来，它被唤醒，被赋予活力，"不露声色"地制造出一道道带有社会批判、彰显人文精神的风景线。这与欧洲当代戏剧大师彼得·布鲁克（Peter Brook）在其著名戏剧论著《空的空间》（1968）中关于"舞台"的论述如出一辙："我可以选取任何一个空间，称它为空荡的舞台。一个人在别人的注视之下走过这个空间，这就足以构成一幕戏剧了……戏剧是一个概括全面的通用词汇，它将红色帷幕、舞台灯光、无韵诗句、笑声、黑暗统统胡乱地加在一起成为一个混杂的概念。"[②]布鲁克几乎毫无保留地在书中分享了自己超前、独特、开放的戏剧观以及先锋、实验的舞台手段。他将舞台变得简单而纯粹以彰显戏剧独有的魅力，为此他将"布景撤去了，幕布拉下来了，脚光也移开了……剥离去戏剧一切非本质的东西"[③]。留下空荡荡的舞台由想象力填满——观众的想象力、演员的想象力、导演的想象力，自然还少不了剧作家的想象力，依靠想象力化无形为有形，这样的舞台几乎已是无所不能的存在，因此"空的空间"可为戏剧赢得极其宝贵的生存空间。与先锋导演布鲁克对"舞台"的理解不谋而合，汉德克无疑也是一位乐于发挥自己想象力，同时也善于激发他人想象力的先锋作家，一位依靠"笔"来践行戏剧实验的革新者。《形同陌路的时刻》是一部放弃对话与独白，需要观众用双眼去观看，用大脑去联想，用心去猜测的意指丰富的作品。同时，作为一部"景观剧"，剧中不变的唯有"舞台"本身，来来往往的人物则不断变化。

---

① 彼得·汉德克：《形同陌路的时刻》，韩瑞祥编，上海人民出版社，2019，第114页。

② 彼得·布鲁克：《空的空间》，邢历等译，中国戏剧出版社，2006，第1页。

③ 彼得·布鲁克：《空的空间》，邢历等译，中国戏剧出版社，2006，第159页。

"他们也在场地上跑来跑去，在上面一哄而散，离开场地，立刻又跑回来，各自'表演着自己拿手的东西'，不断突然变换着形体和姿态，似真似幻……所有这一切混乱不堪，无始无终，只是在筹划中。"[1]人物的行为、动作如同发生在梦中，不带目的性与情节性。"人"正是汉德克口中的"雕塑"，他们是姿势的雕塑，表演者则是活动着的全身像。他们构成观众欣赏的"景观"，再也没有主配角之分，他们只是形同陌路的个体，之间哪怕产生纠葛与冲突，片刻之后也会烟消云散，这样的安排实际上亦是舞台要素平等化的一个重要体现。在汉德克创造的"后戏剧"空间中，身体、姿势、动作从时空统一体中脱离出来，它们被画面式地重新组装在一起，此时，戏剧中的等级性不再存在。可见，剧作家完全有能力在文本层面实现"后戏剧"所倡导的舞台要素平等原则，剧作家的能动性与文本的可塑性不应被忽视。

2009 年，匈牙利导演维克多·博多（Viktor Bodó）将这部作品搬上了格拉茨剧院的舞台，反响热烈，2010 年，他凭借该部作品获邀参加柏林戏剧节。出生于 1978 年的博多，青年时期曾在布达佩斯学习导演与表演艺术，之后在奥地利的格拉茨剧院担任导演，在此排演了多部口碑不错的作品，数度受邀前往参加戏剧节，其中便包括 2010 年的"景观剧"《形同陌路的时刻》。该剧本身是一部被称作"Regiebuch"（流程剧本、台本）的实验性作品，长达六十页的德语原文本几乎都在交代演员的动作、上下场顺序、时间变化、音效、道具迁换等等。不同于许多知名剧作家喜欢据理力争以捍卫自己创作的文本在舞台上的忠实呈现，在汉德克眼中，写作与导演本就是泾渭分明的两个部分，作者无须横加干涉。他在采访中表示，自己在创作剧本时会将剧场放置在一个幻想的世界中，想象这是一个空的空间，需要通过书写慢慢地让它重新活过来。整个过程更像是一种个人的行动，剧本的完成即宣告了行动结束。在此之后，它如何被搬上舞台展现在观众面前，汉德克的参与度并不高，他曾直截了当地表明自己不喜欢剧场中的味道。不仅如此，他还明确表示自己不想和当今的导演有过多交集，因为他们看上去似乎总是觉得自己懂得很多。同时，汉德克也指出剧场演出最大的问题在于书面的东西已经失去权威性，

---

[1]　彼得·汉德克：《形同陌路的时刻》，韩瑞祥编，上海人民出版社，2019，第 116 页。

剧本和对话已经不再重要。① 或许正是因为这样清醒的认识，汉德克创作了可以随意拆卸与拼接，没有对话横亘其中的《形同陌路的时刻》。

从博多的舞台呈现来看，导演显然没有被汉德克的文本束缚住手脚，而是将之视为架构房屋的"说明书"，作者笔下的"主人公"是一块空旷场地——它的任意性给了导演巨大的想象空间，使之能够"随心所欲"地使用喜爱的物件搭建属于自己的"建筑"。在 1992 年维也纳城堡剧院的首演中，导演克劳斯·佩曼设置的舞台是一个意大利的集市，那里有许多房屋，小巷横穿其中。到了这一版本，舞台在博多的手中化为一座小城。在舞台的左右两侧装有数个简易隔间，小咖啡馆、博物馆陈列室、病房、办公室等应有尽有。舞台中央是空旷的，只有一张长椅，来来往往的行人在此演绎人生百态。一如汉德克在原作中一再强调的"看"，博多将开启多重视角作为舞台演绎的首要任务：观众可以看到演员们在隔间内的表演，同时也可观赏在舞台中央发生的事件，因为演员们可以轻易地将活动的隔间推到舞台中央，在那里争取几分钟做"主演"的时间；为了尽可能多地与观众共享，导演煞费苦心地安排工作人员手持摄像机跟拍，并将捕捉到的内容放大投射到舞台后方的屏幕上面，观众可以清晰地看到人物的细微表情与动作细节。此外，在演出中，电影处理手段例如延时、实时、慢动作、精准剪辑等得到了广泛应用。博多通过丰富的视觉多任务处理方式将汉德克沉默而微妙的线性旋转平铺展开，尽力使之在观众眼中一览无余，这当然亦是导演本人俯瞰风景能力的展现。原作中，透过那些看似偶然的事件似乎依旧能够觉察到汉德克在沉默中追寻着某种秩序，那是一种由浅入深的层次递进，博多并未按图索骥，他的视觉多任务处理方式瞬时就能释放巨大冲击力，那是一种一下子拔掉所有出水口塞子倾泻而出的酣畅，但归根结底仍有一个总体框架在支撑全局。表面上小隔间"各自为营"，舞台上展现的内容随意、松散，但倘若观众借助联想重复、专注地观看，相信不难找出碎片故事背后一条条隐形的支线，这亦是对观众俯瞰风景能力的考验。

汉德克曾说："我宁可预知而非知道。语言通常具有破坏性。如果找不到

---

① 以上内容由笔者根据汉德克的数篇采访整理、翻译而成。

合适的时机，它会毁掉未说的话。"①创作《形同陌路的时刻》令汉德克一偿夙愿，彻底摆脱了语言构成的巨大威胁，它的"沉默"特性使之不受语言束缚得以在不同语言文化圈上演。奥地利格拉茨、德国柏林、匈牙利布达佩斯、俄罗斯莫斯科都留下了它的踪迹，此外，该剧以"最佳外国作品"之姿夺得了2010 年度俄罗斯戏剧奖"金面具奖"。作家、导演、演员、观众不必通晓同一门语言便可以戏剧为桥梁进行沟通，这恰恰反映出当今戏剧发展的走向，即创造戏剧的通用语言，最终形成一种全人类共通的"世界文化"。

19 世纪初，当歌德大声疾呼要给"世界文学"更多关注，并且身体力行地将不同戏剧文化纳入魏玛剧院的演出单时，欧洲对异域戏剧形式的接受实则已进入高创造性的新时期。为了加速世界文学时代的到来，歌德不遗余力地改编他国戏剧作品力图贯通东西方文化。异域文化经过他的妙笔加工，不但变得符合当时主流的舞台传统以及魏玛观众的道德准则，更成为剧中极富吸引力的一道风景。20 世纪末，国与国之间在政治、经济、文化上的相互依存进一步深化，无论在自然学科还是人文学科的研究中，全球化视野与跨文化思维都显得尤为重要。汉德克作为歌德"世界文学"的支持者与继承者不断尝试在戏剧作品中融合各种文化，尽力减少语言带来的束缚与限制，他从剧作家的角度亦在探索着当代先锋导演们努力实现的戏剧通用语言，但同时，汉德克也指出了实现世界文学的不易之处。在一次访问中，汉德克坦言："我的榜样是歌德，他提倡世界文学，而不是国际文学。世界的文学一定是自己的，真正的这种从自我的民族的一些东西出发，才真正具有一种世界性文学的，我们说也是能够给更多的人一种震撼。"汉德克亦毫不讳言的指出，在当今世界中，"歌德所谓的世界文学并不存在，而现在的文学里面充斥的都是一种国际性的文学。今天所有的国际性文学都没有自我"②。汉德克的所想所言让人联想到鲁迅曾提出的"只有民族的，才是世界的"。两位来自不同文化圈的文

---

① 与汉德克亦敌亦友、关系微妙的耶利内克在自己的官方网站上转载了这篇汉德克的采访，原文刊于 1989 年 3 月 3 日发行的《时代周报》，中文由笔者根据德语原文翻译。http：//elfriedejelinek.com/andremuller/peter%20handke%201988. html，2021/03/01.

② 潘好：《彼得·汉德克首次来中国：我是一个很传统的作家》，http：//www. chinawriter. com. cn/n1/2016/1018/c403994-28787402. html，访问时间：2021 年 3 月 5 日。

学大师不约而同地向世人展示了自己兼容并包的广阔胸怀以及高瞻远瞩的全球视野。他们以身作则，同时不忘提醒大众，要创造真正的世界文学，需要尊重不同文化的独特性，关注和重视民族文化、边缘以及弱势文化，单纯的排外与片面的一体化只能加剧社会的矛盾与分裂，求同存异才是实现社会和谐与世界和平的根本方法。

第二节　时间漫游者耶利内克

"我的戏剧作品也是平面的，它们努力向前推进，这并不是在地底下进行的，因为人们可以看到和听到一切。在欧洲，至少在德语国家，文本平面这个词不受欢迎，因为它的意思是：无聊。"

——埃尔弗里德·耶利内克

撇开一些政见的不同，在戏剧领域，奥地利文坛的两大巨擘汉德克与耶利内克似乎也时常意见相左。当汉德克用《骂观众》将观众置于箭靶中心之时，耶利内克不甘人后，在一篇有关戏剧美学的散文中指出观众不可或缺的重要地位。尽管如此，两人对彼此的文学创作还是持赞赏态度，除此之外，他们对待不同文化都怀有包容的心态，并且对文化共通表示认可。耶利内克曾写道："我的戏剧作品如同地下的根茎，虽然我对日本歌舞伎知之甚少，但在歌舞伎中也有长长的独白，人为扭曲的声音，它们都遵循了严格的风格化的人工规范"[1]。

比汉德克早十余年夺得诺贝尔文学奖，声名更胜一筹的耶利内克 1946 年出生于奥地利，她的父亲是具有犹太血统的化学家，母亲极其能干，曾在一家大企业任职，曾祖父虽是维也纳的名门望族，可惜到耶利内克母亲那一代时已经家道中落，但也正是因为母亲曾见识过豪门家族的余晖，故而她不遗

---

[1] Jelinek, Elfriede. *Nihon no dokusha ni.* In：*Jelinek, Elfriede：Hikari no ai.* Tokio：Hakusuisha 2012.

余力地想要将独生女塑造成名利双收的艺术家，意欲借此重返奥地利上流社会。在耶利内克带有自传体性质的小说《钢琴教师》(1983)中可以看到女主人公埃里卡与母亲之间荒谬绝伦的被虐与施虐关系，小说之外耶利内克与母亲之间的关系亦充斥着微妙的氛围。在著名的音乐之都维也纳，耶利内克自幼便被母亲安排学习音乐，作为"音乐神童"她必须熟练地掌握各种乐器演奏。在成长过程中，来自严苛母亲望女成凤的殷切希望与令人窒息的掌控欲成为她无所适从却又无从闪避的天罗地网，在维也纳大学攻读艺术史和戏剧之际，恐慌症最终打败了她，耶利内克不得不中断学业，在这之后的一段时间，写作成为她纾解精神压力的一种方式，或者说是一种治疗手段。

　　1967年，二十岁出头的耶利内克以诗集《丽萨的影子》(Lisas Schatten)初登文坛，在这部处女作中，"社会批判"之声已依稀可闻，这四个字亦是贯穿其文学创作生涯的关键词。1975年，她凭借长篇小说《逐爱的女人》(Die Liebhaberinnen)取得了文学上的重大突破，此外，80年代相继推出的小说《美好的美好的时光》(Die Ausgesperrten，1980)与《钢琴教师》(Die Klavierspielerin，1983)为其赢得了大量关注，然而成功却与丑闻结伴而来。尤其是1983年问世的小说《钢琴教师》，书中作者对女性扭曲的性心理及性虐待场面的直接描写与大胆揭示招致猛烈抨击，在相关文学评论中，从作者传记角度出发的阐释占据了主导地位，而立足于文本本身的探讨却退居次位。1989年的小说《情欲》(Lust)同样是一部引起轰动、销量极高的作品，耶利内克在文中以情欲为外衣探讨了文明的真实模式这一内核，但作品中大量直白的性描写导致这部作品被丑化为"女性色情小说"，在评论界，尤其是在奥地利，耶利内克的作品甚至招来"淫秽下流、亵渎神灵"的恶名。1994年，她创作的戏剧作品《休息站》经历了与《情欲》相似的解读与评论，耶利内克内心的失望不言而喻。不仅如此，耶利内克曾是奥地利共产党的一员，其政治立场鲜明，总是能够坦率地对社会问题发表观点，为此也遭到不少攻击。1995年，奥地利自由党在选举海报上公然对其进行人身攻击，在这之后，心灰意冷的耶利内克毅然宣布退出奥地利公众视野，并禁止在奥地利排演她的戏剧作品。这也解释了她虽为奥地利作家却有大量剧作在德国首演的原因。

　　短暂的告别之后，耶利内克于1997年携作品《棒子·棍子·杆子》

（*Stecken，Stab und Stangl*）重回奥地利剧坛，然而好景不长，由于政治原因耶利内克再度发布禁演通知，不久后即又解除。这一时期，她在文学上的卓越表现终于得到了文学界的权威认可，1998 年，耶利内克获得了德语文学的至高荣誉——毕希纳奖。2004 年，她更是一举夺得诺贝尔文学奖，成为首位获得该奖的奥地利作家。作为一名特立独行的作家，耶利内克在得知自己获奖之后曾表示自己："不是高兴，而是绝望。我从来没有想过能获得诺贝尔奖，或许，这一奖项是应颁发给另外一位奥地利作家彼得·汉德克的。"无论如何，在此之后，耶利内克名气大涨，影响力不再仅限于欧洲，而是向更为广阔的地域辐射。国内出版社亦闻风而动，争相出版耶利内克的作品，其中《钢琴教师》《逐爱的女人》等长篇小说可谓誉满寰中，而那些毫不逊色、甚至文学价值更胜一筹的戏剧作品却乏人问津。事实上，耶利内克小说创作的数量并不多，反观其戏剧创作却又是另一番景象。自 1979 年首部剧作《娜拉离开丈夫以后》（又名《社会支柱》）（*Was geschah，nachdem Nora ihren Mann verlassen hatte oder Stützen der Gesellschaften*）发表比来，几乎每年都有新的剧作问世，她的作品在德国以及奥地利的知名剧院上演，合作的导演也多为重量级，演出常常引起轰动，耶利内克的大名几乎可视为剧院销量与质量的双重保证。截至 2020 年，耶利内克总计创作戏剧约 35 部，几乎三倍于小说的数量。若是想要全面了解耶利内克的文学成就，洞悉其独特的创作手法，挖掘其晦涩的语言深意，研究其戏剧作品毋庸置疑是不可或缺的一环。

　　纵观耶利内克的戏剧创作，按照作品特点、作家成就可将其创作生涯大致分为三个阶段。20 世纪 70 年代末至 80 年代中后期：耶利内克处于戏剧创作初期，这一时期她陆续推出作品《娜拉离开丈夫以后》、《克拉拉·S》（*Clara S*，1982）、《城堡剧院》（*Burgtheater*，1985）、《病态》（又名《现代女性》）（*Krankheit oder Moderne Frauen*，1987）。在形式上，这些作品中的传统戏剧框架依稀可辨，人物介绍、场次、必要的说明均有迹可循，创作主题多集中于对男权社会的批判以及对家长制统治礼俗的攻击，它们属于那个时代的女性觉醒之作。在创作风格上，工人歌队的运用、打破幻觉的处理方式明显受到布莱希特譬喻剧以及间离手法的影响，此外，奥地利本土剧作家约翰·内斯特罗伊（Johann Nestroy）对耶利内克风格的塑造亦影响深远。内斯特罗伊是"老牌维也纳民间剧"（Alt-Wiener Volkstheater）的代表之一，亦是将此戏剧流派推上文学顶峰的重要人物。在耶利内克的早期作品中，以滑稽、夸张、可笑之言见长的内斯特罗伊的影子格外明晰，几乎无处不在。最为重要的是，在内斯特罗伊的作品中，滑稽与戏谑的语言是包裹批判社会之箭的外衣，而这正是贯穿耶利内克戏剧的重要表现手段。除此之外，内斯特罗伊还被誉为"维也纳方言诗人"，他善于将同时代的一些英文、法文小说重新改编并用维也纳方言来诠释，这一做法耶利内克在《城堡剧院》中亦有所借鉴，在这部被其称为"滑稽剧"（Posse）的作品中，她明确写道："对语言的处理非常重要……仅仅是听上去像维也纳方言。"①无论内斯特罗伊还是耶利内克，他们对语言夸张、跳脱的处理是为了打破舞台可能营造的幻觉，促使观众能够认清现实并且作出深刻的反思。

　　1988 年至 21 世纪初期（获得诺奖之前）：耶利内克的创作正式进入过渡转变期，这一时期她主要创作了《云团·家园》（*Wolken. Heim*，1988）、《休息站》、《棒子·棍子·杆子》、《一部体育剧》（*Ein Sportstück*，1998）、《在阿尔卑斯山上》（*In den Alpen*，2002）、《死亡与少女 I－V》（*Der Tod und das Mädchen I-V*，2002）等作品。耶利内克不再拘泥于传统戏剧的条条框框，老生常谈的戏剧基本要素如人物、场次、对话、戏剧冲突逐渐成为可有可无的存在，不少作品中含有大篇幅独白，形同散文诗，她意欲追求戏剧要素的平面化与平等化。1988 年诞生的《云团·家园》不论在内容还是形式上都与以往的戏剧作品截然不同。形式上，开篇便是以"我们"为主语却各自独立、不融合的声音："我们始终以为，我们完全处于边缘"，这样的声音一直持续到结束："我们一直用我们睁开的双眼眺望，只寻找我们自己。生长，并成为森林"②，具体人物、时间、地点、场次等一概不见。风格上，它更似作家恣意挥洒的散文诗歌，沿袭了小说《啊，荒野》（*Oh Wildnis, oh Schutz vor ihr*，1985）中的乐曲风格。内容上，它反映出这一时期耶利内克对德国哲学的极大

---

①　埃尔弗里德·耶利内克：《娜拉离开丈夫以后：耶利内克戏剧集》，焦庸鉴等译，深圳报业集团出版社，2005，第 126 页。

②　艾尔芙丽德·耶利内克：《魂断阿尔卑斯山—耶利内克文集》，曾祺明译，长江文艺出版社，2005，第 153 页。

兴趣，剧中大量拼贴了德国哲学家的语言，例如黑格尔、费希特、海德格尔等等，该剧体现了耶利内克戏剧创作的哲学转向。《云团·家园》是一部不折不扣的转型之作，1988年故而成为耶利内克戏剧创作的分水岭。随后创作的剧本也或多或少地展现出这些特点，例如在剧本《棒子·棍子·杆子》中，剧中人物是"几个男人和女人"，人物不必拥有具体的姓名，主角与配角不再泾渭分明，他或她可以是"某一个，无所谓哪一个"[①]。这一阶段的耶利内克已能够游刃有余、"随心所欲"地进行实验性的剧本创作，所涉题材十分广泛，她能够从别人的文章中获得启发，也能在自然科学、哲学、低俗小说、新闻报道中汲取灵感。总体来看，耶利内克擅长以社会热门事件为切入点，单刀直入、直击痛处。例如《棒子·棍子·杆子》的创作动机源自1995年四个吉普赛人在奥地利布尔根兰州被无端炸死这一事件，在作品开头，耶利内克直截了当地要求："如果是在对布尔根兰州杀害吉普赛人事件所知不多的地方，剧团自己先要熟悉与谋杀有关的事实和调查结果，即所谓巴伐利亚解放军的恐怖袭击，并把它介绍给观众，形式不限……"[②]耶利内克对奥地利社会和媒体的冷漠以及奥地利政府的虚伪进行的大胆揭露与辛辣讽刺可谓一针见血。2002年创作的《在阿尔卑斯山上》则指向2000年奥地利登山缆车大火造成百余人罹难的惨剧。耶利内克似乎总能对热门社会事件迅速作出反应，以戏剧针砭时事，这一点也一直延续到之后的戏剧创作之中。

2004年至2020年耶利内克进入戏剧创作的高产成熟期，她凭借诺贝尔文学奖获得者的殊荣在全球攀上了知名度和影响力的高峰，这一时期的作品具有极为显著的个人风格，此外，忧民忧天下的世界主义者情怀愈发彰显。在形式上，她的创作追求极致的自由，文本中不同层面的元素如声音、话语、行动、事件等的平面化处理构成别样图景。内容上，她用讽刺、玩世不恭的另类语言与冷酷的国家机器、冰冷的政治机制进行碰撞，显示出无惧揭露黑暗社会现实的大家风范。例如，在2013年创作的《受保护的人》（*Die*

---

① 埃尔弗里德·耶利内克：《娜拉离开丈夫以后：耶利内克戏剧集》，焦庸鉴等译，深圳报业集团出版社，2005，第265页。

② 埃尔弗里德·耶利内克：《娜拉离开丈夫以后：耶利内克戏剧集》，焦庸鉴等译，深圳报业集团出版社，2005，第265页。

Schutzbefohlenen)中，耶利内克批判性地探讨了难民危机爆发之时，欧洲各国政府(尤其是奥地利)采取的冷酷措施及其后果，揭露了欧洲关于人权的伪善话语；2017 年推出的《国王之路》(*Am Königweg*)写于特朗普被选为美国总统之夜，在特朗普就职典礼之前，耶利内克就已经完成初稿。尽管没有指名道姓，但毫无疑问，该部剧作是为代表右派政党的美国总统量身打造的讽刺之作：一位不道德的亿万富翁、建筑承包商和丑闻制作人，他突然扮演了世界上最有权势之人的政治角色；2020 年的最新作品《污水》(*Schwarzwasser*)则是以 2019 年爆出的奥地利版本"通俄门"丑闻为背景进行的创作，耶利内克以戏剧之名将围绕钱权交易进行腐败活动，早已同流合污的奥地利政界牢牢钉在了耻辱柱上。针砭时事、振聋发聩的作品绝不仅限于此，自获得诺奖以来，耶利内克完成了大量政治剧，包括《巴别塔》(*Babel*，2005)、《乌尔里克·玛丽亚·斯图尔特》(*Ulrike Maria Stuart*，2006)、《雷希尼茨(泯灭天使)》(*Rechnitz（Der Würgeengel）*，2008)、《商人的合同——一出经济喜剧》(*Die Kontrakte des Kaufmanns. Eine Wirtschaftskomödie*，2009)、《发电站/在公共汽车里/崩塌》(*Das Werk/Im Bus/Ein Sturz*，2010)、《冬之旅》(*Winterreise*，2011)、《街/城/袭击》(*Die Straße. Die Stadt. Der Überfall*，2012)、《影子(欧律狄刻说)》(*Schatten（Eurydike sagt）*，2013)、《沉默的女孩》(*Das schweigende Mädchen*，2014)，等等。这些作品无一不是经典之作，在文学价值上，没有一部有失这位诺奖获得者的水准，在内容主旨上，没有一部是传播靡靡之音的消遣之作，每字每句都是对社会病症毫不留情的犀利诊断。德国著名戏剧评论家、出版家乌特·尼森认为耶利内克从一个全新的、女权主义视角出发，采用与传统的政治戏剧直接推理和理解上完全不同的艺术方式和语言方式，努力创造着一种杰出的政治戏剧(她所有的作品都是对法西斯的批判)。[①] 也是这一时期，耶利内克几乎将德语戏剧界最具含金量的奖项一一收入囊中：2007 年，她被《今日戏剧》评选为"年度剧作家"；2009 年凭借作品《雷希尼茨(泯灭天使)》夺得米尔海姆戏剧奖；同年，再度被《今日戏

---

① 　埃尔弗里德·耶利内克：《娜拉离开丈夫以后：耶利内克戏剧集》，焦庸鉴等译，深圳报业集团出版社，2005，第 370 页。

剧》选为"年度剧作家"；2011年凭借《冬之旅》再夺米尔海姆戏剧奖，该部作品被《今日戏剧》评选为"年度德语剧作"；2013年凭借作品《影子（欧律狄刻说）》获得奥地利内斯特罗伊剧作家奖；2018年，作品《国王之路》被《今日戏剧》评为"年度德语剧作"。

耶利内克自认是一名非传统的剧作家，她断然拒绝传统戏剧的规律与制式。德国著名剧作家海纳·穆勒在观赏完她的戏剧作品《病态》（又名《现代女性》）之后曾指出，耶利内克在作品中抵抗着戏剧的本来面目。[①] 事实上，早在1983年，耶利内克便在一篇论述戏剧的散文中旗帜鲜明地指出"Ich will kein Theater"（我不想要做戏），短短数语却已然向世人揭示了自己"叛逆"的戏剧创作核心理念。从第一部戏剧作品《娜拉离开丈夫以后》开始，耶利内克自始至终都与传统戏剧保持着距离，在她的戏剧作品中，强调整一性的亚里士多德式戏剧以及强调自然、真实的斯坦尼斯拉夫斯基式表演几乎不曾出现踪迹，因为耶利内克认为自己"也许只是想展示一些人们可以进行的活动，但并不存在更高的意义。演员们应该说些人们平时在生活中不会说的话，因为那不是生活"[②]。

她的叛逆不仅体现在写作手法的不随大流、另辟蹊径上，还反映在她头脑中盘旋的语言之于戏剧意义的独到见解上："我希望语言不是衣服，而要停留在衣服之内。在衣服里面不炫耀，不外露。最多它们赋予衣服一定的稳定性。而这件衣服像皇帝的新衣一样再次消失了，像云烟一样消散了（尽管刚才还是牢固的），目的是为给一个另外的、新的东西腾出地方。就像石子路底下的海滩，在膏药下面的是永远不能治愈的语言伤口。"[③]如上文所提，在《城堡剧院》开头的指示中，耶利内克认为剧中的语言"应该被理解为一种艺术语言，仅仅是听上去像维也纳方言！语言在这里是如何拼写的就应该如何发音。最

---

① 薇蕾娜·迈尔，罗兰德·科贝尔格：《一幅肖像——埃尔弗里德·耶利内克传》，丁君君译，作家出版社，2008，第186页。

② Jelinek, Elfriede. *Ich möchte seicht sein*. https://www.elfriedejelinek.com/fseicht.htm，2021/03/25.

③ 埃尔弗里德·耶利内克：《娜拉离开丈夫以后：耶利内克戏剧集》，焦庸鉴等译，深圳报业集团出版社，2005，代序部分。

好是由德国演员把台词作为外语背下来表演。"①按照耶利内克自己的说法，她继承了维也纳的文学传统，这是一种完全以语言为中心的文学，在内容上并不是很下功夫，功夫用在语言的声音上，因此，阅读耶利内克的文本不必苛求内容的逻辑性与合理性，将她的文学创作看作是一次又一次的语言实验或许更为合适。

耶利内克乐此不疲地进行语言实验的根本原因实际上依然没有绕开"社会批判"这四个字。作为一名左派知识分子与女权主义者，她眼中社会化了的语言同样是一种压力与禁锢，一如法西斯独裁统治以及男权社会造就的女性压迫，她试图借由语言批判最终实现批判社会的目的。在《城堡剧院》中，耶利内克创造的艺术语言实际上是一种人造的"矫饰"语言，这在德语构词中已有体现。德语的"Kunst"（艺术）一词派生出的形容词"künstlich"，意为"人工的，人造的，假的，仿造的"，读者或者观众想要真正看懂"矫饰"语言背后隐藏的深意必然需要耗费更多的时间去思考和揣摩，因而无法畅快地通读全文或者轻易陷入剧场营造的幻觉中。耶利内克刻意制造的语言异化，阻碍了读者的快速阅读与理解，有助于遏制语言的自动化趋势，而自动化正是吞噬物品、衣物、家具、女人和对战争恐惧的罪魁祸首②。隐晦混杂的语言反映出耶利内克从未停止过对语言的思考与批评，尽管如此，如匕首般锋利的语言却依然掩盖不了其作品底色的悲观，耶利内克曾坦言："我不得不承认，我无法写积极的事物。这在我的能力之外——因为我永远以悲观的视线看待一切——当然我希望这一点能得到改观。"③值得庆幸的是，她对语言的极致思考又使语言转化为由死向生之物，从这个角度而言，语言亦是耶利内克传递希望的工具。

耶利内克的戏剧作品尽管风格迥异，题材丰富，但始终贯穿其中的是在乐曲式的结构中跳跃多频的思维，这自然要得益于她多年的古典音乐学习经

---

① 埃尔弗里德·耶利内克：《娜拉离开丈夫以后：耶利内克戏剧集》，焦庸鉴等译，深圳报业集团出版社，2005，第126页。

② 参见陈民，许钧：《无力面对的镜子——耶利内克在中国的译介与接受》，《南京社会科学》，2010年第05期，第107页。

③ 薇蕾娜·迈尔，罗兰德·科贝尔格：《一幅肖像——埃尔弗里德·耶利内克传》，丁君君译，作家出版社，2008，第83页。

历。幼年时的音乐学习在给耶利内克带来荣誉与乐趣的同时，想必也给她带来了不少压力。母亲在拥有音乐天分的耶利内克身上看到了光耀门楣的希望，为其安排了大量的音乐学习任务，并且极为严格地进行督促，在某种意义上，音乐于耶利内克而言不啻精神折磨与樊笼束缚。与受命于母亲、半强迫式的音乐学习不同，写作却完全是耶利内克自己的选择。写作不像演奏或作曲，它无须积年累月地打磨基本功以掌握技巧，也无须经历将一闪而过的想法再加工成音符的艰涩过程，写作使用的器具是语言，对于耶利内克而言，"语言打开一切，关闭一切，它不流露什么，它自己就是一切"[①]。当耶利内克以作家身份使用打字机或电脑时，她能够随心所欲地敲击键盘，一如钢琴演奏时敲击琴键，只是写作时，她才真正获得了自己一直渴望的精神自由，这也是她毫不掩饰自己对文学创作的喜爱，并将之视为自己的终身事业的原因。

耶利内克虽早早地放弃了在音乐上的更多可能，但古典音乐的学习依然给她带来了丰硕的收获。长年日复一日的苦练使音乐的节奏与韵律几乎强迫性地灌入其脑中，浸润其感官与思维，进而催生出独特的语言方式以及行文结构。她在戏剧作品中总能得心应手地融入维也纳歌谣、轻歌剧；除此以外，合唱队也时常出现在其早期作品中，例如在《娜拉离开丈夫以后》中，"女工们穿着节日的盛装出现在背景里，排成合唱队的队列……娜拉来到合唱队中间，她和其他的人们一同唱起一曲《教堂钟声华尔茨》……合唱队在黑暗之中继续唱一支名叫《哦，天色向晚，我多么快乐》的多声部歌曲"[②]，音乐在耶利内克的作品中常常作为一种社会分级的工具出现。

耶利内克的音乐才华不仅深刻地影响着自己的文本创作，无形之中还塑造了剧场演出中音乐混杂的风格。她投射在文本上的高深音乐造诣时常点燃合作导演的音乐灵感，在她的戏剧演出中，音乐永远都是不容忽视的亮点，不同的音乐类型和演唱形式交织于其中。在乔西·维勒（Jossi Wieler）导演的《云团·家园》（演出时间 1993 年）中，代表"我们"的那些声音带着对彼此的敌

---

① 薇蕾娜·迈尔，罗兰德·科贝尔格：《一幅肖像——埃尔弗里德·耶利内克传》，丁君君译，作家出版社，2008，第 20 页。

② 埃尔弗里德·耶利内克：《娜拉离开丈夫以后：耶利内克戏剧集》，焦庸鉴等译，深圳报业集团出版社，2005，第 20—22 页。

意，不断吟唱着家乡的歌谣；崇尚流行文化的年轻导演尼古拉斯·斯蒂曼（Nicolas Stemann）在舞台上动用夸张的工人合唱队来演绎《发电站》（2004 年获邀参加柏林戏剧节），在《乌尔里克·玛丽亚·斯图尔特》（2007 年获邀参加柏林戏剧节）中则出现了摇滚乐队，舞台中间的"主角"手拿吉他，自弹自唱出动人旋律。除此以外，耶利内克在戏剧创作时深谙"复调"的处理方式，这也为与之合作的导演提供了广阔的施展空间。例如在《云团·家园》中，始终以"我们"做主语的大段诉说："是我们！我们的语言与大地紧紧相连，在我们心中。我们被叠放在一起。我们的历史的枯骨被堆积成山……"[①]，她将代表不同声音的无数"我们"交织在一起形成独特的和声，每一个声音同时又都被赋予了不同的音色，在维勒的版本中，"我们"被解读为渴望被视作男性的女性之声，她们似乎在愤怒地控诉着男权世界中女性生活空间被掠夺的窘境；在 2019 年导演马丁·拉伯伦兹（Martin Laberenz）执导的新版本中，导演则将重心放在了原文本中声音的不确定性上，演员们塑造的声音经历了从确定到怀疑的转变。《冬之旅》则直接使用了奥地利作曲家弗朗茨·舒伯特（Franz Schubert）根据浪漫派诗人威廉·米勒（Wilhelm Müller）的诗歌谱写而成的同名声乐套曲。

　　舒伯特是耶利内克最喜爱的作曲家，是她口中"有史以来最伟大的天才"，舒伯特的曲与米勒的诗都被耶利内克视为终身的灵感来源。她在剧中多处直接援引了该部音乐作品中的句子，例如她将第一首歌曲《晚安》中的歌词："我为什么要待更长的时间，直到他们把我赶走？"直接拼接到了自己的作品中，并按照自己的创作意图续写、扩展了原诗，"好吧。我这么觉得。如果大家想要这样，那就赶走吧，绿色的草地闪闪发亮，这是发生在我周围的事情"[②]。混乱而跳跃的语言如同作曲家在钢琴上即兴演奏的乐章，音乐如此自然地流淌在耶利内克的文字中，与之融为一体，形成独特的节奏，仿佛一切都是水到渠成之事。2004 年，耶利内克赢得诺贝尔文学奖的原因之一是其"小说和戏剧具有音乐般的韵律"，在她的作品中，音乐与文字早已是密不可分的存在。

---

① 艾尔芙丽德·耶利内克：《魂断阿尔卑斯山—耶利内克文集》，曾祺明译，长江文艺出版社，2005，第 142 页。

② Jelinek, Elfriede. *Winterreise. Ein Theaterstück*. Reinbek：Rowohlt 2011，p. 73.

除了音乐性之外，耶利内克戏剧文本的横向生成方式在戏剧界也是独树一帜。她认为自己的创作类似于竹子根茎的独特生长方式。竹子的根在地下延伸，在土壤中横向生长，然后才有机会破土而出，这样的生长机制与她的文本生成十分相似。在地底下不可遏制地扩张着范围的根茎正如她戏剧文本中滔滔不绝的话语，它们以平铺的方式不停地增多，最终有可能呈现出某种说服力。这种"文本平面"（Textfläche）将当下与过去、未来交织在同一张网中，让那些试图在历史长河中悄然落幕的罪与恶无所遁形。耶利内克冷静地审视着人类历史进程中的一些刺目事件，例如法西斯的独裁统治，女性在男权社会中的弱势地位，国家的腐败与无能，人类的贪婪以及对自然肆意的破坏等等，通过打通连联过去与未来的通道将历史素材或时事新闻以拷问、试验的形式置于观众面前。例如，在《女魔王》以及《死亡与少女Ⅰ－Ⅴ》中，耶利内克通过解构童话、神话和现实生活中的著名女性形象，让城堡剧院的女明星、白雪公主、睡美人、杰奎琳·肯尼迪、英格博格·巴赫曼和黛安娜王妃等女性重新获得发声的机会，借她们之口探讨正义、真理、战争、死亡、爱情、美和性等诸多严肃的话题。她在另外的时间和地点，对特定人物或形象进行测试以检验他们是否能够解决曾经遇到的问题，与此同时，也让读者、观众同样接受拷问、进行反思，进而做出选择。

耶利内克在戏剧中熟练地操纵着时光机器，灵活穿梭于过去、现在和未来，显然在她的剧作中，时间不是编织具有逻辑线性剧情的传统意义上的"时间"，它无法注明事件发生的先后顺序。耶利内克指出："我的戏剧作品不是或者可以说完全不是历史剧。在我的作品中，各个时间层面相互交织推动。我想要让当下在历史维度中显现出来。"[1]她赋予戏剧作品中的"时间"以别样的意义与功能，在《冬之旅》中，她吐露了自己对时间的独特看法："我想要适时到达，这样就不会有人注意到，我已经在那里了，也不会将我赶出去，我想让自己变小，但是时间不是我的，这种时间性也不是我的，我来自另一个时间维度，并非来自这个，我曾想象过，但这不行。人们还能说这话吗：

---

[1] Roeder, Anke. *Ich will kein Theater. Ich will ein anderes Theater*. In: *Autorinnen: Herausforderungen an das Theater*. Frankfurt am Main: Suhrkamp 1989, p. 154.

我——剩下的一个人来得太早或是太晚了？有一个现实，那就是时间的现实，那里有另一个：我。"[①]从这段文字可以看出，在耶利内克的文本中，时间是一个值得质疑的元素，直线发展的时间性与不受时间支配的另一个存在相对而立，这在两者之间开辟了一个开放的空间，一切皆有可能又皆不可能的模糊性存在于此，包含过去、现在和未来的各个时间层面交织于此，而构成这些不同层面的时间碎片如同雪地上的脚印，它们表明"曾经"发生了什么，只是这些脚印又将被新的积雪覆盖，但这其中仍有一小部分"曾经"得以保全，依旧可见，如此一来时间成为永远无法结束的循环，在这过程中不断产生陌生的新体验与曾经熟悉的部分共存于同一平面。

　　在耶利内克所谓的文本平面中，不断蔓生的时间并非毫无章法、肆意缠绕，依靠"停顿"与"漫游"的共生机制，耶利内克驾轻就熟地将时间变为勾勒文本结构的工具以及批判社会的武器，这一特点在其曾获得米尔海姆戏剧奖的《冬之旅》中体现得淋漓尽致。剧中，耶利内克将自己的个人经历编织其中，作家在追溯本人与双亲的关系之时，时间的齿轮便开始运转，当下的回忆与过去的事件相互交叠，不同时间维度发生碰撞，产生火花。过去似乎永远无法过去，因为记忆将过去的碎片收集起来，进而构建当下，过去与当下相交再延伸向未来，正如耶利内克提及的竹子根茎蔓生之态。不仅如此，作者在多处直接引用了舒伯特套曲《冬之旅》中的诗文，将原曲中漫游者的时间维度编织进去。无论是在套曲中还是在耶利内克的剧中，悲伤的氛围弥漫在努力追忆过去的孤单主人公四周，不断向无边无际的时空扩张，耶利内克适时地在剧中拼贴套曲中的文字，例如极具画面感的村野生活场景："狗在叫，链条叮当作响，人们在床上沉睡"[②]，这些透出静谧质感的画面成为"停顿"按钮，它成功地阻止了在此氛围之中剧本内容渐渐走向虚无缥缈。耶利内克在《冬之旅》的得奖致辞中，不吝笔墨详述了"停顿"（Stillstand/Stillstehen）的重要意义：

---

①　Jelinek, Elfriede. *Winterreise. Ein Theaterstück.* Reinbek：Rowohlt Buchverlag，2011，p. 7.

②　Jelinek, Elfriede. *Winterreise. Ein Theaterstück.* Reinbek：Rowohlt Buchverlag，2011，p. 94.

这是一场停顿之旅，是停顿而非等待，因为当人们等待时，意味着或许还会有什么东西从那儿来……人们在停顿时能经历什么？经历目光所及之处的景象？还是人们已经知道的那些？可以说这是毫无进展吗？倘若没有摆脱停顿的出路，那么人们最多还能经历遗忘，只是遗忘并不为人所控制，人终究没有掌控它的权力。停顿意味着已经回家了吗？人们已经到达了，还是仍能够希望离开？我认为，或许正是在我书写的停顿之中存在着将我固定在此处的根——这是每个想要离开他们称之为家的人都能注意到的。①

停顿是记忆的书签，它标记了过去的存在，在重新翻阅时，仍能重回那一页，只是当时的心境与体验却只能停留在曾经，尽管如此，"停顿"却实现了过去与现在的叠加，促成富有意义的新思考与新体验。

与"停顿"相对而生的"漫游"则标记了时空的可移动性。顾名思义，"漫游"意为漫无目的游走，在耶利内克的文本中，漫游者的游走之处不再是一个单纯的空间概念，"漫游"同时亦是时间概念的诠释途径，生命各阶段的循环、四季的交替往复、晨昏的交错重演都在"漫游"之中体现。漫游不同于旅游，它没有明确的目的地，当剧中人物漫游之时，线性逻辑结构毫无疑问已经被打破。在耶利内克的文本中，漫无目的地四处游走最终无法摆脱陷入迷宫之中的命运，那时人们不知身在何处，不知原点也不知终点，"在那儿人们无法走出来。因为，在此之后没有什么能够成为过去，没有什么能够到达。人们自己也无法到达。时间，正是人们，永远都无法到达，这正是它的本质"②。耶利内克借"漫游"发起的时间探讨顺理成章地引出了自己对于历史时间性的看法："就像历史也是没有目的地的，它总是不断回来，这样它作为现在出现时，同时也具备了未来的意义。"③随着在欧洲（尤其是奥地利）右翼势力的抬头以及奥地利对二战时曾依附于德国法西斯的丑恶过去采取失忆与失语的消极

---

① Jelinek，Elfriede. *Fremd bin ich*. https：// www. elfriedejelinek. com/fmuelh11. htm，2021/03/23.

② Jelinek，Elfriede. *Winterreise. Ein Theaterstück*. Reinbek：Rowohlt Buchverlag，2011，p. 32.

③ Jelinek，Elfriede. *Winterreise. Ein Theaterstück*. Reinbek：Rowohlt Buchverlag，2011，p. 47.

态度，让左派知识分子耶利内克倍感失望，她在剧中借"漫游"想要强调历史永远也不会成为过去，它活生生地存在于人们面前，法西斯的过去正在渗透着一些当代人的思想，对此人们不应扭过头视而不见，而是应该直面伤疤、深刻反思，珍惜得来不易的和平。

　　耶利内克的戏剧作品先锋、前卫，文本中出现的大篇幅独白凸显了作品的"后戏剧"特征。根据雷曼的戏剧理念，后戏剧剧场的本质就是一种独白性，独白促使观众跨越想象边界，进入真实的剧场情境。[①] 耶利内克以蔓生文字搭建的剧场明确显示出情节的非连续性，在她的文本平面中，时间、空间与文化已经极其自然地融合在一起。当然，这一切都离不开她本人对剧场认知的转变，心态的成熟以及持之以恒的戏剧尝试。从她早期的戏剧创作以及搬演情况来看，耶利内克似乎与绝大部分剧作家一样，认为文本与剧场演出之间的沟壑难以弥合，在强大的剧场运转机制面前，作家常常势单力薄，显得无能为力。耶利内克曾与执导其首部剧作《娜拉离开丈夫以后》的导演发生过激烈冲突，由于导演的编排理念与她的预期大相径庭，于是她直接拒绝在首演之后鞠躬致敬。此次事件给耶利内克带来了大量负面评论，再加上之后几部戏剧作品的演出评价均不算高，耶利内克逐渐收敛了自己的心高气傲，不断调整自己的心态以适应当代戏剧的生产与运转机制，在同时代剧作家中，她已成为紧跟潮流的佼佼者。1993 年，她的转型剧作《云团·家园》在维勒导演的搬演下取得了巨大成功，顺利获得来年柏林戏剧节[②]的邀请，此次演出将原作近乎改头换面，但这丝毫未引起耶利内克的不满。

　　耶利内克在散文《没有意义的意义，没有用途的躯体》(*Sinn egal. Körper zwecklos*, 1997)中针对演员的表演写道："他(演员)被固定在我的字体风格之中，直达他能够走出来，带着这些风格冲出轨道，砰的一声撞向森林，再出来时已经改头换面变成另一个人。我举起我的灯，在后面为他照明，但此刻他终究还是离开了，不管我愿意还是不愿意。"[③]在《体育剧》的开头说明中，耶

---

　　① 汉斯-蒂斯·雷曼：《后戏剧剧场》，李亦男译，北京大学出版社，2010，第 160 页。

　　② 除此以外，1994 年、1995 年、1997 年以及 1998 年的柏林戏剧均出现了耶利内克作品的身影。

　　③ 埃尔弗里德·耶利内克：《代序：没有意义的意义，没有用途的躯体》，杨丽译，《娜拉离开丈夫以后：耶利内克戏剧集》，深圳报业集团出版社，2005。

利内克自嘲式的表态："女作家最近已经学会了，不会再写一大串情景说明。您尽可以随心所欲。"①尽管字里行间或多或少流露出了内心的不甘，但耶利内克对《云团·家园》剧组表达的热情赞赏相信并非虚情假意，因为她用实际行动证明了自己对文本以及剧场关系的重新认识，在后续的创作中，她努力在文本层面为导演、演员、读者以及观众预留广阔的想象空间，绝不用文字来禁锢剧场，限制演员、导演才华的自由发挥和一切舞台机制的运转，她大度地给予他们无数阐释的可能，甚至将导演称为自己作品的"联合作者"，经过多年历练，显然她已欣然接受："作家并不一定是自己作品的最佳阐释者。"②也正是因为这样，她在剧本中总是鼓励着新的尝试，例如在《休息站》中，耶利内克写道："请联想商业色情电影中的美学！这一切都应该穿插在整出剧中，体现一种正如前面提到的廉价和破败的感觉。勇于尝试就等于成功了一半！"③

著名戏剧导演卡斯托夫曾在 1995 年执导了耶利内克的《休息站》，合作之初，她便应允导演充分的创作自由，她甚至极其希望卡斯托夫能以无所顾忌的态度来导演这部作品。厌恶线性叙事，偏爱无政府混乱状态的卡斯托夫对戏剧美学的认知似乎与耶利内克的"文本平面"的概念颇为契合。不仅如此，耶利内克对演员表演的认识也与卡斯托夫十分相似，他们都反对斯坦尼斯拉夫斯基倡导的那种自然、真实的表演形式。耶利内克明确表示："我不想演，也不想看别人演。我也不想让别人去演。演员不应该说着做着一些事，好似他是一个真实的人。我不想看到，在演员的脸上出现一种虚假的和谐：生命的和谐。我不想看见由语言和动作构成的'油脂充足的肌肉'（罗兰·巴特斯）的力量作用——所谓的受过训练的演员'表达'。我想要动作和声音的不匹配。"④然而，遗憾的是，两人在艺术上却没有缔结更为牢固的合作关系，卡斯

① 薇蕾娜·迈尔，罗兰德·科贝尔格：《一幅肖像——埃尔弗里德·耶利内克传》，丁君君译，作家出版社，2008，第 196 页。

② 薇蕾娜·迈尔，罗兰德·科贝尔格：《一幅肖像——埃尔弗里德·耶利内克传》，丁君君译，作家出版社，2008，第 168 页。

③ 埃尔弗里德·耶利内克：《娜拉离开丈夫以后：耶利内克戏剧集》，焦庸鉴等译，深圳报业集团出版社，2005，第 353 页。

④ Jelinek, Elfriede. *Ich möchte seicht sein*. https://www.elfriedejelinek.com/fseicht.htm, 2021/03/30.

托夫对耶利内克的剧本并没有显示出欣赏，反而直截了当地表示剧本与舞台之间已经没有多大关系，而他本人最擅长的就是处理不喜欢的剧本。按照卡斯托夫一贯的作风，耶利内克的剧本免不了被拆解得面目全非，好在作家本人始终甘之如饴。尽管如此，卡斯托夫的大胆举动仍然洞心骇耳，或许是为了制造轰动，抑或是为了嘲弄作家本人，卡斯托夫率性而为将耶利内克叼着雪茄的经典形象制作成了人形性爱玩偶。彩排时，他在未告知耶利内克本人的情况下，将玩偶搬上舞台，两名演员将玩偶的服装脱去，让它赤身裸体地呈现在她面前。面对如此赤裸裸的难堪，耶利内克也没有反对在正式演出时采用这样的安排。从这一事件可以看到，耶利内克作为剧作家已经清醒地认识到自己的文字并非束缚舞台的囹圄而是搭建舞台的零件，因此，她也能够坦然地做到对导演创作自由或艺术本身的自由属性释放出无限的善意与充分的尊重。

　　曾与耶利内克有过短暂合作的克里斯托弗·施林根西夫（Christoph Schlingensief）认为两人合作得相当愉快，因为她给予了自己充分自由的创作空间，用施林根西夫的原话来说："她让文本自行运转；她不愿摆出一副目中无人的教导姿态。"① 世纪之交，奥地利极右翼政党自由党的领导人约尔格·海德尔（Jörg Haider）曾在执政期间大肆推行排外政策，这曾一度引发欧盟国家对奥地利的紧张情势。2000年，与耶利内克一样，对政治抱有兴趣且与之有过数次合作的施林根西夫来到维也纳艺术周，针对奥地利的苛刻移民政策发起了"请爱奥地利！第一个欧洲同盟周"的行为艺术活动。施林根西夫按照极具争议与讨论热度的电视节目"Big Brother"（老大哥）的模式以真人淘汰秀形态在演出广场搭建了一个装载着难民的集装箱。通过投票，观众可以决定哪个参与者淘汰，淘汰者必须离开集装箱并最终离开奥地利，按照规定，每天都有一个人被淘汰。该活动持续七天之久，在热闹非凡的赫伯特·冯·卡拉扬（Herbert von Karajan）广场大批游客与本地人驻足观赏，活动引起轰动，掀起了此次维也纳艺术周的高潮。施林根西夫以"请爱奥地利！""外国人滚蛋"

---

① 薇蕾娜·迈尔，罗兰德·科贝尔格：《一幅肖像——埃尔弗里德·耶利内克传》，丁君君译，作家出版社，2008，第253页。

"施林根西夫的集装箱"等标语毫不留情地讽刺了当局者荒谬、无情的排外政策。对于这次在"家门口"举办的活动，耶利内克以行动表达了内心的支持，她毫不犹豫地接受邀约并以嘉宾身份前往集装箱中与难民交谈，与施林根西夫共同站在集装箱前接受民众不同声音以及目光的洗礼，彼时因恐慌症而不得不中断学业的耶利内克仿佛已经彻底消失，此刻面对巨大人潮她仍能岿然不动，这依靠的是无比坚定的信念——坚决反对各种形式的纳粹主义，正是这一信念促使耶利内克脱胎换骨地成熟起来。

　　谈及耶利内克早期作品的搬演，不得不提到德国著名的"全能"艺术家埃纳尔·施勒夫，他既是导演、演员、舞台布景设计师，同时也是画家、摄影师和作家。在成长过程中，施勒夫的母亲承担了一家之主的角色，大概是相似的家庭背景，造就了他与耶利内克同样执拗、叛逆的个性，也因而能与耶利内克产生艺术共鸣，他一眼便看穿了耶利内克隐藏在断片式内容与晦涩语言背后的亚文本。施勒夫将耶利内克的文本称作"碎片"，认为要将它们重接起来"将是一个艰难的过程"，但他仍然出色地完成了这一项重接的工作，1998 年，他将耶利内克的作品《体育剧》成功地搬上了维也纳城堡剧院的舞台，为其赢得无数鲜花与掌声。耶利内克将施勒夫视为艺术上的知己，尽管在真实的接触中施勒夫始终保持着生硬的态度与礼貌的距离，但耶利内克却对其倾注了百分百的信任，施勒夫提出改动剧本的要求也欣然接受。可惜的是，2001 年，施勒夫因心脏衰竭猝然离世，两人的合作也因此戛然而止。耶利内克对施勒夫的逝去感到惋惜不已，认为这是可怕的损失，为了表达自己深切的悼念，她更是将自己之后创作的《发电站》献给了施勒夫。在耶利内克的眼中，施勒夫就是一个发电站，"一个制造电流，然后自己沉入电流的发电站……他是电流中的电流，流动中的能源。施勒夫一直狂热地围绕着自己旋转，他是一个不断塑造自我的人"①。

　　无论卡斯托夫还是施勒夫，他们都是出生于东德，同为经历过特殊政治氛围洗礼且个性独特的艺术家。他们与耶利内克来自同一个时代，年纪相差

---

①　薇蕾娜·迈尔，罗兰德·科贝尔格：《一幅肖像——埃尔弗里德·耶利内克传》，丁君君译，作家出版社，2008，第 233 页。

无几，可惜耶利内克与他们并未成为朋友，两位导演与作家本人始终保持着距离。在施勒夫离世之后，耶利内克终于找到了能够与自己长期合作的作品阐释者——德国戏剧导演尼古拉斯·斯蒂曼（1968—　）。斯蒂曼出生在德国汉堡，大学期间，他在汉堡大学攻读日耳曼语言文学以及哲学，曾前往维也纳学习导演。2002年，他开始了与耶利内克的合作，并担任其多部戏剧作品的"首演"导演，演出均取得了巨大成功。自21世纪以来（截至2020年），斯蒂曼共计六次获邀前往柏林戏剧节，其中由耶利内克担任剧作家的作品高达四部，它们分别是《发电站》（2004年柏林戏剧节）、《乌尔里克·玛丽亚·斯图尔特》（2007年柏林戏剧节）、《商人的合同——一出经济喜剧》（2010年柏林戏剧节）以及《受保护的人》（2015年柏林戏剧节）[①]，耶利内克已成为斯蒂曼光鲜履历中不可或缺的存在。

两人相识之际，耶利内克虽尚未获得诺贝尔文学奖，但在欧洲也已经称得上是功成名就的大作家，相较而言，年轻的斯蒂曼略显默默无闻。事实上，斯蒂曼虽只有三十岁出头，却已经组建了一个相当成熟的专属团队，成员包括编剧、舞台设计师、演员、配乐师等（时至今日，绝大部分成员依然在其团队工作），并在2000年被"今日戏剧"选为"年度最具潜力导演"，2002年，他凭借《哈姆雷特》一剧赢得不少赞誉，并顺利收到了柏林戏剧节的邀请，毫无疑问，他是一位前途不可限量的青年导演。耶利内克在完成剧本创作之后，常常习惯于自己寻找适合的导演，然后再向剧院推荐，一般而言，耶利内克心仪的导演均是重量级的知名导演，不同于以往的经历，这次却是直接由城堡剧院邀请"名不见经传"的斯蒂曼来排演《发电站》，或许这次的选择更为看中的是潜力而非名气。

斯蒂曼是一名音乐爱好者，他演奏钢琴并且曾在多个乐队活动过，相似的音乐学习经历、生活品位、文化艺术观念让两位年纪相差悬殊的艺术家感到相见恨晚，两人初次见面便相谈甚欢，这样的默契让耶利内克仿佛重新找

---

① 　除此以外，耶利内克作为原著作家还有三部作品获得了邀请，分别是卡琳·贝尔（Karin Beier）执导的《发电站/在公共汽车里/崩塌》（2011年柏林戏剧节）；约翰·西蒙斯（Johan Simons）执导的《街/城/袭击》（2013年柏林戏剧节）以及福克·里希特（Falk Richter）执导的《国王之路》（2018年柏林戏剧节）。

到了曾在施勒夫身上获得的信赖感，也是出于这份信赖，她放心地将作品交给斯蒂曼，并鼓励他想怎么排就怎么排。斯蒂曼赞赏耶利内克"那永恒的模糊"，他深知在"她的作品中，一切都在矛盾中沉浮，讽刺与讽刺互相抵制"[①]。斯蒂曼抓到了耶利内克戏剧作品的精髓，他以年轻人的审美视角用自己擅长的波普艺术将她的作品解构、重新组装，继而展示出来。经过多年的合作，两人也越来越默契，他们携手创造了多次别开生面、有口皆碑的演出。耶利内克的作品在斯蒂曼手中得到高水准的舞台呈现，进一步说明了"叛逆"作家与"先锋"导演之间的关系并不总是剑拔弩张，戏剧文本与剧场演出也绝非只能互相敌视，他们/它们亦能产生一种相辅相成、相互成就的化学反应。

第三节　内容与形式的纷争

"在看戏时，我意识到整个晚上只追随一个情节是很无聊的。那对我来说不再有趣。而如果用第一个画面表现一个情节，然后，一个完全不同的情节出现在第二个画面中，然后是第三个、第四个，那样的话就会很有意思，很令人愉快，但是，这样戏剧就不再是完美的了。"

——海纳·穆勒

汉德克与耶利内克创作的很大一部分作品都体现了对语言的反思和反叛，同一时期的奥地利作家如康拉德·拜耳(Konrad Bayer，1932—1964)[②]撰写的前卫文学同样具有极强的挑衅性质，他认为作品中的挑衅是程序性的，文学和语言的前卫和实验性方法包括打破语言常规，发现语言传达的意识形态并尝试以这种方式使意识摆脱思维习惯。这些已成为战后及至当代德语(尤其是奥地利)文学中最引人注目的现象之一。雷曼指出："在当代的不再戏剧性的剧场文本中，叙事与表现原则以及寓言(故事)的旧套正在渐渐消失。与此同

---

① 薇蕾娜·迈尔，罗兰德·科贝尔格：《一幅肖像——埃尔弗里德·耶利内克传》，丁君君译，作家出版社，2008，第235页。

② 《她他男人》(der die mann)由导演弗里奇搬上舞台并得到2016年柏林戏剧节的邀请。

时，一种所谓的语言自治化正在慢慢推进。"①剧作家雷纳德·格茨（Rainald Goetz）创作的《杰夫·昆斯》（*Jeff Koons*）②正是这样一部作品，它被褒奖为"后戏剧"文本的典范。该剧的形式和结构均颠覆了传统戏剧的模式，读者可以明显观察到剧中角色的缺失、非线性叙事构成的类似于散文诗歌的书写样式等"后戏剧"特征。尽管如此，《杰夫·昆斯》中涉及的艺术品构思以及在展览开幕式上面向观众的讲话仍然传递了强烈的叙事感。需要指出的是，这里的艺术品是艺术家与观众之间的一种交流手段，其功能并非传达信息，而是为多种形式的社会话语开辟空间，对于格茨而言，这是所有开放的民主社会的基础。虽然该部剧作与耶利内克的戏剧作品在某种程度上依旧具有戏剧性的特征，但在他们的作品中，语言已不再以人物对话的形式存在，而是成为"一种独立存在的剧场体"。③

　　一般来说，作品具有"后戏剧"特征的剧作家往往更能适应剧场的万千变化与不同挑战，因为在他们这里，内容（文本）的更新与形式（演出）的创新能够实现调和统一，这一点在耶利内克作品的搬演中已经得到了较为有力的证明。回到柏林戏剧节的舞台，导演们争相追逐的焦点几乎都是形式上的创新与突破，或许将德语剧坛称作世界"后戏剧"的大本营也并非夸大其词：

　　　　法国、意大利、波兰、斯堪的纳维亚等国家的"后戏剧"虽然也很重要，但绝不如在德国那么占据中流砥柱的地位。美国和英国都存在实验戏剧——美国的"伍斯特剧团"（Wooster Group）、理查德·福尔曼（Richard Foreman），以及英国的"合拍剧团"（Complicite）和英国的"新戏剧运动"——但对"后戏剧"却不甚了了。英国和美国为数不多的被认为从事"后戏剧"活动并为主流戏剧界所接受的艺术家们——如罗伯特·威尔逊（Robert Wilson），凯蒂·米歇尔（Katie Mitchell）——他们最新作品的完成毫无意外地不是在本国，而是在德国。德国政府有钱（财政支持）也有人（爱看戏的观众）去支持反传统的作品。④

----

① 汉斯-蒂斯·雷曼：《后戏剧剧场》，李亦男译，北京大学出版社，2010，第3页。
② 该剧既获得了米尔海姆戏剧奖的垂青，演出版本亦得到了2000年柏林戏剧节的邀请。
③ 汉斯-蒂斯·雷曼：《后戏剧剧场》，李亦男译，北京大学出版社，2010，第4页。
④ 《"后戏剧"及"后戏剧剧场"在当代的若干思考》，刘艳卉译，原载于《外国文艺》，2017年第4期，http：//www. sta. edu. cn/75/ce/c1579a30158/page. htm，2021/03/31。

20世纪80年代，来自美国的威尔逊曾是柏林戏剧节的常客，他在慕尼黑室内剧院排演的作品《金色窗户》(*Die goldenen Fenster*)获邀参加了1983年的柏林戏剧节，此外，他曾与海纳·穆勒多次合作，曾将后者的代表作《哈姆雷特机器》(*Die Hamletmaschine*)搬上汉堡塔利亚剧院的舞台，该部作品同样获得了柏林戏剧节的邀请。与威尔逊相比，出生于1964年的米歇尔可以算作年轻一辈的女导演，进入21世纪，她俨然已是英国先锋戏剧的代表人物。据统计，2000年以来，米歇尔共有三部作品被柏林戏剧节选为最值得关注的作品，它们分别是在科隆剧院执导的《愿望音乐会》(*Wunschkonzert*，2009年柏林戏剧节)，科隆剧院与伦敦五十九公司(Fifty Nine Production London)共同制作的《夜游》①(*Reise durch die Nacht*，2013年柏林戏剧节)以及汉堡德意志剧院的《自杀的解剖学》(*Anatomie eines Suizids*，2020年柏林戏剧节)。值得注意的是，除了《自杀的解剖学》由英国青年女作家爱丽丝·伯奇(Alice Birch，1986—)创作外，其余两部作品均改编自德语文学作品。三部作品中，《愿望音乐会》是米歇尔在德国舞台的初次尝试，故而格外引人期待。

《愿望音乐会》的剧本是由德国当代作家、导演、编剧兼演员的弗朗兹·萨维尔·克罗兹(Franz Xaver Kroetz，1946—)于1973年创作而成，剧本距今已经有了一定年头。该部作品与上文提到的《形同陌路的时刻》一样是一部"无言的戏剧作品"(Wortloses Stück)。剧中人物不发一语、不掷一词，他们需用行动串起整场演出。作者克罗兹在他的《愿望音乐会》中讲述了拉舍(Rasch)小姐一生中的某一个夜晚，这个夜晚与她所经历的那些夜晚并没有什么不同，这不过又是一个寂寞的夜晚而已。那天晚上，拉舍小姐未发一言，从下班到家到上床睡觉，这75分钟她按部就班地做着往常该做的事情，最后，她躺上床准备睡觉，但却迟迟无法入眠，在某个时刻，一切变得如此难以忍受，以至于她选择了吞服大量的安眠药……克罗茨在剧中将拉舍小姐遭受的经济奴役与情感满足上的缺失泾渭分明地刻画了出来：她有序而单调的

---

① 该部作品改编自奥地利当代女作家弗里德里克·梅罗克(Friederike Mayröcker)于1984年发表的同名散文。

日常生活与美好浪漫的白日梦形成了鲜明的对照，也正是这样，现实才让人更难以忍受，绝望的前景最终将其逼上了绝路。剧本记录了一个处在资本主义社会中的普通（女）人无法摆脱生产奴隶制度的窘迫局面，他（她）只能无声地忍受资本主义制度的剥削和压制，最后悲剧地走向自我毁灭，作者在作品中融入了自己的左派政治愿景并借拉舍小姐的悲剧发起对资本主义制度弊端的抨击，不仅如此，克洛茨也让人们关注到那些潜在的抑郁人群以及那些几乎无人觉察到的无声自杀。

1973 年，该剧首演时，观众可以"实时"地体验剧中人物枯燥乏味的生活，当时"实时"作为一个新的概念尚处在时代的前列。三十多年过后，技术早已更新换代，米歇尔紧跟时代潮流打造的全新舞台给德国观众带来了焕然一新的感觉。摄像机遍布舞台的各个方位，实时拍摄着舞台上发生的一切。在舞台后方巨大的屏幕上，观众能看到一个女人回家，她吃了几片奶酪和腌制的黄瓜，然后打开电视，她看了会儿智力竞赛节目，接着又关掉了电视，转而听收音机，里面播放着巴赫、莫扎特和贝多芬的作品（乐曲是由弦乐四重奏团体坐在舞台右侧的玻璃录音棚内现场演奏而成），然而音乐似乎并没有带来舒适感，反而加剧了她的孤独感。女人上床睡觉，却无法入眠，她将几包安眠药倒入口中，就着红酒吞下。显然，舞台上持续播放的录像是以克罗兹的文本为基础摄制而成，米歇尔并没有将原文本进行拆解，反而是以极为传统的风格忠实地传递了原著内容，通过贯穿始终的电影录像交代了完整的情节线索。

米歇尔作品最为显著的特征在于将现场摄录和现场表演天衣无缝地结合在一起，她既沿袭了传统同时又不忘创新，兼顾到了内容与形式的和谐，这样的尝试无疑是极为成功的，当然，在很大程度上，那些傲人的成绩也要归功于她的合作伙伴——英国导演、视频艺术家利奥·沃纳（Leo Warner）出色的视频剪接与图像构建能力。当演员不出现在屏幕上时，观众可以看到他们走出角色之后最真实的样子，舞台上不仅有属于拉舍小姐的公寓，还有供专业人士用来配乐与配音的空间，他们根据屏幕上的图像实时地进行音效处理，包括那些极为细微的声响例如外套的沙沙声、马桶刷的刮擦声等等，这一切都离不开整个制作团队默契的配合。米歇尔在采访中表示："演员们都制定了自己的表演剧本——就像一个乐谱——规定了他们应该做什么以及什么时候做。举起一个杯子，握住它 4 秒钟，放下它，倒水。"①此时，观众可以自行选择是专注于屏幕上播放着的电影还是观赏周围的拍摄过程。值得注意的是，米歇尔的现场电影与上文提到的"道格玛 20_13"所推崇的"舞台电影"又有所不同，两者最大的区别在于后者更为强调演员与观众对图像的控制权与选择权②，不同于将图像交给视频剪辑师进行精密操控的前者，后者反对将现场表演内容进行剪辑，因为这会打断演员和观众寻找认识和感受的过程；同时也反对使用摄影师进行拍摄，取而代之的是静态或机械摄像机，力图消除主观凝视。无论如何，在剧院中运用不同媒介让观众同时看到图像和图像捕捉的过程已成为一种流行趋势。

米歇尔对多种媒介的混用尝试开始于 2007 年的作品《海浪》，该作被认为是迄今为止英国舞台最具革新精神的作品之一，也正是因为这部作品的成功才促成了此次与科隆剧院的合作。该剧院对一部结合了电影、表演和音乐的作品很感兴趣，同时，米歇尔也展现出了来德国排剧的意愿，双方一拍即合。米歇尔在采访中表示自己一直十分想要导演《愿望音乐会》，只是这个想法在英国无法实现，因为在那里人物对话依旧是戏剧的核心，而该部作品却只有沉默。德国报纸《每日镜报》(Der Tagesspiegel) 也刊出了与此相似的评论："对于英国人来说，戏剧是对话、机智和谈话，对于他们来说，这部作品(《愿望音乐会》)难以想象。"③

毫无疑问，德语地区的观众对戏剧的接受度与包容度是极高的，在这一点上，美英完全无法与之相提并论，这也导致了"墙内开花墙外香"的现象屡见不鲜，例如，英国当代剧作家西蒙·史蒂芬斯（Simon Stephens,

---

① Connolly, Kate. *Berlin blues: Katie Mitchell makes her German debut.* https://www.theguardian.com/stage/200 9/may/08/katie-mitchell-wunschkonzert-berlin, 2021/04/02.

② 在由凯·沃格斯执导的第一部"道格玛 20_13"戏剧作品《家宴》中，没有摄像师跟在演员后面进行拍摄，舞台上方设置了一个装备可以让摄像机不断地绕着一个圆圈旋转，演员们需要自己去找镜头。

③ 在由凯·沃格斯执导的第一部"道格玛 20_13"戏剧作品《家宴》中，没有摄像师跟在演员后面进行拍摄，舞台上方设置了一个装备可以让摄像机不断地绕着一个圆圈旋转，演员们需要自己去找镜头。

1971—　）的作品①在德国广受好评，在德语戏剧圈中，他堪称最出色的当代外国作家之一，《今日戏剧》杂志在 2006 年、2007 年、2008 年、2011 年和 2012 年多次将其评为"年度最佳外国剧作家"。史蒂芬斯的剧作大多与黑暗的现实社会密切相关，例如因社会孤立而产生的侵略和暴力，遭到破坏的家庭结构或伊拉克战争对英国社会的影响等等，其作品的中心人物几乎毫无例外都是英国阶级制度的受害者，他们身处沼泽之中，饱受沟通问题的困扰，许多人由此沦为"怪物"。他创作的戏剧作品通常由高度分散的独白或对话构成，内容大胆而寓意深刻，具有震撼人心的威力，这明显不同于传统的戏剧模式。除了史蒂芬斯以外，新生代戏剧浪潮"扑面戏剧"(In-Yer-Face Theatre)代表人物萨拉·凯恩(Sarah Kane，1971—1999)的作品曾在德国风靡一时，2001 年，德国甚至曾出现 17 个剧团同时上演其作品的盛况，2012 年的柏林戏剧节邀请了由约翰·西蒙斯导演的萨拉·凯恩系列戏剧作品《涤净/渴爱/4. 48 精神崩溃》(Gesäubert / Gier / 4. 48 Psychose)。凯恩的作品同样具有显著的"后戏剧"特征，正如上文所提，作品中的语言构成的并非人物角色用于交流的对话，而是一种独立的剧场体。

　　如今，欧洲的先锋剧作家们发挥能动性在文本层面探索各种可能已经越来越普遍，但由于德语剧坛盛行的"导演中心制"抑或"导演先行"的观念，文本内容与演出形式之间的关系似乎始终充满着微妙，甚至常常陷入非此即彼的境地。当然，在德语戏剧圈中，也有导演巧妙地避开了两者的冲突，例如在上文中提到的波莱希，他曾在采访中明确地表示自己只负责提出问题并试图进行哲学反思，因此，他制作的戏剧是"辩论剧"而非"导演戏剧"。他指出，如今"忠实于原作"(Werktreue)与"导演戏剧"之间的冲突只是一场佯攻战，事实上，两者均涉及一样相同的东西，那便是文学。而辩论剧则不涉及将文学文本转化为戏剧演出。② 波莱希的戏剧作品极少改编自经典文学文本，即便是上文提到的《杀死你的宝贝》也只是略微借鉴了布莱希特的《法泽》。

　　总体来看，在戏剧专家们看似清晰而系统地叙述之中，文本内容与演出

---

　　① 史蒂芬斯于 2007 年创作的剧本《色情文学》(Pornographie)经塞巴斯蒂安·努布尔搬上德国舞台之后，于次年获得了柏林戏剧节邀请的殊荣。

　　② 内容摘自《明镜周刊》对波莱希进行的采访。

形式之间的关系依然面临着纷繁多样地解读。从德国当代戏剧发展的脉络中可以清晰地看到，自从应用戏剧系创建以来，戏剧便迫不及待地从文学母亲的襁褓中挣脱出来，迅速走上了独立成长的道路。潜移默化之中，似乎"后戏剧剧场"，一个区别于传统戏剧剧场的艺术领地，应视文本为"洪水猛兽"，敬而远之。而重要的事实却一再被忽视，雷曼提出"后戏剧剧场"这一概念的初衷并非要将文本清除出场，尽管雷曼多次强调在后戏剧剧场中，文本只是其中的一个部分，但这绝不意味着后戏剧剧场可以被简单地解读为摒弃剧本/文学性的剧场。[①] 雷曼认为："以前，剧场艺术要求一致性、整体性、和解与意义。而现在，剧场艺术开始为不一致、部分性、荒诞、丑恶伸张权利……后戏剧剧场并不能被看作一种与戏剧毫无关系的剧场艺术。它其实是戏剧的延伸，是戏剧展开了自身中解体、拆卸和解构潜质而发展出的一种概念。"[②]

然而，从近几年的柏林戏剧节获奖结果来看，文本内容与演出形式的割裂已经成为一种趋势。《法兰克福汇报》戏剧评论家西蒙·施特劳斯（Simon Strauβ）在德国广播电台言辞犀利地批评了忽视戏剧文本的现象，认为无剧本戏剧的盛行势必助长导演专断独行之风，这都是思想懒惰的后果。在施特劳斯眼中，戏剧作品不应只展现形式，而应该注重切切实实地传递某些东西。作为一种文学体裁，戏剧也需要像诗歌那样拥有跨越时间限制、传递知识与滋养灵魂的潜力。在施特劳斯的倡议之下，《法兰克福汇报》相继刊登多篇文章，探讨被遗忘或被低估的戏剧文本，以呼吁德语剧坛重视文学遗产。戏剧评论家艾琳·巴辛格（Irene Bazinger）与施特劳斯持有相似的观点，她早在 2018 年就以《一切皆可，无从理解》为题在《西塞罗》上发文，指出这些舞台熙熙攘攘，充斥着矫揉造作的主题、毫无意义的嘶喊之声、盲目附庸知识分子之言的时代精神以及完全沉醉于自我的夸夸其谈。当代戏剧真正缺乏的是对人类发展过程的兴趣，而舞台上"人"的缺席却成为一种潮流。从根本上看，戏剧产生于人类找寻自我的深层需求，在由戏剧艺术打造的镜子中，人们得以找到自己、认识自己、理解自己，因此"人"的地位在舞台上不容忽视。只

---

① 参见陆佳媛：《2018/2019 德语剧作评论与综述——兼论后戏剧时代文学危机》，《美育学刊》，2020 年第 5 期，第 88 页。

② 汉斯-蒂斯·雷曼：《后戏剧剧场》，李亦男译，北京大学出版社，2010，第 41 页。

有陈词滥调的对话及破碎文本平面的舞台并不能呈现这些，因而只能是一面空镜子。[①]

在 2019 年柏林戏剧节最值得关注的十部作品公布后，"重形式轻内容"的批评之声再度响起，让人无法置若罔闻。结合这届柏林戏剧节选出的十部作品来看，该问题确实广泛存在着。举例来说，克劳迪娅·鲍尔（Claudia Bauer）将莫里哀的喜剧《伪君子》置于当前的社会背景下用来思考全球化带来的挑战与电子化社会带来的私人领域的缺失，改编过后的作品名为《伪君子或智慧的猪》（*Tartuffe oder das Schwein der Weisen*）。演出舞台上充斥着喧哗骚动，演员穿着巴洛克风格的多色调服装，对话中时不时出现下流笑话，这些都成为剧中讽刺模仿当下社会现象的手段。从剧情设置上看，原著中的重要情节在这部改编剧中依然清晰可辨：奥尔恭试图通过将女儿嫁于答丢夫，让其变成自己人，而答丢夫却对奥尔恭的妻子心怀不轨。不一样的是改编作品通过引入"猪"这一变数，对当下社会制式的合理性提出质疑。戴上猪的面具并自称为"Tüffi"的角色与原著中的主人翁答丢夫（Tartuffe）相对应。在一切都似乎"好的"（okay）、"没问题"（kein Problem）的社会氛围中，Tüffi[②] 的闯入，搅乱了这片理所当然的祥和。Tüffi 意图与所有人物发生关系，而该行为在剧中被刻意冠上专业术语"语境化"（Kontextualisieren）以达到讽刺效果，而整部作品力图讽刺的核心则在于透露出新比德迈耶主义的当代社会氛围。显然，无论是比德迈耶还是新比德迈耶主义都显示了面对变化与挑战的消极态度，更令人忧心的是，人们的辨别与评判能力也随之丢失，世界被简单地两分为"棒"（geil）与"糟"（ungeil）——这两个词频繁地出现在剧中，构成批判与讽刺的中心。然而，剧中这类简单的文字游戏稍显苍白与无力，甚至于显示了某种程度的虚无主义取向。剧中人物以刺耳的声音构建的语言循环几乎贯穿了整个演出过程，嘈杂的环境、快节奏的表演方式使观众的思考空间被压缩。角色台词的处理方式与导演波莱希的语言循环模式相类似，但却不如后者的巧思；舞台上演员的表演技艺虽炉火纯青却又有些许弗里奇的影子。

[①]　参见陆佳媛：《2018/2019 德语剧作评论与综述——兼论后戏剧时代文学危机》，《美育学刊》，2020 年第 5 期，第 93 页。

[②]　"Tüffi"为"Tartuffe"答丢夫的昵称。

最后 Tüffi 拿掉面具，并以"普通人"的形象出现在舞台上，这一处理似乎有些过于平淡，没有起到画龙点睛的效果。剧中虽有令人称道的精彩瞬间，但却不足以支撑整部剧的庞大框架，少数的闪光点终究无法填满空洞之处。除此以外，《无尽的玩笑》《被侮辱与被损害的人》也为改编剧；《恶童日记》《假面》与《斯特林堡旅店》都借鉴了经典，并非百分百原创。

这些问题不仅反映在改编作品上，另外四部原创作品也或多或少地体现了"重形式轻内容"的倾向。《来自造烟机厂的女孩》中演员筋疲力尽地在旋转舞台上长时间奔跑，《寄宿学校》中演员则用机械的表演方式呈现一幕幕阴森的场景。这两部作品着重展现的无疑都是夺人眼球的舞台效果与强调"姿势"的表演方式。长达 10 小时之久的《狄俄尼索斯城》涉及古代雅典的酒神节，融入了古希腊经典神话《普罗米修斯》《伊利亚特》以及《俄瑞斯忒亚》的内容，剧中涉及对普罗米修斯残酷的惩罚、血腥的战争场面以及坦塔洛斯家庭内部的谋杀，因而作品整体呈现出阴森可怖的氛围。舞台上，无论人物造型还是背景道具都展现出浓厚的现代特征。导演克里斯托弗·吕平（Christopher Rüping）试图将古典的内容与现代的技术相结合，于其自身而言，此次演出可谓实现了一次自我超越，但与曾执导过超长史诗戏剧的国际知名导演彼得·布鲁克、亚莉安·莫虚金（Ariane Mnouchkine，1939—　）等相比，吕平的作品明显有所不及。后戏剧剧场的代表团体 She She Pop 按照布莱希特的譬喻剧模式，通过《清唱剧》这一作品来探讨当前德国社会中产阶层的财产关系与住房市场。剧中，租客的窘迫生活以报道及歌唱的形式呈现于舞台，观众则是演出的重要参与者：舞台屏幕上打出了台词，他们被鼓励将这些内容大声朗诵出来。然而，在 21 世纪的今天，通过这种略显简单的参与手段已经很难使作品获得深度，反而给人一种作品充斥着空泛的社会教育之感。①

施特劳斯和巴辛格的抗议之声在德语戏剧圈并未得到广泛的关注与支持，在炙手可热的后戏剧作品及其支持者面前，他们显得格外势单力薄。尽管大环境如此，但仍有戏剧人士坚守文学精神，坚持文学文本的中心地位，其中

---

① 参见陆佳媛：《2018/2019 德语剧作评论与综述——兼论后戏剧时代文学危机》，《美育学刊》，2020 年第 5 期，第 93 页。

翘楚要数德国剧作家、导演罗兰·施梅芬尼（Roland Schimmelpfennig，1967－）。施梅芬尼出生于德国哥廷根，高中毕业后，他曾在伊斯坦布尔担任新闻记者。20 世纪 90 年代初，他在慕尼黑奥托·法尔肯贝格学校（Otto-Falckenberg-Schule）接受了专业的导演培训。在完成学业后，施梅芬尼开始担任助理导演，之后顺利成为慕尼黑室内剧院艺术管理团队的一员，自 1996 年起，他一直致力于戏剧和广播剧的剧本创作，期间他频繁活跃于柏林人民剧院、维也纳城堡剧院等德语区多家知名剧院。从业多年，如今施梅芬尼已是德国最多产的当代剧作家之一，也是欧洲剧坛的代表人物。在他数量众多的作品中，戏剧占据了绝大部分，除此之外，也有一部分为广播剧，仅有一小部分为散文和小说。

　　施梅芬尼的代表作《阿拉伯之夜》（*Die arabische Nacht*，2001）流传甚广，至今已由多个国家的剧团搬上舞台，其中包括中国[①]，当代德语剧作家的作品在中国得到完整翻译与搬演的情况并不多见。此外，如果算上施梅芬尼的其他剧作，那么目前已有超过四十个国家曾演出过他的作品，由此可见，他的作品传播范围十分广泛，这在某种程度上似乎也说明以文学文本为中心的戏剧作品往往更具传播优势，通常，此类作品只要翻译到位，走出国门便不是什么难事。反观那些由导演全权掌控的舞台作品想要走向更广阔的天地就要难上许多，一来导演的灵感不易"复制"，此类作品走出国门基本依靠原班人马进行客座演出，这样的机会和演出次数均是有限的；二来，大部分国家的观众依然习惯于观看情节连贯、叙事完整的戏剧作品，当然一些新奇的点子他们同样喜闻乐见，只是倘若舞台作品过于前卫，完全超出了观众的理解力与接受力，那么遇冷也在意料之中。奥伯伦德曾指出，在德国"艺术家的创新意图，能够被大量看戏因而相对'懂戏'的观众捕捉，思考的有效性，可以从台上不受阻碍地延至台下"[②]，遗憾的是，除了德语国家，比利时、荷兰等西欧国家，其他国家"懂戏"的观众似乎并没有那么多。就中国而言，自改革开

---

　　①　2005 年，《阿拉伯之夜》的中文译本发表于中央戏剧学院学报《戏剧》，2007 年 9 月，该剧中文版在中国青年戏剧节首演，翻译和导演均为王翀。

　　②　梅生：《话柏林艺术节总监 Thomas Oberender：在戏剧方面，德语国家是冠军》，https：//www. thepaper. cn /newsDetail_forward_1702616，访问时间：2021 年 5 月 16 日。

放以来，在这里改编、上演次数最多的德语剧作依然来自布莱希特。在德语戏剧史上，布莱希特被归类为历史先锋派（historische Avantgarde），在雷曼眼中，这一流派"所做的努力无非是尽力挽救文本，还文本以真实面目罢了"①。德语戏剧引以为傲的形式创新确实带来了震撼与惊艳，这种求新求变的精神值得肯定与学习，但必须要承认的是，与让人眼花缭乱的形式相比，一国文化的输出在很大程度上仍要依靠深厚文学底蕴的支撑，文学文本的重要性不容低估，如何平衡它与演出形式之间的关系这一问题亟待更为深入的思考与讨论。

在"重形式轻内容"的大环境中，施梅芬尼几乎成了"异类"，因为他始终坚持将文学文本作为戏剧创作的起点和搬演的中心。需要指出的是，重视文本内容并不意味着墨守成规、一成不变，僵化地坚持传统的戏剧范式，事实上，施梅芬尼的作品是与时俱进且巧思独具的，他创作的文本带着些许"后戏剧"的特征，例如它们大多充满了新奇的超现实元素，里面常常存在着不同的时空与平行的世界，另外还加入了带有电影叙事风格的快速切入和重叠处理，含有深刻寓意童话、传说被适时地拼贴在各个描述当代人生活的故事之间，从而打破线性叙事的传统。施梅芬尼的可贵之处在于他直截了当地指出了剧本文学的崇高地位并努力捍卫自己文学创作者的身份，为此，他要么亲自执导作品首演，要么便将作品托付于自己信赖的导演如尤根·格许（Jürgen Gosch）②。

2009 年，施梅芬尼的又一力作登上舞台，该部由他自编自导的作品名为《金龙》（Der goldene Drache）。2010 年，它被《今日戏剧》评为"年度戏剧"，同年还获得了米尔海姆戏剧奖以及柏林戏剧节邀请的双重肯定，风头一时无两。该剧涉及近年来在欧洲，尤其在德国最为热门的话题之一——移民问题。据施梅芬尼介绍，此次的创作动机主要有两个：律师朋友询问他能否写一出

---

① 汉斯-蒂斯·雷曼：《后戏剧剧场》，李亦男译，北京大学出版社，2010，第 10 页。
② 尤根·格许执导了施梅芬尼的多部剧作，其中在苏黎世剧院执导的《此地此刻》（*Hier und Jetzt*）曾入选 2009 年柏林戏剧节"最值得关注的作品"。

描绘非法移民面临驱逐命运的戏剧，此其一；来自瑞典国家旅游剧院（Riksteatern）①的两名同事委托他创作一部风格类似于《阿拉伯之夜》的融叙事与超现实于一体的作品，此其二。施梅芬尼认为，处于驱逐监狱中的非法移民所涉状况过于复杂，因而并不适合于戏剧创作，与此相比，他对非法移民"看似"自由的生活更感兴趣，他们因身份问题既没有合法证件又不受医疗保护，尽管他们的身体是自由的，但内心却始终处于恐惧之中，他们害怕在地铁或街道上被警察发现，故而惶惶不可终日。② 全球化背景下，以非法手段来到西方的异乡人在日常生活中的痛点成为施梅芬尼想要着力展现的对象。在下笔前，他还面临着另一个极为重要的问题，即该作品应该以现实主义、文献剧的形式还是以超现实的方式书写最为合适？施梅芬尼认为，依靠常规戏剧手段无法深入探讨这一主题，因此，经过短暂的犹豫，他坚定地选择了采用超现实的写法，他在采访中指出："我从不对文献记录感兴趣。在这方面，电影和电视可以做得更好。对我而言重要的是浓缩。《金龙》中使用的是十分简单的戏剧手段例如报幕、变装以及'试演'等等，但这部作品想要制造的并不是距离，而恰恰相反是亲密。"③

施梅芬尼在剧本里勾画了 48 个场景，人物交错、穿插、汇合在不同的故事中，主人翁是非法移民，他们在高度发展的全球化社会中如浮萍般无所适从、如草芥般不值一文，全球化带来的种种后果被毫不留情地揭露出来，作者通过寓言故事的切入，在营造滑稽、怪诞氛围的同时留给了观者足够的思考空间。这部带有浓厚超现实主义色彩的作品编织了五颜六色的"梦"，"梦"的开端是一位年轻的中国人来到异国他乡寻找失散的亲人，他在一家名叫"金龙"的中泰越南餐厅打工，除了他以外，在这里还有四名来自亚洲的非法移民。饱受牙痛折磨的年轻人苦于没有合法证件不能就医，他的同事用管钳将

---

① "Riksteatern"是瑞典著名的"国家旅游剧院"/"国家剧院公司"的名称，它是瑞典巡回演出中最大的戏剧公司，由瑞典全国 240 个地方经济协会资助，其目标是在城市地区以外的瑞典全国范围内推广和制作优质戏剧。

② *DER GOLDENE DRACHE*. http：// der-goldene-drache. blogspot. com/2013/01/uber-den-autor. html，2021/04/05.

③ *DER GOLDENE DRACHE*. http：// der-goldene-drache. blogspot. com/2013/01/uber-den-autor. html，2021/04/05.

龋齿拔掉，牙齿不小心落到了一份汤里。两名空姐在"金龙"中用餐，其中一位在她的汤中发现了掉落的牙齿；餐厅楼上的不同楼层分别住着祖孙俩，阳台上，祖父和他的孙女正在聊天并得知了她的意外怀孕与苦恼；同一栋楼里还住着一个男人，他是餐馆的常客，他的妻子刚刚因为外遇要离开他；餐厅隔壁的杂货店店主迫使一名年轻的女孩出卖色相。这中间还穿插着一则奇趣的寓言故事：一只蟋蟀因为没有储存食物不得不请求"囤货"充裕的蚂蚁喂养自己以度过冬天，这只蚂蚁答应了，但它要求蟋蟀无偿工作，后者遭到了残酷的性剥削，一只年老的蚂蚁在取乐时拔掉了蟋蟀的一只触角，另一只年轻蚂蚁将其伤得体无完肤……年轻人在"金龙"的厨房里流血致死，他的同事们将他裹在挂毯中，扔进了河里，他的那颗牙齿也被空姐扔进了河里，最终漂浮在海洋上的尸骨回到了故乡。

施梅芬尼的剧本内容十分充实，文本传递了看似纷繁凌乱却彼此密切相关的信息，诗意的语言与电影叙事方式更是赋予了作品独一无二的文学特质，虚实交错的故事在三个层面[①]的叙述中相互照应、相得益彰，这其中既有符合现实的贴切描述，让观众/读者仿佛身临其境，能够感同身受，同时也不乏如梦一般的奇幻场景，它们完全超脱于现实之外，让观众/读者得以跳出幻象，审慎地思考奇幻背后究竟隐藏着什么。随着剧情展开，错综复杂的脉络逐渐清晰，此时，已不难看出作者意欲揭露与抨击的实则为全球化时代的阴暗面：剥削、贪婪和残酷。为了与这个黑暗的世界形成鲜明对比，施梅芬尼为《金龙》打造的舞台以干净、纯粹的白色为基调。舞台的布景以及道具均极为简单，他沿用了已故导演、其好友格许的风格和精神：以质朴的手段诠释极致的强度，这也呼应了施梅芬尼撰写剧本时看重的"浓缩"二字。

整部剧的排演围绕着"浓缩"二字展开，施梅芬尼几乎最大限度地发挥了演员的可塑性，五名男女演员需诠释约二十个不同的角色，年龄、性别、国籍无一构成角色扮演的阻碍，年长的演员可以扮演年轻的角色，同样年轻的演员也可以扮演年长的，男演员扮演女性角色，反之亦然，此外，剧中的亚

---

① 来自异乡的年轻人因没有合法身份而无法就医，最后不幸流血而亡为第一叙述层面，这同时也构成了整部剧的主要情节；与"金龙"餐馆相关的其余人物和事件的发展为第二叙述层面；蟋蟀与蚂蚁的故事为第三叙述层面。

洲人均均由来自欧洲的演员扮演，演员需极为快速地切换角色、转换场景，这也是全剧最大的亮点。施梅芬尼通过让演员"刻意"地扮演"不合适"的角色，反而打开了观众的想象空间，有助于他们进行换位思考。在一次采访中，他指出："这样的安排是要让观众尽可能地接近角色……如果一部戏剧像《金龙》这样反转不断，场景高速转换——登台、离开、持续地角色变化，不断出现新的情况，总是处于转折点，那么这部戏剧恰恰证明了这只是一场戏罢了，别无其他——此刻，幻觉以某种方式被终结。"[①]为了防止观众在高速转动的漩涡中彻底迷失方向，施梅芬尼特地让演员进行了必要的解说，他们既要讲述动作，也需传达台词和舞台指示以帮助观众理解不同角色和故事发生地点，尤其是涉及餐厅、公寓和街角商店之间的切换时，这样的解说十分必要，这一点与中国传统戏曲中惯用的报幕颇为类似，导演借由该手段使碎片式、类型化场景的质地得到转化。此外，戏剧情节不时由演员背诵的异域菜名和菜品内容推动、打断，这一处理方式在内容上隐喻了东方将知识带到了西方，在形式上则有效地破除了舞台幻觉，一如布莱希特运用间离手段达到的效果，观众由此能够与舞台上的角色保持清醒的距离，从而对已知的不公现象产生全新的看法。在舞台上，他们看到了非法移民如何痛苦地挣扎着求生存，但最终，这些人等来的是残酷的结局：白色的舞台上沾满了鲜血，世界对他们的命运无动于衷。整个故事无疑是悲伤且惨痛的，但得益于施梅芬尼悉心编织的多层叙述与角色表演的安排，观众能够暂将悲伤置于一旁，转而思考造成悲剧的根本原因。施梅芬尼笔下亚洲餐厅提供的菜单可以看作是远东地区不同民族和人种的缩影，然而，这些截然不同的文化却被简化为一个同质的群体，不得不在同一个屋檐下出售。《金龙》的主情节与子情节融合在一起构成的复杂叙事，共同质疑了全球化时代商品化的手段、目的和结果，旨在批判西方社会对他者文化的忽视和抹杀。

从整部作品的编排来看，施梅芬尼并没有采用充满噱头、博人眼球的形式将作品搬上舞台，相反，他将匠心与巧思运用在了剧本叙事上，作品颇具

---

① *DER GOLDENE DRACHE*. http：// der-goldene-drache. blogspot. com/2013/01/uber-den-autor. html，2021/04/05.

布莱希特戏剧的风采，施梅芬尼坚定地选择从戏剧文本出发来寻找最适合文本内容的舞台呈现形式，也正是因为这样，《金龙》的剧本得到了米尔海姆戏剧奖的肯定，同时它的演出也获得了柏林戏剧节的邀请。在德语戏剧圈，与施梅芬尼一样的艺术家虽少犹存，例如阿明·佩特拉斯（Armin Petras）同样十分重视戏剧的文学性，他亲自撰写剧本并且执导演出，佩特拉斯常以弗里茨·卡特（Fritz Kater）这一笔名发表剧作，其作品《爱的时刻，死的时刻》于2003 年同样斩获了以上两个戏剧奖。

除了以上这些，《金龙》格外引人注意的一点还包括施梅芬尼选用了来自中国的非法移民作为受剥削群体的代表，这让人不禁想到 2019 年英国埃塞克斯郡发生 39 人死亡事件时，遇难者最先被怀疑为来自中国的偷渡客，这一毫无根据的猜测却被西方媒体大肆渲染、大做文章，而最后却证实这些非法移民并非中国籍。《金龙》这部戏剧诞生于 2009 年，但在非法移民国籍的选择上仍然使用了中国，这在某种程度上能够反映出西方人，即使是见多识广的剧作家内心深处依然怀着对中国的刻板印象，当然这其中或许也有出版商以及剧院方面的要求与施压，导致作者不得不选择对中国经济的发展与真实的社会状况视而不见。不仅施梅芬尼如此，奥地利新锐剧作家托马斯·科克（Thomas Köck）在其获得米尔海姆戏剧奖（2018 年）的剧作《天堂扮演（西方.终曲）》（*paradies spielen.（abendland. ein abgesang）*）中同样讲述了与非法移民相关的故事，剧中一对中国夫妇非法入境欧洲，他们坐火车前往意大利打工追梦。由此可见，中国的形象在西方媒体的刻意"包装"下遭到歪曲并非罕见之事，无论剧作家本人是否有意为之，在戏剧中应如何呈现他者文化这一问题确实值得深入探讨，该问题将在下一章"文化融合"中得到进一步剖析。

第四章　文化融合

德国当代戏剧专家埃里卡・菲舍尔-里希特(Erika Fischer-Lichte)认为，在全球化时代的背景下，跨文化是成就戏剧繁荣的重要元素，也是造就戏剧通用语言的起点。她指出著名戏剧导演彼得・布鲁克便是通过跨文化戏剧改编以践行戏剧通用语言的创造："彼得・布鲁克非常看重其作品可以在不同文化中进行展示。他认为每种戏剧传统都蕴含着一些在其他传统中通用的元素。在他致力于实现的指向未来的戏剧中，源自不同传统和文化的元素具有某种特性，使其得以在任意文化中作为戏剧元素被理解和阐释。布鲁克对外国戏剧文化有意识且极具创造性地处理方式有助于促进'戏剧通用语言'的发展。"①

除了布鲁克以外，罗伯特・威尔逊(Robert Wilson)、铃木忠志(Tadashi Suzuki)等热衷于进行跨文化实践的国际知名导演均视创造戏剧通用语言。实现不同文化间的沟通为己任。实践证明，戏剧通过发展"通用语言"实现了丰富其内涵与形式的目标，因此，里希特认为通过不间断的文化交流会形成一种"世界文化"(Weltkultur)，它是歌德提出的"世界文学"的延续，旨在呼吁人们在尊重和彰显文化独特性的基础上融合不同的文化，做到真正的和而不同。当代戏剧导演们富有创造性地运用他国文化元素正是朝着实现"世界文化"迈进的一步。尽管里希特自己也不得不承认，这一概念所强调的在戏剧中公平地对待所有文化的想法有些许乌托邦色彩，但这并不妨碍先锋戏剧家们将之视为亟待执行的崇高任务。

---

① Fischer-Lichte，Erika. *Das eigene und das fremde Theater*，Tübingen 1999，p. 111.

第一节　黑色与白色的界限

　　"我们表现出自己处于高度文明的第一世界，尤其体现在我们渴望在第三世界传教的愿望中。然而为什么我们西欧一直希望帮助非洲，在我们甚至连自己都帮不了之际？事实上，一切都比复杂还要复杂得多。那么，非洲与我们之间的合作目标可能是什么呢？这项合作就这样发生了，没有多愁善感，没有令人不快的帮助者综合征！"

—— 克里斯托弗·施林根西夫

　　一直以来，德国在移民政策上并没有展现出特别的吸引力，也并非深受外国移民（尤其是经济移民）青睐的国家。在难民危机爆发以前，德国国内的移民很大程度上都源自二战过后振兴经济之所需。第二次世界大战给全世界带来了巨大损失，包括战争发起国德国，战后的德国生灵涂炭，人口凋敝，因此，重建家园必须要从外部引进劳动力。彼时百废待兴的联邦德国与民主德国为了振兴经济分别制定并且实施了引进外籍劳工的政策。从 1955 到 1973 年，联邦德国通过申请协议引进"Gastarbeiter/in"（外籍工人），民主德国到 1990 年为止都在吸纳 "Vertragsarbeiter"（合同工人）。之后，根据家庭团聚的相关政策，这些外籍工人的家属也会陆续前往德国，值得注意的是，这些外籍劳工大多来自土耳其、波兰、罗马尼亚等其他欧洲国家。从 20 世纪 80 年代末、90 年代初开始，不断有难民前往德国寻求庇护，这也构成了移民的一部分，尤其是阿拉伯之春爆发以后，前往德国的难民数量呈井喷式增长。在此背景下引发的跨文化讨论也逐渐蔓延到了戏剧领域。德语戏剧一如既往地展现了自己的敏锐与超前，它对社会中任何显示出趋势性的现象总是能做到迅速反应，深入挖掘。例如 2008 年，柏林瑙恩大街剧院（Ballhaus Naunynstraße）率先使用"Postmigrantisches Theater"（"后移民戏剧"）这一概念呼吁大众关注第二代或第三代具有移民背景的人，"这些人往往被界定为异常或例外的现实存在。"①该剧院的经理是土耳其裔的德国导演谢尔敏·朗霍夫（Shermin Langhoff），她采取了一系列扶植措施力图为拥有移民背景的艺术家们打造一个可以自由创作的舞台空间，"后移民戏剧"创作"一方面指具有移民身份的戏剧家在异国他乡创造的戏剧作品，另一方面也包含了旅居者、移民后代以及不同民族和宗教身份的自由艺术家共同创作的戏剧作品，涉及跨国界、多民族、多宗教、多肤色和多元文化等问题"②。2011 年入选柏林戏剧节的作品《疯狂的血液》（Verrücktes Blut）便是由来自土耳其的导演、编剧努尔坎·埃普拉特（Nurkan Erpulat）在此创作。该剧在 2011 年被《今日戏剧》评选为"年度德语戏剧"，埃普拉特被评为"年度最佳青年导演"。

根据"融合媒体服务"（Mediendienst Integration）2020 年发布的数据，2019 年移民至德国的人口中，约有百分之六十六来自其他欧洲国家，不到百分之十四来自亚洲，约百分之五来自美洲，来自非洲的数量仅约百分之四。③由此可见，在德国的黑人数量跟其他族群相比并不占优势，这与邻国法国形成了鲜明的对照。德国作为欧洲资本主义世界的后起之秀，尽管一再妄图扩大势力范围，甚至不惜发动侵略战争，但却未曾有机会像老牌资本主义国家法国那样于非洲攫取广阔的殖民地，也因而没有在德国社会埋下黑白文化冲突的种子。1872 年，法国立法规定禁止族群人口统计，无论政府还是私人都无权对公民族群身份进行统计、分析④，后续又出台了一系列法律条款来支持此项决定，这导致各个族群的人口数量始终无法以精确的数字体现，但法国是黑人比例居首的欧洲国家却是不争的事实。据推测，如今在法国的黑人数量几乎已接近总人口的百分之十五，在首都巴黎黑人新生儿比例已经约占百分之五十，反观德国，黑人所占总人口比例并不高，因而，在这里黑与白的

---

① 刘志新：《当代欧洲"后移民"戏剧创作中的批判性思维》，《戏剧艺术》，2020 年第 2 期，第112 页。

② 刘志新：《当代欧洲"后移民"戏剧创作中的批判性思维》，《戏剧艺术》，2020 年第 2 期，第112—113 页。

③ *Wer kommt，wer geht*？｜ *Migration* ｜ *Zahlen und Fakten* ｜ *MEDIENDIENST INTEGRATION*. https：// mediendienst-integration. de/migration/wer-kommt-wer-geht. html，2021/ 04 / 10.

④ 肖耀科，陈路芳：《法国禁止族群人口统计的原因、争议与启示》，《焦作大学学报》，2019 年第 1 期，第 109 页。

矛盾并不突出。虽是如此，反思与批判极端民族主义，尊重与保护文化多样性一直是战后德国的重要课题，跟法国地缘上的接近与曾经发动过残酷战争的法西斯身份让德国在论及黑白文化冲突之时无法全然置身事外。2004 年，获邀参加柏林戏剧节的作品《黑人和狗的战斗》(*Kampf des Negers und der Hunde*)改编自同名法语原著，该剧聚焦黑白冲突，旨在探讨两种不同文化的碰撞与融合。

这部堪称"社会全景图"的作品是法国剧作家兼戏剧导演伯纳德·玛丽·科特斯(Bernard-Marie Koltès)于 1979 年构思创作的，十年之后，年仅 41 岁的科特斯却不幸因艾滋病去世。尽管英年早逝，科特斯却依然留下了数量颇丰的作品于世，其早期的戏剧作品带有较为浓厚的现实主义色彩，中后期的创作主要着眼于多元文化社会以及不同文化之间的对抗，常常带有神话的隐喻意味。科特斯曾直截了当地表明自己写作的唯一动力在于阿拉伯人和黑人需要站上舞台；除此之外的任何其他事情于他都无关紧要。得益于自身旅行家的身份，科特斯拥有辽阔的国际视野以及对不同文化的独到认识，他的作品让现实得到了神话般的升华，他用尖锐的语言，配以粗暴、诗意、激昂的音调极有预见性地向世人展现了一幅因恐怖袭击和全球化而急剧变化的世界图景。科特斯早已对"非洲无处不在"的事实了然于心，因此他拒绝给文本定位，而是更偏向于将之阐释为某种隐喻。《黑人和狗的战斗》是一部将暴力、情欲、谎言与背叛悉心编织于黑白文化碰撞之中，寓意极为深远的戏剧作品。剧本讲述了一名黑人工人在一家位于西非的法国公司建筑工地上被一名白人工程师杀死后引发的一系列矛盾与冲突。被害者的兄弟奥尔布(Alboury)来到施工现场，要求公司交出尸体。工地经理霍恩(Horn)为了掩盖工程师卡尔(Cal)的罪行，故意将谋杀描述为一桩意外，试图大事化小，小事化了。霍恩曾在巴黎认识了年轻的法国姑娘莱昂妮(Léone)，他邀请她前往非洲的建筑工地相会。他本想就此与非洲告别，回到欧洲，但却事与愿违。奥尔布没有在酒精与金钱面前屈服，他如斗士一般坚持要求找回兄弟的尸体。莱昂妮厌烦了霍恩，更对卡尔感到厌恶，反而在黑人奥尔布身上找到了吸引自己的异域情调，深深地陷入爱情之中。

从作品的整体情节来看，黑白冲突极其明朗：剧中两位白人角色霍恩和卡尔从欧洲来到非洲，来自陌生外部的威胁激发了他们内心强烈的焦虑和恐惧感，也因而激化了与当地黑人的矛盾。从表面来看，剧中白人杀死黑人，白人之间互相掩护，黑人之间手足情深等等情节安排都在着重渲染黑人与白人之间的冲突，这些情节与该剧标题形成呼应，标题中的"nègre"（黑人）毋庸置疑指代剧中代表正义一方的黑人，与之斗争的后者"chiens"（狗）指代的则是欧洲白人。当然，科特斯想要传递及探索的内容绝非仅此而已，剧中层层递进的情节层次相当丰富，里面不仅有形象负面的霍恩和卡尔，也有抵抗白人的意图不轨、爱上黑人的白人女性莱昂妮。倘若剥去这层黑与白缠斗的外衣，剧本探讨的核心实质上在于权力及其结构，因此这不仅仅是一场黑与白的战斗，也是一场工人对抗老板、女性对抗男性、弱势文化对抗强势文化的战斗。无论是作品诞生之时还是 21 世纪的今天，它始终具有不断被搬上舞台的价值，原因显而易见，这场战斗并非你死我活的快意决斗，而是一场旷日持久、胜败难分的拉锯战。

科特斯的作品在 20 世纪 80 年代非常受欢迎，其影响力不单单局限于法国本土，同时也辐射到了其他西方国家。1981 年，该部法语作品率先在美国纽约 La MaMa 实验剧团首演，该剧院是由非裔美国戏剧导演、制片人和时装设计师埃伦·斯图尔特（Ellen Stewart）于 1961 年创立的。时隔两年该剧才迎来法语地区的首演，法国导演帕特里斯·切罗（Patrice Chéreau）将之搬上了阿曼迪斯剧院（Théâtre des Amandiers）的舞台；1984 年，《黑人和狗的战斗》首次被搬上德语舞台，之后陆续有不同版本诞生，尤其是进入新世纪之后，每隔数年便有新的版本出现。截至 2020 年，该剧先后至少七次于知名德语剧院[①]上演，搬演次数甚至超过法国，可见，该部作品已经不再囿于白人对黑人的恐惧。如果将文本置于 21 世纪的世界格局之下，那么令白人感到恐惧的对象已被延伸为一切陌生的存在，他（她/它）们或是难民或是罪犯抑或是异域文

---

① 七次搬演分别为：1984 年，苏黎世剧院，导演：亨利·荷姆瑟（Henri Hohenemser）；1991 年，德累斯顿国家剧院，导演：托比亚斯·韦勒迈尔（Tobias Wellemeyer）；1992 年，慕尼黑室内剧院，导演：阿明·佩特拉斯（Armin Petras）；2003 年，柏林人民剧院，导演：迪米特·格切夫（Dimiter Gotscheff）；2005 年，慕尼黑人民剧院，导演：塞巴斯蒂安·赫扬（Sebastian Hirn）；2012 年，萨尔州立剧院，导演：莉拉斯勒·拉比（Leyla-Claire Rabih）；2018 年，维也纳城堡剧院，导演：米洛斯·洛里克（Miloš Přiklopil）。

化，而《黑人和狗的战斗》则是一部早已洞悉其中奥秘与猫腻的譬喻剧。进入 21 世纪，随着全球化趋势的不断加强，关于人类命运共同体的讨论如火如荼，然而不容忽视的是，在西方资本主义国家右翼势力不断抬头的背景之下，不同族群与异质文化之间的嫌隙却在不断扩大，倘若不加遏制，这或许将成为吞噬世界和平的巨大黑洞。

2003 年，导演迪米特·格切夫（Dimiter Gotscheff，1943—2013）将这部作品搬上了柏林人民剧院的舞台，该版本被评选为 2004 年柏林戏剧节十大最值得关注的剧作之一。导演格切夫在戏剧界享有极高的地位，他从业数十载，载誉颇丰，被认为是最重要的德语导演之一。格切夫并非土生土长的德国人，而是一位年纪轻轻便来到德国，在成长与工作过程中受到不同文化浸染熏陶的保加利亚移民，可谓为数不多在德语舞台大放异彩、对德国剧院产生深远影响的外国人。1962 年，格切夫跟随从事兽医工作的父亲来到民主德国生活，文理中学毕业之后，子承父业开始在柏林洪堡大学学习兽医，上大学期间，他因缘际会认识了戏剧圈的知名人士，其中包括瑞士导演、后成为其师长的本诺·贝森（Benno Besson）以及著名剧作家海纳·穆勒，就此开始了自己的戏剧生涯。格切夫长期活跃在德国的戏剧舞台上，因成功搬演穆勒的多部戏剧作品而广为人知。从 2000 年到 2004 年，格切夫一直以自由导演的身份出现于柏林、法兰克福及维也纳的台前幕后；自 2005 年起，他成为柏林德意志剧院的固定导演；2013 年不幸因病于柏林去世。

格切夫在戏剧领域的深耕细作离不开恩师贝森的悉心指导，后者虽来自瑞士法语区，却与德语剧坛缘分不浅，40 年代，他曾前往战后德国法占区排演戏剧。1947 年，因与布莱希特在苏黎世相识相惜，他在 1949 年毅然决定前往柏林为其效力，在布莱希特创办的柏林剧团担任演员、助理及导演，之后尽管离开了柏林剧团，但却并未离开德国，1979 年之前，贝森一直活跃在德国各大剧院（柏林人民剧院、柏林德意志剧院为主）。他不遗余力地向观众以及爱徒格切夫介绍海纳·穆勒的作品。众所周知，穆勒的戏剧作品具有明显的政治倾向，其作品充满着政治关怀，而成功将穆勒多部作品搬上舞台的格切夫显然与之在戏剧理念上十分投契。格切夫的戏剧同样带有强烈的政治色彩，评论界普遍认为其作品精准地呈现出了一派政治景象。

格切夫的剧场风格明显区别于当代德语剧坛的其他重量级导演如擅长影像拼接的卡斯托夫、波莱希；强调作品音乐性的马塔勒；注重与观众交流互动的里米尼等等，他强烈的个人风格主要体现在对海纳·穆勒戏剧理念的创造性拓展，他重新定义和发展了穆勒的图像空间，让经典文本与当代社会相交织，将不同体裁相结合，着重实现对身体的探索。格切夫认为剧本如同一个废墟，它需要通过新的场景方案和重构的角色关系来进行重建。穆勒对格切夫的文本处理能力赞誉有加，他曾公开表示在格切夫搬演的作品中，演员以肢体语言将戏剧文本翻译成舞台演出，在这里他看到了一则寓言从矛盾集合体转化为对参与者的严峻考验，亦看到了身体通过想法的固有约束抵抗玷污的力量。[①] 德国记者、戏剧评论家蒂尔·布里格莱布（Till Briegleb）认为格切夫通过极致的精简有别于当今剧院中常见的狂野讽刺诗歌。他对人的独特见解在于剥除其纷繁装饰的纯粹。这种态度也许才是在这个摩登时代中真正的前卫。[②]

不难想象，经过格切夫重建的《黑人与狗的斗争》呈现出的是有别于原作的另一番风味。事实上也确是如此，格切夫将文本进行了翻转，一举颠覆了观众对异域情调、剥削以及殖民主义的想象，取而代之的是充满矛盾、滑稽、真假难辨、对错难分的氛围。在画面呈现上，格切夫重点刻画了人们相互间的刻板印象，这些或是理想或是虚妄的图像交织在一起，欺人与自欺都被真实地展现在舞台上。演员在剧中表现出了各种各样的技巧，他们表演道德上的堕落，精神上的毁灭或是听天由命似的无能都能手到擒来、入木三分。图像画面与肢体语言一直以来都是格切夫戏剧最为重要的部分，不可否认，这两者缔造的近乎完美的舞台效果体现了该部作品极高的艺术价值，与此同时，原作中关于西方白人对异质文化的忌惮却似乎被淡化，这一点尤其体现在演员的选用上，格切夫没有按照原剧本启用黑人演员扮演奥尔布，或许是为了完美呈现肢体语言，导演选择了与自己默契合作的固定班底，扮演奥尔布的

---

① Dössel, Christine. *Alles Müller, oder was? Ein Porträt zum 70. Geburtstag.* In: *Süddeutsche Zeitung*, 26. 04. 2013, p. 13.

② Briegleb, Till. *Porträt. Dimiter Gotscheff.* https: // web. archive. org/web/ 20091213040111/http: //www. goethe. de/kue/the/reg/reg/ag/got/por/deindex. htm, 2020/05/23.

演员塞缪尔·芬兹(Samuel Finzi)与导演本人一样，也是一位来自保加利亚的移民，两人自1992年起处于长期合作的关系直至格切夫因病去世。选用白人演员扮演黑人的这一举动被媒体解读为导演刻意淡化乃至"掩盖"不同文化之间的冲突与矛盾，这似乎有违科特斯想要让异域文化立于欧洲舞台的初衷，因而成为演出饱受诟病之处。黑与白的界限在格切夫的版本中被模糊究竟是为了"掩盖"矛盾还是导演从美学角度考虑而做的决定已经随着戏剧的落幕无法弄清。但在演出过程中，当五彩缤纷的纸屑被抛洒在空荡荡的舞台上，如同下起了一场彩虹雨时，此时统领全场绝不是种族主义或是异国情调，观众能够明确地感受到导演想要传递的信息：不管非洲还是欧洲，这个世界的颜色并不是单一的。

在这些先锋戏剧家之中，已故导演、作家、行为艺术家克里斯托弗·施林根西夫(Christoph Schlingensief，1960－2010)在捍卫文化多样性、尊重文化独特性方面可谓身先士卒，他为实现"世界文化"的美好图景尽心竭力，做出了重要贡献。施林根西夫出生于德国北莱茵-威斯特法伦州的一个小镇，他从小就对艺术抱有极大的兴趣并且展现了惊人的艺术天赋，十四岁时，他便执导了人生中的第一部恐怖电影，几乎一手包办了导演、编剧、剪辑、摄影等全部工作。早期施林根西夫主要从事电视、电影创作，从1993年起才正式进入戏剧领域。他执导的戏剧作品具有明显的实验性质与行为艺术特征。上文提及的美国行为艺术专家格特伯格曾指出："行为艺术一直是一种直接对大众进行呼吁的方式，通过使观众震惊，从而重新审视他们原有的艺术观及其与文化之间的联系。"[①]施林根西夫的作品常常在呼吁大众关心政治，在创作初期，其作品探讨的主题几乎都与政治时事相关，在这些作品中，他力图将政治要求与艺术行为相结合，"政治必须更具艺术性"，在施林根西夫眼中政治与艺术之间的界限是模糊的。1998年，他成立了政治党派"Chance 2000"，成立大会被其称作"竞选马戏场'98"(Wahlkampfzirkus '98)，施林根西夫身着马戏团制服现身，同时，他还安排了空中飞人表演以及驯兽表演，成立大会毫

---

① 罗斯莉·格特伯格：《行为表演艺术：从未来主义至当下》，张冲、张涵露译，浙江摄影出版社，2018，第14－15页。

不意外地演变为一场披着政治外衣的行为艺术。在另一次政治活动中，施林根西夫邀请了 600 万失业者前往沃尔夫冈湖游泳，前联邦德国总理赫尔穆特·科尔(Helmut Kohl)在圣吉尔根的度假屋就坐落在沃尔夫冈湖边。该活动的目的在于提高水位，以使科尔的度假屋被水淹没。据统计，参加该活动的人数不到 100 人，可见此次活动民众参与度非常低，尽管如此，施林根西夫将政治活动与行为艺术相结合的新颖形式仍然引起了众多关注以及热烈讨论。

　　施林根西夫始终如一地贯彻着"Chance 2000"的纲领。该纲领将"全体人民"的复位称作"主权国家"的首要目标，它视"被统治阶级压迫、剥夺权利和受到冒犯的所有人"为关注对象，尤其是"残疾人、贫民、受排挤之人和格格不入之人"①。1996 年，出于对弱势群体的关怀，他在为柏林人民剧院排演作品《鲁迪·杜奇克'68》(*Rocky Dutschke '68*)②时，首度与智障人士、训练有素的演员和业余爱好者共同合作。2002 年，在音乐电视频道"VIVA"的节目"Freakstars 3000"中，他再度与残疾人进行合作，他不遗余力地为弱势群体争取站上舞台展示自我的机会。千禧之年过后，施林根西夫的工作重心逐渐转向戏剧，他热衷于以戏剧和行为艺术相结合的形式探讨社会事件，力图为民众，尤其是弱势群体以及边缘文化发声。

　　不幸的是，2008 年初，施林根西夫不幸罹患肺癌，但恶性疾病并未阻碍其前行，反而激发了他最大的工作潜能。由于担心自己时日无多，他开始争分夺秒地工作以实现自己的艺术理想与社会宏图。2008 年 9 月 28 日，他将自己罹患癌症之后的心路历程搬上了舞台，作品名为《恐惧陌生自我的教堂》(*Eine Kirche der Angst vor dem Fremden in mir*)，演出荣获 2009 年柏林戏剧节的邀请。此外，施林根西夫对社会弱势群体的关注不再仅仅局限于欧洲，他将目光投向了更远的地方——非洲的贫困地区。这个位于西非的国家名为布基纳法索，它是全球识字率最低的国家之一，同时也是低度开发的国家之一，在这里只有约三成的国民识字。自 2009 年 1 月以来，施林根西夫一直在

---

　　①　*Chance 2000-Parteiprogramm*. https：// web. archive. org/web/19991104045644/http：// www. chance2000. com/MUSEUM/Parteimuseum/Parteiprogramm. htm，2021/04/15.

　　②　鲁迪·杜奇克 (Rudi Dutschke)是 1968 年德国学运领袖、代表发言者之一。

从事"非洲歌剧村庄"(Operndorf Afrika)[①]的项目。2010年2月，剧院奠基仪式在布基纳法索的瓦加杜古举行，在此诞生了施林根西夫生前的最后一部作品《通过偏狭 II》(Via Intolleranza II)，该作因极高的艺术价值及宝贵的社会意义得到了2011年柏林戏剧节的展演邀请。施林根西夫作为全能型导演总能够游刃有余地妥善安排戏剧作品中错综复杂的设置，在他的掌控下，完成的作品常常既精巧又精准且细节丰富，高超的艺术技巧加上强烈的社会责任感，施林根西夫几乎不费吹灰之力就将上文提到的"整体艺术"理念引入了社会性活动之中。非洲歌剧村项目中的"歌剧"(Oper)一词在其手中被扩展为一种社会概念，它是福泽全人类、含有人道主义精神的"整体"艺术。

《通过偏狭 II》的灵感来源于意大利先锋作曲家、左翼知识分子路易吉·诺诺(Luigi Nono)于1960年创作的歌剧《偏狭的1960年》(Intolleranza 1960)。该部歌剧旨在表达对不宽容，压迫和侵犯人格尊严的强烈抗议。施林根西夫将这一主旨移植到了21世纪不同文化之间的碰撞之中，《通过偏狭 II》是其多年来密切关注非洲和德国文化的结晶，他试图超越历史偏见和相互不满，以促进共享教育和文化交流的进程。该部作品由十二名表演者共同完成，他们是来自德国以及非洲布基纳法索的歌手、舞者以及演员。舞台上的演出是施林根西夫"非洲歌剧村庄"项目的一部分，它伴随着，同时也呈现着施林根西夫在非洲广袤而贫瘠的土地上实现跨文化歌剧村的付出与努力。

《通过偏狭 II》并非传统意义上的戏剧演出，它作为整个项目的艺术结晶，更像是一部穿插着歌剧与舞蹈表演的行为艺术纪录片。演出开头是一名德国女演员上台作欢迎致辞，她介绍了此次项目的相关信息，同时也不忘向歌德学院、德国外交部和布基纳法索政府的支持表示感谢，紧接着便是十二位表演者各显神通、各展技艺，其中来自西欧（主要来自德国）的成员几乎都是训练有素的专业人士，而来自非洲当地的成员组成要更加多元化，除了专业的表演者以外，他们当中有从来未曾接触过舞台表演却始终向往着舞台的普通人。无论来自欧洲还是非洲，表演者在演出过程中都在竭力地表现自己，而非扮演剧本分配的某个角色。演出中，并没有出现"强势"文化试图输出自己，

---

① 该项目最初称为"非洲节日剧院"(Festspielhaus Afrika)。

改造或压制"弱势"文化的痕迹，象征着非洲文化的饶舌说唱与代表着欧洲文化的歌剧在剧中平分秋色，它们碰撞出了绚烂的火花。语言或许会成为阻隔两种文化交流的障碍，因此起初剧中一名黑人演员承担了德语翻译的角色，但随着时间的流逝，逐字逐句的翻译变得不再重要，最打动人心的是歌唱的旋律而非歌词的意义，最扣人心弦的是舞蹈传递的力量与情感而非人物对白激发的冲突与高潮。语言的障碍被无国界的艺术抹平，哪怕是在德国演出，非洲演员依然畅快地说着他们的语言，只是在帷幕下方打上了德语字幕以便观众理解。演出过程中，舞台后方的幕布上不断闪现着施林根西夫在布基纳法索参与歌剧村建设的影像，与他进行此次合作的布基纳法索建筑设计师弗朗西斯·凯雷（Francis Kéré）在接受采访时高度赞扬了施林根西夫的努力与付出："我一直想着克里斯托弗的一句话：新生儿的哭泣声才是真正的歌剧。那是一位伟大艺术家的梦想，而现在已经成为现实。村庄应运而生，它在运作，妇女可以在这里生下孩子，孩子们可以在这里上课。对于布基纳法索而言，一家医务室和一所注重音乐的学校至关重要。"[①]施林根西夫将"歌剧"理解为攸关全人类的艺术概念，于他而言，艺术不仅是沟通不同文化的桥梁，更是拯救与造福全人类的理想工具。

临近演出尾声，当地的黑人表演者向观众坦率地陈述了他们对欧洲及白人的看法。一位打扮成陈列品的演员说道："白人总说这是为了我们好！他们都是艺术家，他们所有人都觉得这是好意。他们遗憾地摇着他们的脑袋，小心翼翼地发表着意见。当然我自己也曾想过，与白人为伍。但是非洲需要我，我是一座非洲的雕塑。"[②]紧接着，这座代表着非洲的雕塑发出抗议的声音："欧洲是一个致力于反对陈列品自由的机构。这我们绝不接受！"他们的"好意"是出自真心还是意欲殖民，非洲有权利对此提出质疑，对欧洲中心主义以及欧洲人高高在上以"恩人"自居的施舍态度大声地说不。纵观整场演出，黑人与白人之间的合作亲密无间、默契十足，没有横加干涉、颐指气使的"偏狭"一方，非洲文化得以用昂扬的姿态展现自身的魅力，它的异域情调让人心醉

---

① *SCHLINGENSIEF HAT MIR NEUE WELTEN ERÖFFNET*"（*TAGESSPIEGEL*），https：//www. schlingensief. com/weblog/? p=1706，2021/04/18.

② 该剧涉及到的台词内容均摘自演出的视频资料，中文翻译由笔者完成。

神迷。此时黑与白之间的界限是分明的，因为演出中双方都展示了专属于自己的文化；黑与白之间的界限又是模糊的，因为文化是流动的，通过持续不断地交流与对话，不同的文化也在批判性地吸收对方之所长。

被命名为"Via Intolleranza II"的"歌舞演出"随着舞台帷幕落下便悄然结束，但是施林根西夫耗尽心力在布基纳法索搭建的村庄还在持续运转着。2020 年，在施林根西夫去世十周年之际，歌剧村在其遗孀艾诺·拉伯伦兹（Aino Laberenz）的打理下已经顺利运行十年。同年，拉伯伦兹接受《法兰克福评论报》（*Frankfurter Rundschau*）的采访，谈论了歌剧村的现状："目前我们有一所小学，一间小剧场，一个录音室和总共 25 所房子。有 300 名儿童在这上学，其中一半是女孩。在全国，女孩就读率的平均水平仅为百分之二十。这些年我们做出的成绩主要在于，作为一所公立学校，我们是布基纳法索最好的学校之一。这当然首先要归功于这里的艺术萌芽。通常，在公立学校没有教艺术的老师，但在这里有讲习班，我们尝试将艺术家与孩子们联系起来。我们在 2014 年开设了一间医院病房，那里已经有几个孩子出生了。在布基纳法索，孩子们平均在就读两年后便离开了学校，因为那时他们已经不得不开始工作。在我们这里，孩子们几乎全部都坚持到了最后，上完了六年级。"[①]通过拉伯伦兹的努力，这些年歌剧村在救助妇女儿童等人道主义事业上成果颇丰，尽管如此，该项目依然引起了有关"后殖民"的质疑之声。尤其是近些年，在后殖民主义的讨论如火如荼之际，欧洲人在非洲的援助事业似乎变得更容易被解读为意图在文化上继续进行殖民。拉伯伦兹认为，歌剧村这一项目不应被视作后殖民行为，因为："整个构建歌剧村的团队都来自布基纳法索当地。所有老师，组织团队和护理人员都是布基纳法索人。国家支付教师费用，这些教师现在是公务员。在德国的我们则是一个公司，也是一个基金会，它负责募集资金、进行申请、寻找合作伙伴，用来支付艺术培训上的费用，举办研讨会或者谋求合作使医院能够运转。克里斯托弗还活着时，指责我们在妨碍非洲人民自救的声音便已存在，这些声音我必须要去倾听。但是我也必

---

① Seidler, Ulrich. *Witwe über Christoph Schlingensief: „Ich freue mich, wenn ich merke, dass er in den Köpfen vorkommt".* https: // www. fr. de/kultur/theater/aino-laberenz-christoph-schlingensief-todestag-freue-mich-dass-er-in-den-koepfen-vorkommt-90027414. html，2021/04/16.

须要为自己发声：抱歉，我们无法袖手旁观。我当然要施以援手。在这里我们更接近于富裕人群，在某种程度上我们的富裕要感谢这些我们现在必须要帮助的人。"①施林根西夫本人或许早已考虑到了这些质疑与否定的声音，他在呼吁包容与尊重的《通过偏狭II》演出中，并未歌功颂德或是渲染自己（欧洲）为当地作出的贡献，而是让台上的黑人演员提醒大家，哪怕受惠于此，也要抱有清醒的头脑来面对潜在的"殖民"可能："也请你们记住，你们是什么，请不要让自己被迷惑。"施林根西夫不仅是一名来自欧洲的导演，同时也是一位将洲与洲之间界限、黑与白之间阻隔打破的世界主义者。通过歌剧村的项目与《通过偏狭II》的演出，他在向大众传递着立足于全人类的美好的愿景，如果人人都怀揣着一颗宽容的心，那么欧洲便不再立于非洲之上或与之对立，而是与之并列齐心，携手共进，一起翻开新的篇章。演出最后，导演让大家深信："这新的愿景将要到来。大家会听见它，感觉到它并且热爱它"。

第二节　美国与欧洲的藩篱

"如果你现在正在制作一部名叫'美国'②的戏剧，那么你就无法避免要去研究它。在我们的演出里，美国隐藏其中。毕竟——对于卡夫卡和现实而言——这涉及那个日渐暗淡的美国梦。这就是为什么人们必须得做点什么。"

——克劳迪娅·鲍尔

第二次世界大战结束后，美国对遭到战争破坏的西欧各国进行了经济援助，以协助其重建家园，为此，它积极制定并且采取了一系列的政治经济措施卖力地笼络各国，这不仅对欧洲国家的发展，同时也对世界政治格局产生了深远的影响。在这过程中，美国试图渗透的不仅是政治与经济领域，它的

---

① Seidler, Ulrich. *Witwe über Christoph Schlingensief*：„ *Ich freue mich，wenn ich merke，dass er in den Köpfen vorkommt* ". https：// www. fr. de/kultur/theater/aino-laberenz-christoph-schlingensief-todestag-freue-mich-dass-er-in-den-koepfen-vorkommt-90027414. html，2021/04/16.

② 这里指的是卡夫卡创作的长篇小说《美国》。克劳迪娅·鲍尔曾在2017年将之搬上了德语戏剧舞台。

触手也在逐渐伸向文化领域。然而，超级大国的专断独行与横加干预不可避免地激起了欧洲左派知识分子们的不满，在戏剧界，剧作家们以笔代戈对此大加挞伐，例如上文提到的耶利内克曾创作多部剧作以讽刺美国的虚伪，批判其霸权主义，戏剧导演们则将一腔愤懑诉诸舞台，其中卡斯托夫可谓一马当先，他用激进的剧场手段不留情面地揭露了美国的黑暗面，重拳击碎"美国梦"。

千禧之年，卡斯托夫将美国著名剧作家田纳西·威廉斯（Tennessee Williams，1911－1983）的代表作《欲望号街车》搬上了德语舞台，取名为《终点站美国》（*Endstation Amerika*）①，演出获得了 2001 年柏林戏剧节的邀请。原作《欲望号街车》诞生于 1947 年，作为一部载誉颇丰的戏剧作品，它曾一举斩获美国三项戏剧大奖：普利策奖、纽约戏剧奖和唐纳德森奖，而且放眼世界，亦是公认的 20 世纪最佳剧本之一。回顾威廉斯的一生，可以发现其本人与德语戏剧颇有渊源。当威廉斯寂寂无闻、尚在纽约酒吧工作之时，曾学习了彼时移民至美国的德国著名戏剧家、曾在柏林人民剧院担任导演的埃尔文·皮斯卡托（Erwin Piscator）专门为年轻人开设的戏剧写作课程，皮斯卡托无疑是威廉斯这位剧坛"明日之星"的引路人。时光荏苒，数十年之后，同样来自柏林人民剧院的导演卡斯托夫将其代表作《欲望号街车》搬上了德语（此处指德国及奥地利）舞台，先在 2000 年 7 月举办的奥地利萨尔茨堡②音乐节亮相，之后于 10 月在柏林人民剧院进行首演，演出引起了很大轰动。

《欲望号街车》的文本之经典毋庸置疑，该剧讲述了女主人公布兰奇——一位典型的南方淑女，在历经家庭败落以及丈夫离世之后，逐渐腐化堕落，失德失业之后受到各方驱逐，不得不前往新奥尔良投靠妹妹斯黛拉，但此次

---

① 卡斯托夫对经典剧本从不心慈手软，大刀阔斧的删改已成为其标志性创作手段，因此，被无数读者、影迷奉若至宝的《欲望号街车》到了卡斯托夫这台"剧本粉碎机"手中自然也躲不开被拆解的命运。《欲望号街车》经过解构，文本的原有风味与特色已消失殆尽，舞台上呈现的几乎是一部焕然一新的作品。正因为此，在萨尔茨堡州立剧院的公演结束后，《欲望号街车》的改头换面引发了激烈的版权纠纷。在美国拥有该剧版权的南方纳西大学批评该剧未忠实于原作，要求其改名。卡斯托夫最终放弃了原作标题，而以《终点站美国》命名该部剧作。

② 萨尔茨堡州是奥地利共和国的一个州，位于奥地利与德国的交界处，首府为萨尔茨堡。"Salzburger Festspiele"（萨尔茨堡音乐节，又称"萨尔茨堡夏季艺术节"），被认为是国际上最重要的古典音乐与表演艺术节，其常态内容包括歌剧、话剧、电影、音乐会、芭蕾舞等项目。

的重逢却给布兰奇带来了毁灭性的结局。斯黛拉的丈夫斯坦利与布兰奇处处针锋相对，他粗暴的生活方式与布兰奇推崇的"高尚"格格不入，矛盾升级之后布兰奇遭妹夫强奸，最后被送进疯人院。不可否认，剧中探讨的问题放在当今社会依然极具思考价值。柏林人民剧院的戏剧顾问卡尔·赫格曼[①]（Carl Hegemann）认为该部作品在好莱坞被改编成电影四十年之后，几乎没有失去任何时代诊断的力量。换言之，搬演该部剧作对指出社会病症、反思问题根源依然具有现实意义。赫格曼引述了加拿大当代政治哲学家、社会理论家布赖恩·马苏米（Brian Massumi）的观点：个体生活由一系列的资本主义微型危机构成，是一场以你的名字命名的灾难。处于美国社会之中的威廉斯早在半个世纪之前便借由《欲望号街车》为这一论断提供了美国版本的证明。该剧抛出的核心问题在于：当安全感与满足感无从寻觅之时，只有欲望才能填补空虚，身处这样的社会之中，究竟需要多少谎言和自欺欺人才能熬过这场灾难？精神受创的女主人公布兰奇，因无法承受现实的痛苦而狼狈逃入梦幻世界；妹妹斯黛拉奴隶般的顺从、依赖丈夫以逃避种种问题；妹夫斯坦利则选择靠混沌度日熬过不如意的生活。剧中主要人物在由压抑、偏执、贪婪编织的网中挣扎，却无力摆脱束缚，无法全身而退。威廉斯本人的生活何尝不是囹圄困囿，受困于自身的同性恋身份以及对酒精的依赖，因而将写作视为一种治疗手段。在这个意义上，不妨将《欲望号街车》看作是一场病人对病人的示范，而病人的病情恰恰在于无法分清健康人和病人之区别。尽管如此，赫格曼认为从语义和形式上来看，这部作品却有着健康的发展方向，并非全然灰暗。[②]

　　卡斯托夫的改编围绕"灾难"二字展开，叙述了当今资本主义社会体系中，个体所面临的无处可躲的危机，其选取的解构切入点为那些陷在"过去"和"当下"夹缝之间的个体，他们的主要心理表征成为导演颠覆性解读文本的出发点，这同时也构成其寻求子语义层的基础。从人物塑造来看，卡斯托夫版本

---

　　① 卡尔·赫格曼是一名德国作家、戏剧顾问（也有翻译为戏剧构作），同时还担任多所大学戏剧学专业教授。在弗兰克·卡斯托夫担任柏林人民剧院艺术总监期间（1992 至 2017 年），赫格曼亦在此工作，他从 2015 年至 2017 年担任首席戏剧顾问。

　　② 参见 *Endstation Amerika. Eine Bearbeitung von Frank Castorf von „Endstation Sehnsucht / A Streetcar named Desire" von Tennessee Williams*. https: // volksbuehne. adk. de/praxis/endstation _ amerika/index475c. html? Langtext＝1，2021/04/29.

中的女主角布兰奇无疑最为贴近原著的人物形象，布兰奇的着装打扮、性格、行为几乎都能在原著中找到相应的支撑点。在原著开头，威廉斯对布兰奇的外表及基本性格作了颇为详细的描述："她的外表跟这里格格不入。她穿一身讲究的白色裙装，外罩一件轻软的紧身马甲，戴着珍珠项链和耳环，还有白色手套和帽子，看起来像是到新奥尔良的花园区来参加一次夏日茶会或是鸡尾酒会。她这种纤弱的美一定得避开强光照射。她那种迟疑的举止，还有她那一身白色衣裙，多少让人觉得像只飞蛾。"[1]在舞台呈现中，卡斯托夫参考了玛丽莲·梦露的形象来包装布兰奇：一头金色俏皮卷发，身着典雅但不失性感的套装或是晚礼服，佩戴着夸张的珍珠项链。毫无疑问，这样的造型确实与舞台上其他人物随意自在的打扮（多为T恤、牛仔裤）极为不同，因而显得"格格不入"；而威廉斯笔下的"纤弱"与"飞蛾"一般的特质，通过女演员西尔维亚·里格（Silvia Rieger）蹒跚不稳的步履以及轻声细语的说话方式得以呈现。原著中，布兰奇引以为傲的法国出身——"我姓杜布瓦。这是个法国人的姓……照出身我们是法国人。我们的第一代美国祖先就是法国的胡格诺教徒"[2]—— 在改编版本中亦得到保留，演员刻意在言谈之间加入了法国俚语，搭配上夸张的姿势，将布兰奇高傲做作的性格特点表现得入木三分。

此外，布兰奇那装满了皮草、珍珠、金首饰的箱子俨然成为舞台上的重要道具，它一方面让寄居于工人家庭布兰奇显得更加"格格不入"，另一方面从布兰奇声称"我所有的一切都在那个箱子里了"可以看出，箱子绝非仅仅是道具那么简单，它已成为容纳布兰奇真实与虚假两面性的所在。原作中，斯坦利将布兰奇的箱子翻个底朝天，当他试图查阅其中一叠纸张时，布兰奇厉声喝道："还给我！你手一碰就玷污了它们！……你已经碰过它们了，我得把它们都给烧了！"[3]舞台上，卡斯托夫也还原了这一场景，布兰奇直接的情绪化反应，展现出了隐藏在自己"光鲜"外表下脆弱、神经质、歇斯底里的一面。令人意想不到的是，箱子在卡斯托夫手中还变成了制造滑稽场景、与观众互动的调剂品。布兰奇到达妹妹斯黛拉住处时，她把两个手提箱放在客厅中间，

---

① 田纳西·威廉斯：《欲望号街车》，冯涛译，上海译文出版社，2015，第8页。
② 田纳西·威廉斯：《欲望号街车》，冯涛译，上海译文出版社，2015，第70—71页。
③ 田纳西·威廉斯：《欲望号街车》，冯涛译，上海译文出版社，2015，第50页。

几场戏后斯坦利愤怒地将手提箱扔掉，却又向观众求助"另一个手提箱到底在哪里"①，正当观众不知所措之时，他说"哦，我明白了，它从房子里掉了"，引来阵阵笑声。无论是在原著《欲望号街车》还是在改编版《终点站美国》中，布兰奇的"表里不一"与"自相矛盾"均是浓墨重彩之处，而具备这样特质的布兰奇恰恰符合导演一贯融合夸张与矛盾的戏剧创作风格，因此该人物也最为贴近原著。

　　总体来看，卡斯托夫给威廉斯笔下病态的人物几乎都裹上了一层喜剧的外衣，不同于原著中人物传达出的深陷过去的低沉与抑郁，卡斯托夫版本中的人物常以宿醉状态制造出令人啼笑皆非却耐人寻味的场景。原著中的人物经过改编实际上已抹除了原有角色的专属特征，取而代之的是提取原角色的个别"抓人之处"，并将之极端化，最后塑造出脸谱化、具有普遍意义的代表类型。这一点在剧中布兰奇的妹妹斯黛拉身上得到了充分的体现。原著中威廉斯不吝笔墨对斯黛拉"顺从""依赖性强"的个性进行了多角度的描写，斯黛拉曾向自己的姐姐吐露："他（斯坦利）离开一个晚上我几乎都受不了……等他回来我就趴在他大腿上哭得像个孩子……"②斯黛拉"听天由命"的消极态度根深蒂固，显然习惯于用逃避来解决问题，甚至在遭到丈夫暴力对待之后，斯黛拉依然选择了原谅，面对姐姐布兰奇的劝告："你还年轻呢！你可以挣脱出来。"③斯黛拉却说："没有什么想要挣脱的。"还试图合理化丈夫使用的家庭暴力："他们昨晚喝掉了整整两箱！今天早上他向我保证以后再也不搞这种牌局了，可你也知道这类保证能管多长时间。咳，算了，这是他的心头好，就像我喜欢看电影打桥牌一个样。我想，人嘛，得学会迁就彼此人的习惯才好。"④卡斯托夫将斯黛拉身上展现出来的不成熟以及对丈夫的依附性进一步强化，其重新塑造的人物外形以及个性显露出未成年、天真幼态的特征：拥有金色长发、身着粉色紧身服装的斯黛拉宛若芭比娃娃，其行为习惯则更像是一名青春期少女。演员凯特琳·安格赫（Katrin Angerer）在扮演斯黛拉时，刻意采

---

① 该剧涉及的台词内容均摘自演出的视频资料，中文翻译由笔者完成。
② 田纳西·威廉斯：《欲望号街车》，冯涛译，上海译文出版社，2015，第23页。
③ 田纳西·威廉斯：《欲望号街车》，冯涛译，上海译文出版社，2015，第87页。
④ 田纳西·威廉斯：《欲望号街车》，冯涛译，上海译文出版社，2015，第88页。

用了贴合儿童声音的发音方式，听起来天真、纯粹；使用的语言多为青少年用语，句式简单，句意直接易懂。在原著中，斯黛拉遭到丈夫殴打之后，在场外，以很高、很不自然的音调说道："我要走，我要离开这个地方！"①而在卡斯托夫的版本中，斯黛拉像当时无数青春期少女一样热衷于看电视消磨时间，尽管遭受了家庭暴力，理应愤慨的斯黛拉表达的愿望却单纯只是"想要自己一个人待着好看看电视"。在斯黛拉这一人物身上，卡斯托夫以夸张的手法放大了她对丈夫"奴隶般"的顺从，在其设置的场景中，斯黛拉甚至直接变为"奴隶"在地上爬行，可笑又可悲，这也正是卡斯托夫擅长的通过解构来构建新的悖论。

卡斯托夫在构建斯坦利这一人物时，原著人物的波兰背景成为切入点。波兰——曾经的社会主义东欧，对于成长于东德的左派知识分子卡斯托夫而言，自然具有别样的意义。对于这一人物，卡斯托夫显然融入了自身的情感，因此，斯坦利成为此次改编版本中改动最大的一个人物并不让人意外。

原著发生的地点在美国，拥有东欧姓氏的斯坦利在妻子斯黛拉看来是"波兰人"，担任过"工程兵部队的军士长"，能力突出，是值得托付之人；在自持出生高贵的布兰奇眼中斯坦利则是属于其他种族的"波兰佬"；对此，斯坦利义正词严地提出抗议："我不是什么波兰佬。从波兰来的人叫波兰人，不是什么波兰佬。我可是百分百的美国人，出生、成长在这个地球上最伟大的国家，而且他妈的引以为傲，所以别再叫我波兰佬。"②显然，在原著的社会背景中，立足于文化差异横亘于不同种族间的矛盾是作者威廉斯探讨的重要内容之一。原著中，被布兰奇归类为其他种族的斯坦利甚至还被其冠上"属于另一个物种"③之名，她眼中的斯坦利粗俗不堪，连人类都算不上，"他的举止行动就像是野兽，他有野兽的习气！吃起来、动起来、说起话来都像是野兽！他身上有种——低于人类——还没进化到人类阶段的习性！是的，有一种——类人猿一样的东西，就像我在——人类学研究图片展上看到的某帧画面！多少万年的时间已经从他身边逝去，他——斯坦利·科瓦尔斯基——依旧岿然不

---

① 田纳西·威廉斯：《欲望号街车》，冯涛译，上海译文出版社，2015，第75页。
② 田纳西·威廉斯：《欲望号街车》，冯涛译，上海译文出版社，2015，第159页。
③ 田纳西·威廉斯：《欲望号街车》，冯涛译，上海译文出版社，2015，第22页。

动，他是石器时代的劫余！"①而这些关于种族问题的描述到了卡斯托夫这里却被大大地弱化了，

原著中被布兰奇称作"野兽""类人猿"的斯坦利，在剧中令人颇感意外地换上了猩猩的装扮登台，通过"肤浅化"的人物形象处理方式增加的喜剧性消解了原本剑拔弩张的矛盾关系。整体来看，卡斯托夫探讨的焦点并非种族问题而是社会意识形态的变迁。斯坦利在《终点站美国》中不再是生于美国、长于美国、认同自己美国身份的"美国人"，而是一位波兰移民，曾是波兰团结工会②中的一员。波兰团结工会的领导人莱赫·瓦文萨曾带领着一众工人阶级为他们眼中的自由而奋斗，波兰在其领导下由社会主义转为资本主义，其他欧洲社会主义国家的各种反对团体也纷纷效仿，这最终发生了东欧剧变、苏联解体。曾经在波兰为"自由"奋斗过的斯坦利，来到了资本主义的美国，却过上了穷困潦倒、浑浑噩噩的生活，想要的"理想生活"并未实现，不免令人唏嘘。导演似乎一直在向观众抛出疑问："资本主义社会那么美好吗？美国梦值得追求吗？"在结尾处，导演安排舞台地板突然倾斜，场面顿时充满了趣味性和戏剧性，舞台上的所有东西——椅子、餐具、盒子、瓶子、厨房设备不断滑落，演员们摔在地板上，爬行着，想方设法地再度站起，他们必须在一个不断下坠、分裂的世界中找到自己的平衡，他们试图抓住什么，却显得无能为力，这可笑又可悲的处境一如斯坦利作为工人阶级在"终点站美国"这个弱肉强食的资本主义社会之中，哪怕费尽力气也无法摆脱贫困、终将被淘汰出局的命运。

不同于其他人物喜剧性层面的挖掘，卡斯托夫在斯坦利这一人物塑造上则加重了悲剧色彩，如果说原著《欲望号街车》中布兰奇的悲剧贯穿始终，让人不禁为这首女性悲歌怆然泪下的话，那么贯穿《终点站美国》的悲哀之处或许更多地表现在无产者斯坦利在资本主义国度的境遇。斯坦利生活在国外的

---

① 田纳西·威廉斯：《欲望号街车》，冯涛译，上海译文出版社，2015，第98页。

② 团结工会是波兰的工会联盟，于1980年8月31日在格但斯克列宁造船厂成立，由莱赫·瓦文萨领导，也是《华沙条约》签约国中第一个非共产党控制的工会组织。莱赫·瓦文萨在1990年12月的总统选举时当选，成为波兰首位民选总统。团结工会的成功事迹引来其他欧洲社会主义国家各种反对团体的效仿，最后导致东欧的社会主义政权相继垮台，并促使了20世纪90年代初的苏联解体。

穷苦从舞台设计上便一目了然：放眼望去，只有一间狭窄的、贴着廉价墙纸的公寓，右边是带酒吧的厨房，左边是双人床，仅此而已。原著中，斯坦利粗暴、野蛮，醉酒过后无来由地对妻子拳脚相加，而在改编版本中，卡斯托夫则将斯坦利的暴行安排在了撞破妻子出轨之后。卡斯托夫通过微妙层次的添加将斯坦利的个人悲剧放大，尽管斯坦利有其可恨的一面，但他在生活中的诸多无奈及其悲剧性形成的社会原因才是卡斯托夫试图深入挖掘的核心所在，而这在当代欧洲社会之中无疑更加具有讨论与反思的价值。[①]

卡斯托夫批判性地解构美国经典戏剧文学以表明自己的政治立场并非只此一次，就在《终点站美国》上演约莫三年以后，他再次将批判的目光对准了美国，这一次，他将矛头指向该国于 21 世纪初[②]针对伊拉克的种种揣测与制裁。这一典型的单边主义看法以及基于此的一系列军事行动显然激起了卡斯托夫的创作欲。2003 年 1 月 23 日，卡斯托夫将美国剧作家尤金·奥尼尔（Eugene O'Neill，1888－1953）根据古希腊悲剧《奥瑞斯提亚》（*Orestie*）创作的《悲悼》（*Mourning Becomes Electra*，1931）搬上了苏黎世剧院的舞台，同年，该剧入选柏林戏剧节十大最值得关注的作品之列。

《悲悼》是奥尼尔的代表作，是其夺得诺贝尔文学奖的重要依据，瑞典科学院授奖辞指出本奖的授予是为了"表彰他那体现了传统悲剧概念的剧作所具有的魅力、真挚和深沉的激情。"身处 20 世纪的人们应如何运用来自遥远年代的经典素材以实现借古喻今？奥尼尔用《悲悼》三部曲给出了示范性的答案，他既"吸取了古希腊悲剧的美学思想，又巧妙地融进现代科学中最能打动人心的心理学论点，以庞大的规模、富有传奇性的故事情节和高超的悲剧张力向观众展示了生活背后的各种力量"[③]。在重塑经典时，奥尼尔将故事背景从古希腊搬到了 19 世纪中期刚刚历经南北战争的美国，他借用了《奥瑞斯提亚》的基本情节，同时结合弗洛伊德的精神分析法展现了一个美国家庭——孟南家

---

① 参见陆佳媛：《论"后戏剧"视阈下的解构主义——以德语版〈欲望号街车〉为例》，《唐山学院学报》，2021 年第 2 期，第 60 页。

② 在美国于 2003 年 3 月 20 日正式入侵伊拉克之前，中央情报局先遣队在 2002 年 7 月已经进入伊拉克进行备战活动。

③ 潘平微：《奥尼尔〈悲悼〉三部曲的深层主题新探》，《外国文学评论》，1987 年第 2 期，第 93 页。

族的纠葛和灭亡：孟南将军归家后被妻子毒害，其女莱维尼亚为父报仇，设计借弟之手，杀死母亲的情人并逼母自杀。众人怀疑孟南家族死去的阴魂不散，在房子中作祟，直到莱维尼亚逼弟自杀，自我惩罚活埋自己，家族罪恶终被清算完毕。单看剧情，《悲悼》实与埃斯库罗斯（Aischylos）的《奥瑞斯提亚》十分相似，但前者绝非对后者的简单模仿，奥尼尔给这出古希腊悲剧打上了自身所处时代的烙印，他将现代人的欲望、扭曲人性背后的成因刻画得淋漓尽致。奥尼尔与威廉斯均是 20 世纪杰出的美国剧作家，《悲悼》与《欲望号街车》又分别是他们最为重要的作品，这类经典的戏剧文本恰恰最受"剧本粉碎机"卡斯托夫的喜爱，他按照自己的美学标准彻底地抛弃了那些"俗套"的东西，他毫不留情地将传统戏剧风格、文本以及表演上的连贯性赶出了舞台。

卡斯托夫一如既往地采用了极其激进的表现手段，他用神秘的巫毒①法术打开了奥尼尔的自然主义心理分析之门，试图以一种超现实的表达方式将整场演出置于迷幻的境地，随着原著情节的土崩瓦解，平地又起的是一座崭新的高楼：卡斯托夫让原著中的老家臣、园丁塞思·贝克维思（Seth Beckwith）充当了叙述者的角色，他不仅需要带领观众回望孟南家族黑暗的过去，还肩负着反思战争、分享轶事的任务，卡斯托夫利用贝克维思的叙述重新构建了一个框架，从而将原著三部曲《归家》《猎》《祟》融为一部长达四个小时之久的戏剧演出，或者更准确地说，是一场充斥着酒精、暴力和性爱的疯狂派对。原著中的主要人物在其解读下有了焕然一新的面貌与个性：从战场归来的孟南将军（Ezra Mannon）和他的情敌亚当·布兰特（Adam Brant）变成了同样不设城府的笨拙之人，因此，两个角色由同一名演员扮演；孟南之妻克莉斯丁（Christine）表现得时而优雅时而疯癫；奥林（Orin）是一个性格执拗、纵情声色的男孩；莱维妮亚（Lavinia）则是一个在情感中迷失方向、带有攻击性的女孩。原著中，孟南父女受严苛的清教思想束缚无法随心所欲地生活，他们矛盾、痛苦、连带着家人一起坠入了万丈深渊，奥尼尔笔下那些被压抑的欲望在卡斯托夫版本的《悲悼》中似乎得到了完全肆意的舒展与释放：舞台上，所

---

① "巫毒"（Voodoo）意为灵魂、神灵，该教在贝宁等非洲国家信众甚多，在举行仪式时，信众需打着鼓载歌载舞，以动物为祭品，神将领会附体于人身上，巫毒教随着达荷美王国的奴隶贸易，由黑奴传入美洲，进而衍生出各种分支。

有人都像疯了一般，他们用语言和暴力"招呼"对方，美国堕落的肥皂剧文化被赤裸裸地展现在观众眼前，人物关系在这里也被全然颠覆，父母与孩子更像是居住在同一个房子中的室友，他们毫无顾忌地聊天、打闹，异样的情愫不断滋生，情欲的冲动弥漫其中，为了让关系更为混乱，卡斯托夫还在剧中添加了同性之情，演员们声嘶力竭、"货真价实"的表演释放了巨大的非理性的力量，在这股力量面前，建立于理性之上的传统文本自然不堪一击，可见，演员独特的表演方式在卡斯托夫式的戏剧中起着至关重要的作用。

此次与卡斯托夫合作的舞台设计师伯特·诺伊曼（Bert Neumann）在旋转舞台上搭建了集装箱式的布景，从正面看，这是一间带有旗帜和露台的白色房子，观众通过全景后窗可以窥见一个典型的美国普通家庭的世界，它的装修配备杂乱无章且庸俗廉价，厨房红白相间的格子桌布以及俗气的粉红色床上用品无疑印证了这一点，电视上持续播放着肥皂剧和棒球比赛中充满冲突的场面。潮湿的植被从房屋后面蔓延开来，鸡栅栏为整个场景增添了几分异国情调，两只真实的活鸡在不停地啄食、走动，它们不仅可以在桌子上来去自如，也可以在血腥的祭坛上"闲庭信步"。通常，巫毒教需使用活鸡来完成宗教仪式，在剧中，鸡成了重要的道具，或许从一开始，导演卡斯托夫就打算用巫毒教的法术来震慑清教徒的神殿，让人们想起18世纪巫毒教正是随着血腥、残忍的奴隶贸易进入了美国，西方殖民者的利欲熏心、虚伪冷酷不言自明，卡斯托夫似乎想要借此提醒观众，不应忘却那段黑暗的历史。

舞台上，小屋的白色外墙闪闪发光、干净异常，然而，在它的背后却是汩汩流淌的鲜血，这样的白色房子让人联想到远在华盛顿的白宫。卡斯托夫用其标志性的"暴力、鲜血、性"不仅将奥尼尔的经典文本彻底解构，同时亦是对美国权力意志的解构，他用极其激进的表现手段阐明了自己的判断：邪恶轴心始于美国。这结论看似简单粗暴，却不无道理。剧中，那些需要治疗的病态、神经质患者"齐聚一堂"，他们在同一屋檐下互相骚扰和屠杀，一个国家内部尚且混乱不堪，又有何权力对外主持所谓的"正义"？这或许正是全剧最值得反思的地方。

在整个欧洲剧坛，能够像卡斯托夫一样批判性地解构美国经典，公然质疑、谴责美国所作所为的导演并不多见，毕竟，美国与欧洲各国无论在政治上还是经济、文化上均有着紧密的合作关系，双方一衣带水，可谓"血脉相连"。除去卡斯托夫搬演的这两部美国经典文学外，威廉斯的另外两部剧作也曾被搬上德语舞台并获得柏林戏剧节的邀请，它们分别是《琴神下凡》(*Orpheus steigt herab*)和《春浓满楼情痴狂》(*Süßer Vogel Jugend*)。前者由塞巴斯蒂安·努布尔执导(2012 年首演)，不同于卡斯托夫对原文本的颠覆性解构，努布尔选择了极为贴近原著的解读方式，他几乎原汁原味地呈现了原作的精髓。另一部作品《春浓满楼情痴狂》由克劳迪娅·鲍尔执导(2019 年首演)，她的解读方式介于上述两位导演之间，鲍尔从女性视角出发，看似温和地将威廉斯的作品改造成了一出怪诞的闹剧(Farce)[①]，她用充满奇妙气息画面试图唤醒这部尘封已久的经典，使之在当今社会保有思考意义与批判力度。

威廉斯创作的戏剧文本具有浓厚的诗意自然主义风格，它构建于传统的戏剧框架之上，这样的作品无疑符合美国戏剧圈的口味，但到了如今的德语戏剧圈，却又是另一番景象，比如有评论直接将威廉斯的《春浓满楼情痴狂》称为"死去的东西"[②](toten Stoff)，倘若没有德语导演的把控，水土不服或许在所难免，在这里更受青睐的显然是那些带有实验特质的后现代作品，例如导演托斯腾·澜森(Thorsten Lensing)曾将美国作家大卫·福斯特·华莱士(David Foster Wallace)的长篇小说《无尽的玩笑》(*Unendlicher Spaß*)搬上柏林索菲剧场的舞台，这正是一部将实验性小说写作技巧与传统叙事方式相结合的后现代作品。该小说的英文原著长达 1079 页，德语译著更是达到了 1500页的厚度，它曾被《时代》杂志选为 1923 年至 2005 年间最伟大的 100 本英语小说之一。华莱士喜欢在作品中频繁使用脚注，借此打乱或打断正常的句子结构，以表达自身对现实的感受即混乱与破碎，在《无尽的玩笑》中，甚至出现了脚注比正文还长的情况。该部小说颠覆了传统的叙事结构，涉及的专业学科领域庞杂，信息量巨大，这无疑增加了阅读与理解的难度，尽管如此，它依然是一部拥有精妙叙事框架，值得反复咀嚼的经典之作。改编这样一部

---

① 闹剧指的是服务于舞台或电影的喜剧，其目的在于用夸张的手段娱乐观众，这些手段通常包括情境上的夸张、扮演替身与身份上的错置以及观众们熟悉的笑话等。

② Prüwer, Tobias. *Emotionen bleiben draußen*，https：// www. freiepresse. de/emotionen-bleiben-drau-en-artikel10487987，2021/04/30.

在美国小说史上堪称创造性突破的鸿篇巨制，对导演而言绝非易事。1500 页的厚度被澜森及其创作团队缩减为 133 页，演出时长控制在了四小时左右。从舞台呈现的结果来看，对原文本如此大量的删减确实导致了原作叙事框架被置于坍塌的危险之中。柏林戏剧节评委在陈述选择邀请该剧的理由时，重点提及的是导演用极简的舞台及道具，阐述了生命中不可承受之重，其他的溢美之词几乎都给了剧中大牌演员的精湛演技，例如他们准确地扮演了各个人物、甚至动物，生动地诠释了世界的多样性。

一方面，德语导演对国外带有先锋实验性质的作品情有独钟，另一方面，这里"后戏剧"的沃土也吸引着世界各地热衷于实验、创新的艺术家们，其中来自美国的艺术人士并不少见，其中有舞蹈家、编舞师梅格·斯图尔特（Meg Stuart）、威廉·福赛斯（William Forsythe）、表演艺术家凯利·科珀（Kelly Copper）、帕沃尔·利斯卡（Pavol Liska）等等，他们来到德语舞台一试身手、一展风采，其中不乏选择在德国长期定居者，他们将德国作为据点前往欧洲乃至世界各地开展丰富多彩的艺术活动。总体来看，在德语剧坛，无论是像卡斯托夫一样批判性地解构美国文本/文化，还是像鲍尔一样批判性地接受其中的经典元素并将之与本土环境相融合，——尽管并不完全适用——都在某种程度上体现了后殖民代表人物霍米·巴巴（Homi Bhabha）所倡导的"杂交"（Hybridisierung/Hybridität）思想。巴巴在一次采访中指出，"杂交"并不是简单的混合，而是对意义有策略地、选择性地接受，它赋予了受压迫的行动者反抗霸权的力量[①]，言下之意，这是一种批判性地融合策略。它隐含的是"和而不同"的思想，其重要意义在于为异质文化之间的碰撞与融合创造了平等、自由与开放的宝贵空间，这对于强弱势文化之间的交流例如下一节中涉及的"西方"与"东方"或许更具参考价值。

---

① 参见 Wieselberg, Lukas. *Migration führt zu „hybrider" Gesellschaft. Homi K. Bhabha im science*. ORF. at-Interview. http：// science1. Orf. at/science/news/149988，2016/01/1.

第三节　东方与西方的距离

"谁要是了解了自己和别人，在这里也会有这种认识；东方和西方是不能拆开的两方。"

——约翰·沃尔夫冈·冯·歌德

东方与西方的第一次距离拉近是血腥且暴力的，彼时西方为了满足资本累计的需要早早便在东方开启了豪夺之路。据历史资料记载，资本主义生产关系于 14—15 世纪开始在欧洲萌芽，葡萄牙、西班牙等欧洲大西洋至北海沿岸的一些国家极其迫切地对外进行殖民扩张，当时，传闻中富庶的东方成了它们攫取海外财富的首选目标。16—17 世纪起，欧洲列强开始向东方进军，它们根据当时掌握的地理知识，以欧洲为中心，按照离自己的远近，分别为东方不同的地区命名，东南欧、非洲东北被称为"近东"，西亚附近被称为"中东"，更远的东方则被称为"远东"，毫无疑问，这些名称皆为"欧洲中心论"的产物。

伴随着侵略而来的必然是文化之间的碰撞与摩擦，西方文化和种种非西方文化的冲突已有数千年的历史，这在西方文学中就有至少 2500 年的记载。[1]1978 年，国际著名文学理论家与批评家、后殖民理论的创始人爱德华·萨义德（Edward Wadie Said）在其汇集西方对东方诸多基本预设的著作《东方学》一书中直言不讳地指出："正是霸权，或者说文化霸权，赋予东方学以我一直在谈论的那种持久的耐力和力量……确实可以这么认为：欧洲文化的核心正是那种使这一文化在欧洲内和欧洲外都获得霸权地位的东西——认为欧洲民族和文化优越于所有非欧洲的民族和文化。此外，欧洲的东方观念本身也存在着霸权。"[2]萨义德在那些西方人所写的关于东方的著作中归纳出两大母题：其

---

① 参见孙惠柱：《谁的蝴蝶夫人——戏剧冲突与文明冲突》，商务印书馆，2006，第 14 页。

② 爱德华·W. 萨义德：《东方学》，王宇根译，三联书店，2020，第 10 页。

一，欧洲是强大和善辩的，亚洲是被打败和遥远的；其二，东方意味着危险。[1] 萨义德的不留情面地撕开了西方伪善的面具，但是其观点也有偏颇之处，事实上，在欧洲也存在崇尚东方文化的文人学者，伏尔泰便是其中最为重要的人物之一，他将东方浪漫化处理以反衬出西方社会的弊端并加以批判。歌德亦是在西方推崇东方文化的杰出代表，在其生平最后一部诗集《西东合集》(West-östlicher Divan)中，他将自己"世界文学"的理念贯彻其中，"以远较深刻的精神把东方色彩放进德国现代诗里"[2]。歌德笔下的东方无疑也拥有浪漫化的正面形象。当然，这些刻意丑化或是浪漫化的处理几乎都存在于西方对东方文化不甚了解的前提之下。

进入21世纪，全球化不断深入，世界格局剧烈变化，东西方文化交流在深度与广度上均达到了前所未有的规模，西方人对"神秘"东方的遐想并未终结，他们试图通过深入了解东方文化从而挖掘出更多阐释的可能。面对时代大浪掀起的文化碰撞，戏剧艺术在自己的领地上持续关注着那些热门现象，探讨着随之而来的问题与争议。戏剧工作者们竭力思考着解决之道，哪怕暂且无解，他们也在鼓励着思考这一行为本身。东西方文化之间因差异而造成的摩擦与火花始终点缀着西方戏剧舞台，成为经久不衰、历久弥新的探讨主题。

在有关移民及难民问题的探讨中，不同文化之间碰撞的主题几乎是无法绕开的存在，尤其是当执政党露出排外苗头之时，欧洲中心主义的自傲"顺理成章"地成为艺术家们口诛笔伐的灵感来源，在欧洲，戏剧舞台凭借自身制作周期短的特点、观剧人群广泛的优势更是成为倾泻灵感的理想之地。在2015年欧洲难民危机彻底爆发之后，愈演愈烈的难民问题成为德国以及周边国家最为棘手的社会问题之一。德国是目前为止接受难民最多的欧洲国家，难民到来引发的激烈文化冲突，在民众之中讨论热度极高，相关话题亦频繁见诸报端。文化冲突的频发以及难民政策的争议时常占据欧洲各国的头版头条，这无疑激起了艺术家们的创作欲。在戏剧舞台上，以此次危机为主题进行的

---

① 参见孙惠柱：《谁的蝴蝶夫人——戏剧冲突与文明冲突》，商务印书馆，2006，第6页。
② 黑格尔：《美学》，朱光潜译，商务印书馆，2009，第349页。

创作形式丰富，仅从柏林戏剧节来看，以难民主题获选的作品有：2015 年，耶利内克撰写剧本、老搭档斯蒂曼导演的剧作《受保护的人》(*Die Schutzbefohlenen*)；2016 年，来自以色列的导演耶尔·罗南(Yael Ronen)执导的《处境》(*The Situation*)。

早在难民潮之初，一向关注移民问题的耶利内克便开始了剧本创作，她的灵感来源于难民在奥地利发起的抗议。从 2012 年 11 月底开始，数十名难民从奥地利城市特赖斯基兴出发，开始了前往维也纳的抗议之旅，他们希望以此呼吁公众的关注。难民之中不乏已被驱逐出奥地利的人，对于其中绝大多数人而言，回到祖国同时意味着死亡。他们寻求永久性庇护和工作许可证的道路显然并不顺畅，他们不得不在维也纳的教堂落脚，经历绝食、逮捕、引渡、抗议等等一系列艰难险阻。也是 2013 年，那些远道而来、不问前路的寻求庇护者遭遇了严重的沉船事故，三百余人的生命在兰佩杜萨顷刻之间化为虚无。曾经在维也纳为施林根西夫的"请爱奥地利！第一个欧洲同盟周"行为艺术活动站台的耶利内克想必对此深有感触，面对极其丰富的现实素材，她快马加鞭地写就《受保护的人》这一剧作，新鲜出炉的剧本与血淋淋的现实相互映照。2013 年，耶利内克顺利完成文本撰写；同年，该剧即在汉堡举办了剧本阅读会。在 2014 年 5 月 23 日，适逢曼海姆举办"世界戏剧节"(Theater der Welt)①，导演斯蒂曼协同荷兰艺术节与汉堡塔利亚剧院促成了剧本首演。

《受保护的人》德语原标题"Die Schutzbefohlenen"为法律用语，指代的是有权获得安全保护的人，该标题与古希腊著名悲剧作家埃斯库罗斯所著《乞援人》的德语标题"Die Schutzflehenden"遥相呼应。《乞援人》在埃斯库罗斯的经典悲剧作品中知名度并不算高，它讲述的也是关于寻求避难的故事：为了避免嫁给叔父的儿子们，达那俄斯的五十个女儿从埃及出逃。在追求者的步步紧逼之下，女孩们仓皇逃至阿尔戈斯，在这里她们恳请国王珀拉斯戈斯给予庇护。国王陷入了道德与政治的双矛盾之中，出于良知以及法律考虑最终决定冒险为她们提供庇护。

---

① 该戏剧节由国际戏剧学院的德国中心于 1981 年设立，每两年或三年在德国的某一城市举行，2014 年的承办地为曼海姆。

数千年前，埃斯库罗斯从古老的神话中寻找素材酿造戏剧的"苦酒"以探讨严肃的人性问题，其塑造的英雄人物是渲染悲剧氛围，发扬悲剧精神的中心所在，在与世界对抗时，他们舍生取义、坚守人类精神的无畏举动既令人扼腕又令人钦佩。埃斯库罗斯通过创作悲剧来教化民众，他强调崇高的精神，歌颂视死如归的悲壮。古希腊作为西方文明的发源地，哺育了一代又一代的西方艺术家，甚至对世界文化与艺术产生了广泛而深刻的影响。古希腊流传下来的经典没有一直沉睡在岁月之中，数千年之后，耶利内克掸去《乞援人》蒙上的千年尘埃，将之唤醒，让它在现实中重新焕发光芒：希腊神话中，受迫害的人们从非洲东北部逃往希腊寻求庇护，21世纪，因"阿拉伯之春"四散逃离的人们再度从相似的起点选择前往欧洲，然而等待他们的却是冷漠与拒绝。这部作品创作于欧洲难民危机爆发之时，它的上演不仅是在艺术层面上某种戏剧美学的呈现，同时也延伸至当代欧洲人的生活之中，旨在深刻反思文化的差异与融合问题，极具现实意义。

在《受保护的人》剧本开头，耶利内克以难民为第一视角，将他们颠沛流离、丧失人格尊严的生活记录下来，如泣如诉之余也不忘辛辣地讽刺麻木不仁的欧洲各国：

> 我们活着。我们活着。重要的是，我们活着。离开我们神圣家园之后的生活难以称得上生活。没有人怀着慈悲心肠看向我们，有的却是高高在上的俯视。人民的法院并未判决，人们的判决之声却已穿墙入耳，我们四散奔逃。我们生活中所知的东西已成为过去，在一层现象之下，它已窒息，我们不再有获取知识的对象，它已不复存在。计划已不再必要。我们试着阅读陌生的法令。人们什么都没告诉我们，我们什么都没法知道，我们被预定，却没有被接收，我们必须出现，我们必须在这儿出现，然后在那儿，但是哪一个国家，哪一个国家会更亲切呢，这样的国家我们并不知道，哪一个国家我们可以前往？答案是没有。①

---

① Jelinek, Elfriede. *Die Schutzbefohlenen*. https: // www. elfriedejelinek. com/ fschutzbefohlene. htm, 2021/05/30.

　　耶利内克毫不留情地大力抨击为富不仁的欧洲国家，第一个自然是奥地利，她认为生命受到威胁的弱势群体在这些国家遭到不公平乃至驱逐出境的冷酷对待，可见在此实行的避难政策极度缺乏人道主义精神。耶利内克在创作时明确地将难民占领维也纳教堂这一事件作为素材直接引用，十分真实地还原了难民们被动且糟糕的处境——"我们选择了一座教堂，然后修道院选择了我们，所以，这就是我们现在真正生活的地方，您可以过来看看，好吧，毕竟我们可以住在其他地方，我们可以选择。我们也可以生活在海底、水中、沙漠中……"[①]耶利内克习惯将新闻报道稍做加工之后融入自己的文本中，但文本的解读绝不囿于此次事件，耶利内克搭建的文本框架具有开放性，它足以指向更为复杂的政治局势。

　　除此之外，擅长从历史中汲取素材的耶利内克熟稔地驾驭着时光机，将当下发生的悲剧与埃斯库罗斯的悲剧《乞援人》——一部充满民主精神的戏剧作品——交织在一起，在文本平面中将过去与现在的时间维度铺展开来，让多重声音在寻求庇护者的故事中响起。她以全然不同的视角对造成难民悲剧的前因后果进行了分析。难民们集体的呼声与合唱让人联想起作家二十多年前创作的《云团·家园》，两部作品在结构与风格上极为相似，同样都是将代表不同声音的无数"我们"交织在一起形成独特的和声，集体浩大的声势与个体参差的寥落穿插其中，"我们"不断地提出要求、发起辩论、敦促反思，中间也融入了耶利内克极为推崇的哲学家海德格尔的哲学思想，古希腊罗马的圣贤经典在剧中则化为神话般的暗流涌动于不断流转的叙述之中。耶利内克真正想要攻击的对象——奥地利政府浮出水面，为此，她将利剑对准奥地利政府制定的有关难民安置与融合的小册子，她毫不客气地对其中充满官僚主义的陈词滥调进行了辛辣讽刺。这一次东西方距离的拉近是前者跋山涉水来到西方寻找一线生机，但是等待他们的却并非善意的帮助而是一番猜忌。寻求帮助的人被驱逐出境，加上兰佩杜萨岛的悲剧，此般种种充分说明，欧洲对待人权的态度武断偏执且厚颜无耻，在这里人权永远不会适用于所有人，

---

　　① Jelinek, Elfriede. *Die Schutzbefohlenen.* https: // www. elfriedejelinek. com/ fschutzbefohlene. htm, 2021/05/30.

而只适用于那些与欧洲为伍之人。

导演斯蒂曼是耶利内克的老搭档，两人经过多次合作已经默契十足。斯蒂曼选择在"世界戏剧节"这样一个国际盛会将该部作品搬上舞台更显意义非凡，在这里，不同文化可以进行最直接的交流与碰撞。他或许想将欧洲因难民潮的到来而正在发生的巨大转变传递给整个世界，从而让越来越多的人关注难民问题。柏林戏剧节的评审员、《今日戏剧》杂志编辑芭芭拉·伯克哈特（Barbara Burckhardt）认为斯蒂曼的此次搬演着重探讨了如何再现苦难的问题，整部作品围绕着文明社会和艺术的失败展开。从舞台呈现来看，斯蒂曼将耶利内克复杂而感人的文本转化成了带有清唱剧①风格，强而有力的语言以及图像。传统意义上的清唱剧通常没有布景、化妆以及戏剧表演，合唱在其中占据着举足轻重的地位，斯蒂曼保留了清唱剧的一些特点，使之能与舞台及剧本的基本诉求相匹配。斯蒂曼的舞台布置奉行极简主义，台上出现的道具极为简单，只有几张椅子以及几个支架话筒，但这并不意味着舞台布景毫无亮点可言，那些赫然矗立在舞台上的铁丝网尤为引人注目，它们好似堵住难民求生之路的"铜墙铁壁"，另外一个让人无法忽视的地方在于舞台后方亮起的不断变化的数字以及红色的英文单词"Open"，它们在舞台昏暗的灯光之下显得格外触目惊心，如利刃般戳破欧洲大肆宣扬却从未兑现的人道主义谎言。

斯蒂曼将耶利内克的《受保护的人》变成了一个巨大的问号：究竟谁能够为难民发声？究竟谁愿意为难民发声？最初，三名白人演员穿着平日休闲的棉布衣裤站在舞台上，他们手持稿子朗读上面的内容，彼此之间不时相互干扰，忽而同步说话忽而互相对峙，耶利内克字里行间的音乐性化作音符跃动在这一场景之中。逐渐，其他演员开始发声质疑他们的说话立场，首先是一名黑人，之后是另一名黑人以及一名白人妇女。越来越多的人出现在舞台上，他们在后方一排椅子上落座，这是一个由曼海姆居民和寻求庇护者组成的难

---

① 清唱剧发源自17世纪初的意大利，是叙事型多乐章声乐作品的一种形式。早期是以歌剧表演的方式搭配宗教性的文本（例如圣经）或对话，后来才演变为纯粹歌唱的方式。随着这种形式的发展，许多歌剧的作曲家与剧作家也涉入了清唱剧的领域。到巴洛克晚期，清唱剧的演唱风格与文本主题变得越来越世俗化。

民合唱团。随着演出的进行，他们出现在舞台前方，手持稿子阅读属于他们的"故事"……斯特曼试图促成一场激烈的讨论来辩驳争议不断的欧洲难民政策，此时，舞台作为一个分裂且不稳定的公共领域，它需要缔造者——斯蒂曼采取一系列必要的中间干预措施以实现平衡。在这里，与原作一脉相承、充满讽刺与矛盾的语言及情节成为重要的中间干预手段。例如，斯蒂曼在剧中融进了已是明日黄花有关刻板印象的插曲。三位主要的白人演员误认为黑人演员是一个移民，哪怕后者用完美的德语回答他们稍显拙劣的英语，他们依然拒绝理解他，因为一个用德语母语交谈的有色人种几乎不可想象。如今文化多元的德国似乎已经将几十年前真实存在的现象淡忘，甚至为这滑稽的场景而捧腹大笑，然而事实上"拒绝理解"四个字从来没有在文化碰撞之时消失过。斯蒂曼似乎在质问现场观众，当难民向人们倾诉时，哪怕他们说着易懂的语言，又有几个人"愿意"而非"拒绝"理解他们呢？无论是几十年前的刻板印象还是现在的难民问题，人们只有在事不关己之时才能将之高高挂起、为之放声大笑，欧洲人的冷漠与伪善尽在其中体现，斯蒂曼的讽刺之意呼之欲出。

　　除此之外，在一些场景的人物服装造型上也能窥见导演精心铺垫的嘲讽，例如，舞台上无论男女均身着长款礼服，搭配高跟鞋现身，但他们脸上却戴着没有表情的白色面具。德国人类学家赫尔穆特·普莱斯纳（Helmuth Plessner）认为脸部正是展现内心波动"表演场地"[①]，如此一来，舞台上人们典雅的外在与冷漠的"内心"形成鲜明对照。在表演上，专业演员们以假装哀伤的声音为艺术上的不足作了辩护，当剧中难民们不耐烦地催促他们采取行动时，得到的回答却是："我们帮不了你，我们太忙着扮演你了。"从舞台上空缓缓悬下的巨大基督像象征着伟大的神力，然而宗教似乎也无法解决这场席卷欧洲的人道主义危机。整场演出犹如一场形式混杂的狂欢，流行音乐响起时，表演者们纷纷沉醉其中，随着节拍跳动起来，这其中戏剧与行为艺术的融合颇具施林根西夫的作品风格。

---

　　① 　参见 Plessner, Helmuth. *Mit anderen Augen. Aspekte einer philosophischen Anthropologie*, Reclam Stuttgart，1982，p. 189-190.

此次演出无疑是成功的，尽管如此，或许是因为作家和导演讽刺得过于直白与辛辣，不少戏剧评论家对该剧展现的"真实"提出了质疑，例如，有评论家指出原文本以及演出中关于"现实"的处理缺乏客观性。供职于德国知名报刊《日报》(taz)的资深文化艺术编辑卡特琳•贝蒂娜•穆勒(Katrin Bettina Müller)指出耶利内克的原著是一项伟大的挑战，它倾泻出巨大的愤怒洪流似要淹没拒绝接受难民的欧洲，面对难民们无路可走的艰难处境，绝望成为文本无法忽视的底色，但归根结底这是经过艺术加工且存在于想象中的文本。导演斯蒂曼想要将太多关于排外、种族冲突的讨论投入舞台创作中，反而形成过犹不及的局面。在首演中，难民们组成的合唱团专注于倾诉自己悲惨的遭遇，他们的出现仿佛只是为了给自己难民身份的真实性提供证明，而一部真正有责任感的文献剧是不会这样做的。① 德国作家、记者彼得•米哈尔齐克(Peter Michalzik)肯定了演员们的表演，他特别指出合唱团的表现臻于完美。他认为，整场演出过程中，确实有那么几分钟，观众能感觉到剧场真的能够通过真实与虚构的力量为沉默的他人发声。但是问题在于，导演斯蒂曼运用怀疑共情的手段来对抗这种感觉，从理性角度来说，这尚且能够令人满意，但在其他方面仍然不够。因为他与外行人一起将真实——难民本身带到舞台上的尝试是美好的，但被留在舞台上的外行人由于舞台经验的不足却为这次尝试带来了失败的结局。当政治剧想要将一切思考在内时，它就失去了力量。当现实无法搬演之时，它在剧场中便失去了意义。②

"现实"与"真实"频繁地出现在关于此次演出的评论之中，这与近年来在"后戏剧剧场"中广泛存在的"现实主义"回归不无关系。事实上，在《受保护的人》演出开头，观众入场之际，就能看到舞台上有一位采访者在向几个难民提问，问题围绕着他们离开故乡之后的遭遇展开。斯蒂曼似乎想要通过一场具有新闻价值的访谈来证明台上所呈现内容的真实性，这当然也有助于迅速将观众"卷入"此次演出所要探讨的难民主题，这一强调"现实"与"真实"、注重

---

① Müller, Katrin Bettina. *Theater der Welt in Mannheim*: *Gespenstisch präsente Gegenwart*. https：// taz. de/Theater-der-Welt-in-Mannheim/！5041317&s＝Katrin＋Bettina＋M％C3％BCller＋Die＋Schutzbefohlenen/，2021/05/01.

② Michalzik, Peter. *Das Quaken der Papageien*. https：// www. nzz. ch/feuilleton/buehne/das-quaken-der-papa geien -1. 18310809，2021/05/01.

与现场观众进行互动的处理方式体现了行为艺术以及文献剧的特征。后戏剧代表团体里米尼记录在自己的新式文献剧中直接将事件主角请上舞台表演自己的故事，主角通常是某一领域的专家，在这一类"专家-戏剧"中，"现实主义"是一种自我指称策略，也可以说是一种"知觉游戏"，它试图在拒绝意义创造和简单组合之外寻找新的感性，以便在"表演者"与"旁观者"之间建立共同的经验视野。[①] 在剧场中融入这种新式的"现实主义"并非轻而易举之事，它无法简单地用剧场外的"现实"来替换。斯蒂曼在采访中表示，对自己而言"真实的人"出现在舞台上，常常显得不太合情理。因为他们实际上并不是作为自己站在那里，而是在扮演一个部分。要做到让难民们在舞台上的呈现不仅仅只是塑造出来的形象而已，而是需要一步一步的摸索，而这种摸索就是生产的过程。[②] 难民的形象在某种程度上是大众媒介想象的产物，例如在 2015 年，难民的悲惨形象之所以深入人心很大程度上要归结到一张流传极为广泛的照片上，该照片记录了年仅三岁的叙利亚难民儿童尸体被冲上博德鲁姆海滩，照片后续又引发了一系列艺术创作，在媒体的宣传推广下，照片带来了巨大的影响力，甚至直接影响了难民政策的制定。无论如何，斯蒂曼都深知将真实难民请上舞台来塑造难民形象是一件极其困难且极具争议的事件。尽管如此，在如今的欧洲，难民出现在戏剧舞台上已是大势所趋。

　　面对声势浩大的难民危机，有关移民和种族主义的辩论已经迈入了白热化阶段，欧洲各国如何承担人道主义责任？欧盟未来的难民政策何去何从？这些问题逐渐成为辩论的中心，它们或将"戏剧性"地发展下去。在欧洲艺术界，导演们不断以纪录片或行为艺术的形式试图从不同角度展现移民和难民的故事，越来越多的真实难民已经走上了这里的舞台，讲述自己的多舛命运。难民参与表演不仅将这场危机主题化，同时也使危机的存在，甚至于它的不可避免性变得合理化。除了上文提到的"后移民戏剧"外，近十年这类戏剧作品的大量出现还催生了"难民戏剧"这一概念，当然目前该概念更多地被当作

---

　① 参见 Stegemann，Bernd. *Lob des Realismus*. Berlin：Theater der Zeit，2015，p. 156.

　② 参见 *Nicolas Stemann eröffnet Theatertreffen. "Habt Ihr Einen Schaden?" Interview with Patrick Wildermann*. http：// www. tagesspiegel. de/kultur/nicolas-stemann-eroeffnet-theatertreffen-habt-ihr-einen-schaden/11703258. html，2021/05/05.

是一种引人注目的表演比喻，但是，依然无法排除其作为新的流派未来将载入欧洲戏剧史的可能。

值得注意的是，绝大部分的"难民戏剧"均出自欧洲白人导演之手，例如上文提到的斯蒂曼以及曾执导难民文献剧的汉斯·沃纳·克罗辛格等等，由于天然的身份原因，他们的作品稍有不慎便会引来种族歧视的嫌疑，免不了一番口诛笔伐。在难民话题几乎席卷整个德语剧场之际，来自以色列的女性导演耶尔·罗南(1976—)从个人移民视角出发将剧作《处境》搬上了柏林高尔基剧院的舞台，该剧一经上演便引起了大量关注。罗南出生在耶路撒冷的一个演艺世家，她的母亲是一名演员，父亲是以色列国家剧院经理，耳濡目染之下，她早早便开始了自己的戏剧之路。初涉剧坛之时，罗南担任父亲的导演助理，从 2002 年起，她开始将自己潜心打磨的剧本搬上舞台，并以此正式开启了导演生涯。起初，她执导的作品主要在以色列进行演出，之后其工作重心逐渐向国外，尤其是德语区转移。在德国，罗南因 2005 年执导的戏剧《混乱》(Plonter)而崭露头角，自 2013/2014 演出季起，她开始担任柏林高尔基剧院的常驻导演，之后也曾在德语区多家知名剧院如格拉茨剧院、维也纳国家剧院及慕尼黑室内剧院执导过作品。

罗南的戏剧作品大部分取材于当今社会的热点事件，她试图用戏剧来探究以色列人、巴勒斯坦人和德国人或是前南斯拉夫人之间的复杂关系，因此其作品主题常常围绕文化认同与文化冲突展开。她凭借对该题材出色的驾驭能力在德语剧坛获得了一席之地，评论界称之为"处理世界冲突的秘书长""缓解冲突的幽默大师"①。罗南坦言，自己创作的戏剧主要有三个主题：其一，在这个社会中，作为女性②生活意味着什么；其二，成为以色列人且必须面对这个国家的政治，意味着什么；最后，关于戏剧的力量。为了深入观察、思考不同文化之间的繁杂关系，罗南组建了一个跨国戏剧团队，团队成员分别

---

① Meiborg, Mounia. *Überleben im Dauerprovisorium. Humor ist，wenn man trotzdem lacht：Yael Ronen macht am Berliner Gorki Theater aus Isaac B. Singers Roman „Feinde-die Geschichte einer Liebe" eine brave Boulevardkomödie vor Holocaust-Hintergrund*. In：*Süddeutsche Zeitung*，15. 03. 2016，p. 12.

② 罗南的大部分戏剧作品都涉及伴侣关系和性别角色，例如 2018 年的剧作《Yes But No》曾将引起激烈讨论的"＃MeToo 辩论"搬上舞台。

来自以色列、巴勒斯坦、德国等不同国家，每一次的戏剧创作都离不开这一跨文化团队的群策群力。尤其到了近期，在其主导的戏剧项目中，剧本不再是剧作家在舞台之外编织的梦境，而是真实地产生于整个团队的火花碰撞之中。简单来说，演员们在排练时并没有剧本在手中，他们需要自行寻找与主题相关的素材，提供与之相关的个人经验，通过共同讨论再将其加工、整合成演出内容，这一戏剧创作的过程实际上同样也是文化碰撞与融合的过程。

剧作家艾琳娜·索德鲁奇(Irina Szodruch)用寥寥数语精准地指出了罗南戏剧创作的主要特征：演员变成了剧中角色，他们所经历的事情变成了场景。演出主题与他们生活中的其他部分或者某个人的生平相结合、扩展、补充，同时亦与导演的幻想相交织。① 罗南本人认为这种集体"写作"与即兴表演的方式能激发不同民族固有文化反应的碰撞，例如当严谨细致的德国人遇到幽默随性的以色列人时，他们在交流、交往过程中常常会因差异而产生误解或是冲突，在舞台上这种交锋为戏剧带来了张力与新鲜感。导演并不执着于追求冲突化解或是营造和乐融融，更为重要的是观众能由舞台上的文化交锋产生反思，这才是戏剧应当结出的硕果。② 罗南的创作方式在某种程度上与文献剧的制作手段有着不少相似之处，两者都在宣告"现实主义"的回归，强调"真实"二字，但细看之下却仍能发现两者存在着微妙的不同，罗南认为演员们将生平故事转化为舞台文本的过程也是现实与虚构结合的过程，换言之，她承认戏剧作品中艺术加工与虚构存在的必要，文献剧则始终在坚定地捍卫着自身"真实"的属性，如果说罗南的作品虚构中潜藏着真实的本质，那么于文献剧而言，虚构更像是真实的零星点缀，绝不能喧宾夺主。

《处境》是一部极具导演个人特色，兼具开创性与流动性的表演作品，它洋溢着机智的幽默、盈满着难解的悖论，但又不乏令人动容的激昂时刻。该部作品在戏剧专业领域内收获了大量正面评价，顺利入选 2016 年的柏林戏剧

① Hilpold，Stefan. *Gute Unterhaltung. In Wien beschäftigt sich Herbert Fritsch mit Molière，Yael Ronen mit der Flüchtlingskrise und Antú Nunes mit Joseph Roth*. In：*Theater heute*，Nr. 2，Februar 2016，p. 22-25.

② 参见 *NIEMANDSLAND（Vorstellungen）- Stücke - Schauspielhaus Graz*. https：// web. archive. org/ web/20141008104136/http：// www. schauspielhaus-graz. com/schauspielhaus/stuecke/ stuecke _ genau. php？ id=17812，2020/05/10.

节最值得关注的作品行列，它在《南德意志报》上甚至被赞为"绝佳之作"①。在主题上，《处境》旨在探讨"东西融合"，剧中的"东"指的自然是中东地区，拥有移民背景的导演和演员们选择正在经历"难民危机"与激烈文化冲突的德国作为演出地，不得不说十分应景。来自以色列的导演、演员以及中东其他国家如巴勒斯坦、叙利亚的艺术家们会聚于柏林，他们贡献出了自己真实的经历让剧本变得有血有肉、触及灵魂。导演让这些异乡人在"新克尔恩②德语课"相遇，创造机会让不同角色所经历的各种轶事被编织在一起。由于演员们并非德语母语者，一如他们所扮演的角色，演出全程都使用了字幕，演员们在舞台上时而说着并不流利的德语，时而说英语、阿拉伯语或是希伯来语，根据情节所需，各种语言灵活切换、随意自然，观众则仿佛置身于"后德语剧场"。

拥有阿拉伯巴勒斯坦血统的以色列公民约瑟夫·斯威德（Yousef Sweid）在剧中扮演的亦是一名身份复杂的角色，名为阿米尔（Amir），他诉说着自己多年来不敢在特拉维夫（以色列第二大城市）与儿子说阿拉伯语等等颇为有趣但却夹杂着无奈的"琐事"。当提及自己的身份时常受到质疑时，阿米尔愤怒地站起身，坚定地向大家说道："我是一名真正的巴勒斯坦人。我属于那些被压迫者。我是牺牲品。我不得不承受被占领的痛苦！犹太人总是粗鲁地对待我。尤其是我的太太！"③事实上，阿米尔的扮演者斯威德在现实生活中的太太正是该剧的导演——来自以色列的罗南，在这一刻，戏剧与现实自然地流淌在了一起。由以色列人奥里特·纳米亚斯（Orit Nahmias）扮演的角色诺阿（Noa）同样来自以色列，她试图让周遭的人相信自己已经克服了那个发生在脚下土地上黑暗至极的梦魇——犹太人大屠杀。当被问到"你为什么来到柏林"时，她一语双关地说道："因为 The Situation"。面对接下来的问题，"你母亲觉得你搬到柏林怎么样？"，诺阿严肃却不失幽默地说道："她应该说什么呢？

---

① Schneider, Jens. *Tendenz: steigend. Zuzügler, Touristen, Flüchtlinge: Berlin zieht immer mehr Menschen an. Verkraftet die Hauptstadt das? Über die Wachstumsschmerzen in einer noch immer armen Metropole.* In: *Süddeutsche Zeitung*, 27./28. 02. 2016, p. 12.

② 新克尔恩（Neukölln）是德国首都柏林的分区之一，该区颇受艺术家和学生欢迎，它拥有柏林最高的移民人口比例，移民主要来自土耳其和俄罗斯。

③ 该剧涉及的台词内容均摘自演出的视频资料，中文翻译由笔者完成。

自从我嫁给了巴勒斯坦人之后，柏林就已经不是什么大问题了。"她故作镇定
地告诉大家，住在柏林对她而言没有什么问题，但是当她说"它已在我身后"
之时，仿佛那个可怕的梦魇仍然在跟随、纠缠着她，过去似乎并未如此轻易
地过去，诺阿很快就承认了这一点，她说当自己坐在满载着乘客的地铁中，
站在桑拿的淋雨下，当她穿着睡衣，赤脚行走时，她还是会想到大屠杀。此
时的诺阿代表了无数无辜犹太亡魂的后代，他们并非战争的亲历者，但却依
然成了战争的受害者，时间这味良药依然难以治愈惨无人道的大屠杀造成的
创伤，它如影随形，啃食着每个幸存者的心。

　　德语老师斯蒂芬(Stefan)是串联各个故事的关键人物，他细致地诠释了普
通德国人面对难民到来时的心理。上课时，他总是习惯轻声细语，以近乎讨
好的语气纠正其他人的德语发音，他的善意与热情生动地还原了那些在现实
生活中完全被好客文化冲昏头脑的德国人，他们一味地想要将对方融合进来，
却并没有充分倾听并尊重对方的想法。另一方面，斯蒂芬又表现得过分谨慎，
与大多数德国人一样，当那些只在德国报纸上、新闻播报中出现的战争与冲
突"活生生"地展现在自己面前时，他担心稍有不慎就会触碰到别人的伤口，
也担心会点燃炸药的导火索，因此变得格外小心翼翼，这让人不得不怀疑双
方是否还有开诚布公、互相理解的可能。土生土长的"德国人"斯蒂芬却在某
个时刻向大家坦诚，他的名字实际上是谢尔盖(Sergej)，他在幼时移民到了这
里。在独白中，他称自己为"融合的杰作"，并且讲述了自己以及父母的故事。
扮演斯蒂芬的演员迪米特里·舍德(Dimitrij Schaad)德语十分流利，他与剧中
人物斯蒂芬一样，在幼年时期便移民至德国，颇为顺利地融入了德国社会，
当然他并没有成为一名德语老师，而是选择在德国接受戏剧表演训练，最终
成为一名演员。舍德在高尔基剧院表演的几乎所有作品中都会说上一段自己
亲自撰写的独白，《处境》中的这段关于父辈与自己在德国融合的经历显然源
自舍德现实生活中的遭遇，虚构与真实在此交织，融为一体。

　　有评论认为，罗南的戏剧承载了目前德国最好的政治歌舞表演，这样的
高度评价并不算言过其实。在她的作品中，以小见大的智慧巧妙地隐藏在各
个细节之中，表层的幽默与内核的严肃如同齿轮与齿条的关系，齿轮看似随
意滚动却总能与齿条实现精准地咬合。罗南善于发掘并展现不同演员之所长，

他们或是诠释着嘻哈音乐，或是表演着特技动作，流行音乐不时穿插其中，导演驾轻就熟地营造出了轻松愉悦的氛围，因此，观众可以在这样的氛围中思考严肃、复杂的政治话题。尤其是当涉及叙利亚问题时，来自叙利亚的演员马赞·贾巴(Mazen Aljubbeh)向斯蒂芬介绍了他的"处境"："这个区域属于IS，这个区域属于政府"，面对斯蒂芬的提问"对这两方都不支持的人要去哪里?"，阿尔贝说道："总还是能找到几个比较安全的城市、小村庄。但也并不是非常安全，偶尔还是会有导弹、炸弹、袭击、火灾。一般两三天内还是安全的。只要人够机灵，就可以习惯战争。"生活在水深火热之中的人民成为战争的牺牲品，此刻悲情油然而生，它敦促着现场观众反思苦难的源头，也呼吁着大家珍惜来之不易的和平。

罗南与耶利内克在难民问题上的立场有着显而易见的一致性，前者本身就来自中东，其立场自不必多说，耶利内克众所周知是一位具有左派政治倾向的作家，她对待难民的友善态度，坚定地为他们发声均符合其政治立场。但不可否认的是，随着难民潮的到来，欧洲国家的治安问题确实变得极为棘手，接二连三的恐怖袭击不断捶打着普通民众原本保有善意的内心。别有用心的政界人士则将这些惨案变为所属党派竞选的筹码，AfD的崛起与难民危机的爆发不无关系。这些事实无一不在说明，融合并非空喊几句口号就能实现，我们应当正视已经出现的裂痕，承认文化融合是一个漫长的过程。20世纪90年代美国保守派政治学家塞缪尔·亨廷顿(Samuel Huntington)在其代表作《文明的冲突与世界秩序的重建》中早已尖锐地指出："文化的群体正在取代冷战的阵营，不同文明之间的地震带正在成为全球政治冲突中的主线。"[①]2015年，巴黎发生系列恐怖袭击，造成百余人死亡；2016年，布鲁塞尔机场、马尔贝克地铁站在发生连环爆炸，造成32人丧生；同年，通过难民身份来到欧洲的突尼斯人驾车在柏林圣诞市场冲撞行人；2017年，一辆小型货车在巴塞罗那市中心冲撞行人、同年伦敦桥亦发生货车撞人事件等等。无论是2001年震惊世界的美国"9·11"事件、还是欧洲的一系列恐怖袭击事件，这些

---

① Huntington, Samuel. *The Clash of Civilizations and the Remaking of World Order*, New York: Simon & Schuster, 1997, p. 28-29.

似乎都验证了亨廷顿的说法，不同文化之间的冲突或许确实存在着难以调和的状况。国内戏剧专家孙惠柱教授认为，在这种情况下，"首先应该正视不同文化之间存在的问题，摊开来认真讨论——对戏剧家来说就是把文化冲突放到舞台上来展现，帮助人们从中学到有益的经验教训。这就是跨文化戏剧对于世界和平与人类进步所能具有的意义"①。

　　所幸东方涵盖的范围极为广阔，除了上述冲突不断的中东国家，也涵盖了相对静谧和平的远东地区。中国与日本的传统戏剧美学对整个欧洲的戏剧艺术产生的影响不容小觑，最典型的例子便是布莱希特在观看梅兰芳的表演时，深受震撼，他用来自异国的戏剧文化丰富了自己的戏剧理念，时至今日，德语剧坛仍有一些导演的作品多多少少透露出中国传统戏曲的影子。进入 21 世纪以后，各类国际戏剧节乘着全球化不断加深的东风办得风生水起，越来越多的东方戏剧作品有机会直接走上西方舞台，将自己的本来面貌呈现于观众眼前。2020 年，柏林戏剧节首次选择了一出来自遥远东方的戏剧作品。日本导演冈田利规（Toshiki Okada）与慕尼黑室内剧院合作将《吸尘器》（*The Vacuum Cleaner*），一部描述日本社会特有族群——蛰居族②生活的作品搬上了德国的舞台。导演冈田利规生于 1973 年，他不仅是戏剧导演，同时也是一名作家，早在 2007 年便曾前往比利时布鲁塞尔的艺术节进行演出。此后，他被邀请参加了各类欧洲艺术节，例如维也纳艺术周和德奥姆涅节，2014 年，他曾前往德国参加曼海姆"世界戏剧节"。经过多次艺术节的展演，冈田利规凭借东方的禅意之美、别具一格的编舞与特有的日本文化逐渐在欧洲积累了一定的知名度，《吸尘器》的此次获选在某种意义上反映了柏林戏剧节想要进一步打造开放、自由的艺术交流空间，以呈现文化的多样性与独特性的愿望，相信将来会有更多展现东方文化的作品出现在柏林戏剧节的舞台上。

---

① 孙惠柱：《文明冲突与戏剧冲突—兼评亨廷顿和赛义德的文化理论》，《当代中国：发展·安全·价值》，第二届（2004 年度）上海市社会科学界学术年会，第 233 页。
② 在日本，蛰居已成为相当普遍的社会现象，蛰居族指人处于狭小空间，不出社会、不上学、不上班，自我封闭地生活。日本内阁府对蛰居族的定义是几乎不走出自家和自己房间，除了满足爱好等以外不外出，且该状态持续 6 个月以上。

结　语

　　柏林戏剧节自 1964 创办伊始，迄今已走过将近六十载春秋。每一年春季，在观众的翘首期盼下，戏剧节总是如约拉开帷幕，为观众奉上戏剧的饕餮盛宴。由评委会选出的十大最值得关注的作品主题多样、形式各异，无一不彰显出德语戏剧丰沛的生命力。近两年，由于新冠疫情的影响，戏剧行业受到严重波及，柏林戏剧节也无法像往常一样将德语区各个剧院精心排演的戏剧作品邀请至首都柏林进行现场演出。在新冠病毒肆虐之时，汉德克笔下沉默着保持距离的"错身而过"构成了人们真实生活的图景，那些他通过长时间观看而获得的"幻觉"已然成为现实，这一准确的"预言"也从侧面反映出德语戏剧非同一般的前瞻性与经典性。在这样的特殊时期，2021 年的戏剧节最终决定采用现场直播和播放录像的方式呈现，对于观众而言，无法身临其境地现场观演确实是一大遗憾，此刻唯愿疫情早日过去，戏剧艺术重又恢复往日生机。

　　重走柏林戏剧节走过的道路或许是在最短的时间内观照整个德语戏剧圈最为直接与简单的方式，尽管无法 360 度全面、深入地剖析其中的各个层面，但上文中涉及的演出、导演以及作家无一不是当代德语剧坛的代表，通过分析这些代表性作品与人物相信在某种程度上足以描绘出当代德语戏剧的基本轮廓。无论如何，柏林戏剧节历年甄选出的舞台作品体现了德语戏剧的多样化面貌与创新精神是不争的事实，虽然每一年都会有作品引起争议，但总体而言，这些作品展示了德语戏剧在选材、剧场美学、文本内容与舞台形式、社会作用等不同方面的丰硕成果，经典佳作的数量十分庞大。当然，这些针对西方现象和理论的研究理应落脚到本国的实践中去，因此，本书除了为戏剧同好之士打开一扇能够眺望德语剧坛概貌的窗户外，也希望能够为中国戏剧行业的发展提供可资借鉴之处。

总体而言，德语国家的戏剧创作者们更为看重的是对已有材料的循环利用以及对不同艺术进行混合拼贴，相形之下，情节的缺失、场景的毫无关联则"无伤大雅"。也因此，进入 21 世纪这 20 年来，柏林戏剧节或者说德语戏剧最引以为傲的地方始终是形式上各种天马行空的创新。尽管戏剧节的评审标准细致、全面，但评委更加看中的是创新精神，这一点已经在柏林艺术节总监奥伯伦德的口中得到证实。那么德语国家采取了哪些行之有效的措施用以促进戏剧领域的创新精神的呢？这或许要归因于从国家到剧院机构再到民众的大力支持，这保障了戏剧创新之路的畅通无阻。

首先，在国家层面，德国政府几乎将补助力度、补助方式全权下放给了各州自行调配，各地可因地制宜对辖区内的剧院进行补贴，不仅仅是公立剧院，私立剧院也可以获得资金补助。[①]根据 2018 年发布的《文化金融报告》，2015 年，各州和乡镇从一般预算资金中提供了约 37 亿欧元用以发展戏剧和音乐，占到文化方面公共支出总额的 35.4%。[②] 这对于戏剧的存活、发展和创新可谓意义重大，毕竟剧院是需要充沛资金来支撑运转的机构，特别是剧院中的人员成本极高，并不是所有的剧院都能够负担得起固定剧团的费用，这也不是单纯靠提高票价就能解决的问题。就国家剧院而言，门票平均最多能够得到 80% 的补贴，这在很大程度上缓解了剧院的盈利压力。国家在给予资金支持的同时，也不吝啬给予创作自由，从而保障剧院在艺术上的更高追求，不必向商业化"屈膝"。既无资金方面的后顾之忧，又无政策方面的牵牵绊绊，剧院可将重心始终放在戏剧艺术本身，鼓励实验与创新，这无疑有利于创作群体的更新换代、戏剧的推陈出新与质量精进。不仅如此，在戏剧文化推广上，各项公立的文化基金同样不遗余力，例如柏林戏剧节的资助机构联邦文

---

① 德国大约有 140 家公立剧院，包括国家剧院、城市剧院和乡村舞台。此外，约有 220 家私立剧院、约 150 家没有固定剧团的剧院、演出场所以及大概 100 支没有固定演出场所的巡回演出团队，这些剧院和剧团均可获得国家补贴。

② Berghausen, Nadine. *Der Staat und die Freiheit der Kunst Theaterfizanzierung*. https://www.goethe.de/ins/es/de/kul/sup/bew/21506299.html，2021/07/26.

化基金是欧洲最大的公立文化基金会之一，该机构每年推动逾3000个当代文化项目以促进文化事业发展。在中国，政府在艺术方面的补贴虽有所提高，但戏剧演出受制于市场所需的情况并没有太大的改善，尤其是一些中小型剧院底子薄，它们甚至无力承担一出不卖座的戏剧，因而只能选择那些深受观众喜爱的剧目，循规蹈矩地"老调重弹"谈何创新？近年来知名度较高的戏剧节如乌镇戏剧节，其设立机构是文化乌镇股份有限公司，戏剧节的收入主要由票房、政府补贴、商业赞助、社会慈善资金等构成，由此不难看出戏剧节的商业性质，不可否认，戏剧节为中外戏剧文化交流打了一剂强心针，但那些远道而来而来的名导名作通常都是一票难求且票价高昂，普通观众难以一窥其貌。

其次，剧院机构适应时代的要求，通过使用专业管理团队使运作现代化。在德语国家，剧院的发展在很大程度上取决于剧院经理的能力。通常，剧院经理既要负责剧院管理，同时也要在艺术层面提供建设性、指导性的方案，大部分剧院经理还要作为导演指导自己的舞台作品。近二十年来，剧院经理的管理能力越来越被看重，因此，一些剧院倾向于选择在艺术和管理上各有所长的专家组成团队来共同领导剧院的发展。例如，巴塞尔剧院从2020年开始，采用四人团队共同承担剧院经理的工作，四人各司其职、共同决策，戏剧顾问安雅·迪克斯担任执行官、导演安图·罗密欧·纽恩斯担任战略发展总监，此外还有演员尤格·珀尔和戏剧总顾问英佳·舜劳一同出谋划策。四人当中，有两位均是戏剧顾问，由此可见，该职位在剧院中的重要性。戏剧顾问通常需要"协助全团的艺术总监或单个剧目的导演，挑选剧目或找人翻译、改编经典，或者和当代剧作家讨论修改，做研究找材料，还要受导演之托为全剧组的人诠释剧本。"[①]在德语国家，戏剧顾问早已是剧院的固定班底，他要做的事情十分"杂"，在这其中最重要的事或许是做"选择"，这种选择需要站在剧院所在城市的角度去思考，找到能够观照当前社会问题的切入点，进而挑选合适的剧目，让艺术介入现实、产生力量，并为此提供相应的创意

---

① 孙惠柱：《剧作法、戏剧顾问学及其他——论Dramaturgy的若干定义、相关理论及其在中国的意义》，《戏剧艺术》，2016年第4期，第6页。

和理念。德语国家的剧院无论大小都能做出自己的特色，并且能够打造出有新意的剧目，戏剧顾问的功劳不可忽视。在中国，目前基本只有大城市中的大剧院才有实力负担这样的成本支出，但从戏剧的长远发展来看，设置相关的专业人员有其必要性。

最后，德语戏剧的兴盛不衰、勤于创新离不开当地民众对戏剧的支持与热爱。根据德国舞台协会（Deutscher Bühnenverein）统计，在 2018/2019 演出季，约有 3500 万不同年龄段的观众前往剧院欣赏演出，该数量几乎达到了德国总人口的一半，这充分说明人们对戏剧怀有极大的兴趣。在德语国家，民众早已将剧院视为思想和体验的公共空间、直接交流的场所以及公共话语的一部分，哪怕是数字传媒兴盛的 21 世纪，戏剧仍是传递信息的主要途径之一，它的崇高地位依旧岿然不动。长久以来积累的高品质戏剧自然而然地"孕育出"高要求的观众，而高要求的观众又在不断推动高品质戏剧的诞生，这无疑形成了一个良性循环。与之相比，中国观众的选择面明显过窄，难以形成良性循环。中国小剧场研究者陶庆梅指出："不管是乌镇戏剧节、青年戏剧节还是南锣鼓巷戏剧节，并没有让戏剧更好，反而有些下降的感觉。一般来说，戏剧节的观众比较固定。我总觉得好像他们对于戏剧的要求也没有那么高，戏里有一点点他要的东西就够了。在戏剧节低额的补贴之下，往往也就演出两场，也还是有观众，能够维持运转，但这不代表他的作品质量就好。"①由此可见，只有将提高民众艺术文化素养、加强戏剧作品的质量把控和在更多地区推广戏剧艺术有机结合起来才有可能逐渐形成良性循环，让剧场重新火起来、活过来。只有这样，我们才能期待，中国的剧场能够制作出有价值、有新意的作品，而非"看上去都是新的方式，散发的都是过去的味道"②。

当然，要实现戏剧艺术的创新，盘活中国的戏剧市场并非三言两语、轻而易举就能实现，事实上，就连生命力相当丰沛的德语戏剧近年来也不得不面对缺乏新意的批评。举例来说，2019 年柏林戏剧节邀请的作品分别来自德

①　陶庆梅，黄月：《国内戏剧陷入停滞：政府补贴和戏剧节越来越多，但戏剧质量并没有更好》，https：// www. jiemian. com/article/861395. html？_ t＝t，2021/08/05.

②　陶庆梅，黄月：《国内戏剧陷入停滞：政府补贴和戏剧节越来越多，但戏剧质量并没有更好》，https：// www. jiemian. com/article/861395. html？_ t＝t，2021/08/05.

国、奥地利以及瑞士德语区，横向来看，无论从题材、表演风格、舞台布景、配乐或者服装角度出发，这些作品凭借各自风格鲜明的形态构成了一幅多维立体图像，确实呈现出了戏剧的多面性。但纵向来看，部分作品却有缺乏新意之嫌，例如汤姆·路茨执导的《来自造烟机厂的女孩》中的烟雾运用虽令人惊艳，但在其 2017 年的作品《悲伤的魔术师》（*Traurige Zauberer*）中已有相似的场景出现。除此以外，备受争议之处还在于绝大部分获选作品的导演为男性，其中不乏柏林戏剧节的受邀常客，总体来看，获奖名单缺乏新鲜感。导演塞巴斯蒂安·哈特曼指出，现如今剧院经理们都将焦点放在柏林戏剧节上面，却并不清楚，自己为什么要去参加①。这一方面说明了柏林戏剧节如同德语戏剧风向标般的重要地位，另一方面也道出了德语戏剧需要警惕的地方。柏林戏剧节一贯看重的创新精神主要体现在形式上，倘若各大剧院按照此标准制定剧院的发展方向，这或将导致文本内容与舞台形式的进一步割裂甚至对立。

如今，距"后戏剧剧场"这一概念在德国明确提出已过去二十年整，在中国，距《后戏剧剧场》一书的出版流通也近十年。尽管雷曼的初衷并非将"后戏剧"与"戏剧"对立起来，但专家的误读，媒体的夸大其词与推波助澜，加之艺术家们标新立异、夺人眼球的需要均加剧了当代剧场与戏剧文本的对立。事实上，要"新"要"潮"就应摒弃文本，让文学靠边站的"先锋"话语无论是在德国还是在中国都不绝于耳。针对此现象，国内不乏学者专家指出其中弊端，例如董健先生在《关于中国当代戏剧史研究的几个问题》一文中指出了当代中国戏剧的种种乱象："首先，强化戏剧作品的物质外壳，以舞台装饰的华丽'奇观'掩盖戏剧精神内涵的贫弱或荒谬……其次，戏剧之舞台性的强化大都以排拒作为思想载体的文学为代价……再次，与以上两点相联系，戏剧之'玩'的功能被大大膨胀，其触人情思、给人美感的功能大大削弱。"②中国戏剧的历史源远流长，这其中作为中国传统文化瑰宝的戏曲功不可没，但作为舶

---

① Sebastian Hartmann. *Deutsches Theater in der Krise*. https：// archive. ph/20130211014023/http：//www. dradio. de/kulturnachrichten/20070320100000/，2021/08/20.

② 董健：《关于中国当代戏剧史研究的几个问题》，《南大戏剧论丛》，2017 年第 01 期，第 13—14 页。

来品的话剧，其在中国的扎根、萌芽、生长也不过一百余年，确实存在根基薄弱的问题。话剧的受众群体始终集中于大城市，并未全面辐射到农村与城镇地区。因此，当20世纪80年代改革开放政策初步实施，社会生产生活方式发生剧烈变化时，电影、电视迅速成为大众媒体，占据人们的业余生活，而大量省级话剧院则被迫解散，话剧的生存空间被极度压缩。传统戏曲显然在这波洪流之中也未能全身而退，受到波及已是意料之中。面对新媒体发起的挑战，戏剧需要自救与革新。

早在20世纪70年代末，中国话剧便走上了求新求变的实验之路。牟森、张献、林兆华、孟京辉等导演在数十年的探索道路上确实为中国话剧的发展赢得了新的生存空间，与此同时，中国当代戏剧身上的"后戏剧"特征也愈加明显。倘若不顾观众理解力与国内社会现实只一味地追求与国际接轨，编排形式大于内容的戏剧，那么本就根基薄弱的中国话剧很难扩大观众群体。再加上强劲的新媒体对手，中国戏剧的发展之路实属不易，如何把每一步走稳走实值得深思。此外，董健先生所提到在种种乱象也在这一探索的过程中屡见不鲜，这对中国戏剧的健康发展无疑增加了阻力。田本相先生对中国戏剧衰落的担忧也并非危言耸听，而是时刻在中国戏剧人士耳边敲响的警钟。中国戏剧人应当引以为戒，在文学依然拥有分量的时候，持续重视、守护它，让戏剧文学与剧场艺术健康和谐地发展。

附　录

附录一：21 世纪以来柏林戏剧节获邀作品名单①

2000 年（第 37 届）

1. 巴塞尔剧院—蒙特维第（Claudio Monteverdi）②所作牧歌—《爱之战》（*La Guerra d'Amore*）—编舞及导演：阿希姆·施洛默（Joachim Schlömer，1962—　）

2. 巴塞尔剧院—亨利克·易卜生（Henrik Ibsen）—《人民公敌》（*Der Volksfeind*）—导演：拉尔斯·奥莱·沃尔伯格（Lars-Ole Walburg，1965—　，德国剧作家、导演、剧院经理）

3. 柏林人民剧院—费奥多尔·米哈伊洛维奇·陀思妥耶夫斯基（Fyodor Mikhailovich Dostoevsky）—《群魔》（*Dämonen*）—导演：弗兰克·卡斯托夫（Frank Castorf，1951—　）

4. 德国柏林邵宾纳剧院—《身体》（*Körper*）—导演及编舞：萨莎·沃尔兹（Sasha Waltz，1963—　）

5. 波鸿剧院—易卜生—《约翰·盖勃吕尔·博克曼》（*John Gabriel*

---

① 名单涵盖了演出剧院、作者、剧名（改编作品将注明原著名称及剧作家）、导演（出生年份、来自德国以外的导演将注明国籍、正文中未出现的导演将给出简单介绍）等相关信息。

② 同一作家、导演、作品仅在第一次出现时给出完整的中外文标注，之后再度出现仅标注中文。

Borkman)—导演：林德·豪尔曼（Leander Haußmann，1959—　，德国电影及戏剧导演、演员）

6. 汉堡德意志剧院—汤姆·拉诺耶（Tom Lanoye）和卢克·珀切瓦尔（Luk Perceval）根据莎士比亚系列作品改编—《屠杀！》（SCHLACHTEN！）—导演：卢克·珀切瓦尔（1957—　，比利时戏剧导演、演员）

7. 汉堡德意志剧院—雷纳德·格茨（Rainald Goetz）—《杰夫·昆斯》（Jeff Koons）—导演：斯蒂芬·巴赫曼（Stefan Bachmann，1966—　，瑞士导演）

8. 汉堡坎普纳格尔剧院—阿努克·凡·戴克（Anouk van Dijk，1965—　，荷兰编舞家、舞蹈家、剧院经理）和福克·里希特（Falk Richter，1969—　，德国导演、作家）—《没什么伤害》（Nothing Hurts）—导演：福克·里希特

9. 科隆城市舞台—威廉·莎士比亚（William Shakespeare）—《爱德华三世》（Die Regierung des Königs Edward III.）—导演：弗兰克·帕特里克·斯特克尔（Frank—Patrick Steckel，1943—　，德国导演、作家、译者）

10. 维也纳艺术周—莎士比亚—《哈姆雷特》（Hamlet）—导演：彼得·扎德克（Peter Zadek，1926—2009，德国导演、剧院经理）

2001 年（第 38 届）

1. 柏林剧团—莎士比亚—《理查德二世》（RICHARD II.）—导演：克劳斯·派曼（Claus Peymann，1937—　）

2. 柏林人民剧院—卡斯托夫根据田纳西·威廉斯（Tennessee Williams）《欲望号街车》改编—《终点站美国》（Endstation Amerika）—导演：弗兰克·卡斯托夫

3. 达姆施塔特国家剧院—沃纳·弗里奇（Werner Fritsch，1960—　，德国作家）—《色度》（Chroma）—导演：托马斯·克鲁帕（Thomas Krupa，德国导演、舞台设计师）

4. 德累斯顿国家剧院—托马斯·温特伯格（Thomas Vinterberg，1969—　，丹麦电影导演）和莫根斯·鲁科弗（Mogens Rukov，1943—2015，

丹麦编剧）—《家宴》（*Das Fest*）—导演：迈克尔·塔尔海默（Michael Thalheimer，1965—　，德国导演）

5. 汉堡塔利亚剧院—费伦茨·莫尔纳（Ferenc Molnár，1978—1952，匈牙利作家、导演）—《利里奥姆》（*Liliom*）—导演：迈克尔·塔尔海默

6. 维也纳城堡剧院—易卜生—《罗斯蒙肖龙》（*Rosmersholm*）—导演：彼得·扎德克

7. 维也纳城堡剧院—雅丝米娜·雷札（Yasmina Reza，1959—　，当代法国女作家）—《人生的三个版本》（*Drei Mal Leben*）—导演：路克·邦迪（Luc Bondy）（1948—2015，瑞士戏剧、电影、歌剧导演）

8. 维也纳城堡剧院—安东·巴甫洛维奇·契诃夫（Anton Chekhov）—《海鸥》（*Die Möwe*）—导演：路克·邦迪

9. 维也纳城堡剧院—卡尔·申海尔（Karl Schönherr，1867—1943，奥地利医生、作家）—《信仰和故乡》（*Glaube und Heimat*）—导演：马丁·库泽（Martin Kušej，1961—　，奥地利戏剧、歌剧导演）

10. 苏黎世剧院—莎士比亚—《第十二夜》（*Was ihr wollt*）—导演：克里斯托弗·马塔勒（Christoph Marthaler，1951—　，瑞士导演、音乐家）

2002 年（第 39 届）

1. 巴塞尔剧院—易卜生—《约翰·盖勃吕尔·博克曼》—导演：塞巴斯蒂安·努布尔（Sebastian Nübling，1960—　，德国导演）

2. 柏林人民剧院—陀思妥耶夫斯基—《被侮辱与被损害的人》（*Erniedrigte und Beleidigte*）—导演：弗兰克·卡斯托夫

3. 柏林人民剧院—勒内·波莱希（René Pollesch，1962—　）—《城市作为战利品/家的承包. 垃圾旅馆中的人们/性》（*Stadt als Beute / Insourcing des Zuhause. Menschen in Scheiss—Hotels / Sex*）—导演：勒内·波莱希

4. 汉诺威剧院—莎士比亚—《哈姆雷特》—导演：尼古拉斯·斯蒂曼（Nicolas Stemann，1968—　）

5. 慕尼黑室内剧院—约恩·福瑟（Jon Fosse，1959—　，挪威小说家、剧作家）—《秋之梦》（*Traum im Herbst*）—导演：卢克·珀切瓦尔

6. 慕尼黑室内剧院—欧里庇得斯（Euripides）—《阿尔克提斯》（*Alkestis*）—导演：乔西·维勒（Jossi Wieler，1951—　）

7. 斯图加特国家剧院—雨果·克劳斯（Hugo Claus）根据古罗马政治家、哲学家、悲剧作家塞涅卡（Seneca）作品《提埃斯忒斯》（*Thyestes*）改编—《阿特里德诅咒》（*Der Fluch der Atriden*）—导演：斯蒂芬·金米格（Stephan Kimmig，1959—　）

8. 苏黎世剧院—契诃夫—《三姐妹》（*Drei Schwestern*）—导演：斯蒂芬·普赫（Stefan Pucher，1965—　，德国戏剧导演）

9. 苏黎世剧院—梅格·斯图尔特（Meg Stuart）/损坏的货物（Damaged Goods）—《托辞》（*Alibi*）—创意和导演：梅格·斯图尔特（1965—　，美国女舞蹈家、编舞师）

10. 苏黎世剧院—弗朗茨·舒伯特（Franz Schubert）—《美丽的磨坊女》（*Die schöne Müllerin*）—导演：克里斯托弗·马塔勒

2003 年（第 40 届）

1. 柏林列宁广场剧院—易卜生—《娜拉》（*Nora*）—导演：托马斯·奥斯特迈尔（Thomas Ostermeier，1968—　）

2. 柏林人民剧院/维也纳艺术周—米哈伊尔·布尔加科夫（Michail Bulgakow）—《大师与玛格丽特》（*Der Meister und Margarita*）—导演：弗兰克·卡斯托夫

3. 汉堡塔利亚剧院—亚瑟·史尼兹勒（Arthur Schnitzler）—《恋爱三昧》（*Liebelei*）—导演：迈克尔·塔尔海默

4. 汉堡塔利亚剧院—易卜生—《娜拉》—导演：斯蒂芬·金米格

5. 汉堡塔利亚剧院—弗里茨·卡特（Fritz Kater）—《爱的时刻，死的时刻》（*Zeit zu lieben Zeit zu sterben*）—导演：阿明·佩特拉斯（Armin Petras，1964—　，德国戏剧导演、作家，常以笔名"Fritz Kater"写作）

6. 慕尼黑室内剧院—埃斯库罗斯（Aischylos）—《奥莱斯特》（*Orestie*）—导演：安德烈亚斯·克里根堡（Andreas Kriegenburg，1963—　）

7. 维也纳城堡剧院学术剧场—莱辛（Gotthold Ephraim Lessing）—《爱米

丽雅·迦洛蒂》（*Emilia Galotti*）—导演：安德里亚·布雷斯（Andrea Breth，1952— ，德国女导演）

8. 苏黎世剧院—斯蒂芬妮·卡普（Stefanie Carp）—《理由，希望变体》（*Groundings，Eine Hoffnungsvariante*）—导演：克里斯托弗·马塔勒

9. 苏黎世剧院—莎士比亚—《理查德三世》—导演：斯蒂芬·普赫

10. 苏黎世剧院—尤金·奥尼尔（Eugene O'Neill）—《悲悼》（*Trauer muss Elektra tragen*）—导演：弗兰克·卡斯托夫

2004年（第41届）

1. 柏林人民剧院—伯纳德·玛丽·科特斯（Bernard—Marie Koltès）—《黑人和狗的战斗》（*Kampf des Negers und der Hunde*）—导演：迪米特·格切夫（Dimiter Gotscheff，1943—2013）

2. 鲁尔区三年展/比利时当代芭蕾舞/国立巴黎歌剧团—莫扎特/阿兰·普拉特尔（Alain Platel，1956— ，比利时编舞家兼导演）/西尔万·康布雷兰（Sylvain Cambreling）—《狼》（*Wolf*）—策划与导演：阿兰·普拉特尔

3. 杜塞多夫剧院—马克西姆·高尔基（Maxim Gorky）—《夏日访客》（*Sommergäste*）—导演：尤根·格许（Jürgen Gosch，1943—2009）

4. 汉堡德意志剧院/新影院与柏林岸边海贝尔剧院（HAU），汉诺威剧院及维也纳城堡剧院合作出品—《截止日期》（*deadline*）—由海格德·豪格、斯蒂芬·凯吉、丹尼尔·韦策尔（里米尼记录）执导的戏剧项目

5. 汉堡高斯街塔利亚剧院—弗里茨·卡特—《我们是相机/杰森材料》（*WE ARE CAMERA/Jasonmaterial*）—导演：阿明·佩特拉斯

6. 汉诺威剧院/施蒂里亚之秋①—克劳斯·汉德尔（Klaus Händl，1969— ，也称为汉德尔·克劳斯，奥地利作家、演员、电影导演、剧作家）—《维尔德——有着忧伤眼睛的男人》（*Wilde — Der Mann mit den traurigen Augen*）—导演：塞巴斯蒂安·努布尔

7. 慕尼黑拜仁国家剧院/王宫剧院—契诃夫—《万尼亚叔叔》（*Onkel*

---

① "施蒂里亚之秋"（Steirischer Herbst）是每年秋季于奥地利举行的当代国际艺术节。

Wanja)—导演：芭芭拉·弗雷(Barbara Frey, 1963—　, 瑞士戏剧导演、剧院经理)

8. 慕尼黑室内剧院—海纳·穆勒(Heiner Müller)—《解剖提图斯/罗马的秋天. 一份莎士比亚评论》(*Anatomie Titus/Fall of Rome. Ein Shakespearekommentar*)—导演：约翰·西蒙斯(Johan Simons, 1946—　, 荷兰导演)

9. 维也纳城堡剧院学术剧场—埃尔弗里德·耶利内克(Elfriede Jelinek)—《发电站》(*Das Werk*)—导演：尼古拉斯·斯蒂曼

10. 苏黎世剧院—格奥尔格·毕希纳(Georg Büchner)—《丹东之死》(*Dantons Tod*)—导演：克里斯托弗·马塔勒

2005 年(第 42 届)

1. 柏林德意志剧院—爱德华·阿尔比(Edward Albee)—《谁害怕弗吉尼亚·伍尔芙?》(*Wer hat Angst vor Virginia Woolf?*)—导演：尤根·格许

2. 柏林人民剧院—《艺术和蔬菜》(*Kunst und Gemüse*)—导演：克里斯托弗·施林根西夫(Christoph Schlingensief, 1960—2010)

3. 汉堡德意志剧院—莎士比亚—《奥赛罗》(*Othello*)—导演：斯蒂芬·普赫

4. 汉堡塔利亚剧院—弗兰克·韦德肯(Frank Wedekind)—《露露》(*Lulu*)/《潘多拉魔盒》(*Die Büchse der Pandora*)—导演：迈克尔·塔尔海默

5. 汉诺威剧院—鲁茨·胡伯纳(Lutz Hübner, 1964—　, 德国当代剧作家、演员和导演)—《帕拉伊索酒店》(*Hotel Paraiso*)—导演：芭芭拉·伯克(Barbara Bürk, 1965—　, 德国女导演)

6. 慕尼黑室内剧院—弗里德里希·黑贝尔(Friedrich Hebbel)—《尼伯龙根》(*Die Nibelungen*)—导演：安德烈亚斯·克里根堡

7. 慕尼黑室内剧院—保罗·克洛岱尔(Paul Claudel, 1868—1955, 法国诗人、剧作家、散文家)—《正午的分享》(法语：*Partage de midi*)—导演：乔西·维勒

8. 维也纳城堡剧院—弗里德里希·冯·席勒(Friedrich von Schiller)—

《唐·卡洛斯》(*Don Carlos*)—导演：安德里亚·布雷斯

9. 苏黎世剧院—米歇尔·韦勒贝克(Michel Houellebecq，1956— ，法国当代作家)—《基本粒子》(*Elementarteilchen*)—导演：约翰·西蒙斯

10. 苏黎世剧院—马克斯·弗里施（Max Frisch）—《能干的法贝尔》(*Homo Faber*)（长篇小说）—导演：斯蒂芬·普赫

2006 年(第 43 届)

1. 巴塞尔剧院/柏林高尔基剧院—安德烈斯·凡尔（Andres Veiel)/葛新娜·施密特(Gesine Schmidt)—《一脚》(*Der Kick*)—导演：安德烈斯·凡尔（1959— ，德国电影、戏剧导演、作家）

2. 柏林列宁广场剧院—易卜生—《海达·盖伯勒》(*Hedda Gabler*)—导演：托马斯·奥斯特迈尔

3. 柏林人民剧院—契诃夫—《伊凡诺夫》(*Iwanow*)—导演：迪米特·格切夫

4. 杜塞尔多夫戏剧院—莎士比亚—《麦克白》(*Macbeth*)—导演：尤根·格许

5. 福赛斯舞蹈团—《三种大气研究》(*Three Atmospheric Studies*)—编舞和导演：威廉·福赛斯(William Forsythe，1949— ，美国舞蹈家和编舞家)

6. 哈勒文化岛屿/新剧—保罗·宾纳尔特(Paul Binnerts，1938— ，荷兰戏剧导演、表演老师、剧作家、小说家)根据以色列作家阿摩司·奥兹(Amos Oz)同名小说改编—《一样的海》(*Allein das Meer*)—导演：保罗·宾纳尔特

7. 汉诺威剧院—契诃夫—《三姐妹》—导演：尤根·格许

8. 曼海姆国家剧院与魏玛德意志国立剧院于十三届国际席勒节合作搬演—海格德·豪格、丹尼尔·韦策尔（里米尼记录)—《华伦斯坦——一场文献记录的演出》(*Wallenstein. Eine dokumentarische Inszenierung*)—导演：海格德·豪格、丹尼尔·韦策尔

9. 慕尼黑室内剧院—汉德尔·克劳斯—《黑暗诱人世界》(*Dunkel lockende Welt*)—导演：塞巴斯蒂安·努布尔

10. 斯图加特剧院/斯图加特国家剧院—契诃夫—《普拉东诺夫或没有剧名的剧本》(*Platonow*)—导演：卡琳·亨克尔(Karin Henkel，1970　—，德国女导演)

2007 年(第 44 届)

1. 巴塞尔剧院—亨利·珀塞尔(Henry Purcell，巴洛克时期的英格兰作曲家)—《狄朵与埃涅阿斯》(*Dido und Aeneas*)—导演：塞巴斯蒂安·努布尔

2. 柏林德意志剧院—埃斯库罗斯(Aischylos)—《奥莱斯特》(*Orestie*)(古希腊悲剧)—导演：迈克尔·塔尔海默

3. 柏林高尔基剧院—约翰·沃尔夫冈·冯·歌德(Johann Wolfgang von Goethe)—《少年维特之烦恼》(*Die Leiden des jungen Werthers*)—导演：扬·博斯(Jan Bosse，1969—　，德国戏剧导演)

4. 汉堡塔利亚剧院—让—保罗·萨特(Jean—Paul Sartre)—《肮脏的手》(*Die schmutzigen Hände*)—导演：安德烈亚斯·克里根堡

5. 汉堡塔利亚剧院/萨尔茨堡艺术节—根据莫里哀(Molière)作品《伪君子》(*Tartuffe*)改编—导演：迪米特·格切夫

6. 汉堡塔利亚剧院—耶利内克—《乌尔里克·玛丽亚·斯图尔特》(*Ulrike Maria Stuart*)—导演：尼古拉斯·斯蒂曼

7. 慕尼黑室内剧院—契诃夫—《三姐妹》—导演：安德烈亚斯·克里根堡

8. 魏玛德意志国家剧院—费迪南·布鲁克纳(Ferdinand Bruckner，1891—1958，奥地利—德国作家、剧院经理)—《青春的痛苦》(*Krankheit der Jugend*)—导演：蒂尔曼·科勒(Tilmann Köhler，1979—　，德国戏剧导演)

9. 维也纳城堡剧院—莎士比亚—《无事生非》(*Viel Lärm um nichts*)—导演：扬·博斯

10. 苏黎世剧院—雅丝米娜·雷札—《杀戮之神》(*Der Gott des Gemetzels*)—导演：尤根·格许

2008 年(第 45 届)

1. 慕尼黑室内剧院—莎士比亚—《暴风雨》(*Der Sturm*)—导演：斯蒂

芬·普赫

2. 科隆剧院—《玛莎·鲁宾的幻影》（*Die Erscheinungen der Martha Rubin*）—永动表演装置—导演：西格娜·科斯特勒（Signa Köstler，1975—　，丹麦女艺术家）

3. 柏林德意志剧院—契诃夫—《万尼亚叔叔》（*Onkel Wanja*）—导演：尤根·哥许

4. 慕尼黑室内剧院—根据宁那·华纳·法斯宾德（Rainer W. Fassbinder）同名电影改编—《玛利亚·布朗的婚姻》（*Die Ehe der Maria Braun*）—导演：托马斯·奥斯特迈尔

5. 法兰克福剧院—根据埃纳尔·施勒夫（Einar Schleef）同名小说改编—《格特鲁德》（*Gertrud*）—导演：阿明·佩特拉斯

6. 汉诺威剧院/汉堡德意志剧院—西蒙·史蒂芬斯（Simon Stephens，1971—　，英国当代剧作家）—《色情文学》（*Pornographie*）—导演：塞巴斯蒂安·努布尔

7. 柏林德意志剧院—戈哈特·豪普特曼（Gerhart Hauptmann）—《大老鼠》（*Die Ratten*）—导演：迈克尔·塔尔海默

8. 汉堡塔利亚剧院—席勒—《玛丽亚·斯图亚特》（*Maria Stuart*）—导演：斯蒂芬·金米格

9. 苏黎世剧院—莎士比亚—《哈姆雷特》（*Hamlet*）—导演：扬·博斯

10. 苏黎世红色工厂/dieproduktion公司—《位置紧缺》（*Platz Mangel*）—项目导演：克里斯托弗·马塔勒

2009 年（第 46 届）

1. 鲁尔区三年展（RuhrTriennale 2008/国际艺术节）—克里斯托弗·施林根西夫—《恐惧陌生自我的教堂》（*Eine Kirche der Angst vor dem Fremden in mir*）—导演：克里斯托弗·施林根西夫

2. 柏林德意志剧院—契诃夫—《海鸥》（*Die Möwe*）—导演：尤根·格许

3. 科隆剧院—弗朗兹·萨维尔·克罗兹（Franz Xaver Kroetz, 1946—　，德国当代作家、导演、编剧、演员）—《愿望音乐会》（*Wunschkonzert*）—导演：

凯蒂·米歇尔（Katie Mitchell，1964—　，英国女导演）

4. 苏黎世剧院—罗兰·施梅芬尼（Roland Schimmelpfennig，德国当代剧作家、导演）—《此地此刻》（*Hier und Jetzt*）—导演：尤根·格许

5. 慕尼黑室内剧院—根据卡夫卡同名小说改编—《审判》（*Der Prozess*）—导演：安德烈亚斯·克里根堡

6. 汉堡塔利亚剧院/萨尔茨堡艺术节—根据席勒同名剧作改编—《强盗》（*Die Räuber*）—导演：尼古拉斯·斯蒂曼

7. 维也纳城堡剧院—约阿希姆·迈耶霍夫（Joachim Meyerhoff）—《所有逝者飞向高处 1—3 部》（*Alle Toten fliegen hoch 1-3*）—导演：约阿希姆·迈耶霍夫（1967—　，德国演员、导演、作家）

8. 汉堡德意志剧院—沃尔克·洛施（Volker Lösch）根据彼得·魏斯作品《马拉/萨德》自由改编—《马拉，我们的革命最后怎么样了？》（*Marat，was ist aus unserer Revolution geworden?*）—导演：沃尔克·洛施（1963—　，德国戏剧导演）

9. 维也纳城堡剧院—卡尔·舍恩赫尔（Karl Schönherr，1867—1943，奥地利作家）—《女魔鬼》（*Der Weibsteufel*）—导演：马丁·库泽

10. 瑞士维尔德豪斯酒店—《维尔德豪斯酒店的戏剧》（*Das Theater mit dem Waldhaus*）—克里斯托弗·马塔勒及其团队创作项目—导演：克里斯托弗·马塔勒

2010 年（第 47 届）

1. 柏林德意志剧院—迪亚·洛赫（Dea Loher，1964—　，德国剧作家）—《小偷》（*Diebe*）—导演：安德烈亚斯·克里根堡

2. 格拉茨剧院—根据彼得·汉德克（Peter Handke）同名剧作改编—《形同陌路的时刻》（*Die Stunde da wir nichts voneinander wußten*）—导演：维克多·博多（Viktor Bodó，1978—　，匈牙利导演、舞台设计师）

3. 汉堡塔利亚剧院—丹尼斯·凯利（Dennis Kelly，1970—　，英国剧作家、电视编剧）—《爱情和金钱》（*Liebe und Geld*）—导演：斯蒂芬·金米格

4. 汉堡塔利亚剧院与科隆剧院合作出品—耶利内克—《商人的合同——一

出经济喜剧》(*Die Kontrakte des Kaufmanns. Eine Wirtschaftskomödie*)—导演：尼古拉斯·斯蒂曼

5. 科隆剧院—根据埃托尔·斯科拉(Ettore Scola)执导的意大利电影《丑陋的罗马人》(*Die Schmutzigen, die Hässlichen und die Gemeinen*)改编—导演：卡琳·贝尔(Karin Beier, 1965—　，德国戏剧女导演)

6. 科隆剧院/比利时根特剧场/De Veenfabriek(荷兰音乐剧团体)—奥当·冯·霍尔瓦(Ödön von Horváth, 1901—1938，匈牙利德语作家)—《卡思米和卡罗琳》(*Kasimir und Karoline*)—导演：约翰·西蒙斯/保罗·科克(Paul Koek, 1954—　，荷兰戏剧制作人、音乐家)

7. 慕尼黑室内剧院—根据汉斯·法拉达(Hans Fallada)同名小说改编—《小人物—何去何从?》(*Kleiner Mann—was nun*)—导演：卢克·珀切瓦尔

8. 维也纳城堡剧院—凯利·科珀(Kelly Copper)/帕沃尔·利斯卡(Pavol Liska)—《生命和时间 第一集》(*Life and Times—Episode 1*)——导演：凯利·科珀/帕沃尔·利斯卡(美国表演艺术家)

9. 维也纳城堡剧院—罗兰·施梅芬尼—《金龙》(*Der goldene Drache*)—导演：罗兰·施梅芬尼

10. 维也纳艺术周—克里斯托弗·马塔勒/安娜·维布罗克(Anna Viebrock)—《里森布茨巴赫. 永久殖民地》(*Riesenbutzbach. Eine Dauerkolonie*)—导演：克里斯托弗·马塔勒

2011年(第48届)

1. 柏林瑙恩大街剧院—努尔坎·埃普拉特(Nurkan Erpulat)/延斯·希尔耶(Jens Hillje)根据法语电影《裙角飞扬的日子》(*La journée de la jupe*)改编—《疯狂的血液》(*Verrücktes Blut*)导演：努尔坎·埃普拉特(1974—　，土耳其戏剧导演、作家)

2. 柏林乌费尔海贝尔剧院/汉堡坎普纳格尔剧院/杜塞尔多夫自由剧院—She She Pop—《遗嘱》(*Testament*)—导演：She She Pop

3. 布鲁塞尔非洲节日剧院—克里斯托弗·施林根西夫—《通过偏狭 II》(*Via Intolleranza II*)—导演：克里斯托弗·施林根西夫

4. 德累斯顿剧院—席勒—《唐·卡洛斯》(*Don Carlos*)—导演：罗杰·冯托贝尔(Roger Vontobel，1977—　，瑞士戏剧导演)

5. 科隆剧院—契诃夫—《樱桃园》(*Der Kirschgarten*)—导演：卡琳·亨克尔

6. 科隆剧院—耶利内克—《发电站/在公共汽车里/崩塌》(*Das Werk / Im Bus / Ein Sturz*)—导演：卡琳·贝尔

7. 奥伯豪森剧院—易卜生—《娜拉或是玩偶之家》(*Nora oder ein Puppenhaus*)—导演：赫伯特·弗里奇(Herbert Fritsch)

8. 梅克伦堡国家剧院—格哈特·霍普特曼(Gerhart Hauptmann)—《獭皮》(*Der Biberpelz*)—导演：赫伯特·弗里奇

9. 维也纳城堡剧院—凯瑟琳·罗格格拉(Kathrin Röggla)—《参与者》(*Die Beteiligten*)—导演：斯蒂芬·巴赫曼

10. 苏黎世剧院—亚瑟·米勒(Arthur Miller)—《推销员之死》(*Tod eines Handlungsreisenden*)—导演：斯蒂芬·普赫

2012 年(第 49 届)

1. 柏林人民剧院—易卜生—《约翰·盖勃吕尔·博克曼》(*John Gabriel Borkman*)—导演：维加德·温奇(Vegard Vinge，1971—　，挪威导演)

2. 柏林人民剧院—勒内·波莱希—《杀死你的宝贝！贝拉德菲亚街道》(*Kill your Darlings! Streets of Berladelphia*)—导演：勒内·波莱希

3. 柏林人民剧院—弗兰茨·阿诺德(Franz Arnold)/恩斯特·巴赫(Ernst Bach)—《西班牙蝇》(*Die spanische Fliege*)—导演：赫伯特·弗里奇

4. 纪念中心(Memorial Centre)/柏林岸边海贝尔剧院—米洛·劳(Milo Rau)—《仇恨电台》(*Hate Radio*)—导演：米洛·劳(1977—　，瑞士导演、剧作家、散文家、记者)

5. 柏林岸边海贝尔剧院—《在你眼前》(*Before Your Very Eyes*)—导演：戈伯小分队(Gob Squad)

6. 波恩剧院—易卜生—《人民公敌》(*Ein Volksfeind*)—导演：卢卡斯·朗霍夫(Lukas Langhoff，1964—　)

7. 汉堡塔利亚剧院/萨尔茨堡艺术节—歌德—《浮士德 I＋II》(*Faust*)—导演：尼古拉斯·斯蒂曼

8. 慕尼黑室内剧院—萨拉·凯恩(Sarah Kane)—《涤净/渴爱/ 4.48 精神崩溃》(*Gesäubert / Gier / 4.48 Psychose*)—导演：约翰·西蒙斯

9. 慕尼黑室内剧院—莎士比亚—《麦克白》(*Macbeth*)—导演：卡琳·亨克尔

10. 维也纳城堡剧院——契诃夫—《普拉东诺夫或没有剧名的剧本》—导演：阿尔维斯·赫曼尼斯(Alvis Hermanis，1965— ，拉脱维亚演员、戏剧导演、剧作家)

2013 年(第 50 届)

1. 法兰克福剧院—欧里庇得斯(Euripides)—《美狄亚》(*Medea*)—导演：迈克尔·塔尔海默

2. 柏林人民剧院—迪特·罗特(Dieter Roth)—《喃喃自语》(*Murmel Murmel*)—导演：赫伯特·弗里奇

3. 汉堡塔利亚剧院—根据汉斯·法拉达同名小说改编—《每个人都为自己而亡》(*Jeder stirbt für sich allein*)—导演：卢克·珀切瓦尔

4. 莱比锡中央剧院/鲁尔戏剧节(Ruhrfestspiele)[①]—根据列夫·托尔斯泰(Leo Tolstoi)同名小说改编—《战争与和平》(*Krieg und Frieden*)—导演：塞巴斯蒂安·哈特曼(Sebastian Hartmann)

5. 慕尼黑室内剧院—耶利内克—《街/城/袭击》(*Die Straße. Die Stadt. Der Überfall*)—导演：约翰·西蒙斯

6. 瑞士荷拉剧院/柏林岸边海贝尔剧院—《残疾人戏剧》(*Disabled Theater*)—创意：耶罗姆·贝尔(Jérôme Bel)

7. 科隆剧院/伦敦五十九公司—弗里德里克·梅罗克(Friederike Mayröcker)—《夜游》(*Reise durch die Nacht*)—导演：凯蒂·米切尔

---

① 德国北莱茵—威斯特法伦州雷克林豪森的"鲁尔戏剧节"堪称欧洲最为重要的戏剧节之一。该节始于第二次世界大战之后，是鲁尔地区的一项重大年度文化活动。

8. 苏黎世剧院—贝尔托·布莱希特（Bertolt Brecht）—《屠宰场的圣约翰娜》（*Die heilige Johanna der Schlachthöfe*）—导演：塞巴斯蒂安·鲍姆加滕（Sebastian Baumgarten）

9. 科隆剧院—戈哈特·豪普特曼—《大老鼠》—导演：卡琳·亨克尔

10. 慕尼黑室内剧院—田纳西·威廉斯（Tennessee Williams）—《琴神下凡》（*Orpheus steigt herab*）—导演：塞巴斯蒂安·努布尔

2014 年（第 51 届）

1. 苏黎世剧院—根据海因里希·冯·克莱斯特（Heinrich von Kleist）戏剧作品《安菲特律翁》（*Amphitryon*）改编—《安菲特律翁和他的面貌相似者》（*Amphitryon und sein Doppelgänger*）—导演：卡琳·亨克尔

2. 苏黎世剧院—《卡斯珀尔·豪泽尔的故事》（*Die Geschichte von Kaspar Hauser*）—导演：阿尔维斯·赫曼尼斯

3. 维也纳城堡剧院—多伦·拉比诺维奇（Doron Rabinovici）—《最后的见证者》（*Die letzten Zeugen*）—导演：马蒂亚斯·哈特曼（Matthias Hartmann）

4. 慕尼黑室内剧院—玛丽路易丝·弗莱瑟（Marieluise Fleißer，1901－1974，德国女作家）《英戈尔施塔特的炼狱》（*Fegefeuer in Ingolstadt*）—导演：苏珊·肯尼迪（Susanne Kennedy，1977－　，德国女导演）

5. 柏林人民剧院—赫伯特·弗里奇—《无题 第一 // 歌剧》（*Ohne Titel Nr. 1 // Eine Oper*）—导演：赫伯特·弗里奇

6. 斯图加特剧院——契诃夫—《万尼亚叔叔》—导演：罗伯特·博格曼（Robert Borgmann，1980－　，德国导演）

7. 慕尼黑王宫剧院—根据路易—费迪南·塞利纳（Louis—Ferdinand Céline）的同名法语小说改编—《茫茫黑夜漫游》（*Reise ans Ende der Nacht*）—导演：弗朗克·卡斯托夫

8. 里米尼装置/鲁尔区三年展—《情境空间》（*Situation Rooms*）—导演：海格德·豪格/斯蒂芬·凯吉/丹尼尔·韦策尔

9. 慕尼黑室内剧院/ Le Ballet C de la B—《陶伯巴赫》（*Tauberbach*）—导演：阿兰·普拉特尔

10. 慕尼黑王宫剧院—海纳·穆勒—《水泥》(*Zement*)—导演：迪米特·格切夫

2015 年(第 52 届)

1. 汉诺威剧院—《偏远岛屿地图册》(*Atlas der abgelegenen Inseln*)—导演：托姆·鲁兹(Thom Luz，1982—　，瑞士导演、音乐家、舞台设计师)

2. 慕尼黑王宫剧院—布莱希特—《巴尔》(*Baal*)—导演：弗朗克·卡斯托夫

3. 柏林高尔基剧院—《共同基础》(*Common Ground*)—导演：耶尔·罗南(Yael Ronen，1976—　，出生于耶路撒冷的女性导演)

4. 斯图加特剧院—《节日》(*Das Fest*)—导演：克里斯托弗·吕平(Christopher Rüping，1985—　，德国戏剧导演)

5. 维也纳城堡剧院学术剧场—沃尔夫勒姆·洛茨(Wolfram Lotz，1981—，德国当代剧作家、诗人)—《可笑的黑暗》(*Die lächerliche Finsternis*)—导演：杜尚·大卫·帕里塞克(Dušan David **Pařízek** 1971—　，捷克戏剧导演，主要在德语国家工作)

6. 汉堡塔利亚剧院—耶利内克—《受保护的人》(*Die Schutzbefohlenen*)—导演：尼古拉斯·斯蒂曼

7. 维也纳城堡剧院学术剧场—埃瓦尔德·帕尔梅茨霍夫(Ewald Palmetshofer，1978—，奥地利当代剧作家)—《未婚女人》(*die unverheiratete*)—导演：罗伯特·博格曼

8. 汉堡德意志剧院—易卜生—《约翰·盖勃吕尔·博克曼》—导演：卡琳·亨克尔

9. 鲁尔戏剧节/柏林德意志剧院—萨缪尔·贝克特(Samuel Beckett)—《等待戈多》(*Warten auf Godot*)—导演：伊凡·潘捷列夫(Ivan Panteleev，1968—　，保加利亚导演)

10. 慕尼黑室内剧院—根据法斯宾德/麦可·范格勒(Michael Fengler)导演的同名电影改编—《R 先生为何滥杀无辜?》(*Warum läuft Herr R. Amok?*)—导演：苏珊·肯尼迪

2016 年（第 53 届）

1. 柏林人民剧院—根据康拉德·拜尔（Konrad Bayer，1932—1964，奥地利诗人、作家）同名作品改编—《他她男人》（*der die mann*）—导演：赫伯特·弗里奇

2. 汉堡德意志剧院—根据台奥多尔·冯塔纳（Theodor Fontane）同名小说改编—《艾菲·布里斯特》（*Effi Briest*）—导演：克莱门斯·辛克内希特（Clemens Sienknecht，1964—，德国音乐家、戏剧导演）/芭芭拉·伯克

3. 苏黎世剧院—迪特玛·达斯（Dietmar Dath，1970—，德国作家、记者、翻译）根据易卜生同名戏剧改编—《人民公敌》—导演：斯蒂芬·普赫

4. 维也纳城堡剧院学术剧场/巴塞尔剧院—易卜生—《约翰·盖勃吕尔·博克曼》—导演：西蒙·斯通（Simon Stone，1984—，澳大利亚电影和戏剧导演、作家和演员）

5. 慕尼黑室内剧院—根据约瑟夫·贝尔比奇（Josef Bierbichler，1948—，当代德国演员、作家）同名小说改编—《中法兰克王国》（*Mittelreich*）—导演：安娜·索菲·马勒（Anna—Sophie Mahler，1979—，德国女导演）

6. 汉堡德意志剧院—根据意大利导演费德里柯·费里尼（Federico Fellini）执导的同名电影改编—《扬帆》（*Schiff der Träume*）—导演：卡琳·贝尔

7. 卡尔斯鲁厄巴登国家剧院—《绊脚石》（*Stolpersteine*）—导演：汉斯·沃纳·克罗辛格（Hans—Werner Kroesinger，1962—，德国导演、作家）

8. 柏林高尔基剧院—《处境》（*The Situation*）—导演：耶尔·罗南

9. 卡塞尔国家剧院—《暴政》（*Tyrannis*）—导演：尔桑·蒙塔格（Ersan Mondtag，1987—，戏剧导演）

10. 柏林德意志剧院—布赖恩·弗里尔（Brian Friel，1929—2015，爱尔兰剧作家、短篇小说家）根据屠格涅夫（Iwan Turgenjew）同名小说改编—《父与子》（*Väter und Söhne*）—导演：丹妮拉·洛夫纳（Daniela Löffner，1980—，德国女戏剧导演）

2017 年(第 54 届)

1. 莱比锡剧院—根据德国当代作家彼得·里希特(Peter Richter)同名小说改编—《89/90》导演：克劳迪娅·鲍尔(Claudia Bauer，1966—，德国女导演)

2. 汉堡塔利亚剧院—狄奥多·施笃姆(Theodor Storm)—《白马骑士》(*Der Schimmelreiter*)—导演：约翰·西蒙斯

3. 多特蒙德剧院—凯·沃格斯(Kay Voges)/德克·鲍曼(Dirk Baumann)/亚历山大·凯林(Alexander Kerlin)—《将我们分开的循环》(*Ein Loop um das，was uns trennt*)—导演：凯·沃格斯(1972—)

4. 慕尼黑王宫剧院—席勒—《强盗》(*Die Räuber*)—导演：乌尔里希·拉什(Ulrich Rasche，1969—，德国导演，舞台设计师)

5. 伯尔尼剧场—尔桑·蒙塔格/奥尔加·巴赫(Olga Bach)—《毁灭》(*Die Vernichtung*)—导演：尔桑·蒙塔格

6. 巴塞尔剧院—西蒙·斯通根据契诃夫同名剧作改编—《三姐妹》—导演：西蒙·斯通

7. 布鲁塞尔艺术节/柏林索菲剧场—米洛·劳—《五首简易乐曲》(*Five Easy Pieces*)—导演：米洛·劳

8. 柏林人民剧院—赫伯特·弗里奇—《浮皮潦草》(*Pfusch*)—导演：赫伯特·弗里奇

9. 埃森表演艺术编舞中心(PACT Zollverein)—《真正的魔术》(*Real Magic*)—导演：Forced Entertainment

10. 美因茨国家剧院—托姆·鲁兹—《悲伤的魔术师》(*Traurige Zauberer*)—导演：托姆·鲁兹

2018 年(第 55 届)

1. 汉堡德意志剧院—耶利内克—《国王之路》(*Am Königsweg*)—导演：福克·里希特

2. 苏黎世剧院—根据欧里庇得斯所著悲剧《特洛伊妇女》(*Die Troerinnen*)以及《伊菲革涅亚在奥利斯》(*Iphigenie in Aulis*)改编—《战利品

女性 战争》(*Beute Frauen Krieg*)—导演：卡琳·亨克尔

3. 汉堡塔利亚剧院—安图·罗密欧·纽恩斯(Antú Romero Nunes)—《奥德赛. 荷马之旅》(*Die Odyssee. Eine Irrfahrt nach Homer*)—导演：安图·罗密欧·纽恩斯（1983—　，德国戏剧导演）

4. 维也纳城堡剧院学术剧场—根据托马斯·梅勒(Thomas Melle，德国当代作家、翻译)同名小说改编—《世界背面》(*Die Welt im Rücken*)—导演：扬·博斯

5. 柏林人民剧院—歌德—《浮士德》—导演：弗朗克·卡斯托夫

6. 慕尼黑室内剧院—根据安娜·索菲·马勒(Anna—Sophie Mahler)演出版本《中法兰克王国》改编—导演：安塔·海伦娜·雷克(Anta Helena Recke，1989—　，女导演、表演家)

7. 柏林艺术节—维加德·温奇/艾达·穆勒(Ida Müller)—《国家剧院雷尼肯多夫》(*Nationaltheater Reinickendorf*)—导演：维加德·温奇/艾达·穆勒（德国女导演）

8. 柏林列宁剧院—根据法国作家、哲学家迪迪埃·埃里本(Didier Eribon)同名小说改编—《返回兰斯》(*Rückkehr nach Reims*)—导演：托马斯·奥斯特迈尔

9. 慕尼黑室内剧院—布莱希特—《夜半鼓声》(*Trommeln in der Nacht*)—导演：克里斯托弗·吕平

10. 巴塞尔剧院—毕希纳—《沃伊采克》(*Woyzeck*)—导演：乌尔里希·拉什

2019 年(第 56 届)

1. 德累斯顿国家剧院—克里斯托弗·雅歌塔(Ágota Kristóf，1935—2011，匈牙利裔法语女作家)—《恶童日记》(*Das große Heft*)—导演：乌尔里希·拉什

2. 多特蒙德剧院—尔桑·蒙塔格—《寄宿学校》(*Das Internat*)—导演：尔桑·蒙塔格

3. 慕尼黑室内剧院—克里斯托弗·吕平—《狄俄尼索斯城》(*Dionysos*

Stadt)—导演：克里斯托弗·吕平

4. 德累斯顿国家剧院—陀思妥耶夫斯基（Fjodor Michailowitsch Dostojewski）—《被侮辱与被损害的人》（*Erniedrigte und Beleidigte*）—导演：塞巴斯蒂安·哈特曼

5. 苏黎世盖斯大道剧院—《来自造烟厂的女孩》（*Girl From The Fog Machine Factory*）—导演：托姆·鲁兹

6. 维也纳城堡剧院学术剧场/巴塞尔剧院—西蒙·斯通根据斯特林堡（August Strindberg)多部作品创作—《斯特林堡旅店》（*Hotel Strindberg*）—导演：西蒙·斯通

7. 柏林岸边海贝尔剧院（HAU)—She She Pop—《清唱剧》（*Oratorium*）—导演：She She Pop

8. 柏林德意志剧院—瑞典导演英格玛·伯格曼（Ingmar Bergman）—《假面》（*Persona*）—导演：安娜·柏格曼（Anna Bergmann，1978—　，德国女戏剧导演）

9. 巴塞尔剧院—德国作家彼得里希特(PeterLicht)根据莫里哀的喜剧《伪君子》改编—《伪君子或智慧的猪》（*Tartuffe oder das Schwein der Weisen*）—导演：克劳迪娅·鲍尔

10. 柏林索菲剧场—美国作家大卫·福斯特·华莱士（David Foster Wallace)—《无尽的玩笑》（*Unendlicher Spaß*）—导演：托斯腾·澜森（Thorsten Lensing，1969—　，德国戏剧导演）

2020 年(第 57 届)

1. 柏林德意志剧院—莫里哀—《愤世嫉俗》（*Der Menschenfeind*）—导演：安妮·伦克（Anne Lenk，1978—　，德国女戏剧导演）

2. 汉堡德意志剧院—爱丽丝·伯奇（Alice Birch，1986—　，英国女编剧)—《自杀的解剖学》（*Anatomie eines Suizids*）—导演：凯蒂·米切尔

3. 慕尼黑室内剧院—《吸尘器》（*The Vacuum Cleaner*）—导演：冈田利规（Toshiki Okada)

4. 苏黎世剧院—根据马克斯·弗里施(Max Frisch)同名小说改编—《全新

世的男人》(*Der Mensch erscheint im Holozän*)—导演：亚历山大·吉什
(Alexander Giesche，1982—　　，德国戏剧导演)

5. 慕尼黑王宫剧院—《神曲. 但丁〈 〉帕索里尼》(*Eine göttliche Komödie.
Dante〈 〉Pasolini*)—导演：安东尼奥·拉泰拉(Antonio Latella，1967—　　，
意大利演员、布景设计师和导演)

6. 波鸿剧院—莎士比亚—《哈姆雷特》—导演：约翰·西蒙斯

7. 莱比锡剧院—田纳西·威廉斯—《春浓满楼情痴狂》(*Süßer Vogel
Jugend*)—导演：克劳迪娅·鲍尔

8. 法兰克福剧院，Mousonturm 艺术家之家及里米尼记录—《毛丝鼠混
蛋，什么什么》(*Chinchilla Arschloch，waswas*)—构思、文本、导演：海格
德·豪格

9. 慕尼黑室内剧院—《折辱人类》(*Die Kränkungen der Menschheit*)—导
演：安塔·海伦娜·雷克

10. 维也纳舞蹈中心—舞蹈. 特技表演的空灵梦幻之地(*Tanz. Eine
sylphidische Träumerei in Stunts*)—设计、表演、编舞：弗洛伦缇娜·霍尔
辛格(Florentina Holzinger，1986—　　，奥地利编舞家、表演艺术家)

附录二：21 世纪以来米尔海姆戏剧奖 (Mülheimer Dramatikerpreis) 获奖作品名单及简介

2000 年雷纳德·格茨 (Rainald Goetz) —《杰夫·昆斯》 (*Jeff Koons*)

"后戏剧"代表剧作之一，它于 1999 年在汉堡德意志剧院首演。作品虽以美国当代传奇艺术家杰夫·昆斯命名，但却并非其个人传记，格茨使用此标题用以指明作品与美学和政治的相关性。杰夫·昆斯的艺术体现了媚俗与垃圾和生活方式之间的关系模式，格茨试图用日常生活中的语言来探讨此模式。没有连贯情节可言的作品中出现了各式各样带有节奏感的句子，它们可以被随心所欲地嵌套在全然不同的主题上，或是关于美学的反思或是关于爱情的幸福。

2001 年勒内·波莱希 (René Pollesch) —《网络贫民窟》 (*www—slums*)

波莱希用该部剧作展现了在这个美丽而疯狂的全球化新时代公共和私人空间的瓦解，生产领域已经渗透到了生活中最为隐私的地方。作者用亢奋、戏谑的语言描绘了这一切："我爱我的工作！是的，很好。我爱我的工作！但是有时候我想知道，爱是否真的是我一生中最重要的事情！"

2002 年埃尔弗里德·耶利内克 (Elfriede Jelinek) —《没关系/一部短小的死亡三部曲》 (*Macht nichts. Eine kleine Trilogie des Todes*)

该剧由《女魔王》《少女和死神》以及《漫游者》三个部分构成。《女魔王》讲述了来自奥地利国家剧院的著名女演员去世之后，按当地风俗其棺椁需绕剧院三圈，转圈期间，女演员竟突然坐起，开始了一段令人难以置信的独白；《少女和死神》是猎人与白雪公主之间的对话，后者在找寻真相、善良与美丽之时却被猎人无情射杀；《漫游者》是一名受害者的最后独白。

2003 年弗里茨·卡特（Fritz Kater）—《爱的时刻，死的时刻》（*zeit zu lieben zeit zu sterben*）

该剧是卡特"收割"家庭三部曲中的第二部，该系列作品讲述的故事均发生在柏林墙倒塌前后的东德。《爱的时刻，死的时刻》由三部分构成，第一部分：柏林墙倒塌前的东德。主角年龄 16 岁：足球、迪斯科、班级旅行、操场上的长凳、班上第二漂亮的姑娘、第一次过量饮酒、搭便车到罗马尼亚、莱比锡商品交易会、入伍，这些构成了一个东德青年的成长轨迹。第二部分：父母离异。彼得和拉尔夫兄弟在母亲身边长大。彼得在舞蹈课上爱上了阿德里亚娜。阿德里亚娜没有选择彼得，而是选择了他的哥哥拉尔夫。彼得与他的伙伴聚会并试图逃到充满诱惑力的西德。第三部分：一个男人有一个妻子和一个孩子，还有一份爱。最后，却没有人过着有爱的生活。

2004 年埃尔弗里德·耶利内克（Elfriede Jelinek）—《发电站》（*Das Werk*）

该剧取材自真实历史事件，纳粹政府为了在卡普伦镇建造大型发电厂曾使用奴隶制劳工，第二次世界大战结束后，该项目大部分由外国工人完成。该剧描写了在此劳动的工人们所承受的苦难，探讨了技术与自然之间的关系。

2005 年卢卡斯·贝弗斯（Lukas Bärfuss）—《公共汽车（圣女之物）》（*Der Bus*（*Das Zeug einer Heiligen*））

女主人公艾丽卡接到上级任务踏上了前往琴斯托霍瓦的朝圣之路，倘若不执行此任务，她将遭遇不测。艾丽卡不小心上错了车，车上搭载的乘客并非前往温泉酒店的旅行团，而是在追求某个黑暗的计划。在这里艾丽卡不得不面对暴力、操纵以及人性的深渊，她必须为自己的生存而战。作者卢卡斯·贝弗斯凭借敏锐的心理学意识，不仅揭露了人物的性格，同时还质疑了人类的判断力和说服力。

2006 年勒内·波莱希（René Pollesch）《小红帽》（*Cappuccetto Rosso*）

波莱希结合自身经验创作了这部反思表演行业的剧作，内容围绕剧院的工作条件以及是否可以真正在舞台上描绘现实生活等问题展开。为了阐述以上问题，波莱希在戏剧舞台上呈现了一次电影的拍摄经历，从而打造了一出"戏中戏"。

2007 年海格德·豪格(Helgard Haug)/丹尼尔·韦策尔(Daniel Wetzel)(里米尼记录)《卡尔·马克思：资本论，第一卷》(*Karl Marx：Das Kapital，Erster Band*)

豪格和韦策尔将马克思的《资本论》视为戏剧文本，他们以此为灵感创作的剧本汇集了来自不同政治领域和社会领域的人们，这些人结合自身经验阐述了他们眼中的《资本论》。

2008 年迪亚·洛赫(Dea Loher)—《最后之火》(*Das letzte Feuer*)

该故事发生在偏远的郊区。一名八岁男孩在车祸中丧生，唯一的目击者是异乡人拉贝。他曾是一名士兵，这场车祸将其卷入了未知的漩涡。不久，该地区居民之间的关系发生了变化，他们的关系变得更加脆弱，他们的生计也越发艰难。到底是那次事故，那个孩子的死亡震动了他们的世界？还是拉贝的存在和影响在渐渐地施展破坏力？人们对美好生活的所有希望正在慢慢瓦解着。

2009 年埃尔弗里德·耶利内克(Elfriede Jelinek)—《雷希尼茨(泯灭天使)》(*Rechnitz(Der Würgeengel)*)

第二次世界大战结束前不久，玛吉斯·巴蒂安妮伯爵夫人在其位于雷希尼茨的城堡组织了一场盛大的聚会，一些纳粹党的高级官员也参与其中。聚会过程中，多名客人被分配到了武器，他们开枪射杀了 180 名匈牙利的犹太劳工。迄今为止，那天晚上的事件仍未完全调查清楚。肇事者躲藏起来或者出国，两名证人被谋杀，民众保持着沉默，万人冢的位置仍然未知。耶利内克试图重新唤起世人对这段尘封历史的回忆，她试图用义无反顾的态度和直抵人心的文字对抗集体的隐瞒和压制。

2010 年罗兰·施梅芬尼 (Roland Schimmelpfennig)—《金龙》(*Der Goldene Drache*)

　　"金龙"是一家亚洲餐店的名字，在这里非法逗留着来自异乡的打工者。一名饱受牙痛折磨的中国年轻人苦于没有合法证件不能就医，他的同事用管钳帮助其将龋齿拔掉，牙齿不小心落到了一份汤里。两名空姐在"金龙"用餐，其中一位在她的汤中发现了掉落的牙齿；阳台上，一位祖父和他的孙女正在聊天并得知了她的意外怀孕与苦恼；杂货店店主迫使一名年轻的外来妇女卖淫。年轻的中国人在"金龙"的厨房里流血致死，他的同事们将他裹在挂毯中，扔进了河里，他的那颗牙齿也被空姐扔进了河里……

2011 年埃尔弗里德·耶利内克 (Elfriede Jelinek)—《冬之旅》(*Winterreise*)

　　耶利内克将个人经历编织于该部剧中，她在追溯自己与双亲的关系之时，时间齿轮便开始运转，当下的回忆与过去的事件相互交叠，不同的时间维度发生碰撞，产生火花。

2012 年彼得·汉德克 (Peter Handke)—《仍有风暴》(*Immer noch Sturm*)

　　作品讲述了叙述者与亲人/祖先(卡林西亚的斯洛文尼亚人)之间的故事。当叙述者母亲的两个兄弟在战争中丧生时，剩下的两个兄弟姐妹加入了反对民族社会主义者的抵抗运动中。在作品中，"我"这一人物冲破了时间的阻隔，与这些亲人相遇、对话。汉德克用诗歌般优美的语言描绘了一个家庭和整个民族的命运，讲述了过去的不可挽回性，战争年代的辛酸以及个人的身份问题。

2013 年卡特娅·布鲁内尔 (Katja Brunner)—《厄运难逃》(*Von den Beinen zu kurz*)

　　从女孩出生的那天起，父亲便对她倾注了大量的爱，只是他的爱渐渐越过界限。女孩无从选择，只能顺从。于她母亲而言，女儿是偷走丈夫的敌人；对于父亲而言，她是自己无从抵抗的诱惑。女孩捍卫自己的父亲，她拼命地坚守着她所知道的唯一的爱。

2014 沃尔夫拉姆·霍尔（Wolfram Höll）—《然后》（*Und dann*）

这是一部关于回忆的作品，记录了从一种体制过渡到另一种体制的遥远年代。一个孩子在诉说着他的回忆，那当中有房子、操场上的石头、郊游、游行…… 缺失与失落之感弥漫在叙述中，无法挽回的过去如幽灵一般在霍尔的文本中无声地游荡着。

2015 埃瓦尔德·帕尔梅茨霍夫（Ewald Palmetshofer）—《未婚女人》（*die unverheiratete*）

三个女人，三个世代，未解的过去，作品将 1945 年 4 月纳粹统治晚期与现在联系起来：一个女人曾经在纳粹司法部门检举一名士兵企图逃跑，这最终导致了他的死亡。现在，这个女人已经老了，她有一个关系疏远的女儿和一个讨她喜欢但同样深陷过去的孙女……

2016 年沃尔夫拉姆·霍尔（Wolfram Höll）—《我们仨》（*Drei sind wir*）

一对年轻夫妇梦想去加拿大，成行前妻子发现已有身孕，但孩子因为染色体异常可能无法活着出生。值得庆幸的是，孩子出生后存活了下来，但却带着许多的"与众不同"之处。两夫妇决定与他们名叫春天的儿子一同前往加拿大。春天在不断长大，也在不断地逼近死亡，家人对他关怀备至，同时也难免忧心忡忡，在这过程中，孩子的"与众不同"一次又一次地被提起，可谁又有资格评判什么是"正常"呢？霍尔以抒情的语言探讨了具有社会爆炸性的存在主义问题。

2017 年安妮·勒珀（Anne Lepper）—《困境中的女孩》（*Mädchen in Not*）

主人公 Baby 作为新时代的新女性不想要依附于男性，她对传统的婚恋生活不感兴趣，想要使用玩偶来代替男人。为此，她联系了玩偶制作公司，然而她的前任并不甘心被抛弃，企图装作玩偶回到 Baby 身边，一系列意想不到的故事就此展开……

2018 年托马斯·科克（Thomas Köck）—《天堂扮演（西方．终曲）》
（*paradies spielen．（abendland．ein abgesang）*）

该剧是托马斯·科克气候三部曲中的最后一部。剧中，五名乘客的故事与其他主角的生活跨越时空的阻碍交织在一起：一位父亲因火灾受伤严重，在他的病床前站着身着无菌服的母亲、儿子和女儿；在中国，一男一女以非法入境者的身份出发，他们乘火车到达意大利，想在这里作为裁缝生存下去并获得幸福，但最终结果却并不美好。

2019 年托马斯·科克（Thomas Köck）—《地图册》（*atlas*）

该剧讲述了 20 世纪 80 年代的劳务移民，东德的衰落以及一个孩子前往越南追寻其祖先之路的故事，故事中涉及三代人交织缠绕的命运：1975 年，越南战争结束后不久，祖母带着孩子从西贡逃往难民岛。乘船时，由于船只翻沉，母女分开。最终，祖母被救并以难民的身份来到西德，她以为自己的女儿已经淹死。几年后，祖母从西德返回越南。事实上，女儿还活着。东德从 1980 年起开始雇用来自越南的工人，长大的女儿申请做合同工，她被派往东德工作……

由于受新冠疫情影响，2020 年的米尔海姆戏剧奖取消颁发。

附录三：德语区知名剧院一览

德国：

柏林德意志剧院（Deutsches Theater Berlin）：该剧院成立于 1850 年，最初用于轻歌剧表演；从 19 世纪末开始，该剧院由私人投资经营，观众以受过教育的中产阶级为主。戏剧导演大师马克斯·莱因哈特（Max Reinhardt）曾于 1905 年担任剧院经理直至 1933 年逃离纳粹德国，期间该剧院被赞誉为"世界上最重要的剧院之一"。自 20 世纪 90 年代以来，柏林德意志剧院一直是由国家经费补贴的公立话剧剧院。

柏林人民剧院（Volksbühne am Rosa—Luxemburg—Platz，Berlin）：该剧院修建于 1913 年至 1914 年间，位于德国首都柏林市中心罗莎·卢森堡广场，是柏林最具标志性的一座剧院。著名戏剧改革家欧文·皮斯卡托（Erwin Piscator）曾于 1924 年至 1927 年间在此执导戏剧演出，率先创立了政治戏剧。该剧院一度将创造"服务于人民的艺术"视为宗旨，力图为柏林的工人阶级争取文化教育、陶冶情操的机会。剧院曾在二战期间遭到严重破坏，1950 年至 1954 年期间才得到重建。柏林墙倒塌后直到 2017 年剧院都在弗兰克·卡斯托夫（Frank Castorf）的领导之下。

柏林剧团（Berliner Ensemble）：该剧团由贝托尔特·布莱希特（Bertolt Brecht）和海伦·韦格尔（Helene Weigel）于 1949 年 1 月在东柏林成立。剧团最初在沃尔夫冈·朗霍夫（Wolfgang Langhoff）领导下的德意志剧院工作，1954 年，它迁至建于 1892 年的席夫鲍尔达姆剧院（Theatre am Schiffbauerdamm）。

柏林高尔基剧院（Maxim Gorki Theater Berlin）：该剧院成立于 1952 年

"作为培养俄罗斯和苏联戏剧艺术的地方"。它试图与布莱希特的柏林剧团分庭抗礼，故其创建可谓源于戏剧的形式之争。第一任剧院经理为斯坦尼斯拉夫斯基的学生马克西姆·瓦伦丁（Maxim Vallentin）。在 20 世纪 50 年代末的文化解冻期，海纳·穆勒（Heiner Müller）曾在此担任编剧。

慕尼黑王宫剧院（Residenztheater München）：该剧院的修建最早可追溯至 1751 年，考虑到当时王宫内用于歌剧演出的圣乔治大厅发生火灾无法使用，巴伐利亚选帝侯马克西米利安三世（Maximilian III. Joseph）下令建造了一座新剧院。该剧院在第二次世界大战期间遭到摧毁，战后于 1949 至 1951 年间得到重建，新王宫剧院傲然挺立至今。

慕尼黑室内剧院（Münchner Kammerspiele）：1911 年，埃里希·齐格尔（Erich Ziegel）成立慕尼黑室内剧团，从 1917 年开始，奥托·法尔肯贝尔格（Otto Falckenberg）接任剧团领导，1926 年，他将剧团搬进具有新艺术运动风格的"剧院"（Schauspielhaus），该剧院由雷曼施米特（Richard Riemerschmidt）和马克斯·利特曼（Max Littmann）建于 1901 年。自 1933 年起，慕尼黑室内剧院一直是一家市立剧院，许多国际知名导演都曾在此执导作品。

波鸿剧院（Schauspielhaus Bochum）：该剧院始建于 1907 年，由于私人经营不善遂于 1915 年被改造为市立剧院重新开业。二战期间，剧院被毁，战后 50 年代初期得到重建，如今，它是德国最大最著名的剧院之一，知名剧院经理有彼得·扎德克（任期 1972－1979），克劳斯·佩曼（任期 1979－1986），约翰·西蒙斯（任期 2018 年起）等。

科隆剧院（Schauspiel Köln）：该剧院历史悠久，始建于 1782 年，曾拥有两个大型舞台用于歌剧和话剧演出，剧院在第二次世界大战中受到严重损毁，新剧院直到 20 世纪五六十年代才得以建成、开业，卡琳·贝尔（Karin Beier）在此担任剧院经理期间成功带领剧院走向了辉煌。

多特蒙德剧院(Schauspiel Dortmund)：该戏剧剧院隶属于 1904 年成立的多特蒙德大剧院(Theater Dortmund)。自 1968 年以来，位于希尔特罗普沃尔(Hiltropwall)的歌剧院经改造后专门用于多特蒙德剧院的戏剧演出，除此以外，还有其它场所可用于演出，所有表演场所共计可容纳约 600 名观众。代表性剧院经理有凯·沃格斯(Kay Voges)，在其领导下，剧院取得了耀眼的成绩，例如，2013 年，该剧院提出在戏剧和电影之间建立更紧密、更直接的联系，并发表"道格玛 20 _ 13 宣言"，沃格斯执导了第一部遵循此宣言的戏剧作品《家宴》，实现了在剧场中制作现场电影的目标。2016 年，剧院在《周日世界报》上被评为北莱茵—威斯特法伦州的"最佳剧院"；同年，在《今日戏剧》杂志上刊登的德语区"最佳剧院"票选中得到了第二高的票数。自 2020/2021 演出季起，出生于 1984 年的年轻一代女导演朱莉娅·维塞特(Julia Wissert)接任剧院经理一职。

斯图加特剧院(Schauspiel Stuttgart)：该剧院隶属于斯图加特国家剧院，国家剧院建于 1909 年到 1912 年间，建筑宏伟，外形十分美观，当时被称为皇家宫廷剧院(Königliche Hoftheater)它作为符腾堡王国的皇家剧院，有一大一小两座，分别称为"大房子"(Großes Haus)和"小房子"(Kleines Haus)，其中用于戏剧演出的建筑为"小房子"。二战期间，剧院遭到严重破坏，后由 60 年代盖成的新建筑取代，著名剧院经理有克劳斯·佩曼(Claus Peymann，任期 1974—1979)，阿明·佩特拉斯(Armin Petras，任期 2013—2018)。

汉堡德意志剧院(Deutsches Schauspielhaus in Hamburg)：该剧院在私人金融家、商人和德高望重的舞台艺术家共同倡议与担保下修建而成，1900 年正式对外开业。目前，它是德国最大的话剧剧院，可容纳约 1200 位观众。著名剧院经理有古斯塔夫·格吕德根斯(Gustaf Gründgens，任期 1955—1963)，彼得·扎德克(Peter Zadek，任期 1985—1989)，卡琳·贝尔(任期自 2013 年起)等等。

汉堡塔利亚剧院 (Thalia Theater, Hamburg)：该剧院为国立剧院，成立于 1843 年，在此工作过的著名编剧、导演不胜枚举，值得一提的是，塔利亚剧院尤其注重国际交流，曾前往欧洲、美国、中国等地进行客座演出，同时剧院也欢迎世界各地的戏剧团队前来表演。塔利亚剧院除了拥有汉堡市中心的主楼作为演出场地外，还经营着一个用于表演实验性作品的小剧场，名为高斯街塔利亚剧院(Thalia in der Gaußstraße)。

汉堡坎普纳格尔剧院(Kampnagel Hamburg)：该剧院成立于 1865 年，其前身是汉堡温特胡德的机器制造厂，自 1982 年以来，它一直是当代表演艺术的活动场所。

奥地利：

维也纳城堡剧院(Burgtheater)：该剧院成立于 1741 年，由哈布斯堡王朝女皇玛丽亚·特蕾西亚建立在皇宫之邻，如今剧院文艺复兴式的建筑是 19 世纪后期改建而来。剧院在 1776 年由宫廷接管，被命名为国家剧院。1814 至 1832 年间，在约瑟夫·施雷沃格(Joseph Schreyvogel)的领导下，德语(而非法语或意大利语)得以作为舞台语言被使用，城堡剧院也一跃成为当时德语区首屈一指的剧院。在整个 19 世纪，城堡剧院可谓德语区戏剧文化的典范。城堡剧院是名副其实的剧团剧院(Ensembletheater)，在此登台的演员享有至高无上的明星光环，受维也纳万民追捧。当代重要剧院经理克劳斯·佩曼(任期 1986—1999)在任职期间致力于进一步推动演出风格以及剧目的现代化，他搬演了托马斯·伯恩哈德(Thomas Bernhard)的多部戏剧作品，后续继任者有克劳斯·巴赫勒(Klaus Bachler，任期 1999—2009)、马蒂亚斯·哈特曼(Matthias Hartmann，任期 2009—2014)以及卡琳·伯格曼(Karin Bergmann，任期 2014—2019)。目前，剧院作为奥地利的国家剧院是世界上最重要的德语剧院之一。

瑞士德语区：

苏黎世剧院(Schauspielhaus Zürich)：该剧院始建于 1892 年，最初被用作表演各类杂耍娱乐节目。1901 年，该建筑由歌剧导演阿尔弗雷德·雷克

(Alfred Reucker)租用，开始用作戏剧演出。剧院在 20 世纪二三十年代一直默默无闻，直到纳粹上台后不少来自德国的演艺人员为剧院振兴贡献了宝贵的力量。当时，苏黎世剧院是德语地区唯一可以自由选择表演剧目的地方，也因此大量反法西斯作品得以在此上演，其中著名剧作家布莱希特、迪伦马特以及马克斯·弗里施的多部作品均在该剧院进行了首演。在 2000－2004 年期间，剧院在艺术总监克里斯托夫·马塔勒(Christoph Marthaler)的带领下迎来新一轮艺术繁荣期；从 2009 年起，剧院由导演芭芭拉·弗雷(Barbara Frey)执掌，期间，她以平衡性和多样性为领导理念，力求将年轻导演的创新作品与成熟导演的"拿手好戏"全部囊括其中；自 2019 年起，导演尼古拉斯·斯蒂曼(Nicolas Stemann)和戏剧家本杰明·冯·布隆伯格(Benjamin von Blomberg)共同接管了领导层。

巴塞尔剧院(Theater Basel)：该剧院历史悠久，成立于 1834 年，当时被称作"巴塞尔城市剧院"(Basler Stadttheater)，自 1988 年起更名为"巴塞尔剧院"。剧院分别提供歌剧、戏剧和芭蕾舞三大类的艺术演出。2018 年，剧院在《今日戏剧》杂志上被选为"年度最佳剧院"。自 2020 年起，由安雅·迪克斯(Anja Dirks，戏剧顾问、执行官)、安图·罗密欧·纽恩斯(Antu Romero Nunes，导演、战略发展总监)、尤格·珀尔(Jorg Pohl，演员)和英佳·舜劳(Inga Schonlau，戏剧总顾问)四人组成团队共同执掌剧院。

参考文献

（一）外文文献

专著/期刊/报纸：

Barton，Brian. *Das Dokumentartheater*. Stuttgart：J. B. Metzler，1997.

Brecht，Bertolt. *Große kommentierte Berliner und Frankfurter Ausgabe*. Band 10. 1，Stücke 10，Suhrkamp Verlag，2000.

Boltanski，Luc；Chiapello，Ève. *Der neue Geist des Kapitalismus*. Konstanz：UVK，2003.

Castorf，Frank. *Für eine andere Vitalität auf der Bühne*. In：*Süddeutsche Zeitung*. 30. 12. 1992.

Dreysse，Miriam. D*ie Aufführung beginnt jetzt*. *Zum Verhältnis von Realität und Fiktio*n. In：*Rimini Protokoll*. *Experten des Alltags*. *Das Theater von Rimini Protokoll*. Berlin：Alexander Verlag，2007.

Derrida，Jacques. *Postmoderne und Dekonstruktion*. Stuttgart：Reclam，1990.

Dietze，Antje. *Ambivalenzen des Übergangs：Die Volksbühne am Rosa-Luxemburg-Platz in Berlin in den neunziger Jahren*. Göttigen：Vandehoeck & Rupprecht，2014.

Dössel，Christine. *Alles Müller，oder was? Ein Porträt zum 70. Geburtstag*. In：*Süddeutsche Zeitung*，26. 04. 2013.

Dreher，Thomas. *Performance Art nach 1945. Aktionstheater und Intermedia*. München：Wilhelm Fink，2001.

Fangerau，Heiner；Halling，Thorsten. *Netzwerke - Eine allgemeine Theorie oder die*

Anwendung einer Universalmetapher in den Wissenschaften? In：*Netzwerke*. Bielefeld，2009.

Finter，Helga. *Das Kameraauge des postmodernen Theaters*. In：*Studien zur Ästhetik des Gegenwartstheaters*. Heidelberg，1985.

Fischer-Lichte，Erika. *Das eigene und das fremde Theater*，Tübingen 1999.

Handke，Peter. *Bemerkung zu meinen Sprechstücken*. In：*Dramentheorie. Texte von Barock bis zur Gegenwart*，Stuttgart：Reclam，2011.

Handke，Peter；Löffler，Sigrid. *Durchs Reden zugrunde gerichtet*. In：*profil*，4. 5. 1992.

Hayner，Jakob；Zielke，Erik. *Nieder mit der Ironie*. In：*Die Tageszeitung junge Welt*，12. 08. 2019.

Higgins，Dick. *The Poetics and Theory of the Intermedia*. Carbondale：Southern Illinois University Press，1984.

Hilpold，Stefan. *Gute Unterhaltung. In Wien beschäftigt sich Herbert Fritsch mit Molière*，*Yael Ronen mit der Flüchtlingskrise und Antú Nunes mit Joseph Roth*. In：*Theater heute*，Nr. 2，Februar 2016.

Huntington，Samuel. *The Clash of Civilizations and the Remaking of World Order*，New York：Simon & Schuster，1997.

Jameson，Fredric. *Brecht and Method*. London and NewYork：Verso，1998.

Jelinek，Elfriede. *Nihon no dokusha ni*. In：*Jelinek，Elfriede：Hikari no ai*. Tokio：Hakusuisha 2012.

Jelinek，Elfriede. *Winterreise. Ein Theaterstück*. Reinbek：Rowohlt 2011.

Kastberger，Klaus；Pektor，Katharina（Hg.）. *Die Arbeit des Zuschauers. Peter Handke und das Theater*. Salzburg/Wien：Jung und Jung，2012.

Kathrein，Karin. *Ich erkenne mich lieber im edlen Umriß. Peter Handke zum Schreiben und zur Kunst*. In：*Die Presse*，5. /6. 1. 1985.

Knopf，Jan. *Brecht-Handbuch. Theate*. Stuttgart：J. B. Metzler Verlag，1995.

Kuhnle，Till R. *Anmerkungen zum Begriff 'Gesamtkunstwerk'-die Politisierung einer ästhetischen Kategorie?* In：*Germanica X*. Lille 1992.

Kurtz，Ulrich；Espenlaub，Brigitte. *Im Rhythmus von Ruhe zu Ruhe. Aus einem Gespräch mit Peter Handke*. In：*Das Goetheanum. Wochenschrift für Anthroposophie 40/*

1991，Literatur-Beilage.

Lehmann，Hans-Thies；Primavesi，Patrick. *Heiner Müller-Handbuch：Leben-Werk-Wirkung*，J. B. Metzler Verlag，2003.

Malzacher，Florian. *Dramaturgien der Fürsorge und der Verunsicherung*. In：*Rimini Protokoll. Experten des Alltags. Das Theater von Rimini Protokoll*. Berlin：Alexander Verlag，2007.

Marquard，Odo. *Gesamtkunstwerk und Identitätssystem Überlegungen im Anschluss an Hegels Schellingkritik*. In：*Der Hang zum Gesamtkunstwerk*. Frankfurt am Main：Sauerländer Verlag，1983.

Meiborg，Mounia. *Überleben im Dauerprovisorium. Humor ist，wenn man trotzdem lacht：Yael Ronen macht am Berliner Gorki Theater aus Isaac B. Singers Roman „Feinde-die Geschichte einer Liebe" eine brave Boulevardkomödie vor Holocaust-Hintergrund*. In：*Süddeutsche Zeitung*，15. 03. 2016.

Plessner，Helmuth. *Mit anderen Augen. Aspekte einer philosophischen Anthropologie*，Reclam Stuttgart，1982.

Residenztheater. Programmheft：*Eine göttliche Komödie. Dante〈〉Pasolini*，2019.

Roeder，Anke. *Ich will kein Theater. Ich will ein anderes Theater*. In：*Autorinnen：Herausforderungen an das Theater*. Frankfurt am Main：Suhrkamp 1989.

Schneider，Jens. *Tendenz：steigend. Zuzügler，Touristen，Flüchtlinge：Berlin zieht immer mehr Menschen an. Verkraftet die Hauptstadt das? Über die Wachstumsschmerzen in einer noch immer armen Metropole*. In：*Süddeutsche Zeitung*，27. /28. 02. 2016.

Stegemann，Bernd. *Lob des Realismus*. Berlin：Theater der Zeit，2015.

Raddatz，Frank-Michael. *Brecht frißt Brecht*. Leipzig，2007.

Roth，Dieter. Quoted in the *New York Times Obituary*，10. 06. 1998.

Roth，Wilhelm. *Kommentierte Filmographie*. In：*Rainer Werner Fassbinder. Reihe Film 2*. München：Carl Hanser Verlag，1983.

Vietta，Silvio. *Die Frühromantik*. In：*Romantik. Epoche，Autoren，Werke*. Darmstadt 2010.

Wagner，Richard. *Das Kunstwerk der Zukunft*，Leipzig：Wigand，1850.

Widmann，Arno. *Körper*. In：*Berliner Zeitung*，26. 07. 2000.

网络文献：

Balzer，Mathias. *Sebastian Baumgarten inszeniert Revolutions-Oper in Basel*：《*Das Stück ist eine Geisterbeschwörung*》. https：// www. bzbasel. ch/basel/basel-stadt/sebastian-baumgarten-inszeniert-revolutions-oper-in-basel-das-stueck-ist-eine-geisterbeschwoerung-135574005，2020/07/20.

Berghausen，Nadine. *Der Staat und die Freiheit der Kunst Theaterfizanzierung.* https：//www. goethe. de/ins/es/de/kul/sup/bew/21506299. html，2021/07/26.

Briegleb，Till. *Porträt. Dimiter Gotscheff*. https：// web. archive. org/web/20091213040111/http：// www. goethe. de/kue/the/reg/reg/ag/got/por/deindex. htm，2020/05/23.

Bläske，Stefan. *Milo Rau about the background of Five Easy Pieces*. https：// web. archive. org/web/20180217103 824/https：// www. campo. nu/en/news/64/milo-rau-over-de-achtergrond-van-five-easy -pieces，2020/09/21.

Chance 2000-Parteiprogramm. https：// web. archive. org/web/19991104045644/http：// www. chance2000. com/MUSEUM/Parteimuseum/Parteiprogramm. htm，2021/04/15.

Connolly，Kate. *Berlin blues*：*Katie Mitchell makes her German debut*. https：// www. theguardian. com/stage/2009/may/08/katie-mitchell-wunschkonzert-berlin，2021/4/2.

Dogma 20 _ 13. Das Dortmunder Manifest. https：// www. theaterdo. de/fileadmin/Dokumente/ Abschluss buch _ SchauspielDo _ 2010－2020. pdf.

"*Der Anfang bin ich*". https：// www. welt. de/print-welt/article512846/Der-Anfang-bin-ich. html，2020/12/10.

"*Den einen Grund gibt es nicht* " Interview mit Andres Veiel zu seinem neuen Film " DER KICK" https：// web. archive. org/web/20071214211937/http：// www. boell. de/de/04 _ thema/4549. html，2021/06/20.

DER GOLDENE DRACHE. http：// der-goldene-drache. blogspot. com/2013/01/uber-den-autor. html，2021/04/05.

Donner，Wolf. *Der Boß und sein Team* in DIE ZEIT vom 31. Juli 1970. https：// www. zeit. de/1970/31/der-boss-und-sein-team/komplettansicht，2020/12/31.

Endstation Amerika. Eine Bearbeitung von Frank Castorf von „Endstation Sehnsucht

/ A Streetcar named Desire " von Tennessee Williams. https：// volksbuehne. adk. de/ praxis/endstation _ amerika/index475c. html? Langtext＝1，2021/04/29.

FLORENTINA HOLZINGER："THE DANCER'S BODY BEING EXHIBITED IS ALWAYS A SEXUAL OBJECT" Interview by Victoria Dejaco. https：// spikeartmagazine. com/articles/florentina-holzinger-dancers-body-being-exhibited-always-sexual-object，2018/ 03/20.

Heilig，Barbara Villiger. Hackfleisch mit Partysauce. https：// www. nzz. ch/ feuilleton/buehne/Hackfleisch-mit-Partysauce-1. 17655660，2019/12/20.

Hartmann，Sebastian im Munzinger-Archiv. https：// www. munzinger. de/search/ go/document. jsp? id＝00000026158，2020/11/02.

Herbert Fritsch - Dieter Roth and Murmel Murmel. http：// coffeetablenotes. blogspot. com/2015/08/herbert-fritsch-dieter-roth-and-murmel. html，2020/10/12.

Jelinek，Elfriede. Ich möchte seicht sein. https：//www. elfriedejelinek. com/fseicht. htm，2021/03/25.

Jelinek，Elfriede. Fremd bin ich. https：// www. elfriedejelinek. com/fmuelh11. htm，2021/03/23.

Jelinek，Elfriede. Die Schutzbefohlenen. https：// www. elfriedejelinek. com/ fschutzbefohlene. htm，2021/05/30.

Keim，Stefan. Ausschnitt aus：https：// signa. dk/projects _ pid ＝ 53980. html，2020/11/02.

Kill your Darlings！Streets of Berladelphia. https：// www. berlinerfestspiele. de/ de/berlinerfestspiele/programm/bfs-gesamtprogramm/programmdetail _ 37237. html，2020 / 08 / 02.

Kümmel，Peter. Das Kongo-Tribunal. Das Theater geht an die Front. https：// www. zeit. de/2015/27/ kongo-tribunal-milo-rau-theater，2020/09/20.

Müller，Katrin Bettina. Theater der Welt in Mannheim：Gespenstisch präsente Gegenwart. https：// taz. de/Theater-der-Welt-in-Mannheim/！5041317&·s ＝ Katrin ＋ Bettina＋M％C3％BCller＋Die＋Schutzbefohlenen/，2021/05/01.

Michalzik，Peter. Das Quaken der Papageien. https：// www. nzz. ch/feuilleton/ buehne/das-quaken-der-papa geien -1. 18310809，2021/05/01.

Nicolas Stemann eröffnet Theatertreffen. "Habt Ihr Einen Schaden？" Interview with

Patrick Wildermann. http：// www. tagesspiegel. de/kultur/nicolas-stemann-eroeffnet-theatertreffen-habt-ihr-einen-schaden/11703258. html，2021/05/05.

NIEMANDSLAND（Vorstellungen）-Stücke-Schauspielhaus Graz. https：// web. archive. org / web/20141008104136/http：// www. schauspielhaus-graz. com/schauspielhaus / stuecke/ stuecke_genau. php? id＝17812，2020/05/10.

Persona von Ingmar Bergman. https：// www. deutschestheater. de/programm/a-z/ persona/，2021/01/02.

Pesl，Martin Thomas. *Arabesken des Grauens*. https：// www. nachtkritik. de/index. php? option＝com_content&view＝article&id＝17197&Itemid＝100079，2020/12/30.

Program of the Staatliche Bauhaus in Weimar Walter Gropius，1919. https：// bauhausmanifesto. com/，2020/09/10.

Prüwer，Tobias. *Emotionen bleiben draußen*，https：// www. freiepresse. de/ emotionen-bleiben-drau-en-artikel10487987，2021/04/30.

Rawal，Tejas. *Interview：Alain Platel discusses the challenges of grappling with Mahler*. Londondance. com，2020/06/02.

Sasha Waltz. In：*Munzinger-Archiv*，39/2008. Munzinger-Biographie：［Elektronische Ressource］.„ *SCHLINGENSIEF HAT MIR NEUE WELTEN ERÖFFNET* " （*TAGESSPIEGEL*），https：// www. schlingensief. com/weblog/? p ＝ 1706，2021/ 04/18.

Sebastian Hartmann. *Deutsches Theater in der Krise*. https：// archive. ph/2013021 1014023/ http：// www. dradio. de/kulturnachrichten/20070320100000/，2021/08/20.

Seidler，Ulrich. *Witwe über Christoph Schlingensief：„ Ich freue mich，wenn ich merke，dass er in den Köpfen vorkommt*". https：// www. fr. de/kultur/theater/aino-laberenz-christoph-schlingensief-todestag-freue-mich-dass-er-in-den-koepfen-vorkommt-90027414. html，2021/04/16.

Wahl，Christine. Schluss mit dem Gelaber. https：// www. tagesspiegel. de/kultur/ schluss-mit-dem-gelaber/6454476. html，2020/10/26.

Wer kommt，wer geht? ｜ Migration ｜ Zahlen und Fakten ｜ MEDIENDIENST INTEGRATION. https：// mediendienst-integration. de/migration/wer-kommt-wer-geht. html，2021/04/10.

Wieselberg，Lukas. *Migration führt zu „hybrider" Gesellschaft. Homi K. Bhabha im science*. ORF. at-Interview. http：// sciencev1. Orf. at/science/news/149988，2016/01/1.

Worthmann-Von Rode，Waltraut. *Mit " Nachnull " etabliert Pina Bausch ihr Tanztheater*，SWR2 Zeitwort，2015/01/08.

(二)中文文献

专著/期刊：

爱德华·W. 萨义德：《东方学》，王宇根译，三联书店，2020。

埃尔弗里德·耶利内克：《娜拉离开丈夫以后：耶利内克戏剧集》，焦庸鉴等译，深圳报业集团出版社，2005。

艾尔芙丽德·耶利内克：《魂断阿尔卑斯山—耶利内克文集》，曾祺明译，长江文艺出版社，2005。

贝托尔特·布莱希特：《屠宰场的圣约翰娜》，史行果译，收录于《布莱希特戏剧集》(第一卷)，安徽文艺出版社，2001。

布莱希特：《例外与常规》，长流译，收录于《西方现代戏剧流派作品选：叙事体戏剧》，中国戏剧出版社，2005。

彼得·汉德克：《骂观众》，梁锡江译，上海人民出版社，2019。

彼得·汉德克：《形同陌路的时刻》，韩瑞祥编，上海人民出版社，2019。

彼得·布鲁克：《空的空间》，邢历等译，中国戏剧出版社，2006。

陈民，许钧：《无力面对的镜子——耶利内克在中国的译介与接受》，《南京社会科学》，2010(05)：104－110。

董健：《关于中国当代戏剧史研究的几个问题》，《南大戏剧论丛》，2017(01)：1—20。

法农：《全世界受苦的人》，万冰译，译林出版社，2005。

米歇尔·福柯：《词与物》，莫伟民译，上海三联书店，2016。

歌德：《浮士德》，钱春绮译，译文出版社，2007。

格奥尔格·毕希纳：《毕希纳全集》，李士勋、傅惟慈译，人民文学出版社，2008。

汉斯—蒂斯·雷曼：《后戏剧剧场》，李亦男译，北京大学出版社，2010。

海纳·米勒：《哈姆雷特机器》，《戏剧(中央戏剧学院学报)》，张晴滟译，2010(2)：146—154。

黑格尔：《美学》，朱光潜译，商务印书馆，2009。

亨利·詹金斯：《融合文化：新媒体和旧媒体的冲突地带》，杜永明译，商务印书馆，2015。

何成洲：《跨媒介视野下的"戏剧－小说"研究》，《南京师范大学文学院学报》，2020（4）：33－42。

梁锡江：《彼得·汉德克：捍卫文学与语言的纯净》，《社会科学报》，2019 年 11 月 21 日（第 006 版）。

林梅：《全球化视野下的中产阶级之辨》，《中共石家庄市委党校学报》，2014（11）：33－39。

李明明：《词语的姿势——对汉德克两部说话剧的解读》，《外国文学》，2019（6）：3－14。

李昌珂：《德国文学史·第五卷》，译林出版社，2008。

罗斯莉·格特伯格：《行为表演艺术：从未来主义至当下》，张冲、张涵露译，浙江摄影出版社，2018。

斯特林堡：《斯特林堡小说戏剧选》，李之义译，人民文学出版社，2020。

孙惠柱：《谁的蝴蝶夫人——戏剧冲突与文明冲突》，商务印书馆，2006。

田纳西·威廉斯：《欲望号街车》，冯涛译，上海译文出版社，2015。

薇蕾娜·迈尔，罗兰德·科贝尔格：《一幅肖像——埃尔弗里德·耶利内克传》，丁君君译，作家出版社，2008。

埃尔弗里德·耶利内克：《娜拉离开丈夫以后：耶利内克戏剧集》，焦庸鉴等译，深圳报业集团出版社，2005。

陆佳媛：《2018/2019 德语剧作评论与综述——兼论后戏剧时代文学危机》，《美育学刊》，2020（5）：87－94。

陆佳媛：《论"后戏剧"视阈下的解构主义——以德语版〈欲望号街车〉为例》，《唐山学院学报》，2021（2）：55－62。

刘志新：《当代欧洲"后移民"戏剧创作中的批判性思维》，《戏剧艺术》，2020（2）：110－119。

潘平微：《奥尼尔〈悲悼〉三部曲的深层主题新探》，《外国文学评论》，1987（2）：93－97。

皮耶尔·保罗·帕索里尼：《异端的影像 帕索里尼访谈录》，艾敏等译，商务印书馆，2018。

孙惠柱：《文明冲突与戏剧冲突—兼评亨廷顿和赛义德的文化理论》，《当代中国：发展·安全·价值》，第二届（2004 年度）上海市社会科学界学术年会。

孙惠柱：《剧作法、戏剧顾问学及其他——论 Dramaturgy 的若干定义、相关理论及其在中国的意义》，《戏剧艺术》，2016(4)：4－12。

王宁：《德里达的幽灵：走向全球人文的建构》，《探索与争鸣》，2018(6)：13－20，141。

席勒：《华伦斯坦》，郭沫若译，人民文学出版社，1955。

肖耀科，陈路芳：《法国禁止族群人口统计的原因、争议与启示》，《焦作大学学报》，2019(1)：109－113。

徐江：《伯格曼电影表达和戏剧经验的关系探研电影文学》，《电影文学》，2016(2)：66－68。

网络文献：

《大众中国连续五年助力"柏林戏剧节在中国"》，http：// auto. ce. cn/auto/gundong/202011/03/t20201103＿35967529. shtml，2021/5/10。

梅生：《话柏林艺术节总监 Thomas Oberender：在戏剧方面，德语国家是冠军》，https：// www. thepaper. cn /newsDetail＿forward＿1702616，2021/5/16。

世纪文景：《诺贝尔文学奖得主彼得·汉德克：在这个无所适从的世界中的"另类"》，https：// www. gcores. com/articles/115888，2021/02/12。

潘妤：《彼得·汉德克首次来中国：我是一个很传统的作家》，http：// www. chinawriter. com. cn/n1/2016/1018/c403994－28787402. html，2021/03/05。

《"后戏剧"及"后戏剧剧场"在当代的若干思考》，刘艳卉译，原载于《外国文艺》，2017年第 4 期，http：// www. sta. edu. cn/75/ce/c1579a30158/page. htm，2021/03/31。

陶庆梅，黄月：《国内戏剧陷入停滞：政府补贴和戏剧节越来越多，但戏剧质量并没有更好》，https：// www. jiemian. com/article/861395. html?＿t＝t，2021/08/05。